ARCHE

Margarita Liberaki

DREI SOMMER

Roman

Aus dem Griechischen von Michaela Prinzinger

ARCHE

Die Originalausgabe erschien erstmals 1946 unter dem Titel
ΤΑ ΨΑΘΙΝΑ ΚΑΠΕΛΑ.

Diese Ausgabe erschien durch Vermittlung der Iris Literary Agency.

Das Autorinnenfoto stammt aus:
Fotini Tsalikoglou, *Love me. Love me not. Strange things about mother love. Margarita Liberaki's letters to her daughter, Margarita Karapanou.*

MIX
Papier aus verantwortungsvollen Quellen
FSC® C083411

ISBN 978-3-7160-2798-1
Deutsche Erstausgabe
1. Auflage 2021

Lektorat: Dr. Angelika Künne

Gesetzt aus der Sabon LT Std
Satz: Greiner & Reichel, Köln
Druck und Bindung: CPI books GmbH, Leck
Printed in Germany

www.arche-verlag.com
www.facebook.com/ArcheVerlag
www.instagram.com/arche_verlag

Für meine Schwester

Erster Sommer

I

Die polnische Großmama

In jenem Sommer kauften wir große Strohhüte, der von Maria hatte eine Kirschenbordüre, der von Infanta blaue Vergissmeinnicht und meiner feuerrote Mohnblumen. Wenn wir auf der Heuwiese lagen, verschmolzen wir mit dem Himmel und den Feldblumen. »Wo habt ihr euch wieder versteckt?«, rief Mutter, und wir gaben keinen Laut von uns. Dann tauschten wir flüsternd unsere Geheimnisse aus. In früheren Sommern hatten Maria und Infanta vor mir, der Jüngsten, vieles geheim gehalten. Dieses Jahr war alles anders. Infanta legte sich ein Stück entfernt hin und sagte nichts, während Maria und ich uns unterhielten. Sie redete und redete, wälzte sich auf dem Heu hin und her, ihre Wangen röteten sich, ein eigenartiger Glanz stieg in ihre Augen. Wenn ich abgelenkt war und in die untergehende Sonne schaute oder ein Insekt beobachtete, das in sein Nest zurückkehrte, wurde Maria böse. »Ach so, meine Geschichten interessieren dich wohl nicht?«, rief sie. »Und dabei gebe ich mir alle Mühe, dir die Augen zu öffnen. Du kannst von mir aus gern weiter daran glauben, dass der Storch die Kinder bringt!«

Ich wollte ihr schon entgegenhalten, dass ich – pff, längst schon! – wusste, dass die Kinder nicht vom Storch gebracht werden, aber ihr Lachen hielt mich davon ab. Es war ein lautes, heftiges Lachen, das über die Wiese bis zum Berg gegenüber schallte, als Echo zurückkehrte und selbst die reifen Körner in den Ähren erbeben ließ. In solchen Augenblicken ärgerte ich mich über Marias Lachen. Darin schien mir eine Frivolität zu liegen, die den Dingen ihr Geheimnis und ihren Reiz nahm. Plötzlich musste ich an das letzte Kirchweihfest der Prophet-Elias-Kirche denken, wo ich bei der Kirmes einen toten Säugling gesehen hatte, der, in Chloroform präpariert, in einem Glas schwamm. Ganz so, wie er vor der Geburt im Mutterleib ausgesehen haben musste.

Mittags hielt ich keine Siesta, das hatte ich mir von klein auf abgewöhnt. Die Verweigerung des Mittagsschlafs hielt ich für eine revolutionäre Tat, die Willenskraft und einen unabhängigen Geist bewies. Stattdessen kletterte ich den Nussbaum hoch und flocht Blumenkränze und Armbänder aus Pferdehaar. Dann legte ich alles an und versuchte, mein Abbild im Wasser der Zisterne zu erkennen. Aber es gelang mir nie, da die Sonne zu hoch stand, die Wasseroberfläche wie flüssiges Gold glitzerte und meine Augen blendete.

Auch für meine Schwestern fertigte ich Schmuckstücke an. Doch kaum trugen sie sie, war ich enttäuscht. Nicht weil sie ihnen besser standen als mir, sondern weil sie sie nicht genug liebten und wertschätzten. Sie schienen damit zu rechnen, dass die Blumen schnell verwelkten – was diese dann auch taten. Ihr Blick schien zu sagen, dass die Armbänder ja nur aus Pferdehaar waren – und das stimmte, noch dazu bestanden sie aus den Schwanzhaaren, mit denen die Pferde Fliegen von ihrer Kruppe scheuchten.

Wurden meine Wimpern schwer vom Sonnenlicht und meine Glieder so müde, als hätte ich süßen Wein getrunken, trat ich in den würzig duftenden Heuschober, wo ich schattige Stille vorfand. Personen und Reisen füllten in Gedanken dort meine Einsamkeit, farbige, im Wind flatternde Bänder, orangefarbene Meere, Gulliver im Land der Houyhnhnms, Odysseus auf den Inseln der Kalypso oder Kirke. Kirke war eine böse Frau, die Männer in Schweine verwandelte. Beeindruckend, dass sie so etwas konnte. Würde ich, später irgendwann, auch stark sein? Um andere Dinge zu tun, meine ich, und nicht, um Männer in Schweine zu verwandeln. Ich kuschelte mich tiefer ins Heu, mein Kopf sank langsam nach unten. Und für ein paar Minuten nickte ich ein, was ich aber nie eingestanden hätte. Es war ein süßer Schlaf, beim Erwachen kehrte ich zurück wie aus einer anderen Welt. Die Wiese strahlte, die reifen Weinbeeren hingen von der Rebe, meine Hand langte nach ihnen, und mein Mund wollte sie kosten. Von allen möglichen Welten, so sagte ich mir, war die Erde gewiss die schönste.

Unser Haus lag eine halbe Stunde von Kifissia entfernt, ein wenig abgeschieden mitten auf einer Wiese und zwischen Gemüsegärten. Bis zum nächsten Haus, wo Doktor Parigoris lebte, brauchte man gute zehn Minuten. »Da büßt du mit vollen Einkaufstaschen alle deine Sünden ab«, meinte unsere alte Haushälterin Rodia. Großpapa hatte es ganz nach seinen Vorstellungen gebaut, mit quadratischen, geräumigen, hohen Zimmern, zwei Veranden, auf denen wir Mais und Früchte trockneten, einer gesonderten Gärtnerwohnung, und ein Stück entfernt lagen der Stall und die Hühnersteigen. Ganz besondere Aufmerksamkeit hatte er dem Garten gewidmet – nicht nur weil er studierter Landwirt war, sondern weil er Bäume liebte. Er pflanzte sie eigenhändig, zog sie auf wie Kinder, erinnerte sich an ihre Krankheiten, an den Frost und die ruppigen Winde, die ihre Wipfel niederdrückten, er wusste von jedem, wann er veredelt wurde und wann er zum ersten Mal Früchte trug. »Die Bäume«, sagte er, »symbolisieren die ganze Schöpfung. Ihre tief in die Erde reichenden Wurzeln zeigen, wie alle Wesen miteinander und auch mit Gott verbunden sind.« Im Frühjahr legte er sich unter einen Apfelbaum, den wir »Opas Apfelbäumchen« nannten, und lauschte dem Summen der Bienen, die in die Blüten schlüpften, um die goldgelben Pollen zu sammeln.

Mir kam es so vor, als würde der arme Großpapa sich mit dem Hof trösten, da er seine Frau verloren hatte, als Mutter und Tante Tereza fünf und sieben Jahre alt waren. Nicht der Tod hatte sie ihm genommen, sondern ein Musiker, der auf einer Konzerttournee nach Athen gekommen war. Beim ersten Konzert verliebte sich Großmama in ihn, sie lernten sich näher kennen, und nach dem zweiten konnte sie nicht länger widerstehen und ging mit ihm fort. Sie waren beide Fremde und passten zueinander. Großmama, die grüne Augen hatte, stammte nicht von hier, sondern aus Polen.

Als mir Rodia zum ersten Mal davon erzählte, war ich sehr verwundert. Es war ein Winterabend, das weiß ich noch, und wir saßen in der Küche und brieten Kartoffeln. Dass eine Großmutter so etwas tat, wollte mir nicht in den Kopf.

»Dummerchen«, erwiderte sie, »damals war sie noch keine Oma, deine Mutter und Tante Tereza waren ganz klein.« Stimmt, damals war sie noch jung ... »Wir haben nie erfahren, wo sie hingegangen ist«, fuhr Rodia fort. »Wer weiß, ob sie überhaupt noch am Leben ist. Dein Großpapa wollte von da an nichts mehr von ihr wissen.«

In der Tat nahm niemand, weder Mutter noch Tante Tereza, je ihren Namen in den Mund. Nur wir Kinder dachten manchmal an sie, nachdem wir eine Fotografie von ihr in einem alten Pult entdeckt hatten. Mein Gott, wie schön sie war! Wir nannten sie »polnische Großmama«, um sie von der Mutter unseres Vaters zu unterscheiden, einer ehrwürdigen, weißhaarigen Dame mit einem bitteren Lächeln, die ihren eigenen – wer weiß, welchen – unerfüllten Sehnsüchten nachtrauerte.

»Ich muss gestehen, ich bewundere sie«, meinte ich eines Nachmittags, als wir auf der Heuwiese lagen und von ihr sprachen.

»Ach?«, wunderte sich Infanta.

»Und warum?«, wollte Maria neugierig wissen.

»Na, sie traute sich etwas. Großpapa so einfach zu verlassen ...«

»Mutig ist, wer bleibt«, fiel mir Maria ins Wort. Infanta äußerte sich gar nicht dazu.

Maria hatte damals wohl recht, und ich war noch zu jung, um mitzureden. Später dachte ich mir, die polnische Großmama musste sich bei uns ihrer Heimat sehr fern gefühlt haben.

Den Winter über hatte es viel geregnet. Der feuchte Waldboden kam gar nicht zum Trocknen, das gefallene Laub verrottete, wurde zu Humus, aus dem neue Triebe sprossen. Die Abende waren windig, und die Vorhänge im Esszimmer raschelten, ohne dass irgendjemand sie berührt hätte.

»Wer ist da?«, fragte Großpapa.

»Niemand«, antworteten wir.

»Es hat doch geklopft.«

»Nein«, sagten wir mit einem Seufzen. »Du hast dich verhört, Großpapa.«

Wenn wir von der Schule kamen, war unser Haar klatschnass. Auf dem Nachhauseweg zogen wir unsere Kapuzen nicht über den Kopf, sondern streiften sie nach hinten und gingen barhäuptig. Maria schwankte beim Gehen, den Mund halb geöffnet, als wäre sie betrunken. Infanta ging schnurgerade, und wenn ein Tropfen an ihren Wimpern hängen blieb, wischte sie ihn fort wie eine Träne. Es war verwunderlich, warum sie sich gerade an einem Tropfen störte, obwohl ihr ganzes Gesicht nass war. Ich rannte singend nach Hause und breitete die Arme zwischen Himmel und Erde aus. Wenn ich draußen unterwegs war, freute ich mich, wenn es regnete. Aber wenn ich ihn in meinem Zimmer aufs Dach prasseln und über die Fensterscheiben rinnen hörte, überkam mich ein anderes Gefühl. Dann schloss ich mich ein, ließ mich matt aufs Bett fallen und weinte lange. Ob das Gefühl Traurigkeit war, kann ich nicht sagen.

»Katerina ist ein bisschen nervös«, bemerkte Tante Tereza zu Mutter. »Man muss auf sie aufpassen.«

»Aufpassen?«

»Ja, damit sie nicht so wird wie ...«

Sie meinten die polnische Großmama. Das merkte ich an ihrem Tonfall und an den Blicken, die sie wechselten. Ich war also nervös, aha! Von diesem Tag an bekam ich jedes Mal einen Schreikrampf, wenn ich gescholten wurde oder mit meinen Schwestern stritt. Am selben Nachmittag noch holte ich ihre Fotografie, hielt sie an mein Gesicht und betrachtete mich dabei im Spiegel. Trotz aller Bemühungen konnte ich kaum Ähnlichkeiten feststellen. Ihre Augen waren grün, meine braun. Bei mir war ein Auge dunkler als das andere, das wirkte zwar eigentümlich, aber durchaus anziehend, und Rodia meinte, so etwas bringe Glück. Ihr Haar war schwarz, meines braun, ihr Teint war hell, meiner bernsteinfarben. Was uns verband, waren die Kontur des Halses, auf die ich besonders stolz war, und das ähnlich geschwungene Kinn. Die klare, stolze Linie von den Schultern den Hals empor bis zum Kinn, die das Gesicht besonders zur Geltung brachte, deutete künftige Schönheit an. Die Kontur meines Halses gefiel mir nicht nur, sondern sie schenkte mir Sicherheit und Selbstvertrauen. Manchmal, wenn ich allein war, schob ich den Ausschnitt meines Kleides nach unten und entblößte meine Schultern. Vor dem Schlafengehen tat ich dasselbe mit meinem Nachthemd und versank im Anblick meines Spiegelbilds, als gäbe es niemanden sonst auf der Welt als uns beide, mich und mein Abbild, an dem ich anscheinend Gefallen fand. Als ich eines Nachts eine Kerze anzündete, weil der Strom ausgefallen war, zuckte ich erschrocken zusammen: An der Wand gegenüber zeichnete sich mein Schatten ab und reichte – übernatürlich und riesenhaft – von meinem Bett bis hinauf zur Zimmerdecke.

Tante Tereza hatte recht behalten, es wurde ein Mohnblumenjahr. Durch die Regenfälle hatten sich die Samen unglaublich vermehrt, und die ganze Wiese war mit Blüten übersät. Über das ganze Gut verstreut lagen außerhalb der bepflanzten Bereiche rote

Blütenteppiche. Diese Farbtupfer kündigten baldige Veränderungen an. So geschah es laut Rodia, wenn man von etwas Rotem träumte. Wie schön, dass ich mich für einen Strohhut mit roten Mohnblumen entschieden hatte! So stand ich in harmonischem Einvernehmen mit der Welt. Auch Maria hatte mit den roten, saftigen und süßen Kirschen die richtige Wahl getroffen. Nur Infantas blaue Vergissmeinnicht tanzten aus der Reihe.

In der Erinnerung erscheinen mir all die vergangenen Jahre so kurz wie ein Tag, so kurz wie ein Augenblick. Im Frühling und Sommer deckten wir nachmittags den kleinen Verandatisch mit einem kirschroten Tischtuch. Kurz vor Sonnenuntergang, wenn es kühler wurde, drangen Geräusche aus Tante Terezas Zimmer, als würde sie ein Möbelstück verrücken. Danach hörte man ihren tastenden Schritt, als wäre ihr schwindelig, und man befürchtete, sie könnte jeden Moment stürzen. Mutter trat lautlos aus dem Haus und setzte sich auf ihren gewohnten Platz, den Blick nicht auf den Wald, sondern auf das alte Flugfeld von Tatoi gerichtet. Auch Großpapa ließ die Arbeit ruhen, wusch sich Hände und Gesicht und setzte sich, erfrischt nach den Anstrengungen des Tages, dazu. Ich höre noch das Rauschen aus dem Badezimmer, das sich mit dem Gluckern der Bewässerungsrinne vermischte. Die Luft war lau, Mavroukos starrte auf das fließende Wasser und bellte es an, da er es für etwas Lebendiges hielt. Aus der Ferne drang die Stimme von Mutter Kapatos, die nach ihren Kindern rief: »Kostas, Koula, heee, Manolis!« Dann brachte Rodia ein großes Tablett mit einer Teekanne und Keksen. Alles war vollkommen und von Schwermut erfüllt.

Unterhalb der Veranda war ein Beet ganz für mich allein angelegt, das mir Großpapa zum Bepflanzen überlassen hatte. Dort säte ich allerlei Blumen aus, ohne mich um irgendein Muster, um drei- oder viereckige Rabatten oder geradlinige Reihen zu kümmern. Ich säte einfach zur passenden Zeit aus und versuchte dann zu vergessen, was ich pflanzen wollte, um mich überraschen zu lassen, was dann alles wie von selbst aus dem Boden schoss. Farben und Arten waren bunt gemischt, Gelb, Rot, Violett, Blau und Orange, hohe und niedrige Pflanzen dicht beieinander, die teilweise unter den Blättern versteckt blieben. Ob das nun sehr schön oder sehr hässlich war, konnte ich da noch nicht sagen. Mutter jedenfalls murrte, so etwas lasse auf den Charakter schließen, man müsse nur einen Blick auf mein Beet werfen und könne erkennen, wie unordentlich ich sei. Auch die anderen empfanden es als ein Durcheinander. Nur Großpapa äußerte eines Tages zu mir: »Du liebst die Natur, unterwirfst dich ihr aber nicht. Ich unterwerfe mich ihr, und sie erlaubt mir, ihr zu dienen. Aber wirklich nah komme ich ihr nicht.«

Bei der Laube lag Marias kleiner Gemüsegarten, der in winzige Quadrate für alle Sorten von Saisongemüse unterteilt war. Ihre Erbsen waren wirklich die köstlichsten weit und breit. Abgesehen davon, dass sie nur zwei bis drei Okka pro Jahr erntete, die gerade mal für zwei Mahlzeiten reichten. Maria beharrte darauf, nur ein Gäbelchen davon zu kosten, um den anderen den Hochgenuss nicht vorzuenthalten.

Infanta hatte sich anstelle eines Beetes für zehn wilde Mandelbäume entschieden, die nicht viel Pflege benötigten. Sie brauchte sie nicht oft zu gießen, die Erde nicht umzugraben und ihre Früchte nicht zu ernten, da sie nicht essbar waren. Ihr Anblick stimmte einen im Frühling froh und im Winter traurig. Infantas Hand berührte immer wieder die Zweige – egal, ob sie nackt oder voller Blüten waren – und ruhte lange darauf. Infanta war damals noch ein Kind, aber sie hatte die Hände einer erwachsenen Frau.

Wenn es abends kühler wurde, harkte ich die Erde meines Beetes, Maria grub ihren Gemüsegarten um, Infanta betrachtete ihre Bäume, und die Erwachsenen versammelten sich auf der Veranda um die kirschrote Tischdecke. Kurz darauf erschien Herr Louzis zu seinem regelmäßigen Besuch. Tagtäglich und fast immer zur gleichen Uhrzeit hörten wir das Knarren der Gartenpforte und die Kieselsteine des Gartenpfads, die unter seinen schweren Schritten knirschten, als wollten sie zerbersten. Da hatte er schon die drei Pistazienbäume auf dem schmalen Feldweg passiert und ihre tief hängenden Zweige mit den jähen Bewegungen seiner Hände und seines Spazierstocks so heftig gestreift, dass ich mich genötigt sah zu überprüfen, ob er welche abgeknickt hatte. Aber Herr Louzis hatte keinem einzigen Zweig Schaden zugefügt. Nur ein paar Blätter waren seiner Zerstreutheit zum Opfer gefallen. Er hatte sie versehentlich abgerissen, während er seinen Spazierstock mechanisch von der einen Hand in die andere wechselte.

»Wer könnte das um diese Uhrzeit sein?«, fragte Tante Tereza jedes Mal. »Das kann nur ein Fremder sein, da gehe ich lieber rein. Ich habe keine Lust auf fremden Besuch.« Sie erhob sich, wie von Furien gehetzt, und schaffte es gerade noch, sich im Esszimmer zu verbergen, das auf die Veranda führte. Nur um zwei Minuten später mit den Worten aufzutauchen: »Ah, Sie sind es, Herr Louzis! Ich dachte, es wäre fremder Besuch.«

»Setzen Sie sich doch!«, sagte Mutter, den Blick auf das alte Flugfeld von Tatoi gerichtet. »Rodia, den Kaffee …«

Herr Louzis trank Tee, wie er behauptete, nur im Falle einer schweren Erkältung.

»Mach ihm keinen Kaffee!«, wisperte ich Rodia in der Küche zu. »Wieso braten wir ihm eine Extrawurst? Er soll Tee trinken wie alle anderen auch.«

»Wieso denn?«, fragte Rodia.

»Wieso? Na ja, weil …«

Kurz darauf wurde ihm sein Kaffee in einer großen Teetasse serviert. Herr Louzis schnupperte daran und zündete sich eine Zigarre an. Mal nahm er einen Schluck Kaffee, mal einen Zug von der Zigarre, und das Ganze zog sich eine ganze Stunde lang hin.

Er war zwar dick, aber stets gut gekleidet, im Frühjahr trug er hellgrauen, englischen Flanell, im Sommer weißes Leinen oder indische Seide.

»Was gibt's Neues?«, meinte Großpapa und rieb sich die Hände.

Herr Louzis kannte nicht nur die Athener Neuigkeiten, sondern er wusste weltweit Bescheid. Behände und zugegebenermaßen charmant sprang er von einem Thema zum nächsten, von der Hochzeit des Herrn Sowieso zur neuesten Erfindung aus Amerika, von der bildenden Kunst – stammte das besagte Gemälde wirklich von El Greco? – zur besten Methode für die Rosenveredelung. Er war weltgewandt und kenntnisreich. Für die Erwachsenen war er eine angenehme und geschätzte Gesellschaft. Und für Großpapa hatten seine Besuche noch größere Bedeutung. Dadurch konnte er alle Informationen von der Hochzeit des Herrn Sowieso und der Rosenveredelungsmethode bis hin zur letzten amerikanischen Erfindung zu einem allgemeinen Eindruck von der weiten Welt zusammenfügen und so dem Gedanken entgegenwirken, dass er abgeschnitten von ihr im Exil lebte. Von dieser quälenden Vorstellung befreit, konnte er genauso weiterleben wie bisher, nämlich tatsächlich weit weg von der Welt und ganz so, wie es ihm am besten gefiel. Herr Louzis schenkte ihm, ohne es selbst zu ahnen, das Gefühl, er dürfe mit Fug und Recht und ohne schlechtes Gewissen ein Leben nach seinem eigenen Gutdünken führen. Dafür war ihm Großpapa mehr als dankbar.

Ich hingegen hatte den Eindruck, dass er allem, dem er mit grobem Lachen und schweren Schritten seinen Stempel aufdrückte, die Bedeutung raubte. Selbst die große Erfindung schrumpfte für mich, durch seine persönliche Optik betrachtet, zu etwas Nichtssagendem. Und wenn Mutter über seine Witze lachte, hätte ich am liebsten das Gesicht in meinem verrückten Blumenbeet verborgen und losgeheult.

Damals hatten wir eine Gouvernante, die uns Französisch beibrachte und uns jeden Samstag badete. Zuerst stieg Maria in die Wanne, danach Infanta und zum Abschluss ich. Der Badetag war für Mademoiselle Sina am schlimmsten. Schon allein die Pflege von Marias langem Haar verursachte ihr Kreuzschmerzen. Auch über mich ärgerte sie sich, da ihr mein Hals immer schmutzig vorkam, als hätte ich ihn die ganze Woche lang nicht gewaschen. Die Wahrheit war, dass ich – obwohl ich nicht wasserscheu war – bei der allmorgendlichen Dusche den kalten Strahl lieber nur auf meinen Rücken prasseln ließ, da ich vor Kälte bibberte, wenn er meinen Hals berührte. Nur wenn ich kopfüber ins Meer sprang oder in der Zisterne untertauchte, störte es mich nicht, wenn auch der Hals nass wurde. Immer wenn ich als Letzte in die Wanne stieg, war die Luft im Badezimmer von Dampf und Seifenduft geschwängert. Der Heizkessel bollerte, die Holzscheite waren zu Glut zerfallen. Die große Hitze ließ mein Herz langsamer schlagen, ich verdrehte die Augen und fühlte mich einer Ohnmacht nahe. Aber ich tat nichts dagegen, denn es gefiel mir. Es war, als redete ich im Halbschlaf in einer unbekannten Sprache. Die verschwommenen Gedanken, die mir beim Baden kamen, waren mir so fremd, dass ich mich dafür schämte.

Der Samstag unterschied sich durch das Bad von allen anderen Tagen der Woche. Wir nahmen den Tee früher als sonst und ohne Brot und Marmelade, damit wir kein Magendrücken bekamen. Zum Abendessen saßen wir nicht mit am Tisch, sondern bekamen es ans Bett serviert. Wir schlüpften ins frisch gemachte Bett, das Kopfkissen wurde feucht von unserem Haar, unsere Haut glänzte, und unser Geist war klar – die Gedanken, für die ich mich vorhin geschämt hatte, waren wie weggeblasen, als hätten sie niemals in meiner Vorstellung existiert – und Rodia brachte jeder ein Tablett mit Suppe und gekochtem Schafskopf. Stück für Stück nahmen wir ihn auseinander, saugten die Knochen aus und nutzten die

Gelegenheit, uns wie wilde Kannibalen zu benehmen. Ich aß die Augen auf – weder Infanta noch Maria hatten Appetit darauf, ihnen taten die Schafe leid –, und Maria aß die Zungen.

An den Samstagen kam Mutter, im Gegensatz zu den anderen Tagen, zum Gute-Nacht-Sagen zu uns. Sie beugte sich über jedes Bett, umfasste unsere Gesichter mit ihren samtweichen Händen, blickte uns in die Augen und küsste uns auf beide Wangen. Ihre Haut war zart und weiß wie die Blumen in Herrn Louzis' Treibhaus, ihre Augen glänzten schwarz wie ihr Haar. Mutter war schön, sehr schön. Ich bat sie um noch einen Kuss. Dann beugte sie sich entweder noch einmal zu mir herunter und nahm meinen Kopf in ihre Hände, oder sie tat, als hätte sie nichts gehört, und ging hinaus.

»Mama, hast du mich lieb?«

»Still jetzt, Katerina, schlaf ein.«

»Sesina, hast du mich lieb?«

»Bist du immer noch wach? Morgen gehst du eine halbe Stunde früher ins Bett.«

»Infanta, Maria, habt ihr mich lieb?«

»Was ist denn heute Abend mit dir los?«

Alle lachten.

Mademoiselle Sina, die wir auch Sesina riefen, las uns gern die Geschichten von Bécassine vor. Mir jedoch war Hector Malots Roman *Das Findelkind* lieber. Damals war ich der festen Überzeugung, dass Komik das Leben herabwürdigt und Tragik es verschönert. Bei der Lektüre von *Das Findelkind* liefen mir die Tränen über die Wangen, aber ich genoss sie zugleich. Je größer die Prüfungen und Schwierigkeiten wurden, die Remi zu überwinden hatte, desto besser fühlte ich mich dem Leben gewachsen.

Meine Zuneigung zu Mademoiselle Sina kam erst zum Vorschein, nachdem sie gegangen war. Als sie noch bei uns war, fühlte ich mich von ihr bevormundet und gemaßregelt. Dieser Eindruck war – im Nachhinein betrachtet – falsch, aber genau deshalb umso stärker.

Sie kam aus der Schweiz, hatte rosige, von feinen Äderchen durchzogene Wangen und sprach so oft von Wilhelm Tell, dass ich heute noch unter dem Eindruck stehe, er sei der größte Held aller Zeiten. Darüber hinaus erzählte sie von der dicken Schweizer Milch, von den verschneiten Berggipfeln und von den Tartelettes aus der Bäckerei ihres Vaters. Ich stellte mir vor, wie ich mit dem Schlitten vom höchsten Gipfel heruntersauste und vor der Bäckerei ihres Vaters abbremste. Dann ließ ich den Schlitten einfach auf der Straße stehen – dort konnte man alles auf der Straße lassen, sogar Geld, keiner stahl es – und nahm mir ein Tartelette mit Aprikosen und eines mit Erdbeeren. Bei dieser Vorstellung lief mir das Wasser im Mund zusammen, und der Duft der heißen Süßigkeit stieg mir verführerisch in die Nase. »Dort gibt's jede Menge Walderdbeeren«, erzählte Mademoiselle Sina. »Schon auf einem kurzen Spaziergang sammelst du einen ganzen Korb voll. Ich darf sie aber nicht essen. Schon von einer einzigen bekomme ich Schüttelfrost und Fieber.«

Das stimmte wirklich. Irgendwann überredete ich sie, zwei von unseren Erdbeeren zu probieren, ob sie auch davon Schüttelfrost bekäme. Es dauerte keine halbe Stunde, und sie war einer Ohnmacht nahe.

Immer wieder trieben wir die Arme zur Weißglut und kicherten, wenn ihr das Blut in den Kopf schoss und sich die roten Äderchen violett verfärbten. Dabei durften wir nicht vergessen, dass sie uns mit ihrem gutmütigen Charakter die Angst wieder nahm, die uns Miss Gost, die frühere Gouvernante, eingejagt hatte. Miss Gost spielte mitten in der Nacht Geige und verhängte die Spiegel mit weißen Tüchern. Sie machte lange Waldspaziergänge mit uns, wir mussten uns im Kreis hinsetzen, und sie erzählte, unsere Seele habe vor unserer Geburt in einem anderen Menschen oder Tier gewohnt und nach unserem Tod würde sie weiterwandern.

Den Gedanken, meine Seele könnte einfach davonfliegen wie ein Vogel, fand ich völlig verrückt. Und was war, wenn ich im nächsten Leben ein Pferd wurde und mich die Kutscher auf der Straße mit der Peitsche schlugen?

»Das Geigenspiel übe ich für mein nächstes Leben«, fügte sie mit fiebrigem Blick hinzu.

»Aber wie wollen Sie Geige spielen, wenn Sie als Ferkel oder Katze wiedergeboren werden, Miss Gost?«, fragte ich eines Tages mit einem lauten Auflachen, zerknüllte aber gleichzeitig vor lauter Nervosität das Taschentuch in meinen verschwitzten Händen.

»Unsinn«, zischte sie, leichenblass.

Miss Gost war immer aschfahl bis leichenblass und strich ihr schwarz glänzendes Haar streng hinters Ohr. Nur ihre Kleider leuchteten in allen Farben.

Damals durchlebte ich schreckliche Nächte. Ich konnte nicht einschlafen, und wenn es mir endlich gelang, hatte ich Albträume. Immer wieder sah ich eine Sandwelle auf mich zukommen, die über mir zusammenschlug und mich blind machte. Vergeblich versuchte ich, die Lider zu öffnen. Mein Geschrei weckte das ganze Haus auf. Selbst heute kann ich nicht sagen, ob diese blind machende Sandwelle ein nächtlicher Albtraum war oder ob meine durch den Schlafmangel überspannte Fantasie mit mir durchging.

Also waren wir Sesina zu Dank verpflichtet, die uns im Wald nichts über die Seele erzählte, sondern uns herumtollen ließ, die unseren Schlaf mit harmlosen, heute vergessenen Märchenerzählungen aus der Schweiz besänftigte. Dass ihre Wangen rosig und nicht aschfahl waren, sprach für sie. Ihr Haar war hellbraun und zeigte zunächst nur ein paar graue Strähnen am Haaransatz, die sie sorgfältig zupfte, bis sie immer dichter wurden und einen schimmernden Kranz um ihren Kopf bildeten. Darüber war sie kreuzunglücklich, obwohl ich ihr versicherte, wie gut er ihr stand.

Der Sonntag war unser Tag mit Vater, und er war stets mit innigen und schwermütigen Gefühlen verbunden. Durch die Zeit, die wir mit ihm verbrachten, wurde uns erst bewusst, wie kurz sie bemessen war. Genau deshalb wollten wir zusammen Spaß haben und heckten etwas Verrücktes aus, dem wir uns voll und ganz hingaben. So machten wir einen Ausflug mit seinem Wagen, den wir nach einem Helden aus dem griechischen Unabhängigkeitskampf von 1821 »Karaiskakis« nannten, zu einem entlegenen Strand. Oder wir gingen in ein Theaterstück, das nicht für unser Alter geeignet war, oder in einen Kinofilm, in dem Pferde in gestrecktem Galopp über endlose Prärien rasten oder faszinierende Heldinnen die Hauptrolle spielten. In einem dieser Filme tötete Greta Garbo einen Offizier, der nichtsahnend in seinem Sessel saß, und rief dann, als jemand an der Tür klopfte, mit der natürlichsten Stimme der Welt »Herein!« und tat – auf der Armlehne neben dem Toten sitzend – so, als würde sie ihn umarmen und mit ihm sprechen.

Gleich am Montagmorgen berichteten wir das Gesehene und Gehörte Marios, dem Nachbarssohn. Kaum war die Sonne aufgegangen, kam er angeblich zum Spielen, aber in Wirklichkeit wollte er hören, was wir erlebt hatten. Anfangs stellten wir uns dumm und diskutierten lang und breit, welches Spiel wir spielen wollten. Dann sagte er mit Blick zum Himmel:

»Was ist heute für ein Tag?«

»Montag, warum?«

»Da muss ich mein Curriculum vorbereiten.«

»Aha!«

Viel länger hielten wir nicht durch. Maria knickte als Erste ein.

»Das hättest du sehen sollen, Marios …«

Wir setzten uns auf den Boden, und die Minuten wurden zu Stunden, zu Tagen, zu einem ganzen Leben.

In den letzten Tagen sind die Frösche ganz aus dem Häuschen. Diejenigen, die an der Leoforos Anixeos, gegenüber von Doktor Parigoris' Haus, im Schilf leben, machen den Anfang. Dort strömt der Bach von Kefalari herunter, um die Felder zu bewässern, und das Gurgeln, der Duft und die oszillierende Farbe des Wassers machen sie ganz trunken. Die anderen Frösche erwidern das Quaken, dann sind wieder unsere am Zug, zunächst zögerlich und vereinzelt, mit der Zeit immer durchdringender, bis ihre Stimmen den ganzen Gemüsegarten erfüllen mit ihrem nächtlichen Lied. Ruhig und monoton ertönt ihr Ruf, dann wieder schrill und exaltiert. Das heisere Quaken eines alten Frosches verleiht dem Ganzen zum Glück auch eine komische Note.

Zu dieser Stunde zählen meine Schwestern und ich die Sterne, während sich der Mondschein auf unser Haar legt. Marias Blick wird plötzlich unruhig.

»Woran denkst du?«, frage ich.

Wir sind im Freien, liegen auf dem Rücken und haben die Arme hinter dem Kopf verschränkt.

»An einen Stierkampf.«

Ich muss laut auflachen.

»Ja!«, flüstert sie mir ins Ohr. »Stell dir nur mal vor ... Das rote Tuch, die vor Wut schäumenden Stiere, die Toreros, die ihnen den Degen zwischen die Schulterblätter rammen oder sehen müssen, wie ihnen selbst die Eingeweide aus dem Bauch quellen. Und die Frauen, die sich Luft zufächeln und, erregt vom Anblick des Kampfes, nur darauf warten, sich dem Sieger hinzugeben.«

Was redet Maria da für wirres Zeug. Ich werfe ihr einen Blick zu. Nun, sie ist schon zwanzig, aber trotzdem ...

»Was für ein Unfug!«, meint Infanta und erhebt sich, um Tante Tereza Gesellschaft zu leisten. Die beiden sind unzertrennlich, widmen sich komplizierten Stickmustern und studieren dicke Bücher.

»Hör nicht auf sie«, fährt Maria fort. »Sie versteht nichts vom Leben, und das wird sich auch nicht ändern. Sie wird unantastbar bleiben wie ein Stück Marmor.«

Die Jungfrösche erwachen zum Leben, der Alte hält sich noch zurück.

»Es ist aus mit Nikos, weißt du. Stefanos und Eleni gehören jetzt zu unserer Gruppe. Eleni fand Nikos interessanter und ich Stefanos. Also haben wir getauscht, sozusagen.«

Als ich nichts erwidere, meint sie: »Was? Spielst du jetzt auch den Moralapostel wie Infanta?«

»Darum geht's nicht, Maria …«

Es fühlt sich an, als würden die Bäume umstürzen und mich unter sich begraben, meine Beine sind bleischwer, der Mond wirkt wie eine billige Fälschung. Stefanos, Maria, Eleni, Nikos … Wenn das so ist … Ich stelle mir etwas ganz anderes darunter vor …

»Warum schenkst du Marios nicht mehr Beachtung?«, frage ich sie. »Er mag dich. Wenn er herkommt, hat er nur Augen für dich, und wenn ich ihn auf der Straße treffe, fragt er jedes Mal nach dir.«

»Pff, er ist albern und spindeldürr. Was für ein Langweiler!« Sie wälzt sich im Gras hin und her: »Er ist ganz verrückt nach mir, ich weiß.«

Stille.

»Unter uns gesagt, Katerina, Nikos und Stefanos sind auch albern, aber ein netter Zeitvertreib.«

Ich bin anders als Maria. Ich würde nie zulassen, dass mich ein Junge nur so zum Zeitvertreib anfasst. Vielleicht finde ich irgendwann einen, der mit mir die blühenden Margeriten auf der Wiese betrachtet oder mir im Herbst auf noch feuchten Blättern die ersten Früchte des Erdbeerbaums bringt. Vielleicht breche ich auch ganz allein zu einer Weltreise auf.

»Ich verstehe gar nicht, was Infanta und Tante Tereza die ganze Zeit miteinander zu flüstern haben«, sagt Maria unvermutet. »Wieso rennt sie zu ihr nach oben, wenn man hier so bequem im Gras sitzen kann? Was habe ich schon gesagt? Ich hab doch nur die Stierkämpfe erwähnt. Infanta! Infanta!«, ruft sie mit Blick auf das Haus und Tante Terezas Zimmer. »Komm doch wieder runter, Infanta!«

Tante Terezas Zimmer liegt etwas abseits im oberen Stockwerk. Sie nennt es »Atelier« und möchte, dass auch wir es so nennen. Es stehen nur ein paar Möbel darin, eine Staffelei, auf dem kleinen Tisch ihre Palette und in der rechten Ecke teils fertige, teils unvollendete Bilder.

Am interessantesten – ja, sogar interessanter als ihre Bilder – finde ich ihre Palette mit den blau, orange, gelb, rot und grün schimmernden Farbtupfern. Als ich noch klein war, ist mir damit ein kleines Malheur passiert. Verführt vom Zauber der Farben, dachte ich, wenn ich sie vermischte, würde etwas Außergewöhnliches, noch nie Dagewesenes entstehen. Ich drückte den Inhalt aller Tuben auf die Palette, fasste mit beiden Händen hinein und rührte um. Überrascht hielt ich inne: Vor mir lag eine bräunliche Masse, die ganz anders aussah als erwartet. Zu allem Überfluss wurde ich auch noch ausgeschimpft. Heute weiß ich, dass nicht alle Farben zueinander passen. Tante Tereza hat es mir beigebracht: »Um Violett zu bekommen, musst du Rot und Blau mischen, und Blau und Gelb, wenn du Grün haben willst.«

Tante Terezas Werke gleichen Abziehbildern der Wirklichkeit. Sie malt, was sie vor sich sieht, und zwar ganz getreu. Ihr entgeht kein Blättchen, kein Grashalm und keine einzige ferne Wolke. Nur dass sie die ferne Wolke ganz nah malt, und das verdirbt alles. Das Porträt allerdings, das sie von Infanta gemalt hat, gefällt mir gut. Infanta sei so schön wie die Venus von Botticelli, meint Tante Tereza, eine keusche Venus. Von uns dreien ist sie zweifellos die

Hübscheste. Nur dass Marias Körper üppiger, aber trotzdem biegsam ist und meine Augen heller leuchten.

Tante Tereza malt Landschaften, Porträts und Stillleben. Eines ihrer Lieblingssujets sind Bäume, die sie sowohl auf unserem Gut als auch im Wald findet. Obwohl sie ihre Form und Farbe haargenau abbildet, stehen sie auf der Leinwand zusammenhanglos nebeneinander, jeder einzelne ganz für sich, wie in seiner eigenen Landschaft, selbst wenn das Ensemble geschickt komponiert ist. Auf ihren Stillleben malt sie am liebsten Obst, vor allem Aprikosen und aufgeschnittene Honigmelonen. »Die sehen so echt aus, zum Anbeißen!«, sagt sie mit einem kleinen Auflachen. Mir gefallen sie nicht. Ich mag keine Stillleben und schon gar keine mit Obst. An Früchten erfreut man sich, indem man sie berührt, beschnuppert und kostet.

Infanta verbringt Stunden in Tante Terezas Atelier. Ihr gefielen, so meinte sie, der Ausblick von dort oben und die Stille, im Gegensatz zur Stimmung im Erdgeschoss mit Mutters Krittelei, Opas Murren, meinem Geschrei und Marias Gelächter. Aber diese Stille ist unnatürlich und manchmal sogar furchterregend, bringt einem Albträume in Erinnerung, in denen man Schmerzen leidet, verfolgt wird, die Erde sich öffnet, um einen zu verschlingen, man etwas sagen will, aber keinen Ton herausbringt und einem der Schrei »Hilfe! Hilfe!« im Hals stecken bleibt.

Trotzdem ist Tante Tereza ein liebenswerter Mensch, aber auch ein Angsthase. Sie zuckt beim leisesten Geräusch zusammen, und ihre Unterlippe beginnt zu zittern, sobald nur der Wind ein bisschen stärker pfeift.

»Es kommt jemand«, wispert sie.

Für sie verkörpert dieser Jemand das Böse.

»Stimmt, ich habe auch etwas gehört«, erwidere ich – zum einen, um sie in ihrer Angst zu bestärken, zum anderen, weil für mich dieser Jemand das große Unbekannte ist, das mich erwartet.

»Den Schrecken von damals hat sie nie überwunden«, meinte Rodia eines Abends und erzählte mir die ganze Geschichte.

Dabei rösteten wir Kartoffeln vor dem Kamin. Nur so kann ich Rodia für mich allein haben und sie zum Reden bringen. Denn ich will einfach alles wissen. Ich bin nicht so teilnahmslos wie Infanta.

»Deine Tante Tereza war noch ganz jung, als das Unglück passierte«, begann Rodia. »Sie war im selben Alter wie Infanta jetzt, und sie war ihr auch recht ähnlich. Deine Mutter, dein Vater, Tante Tereza und ihr Verlobter, ein groß gewachsener junger Mann mit glänzendem Haar und fleischigen Lippen, haben zusammen einen Ausflug unternommen.«

»Und wo war ich?«

»Du warst damals noch nicht auf der Welt. Frau Anna war mit Maria im dritten oder vierten Monat schwanger. Nachdem sie ein Picknick gemacht hatten, ruhten sich deine Eltern unter den Kiefern aus, und Tante Tereza ging mit ihrem Verlobten spazieren. Unterwegs machten sie in einer Höhle Rast. Dort muss es den jungen Mann überkommen haben und ... wie soll ich es ausdrücken ...«

»Sag schon, Rodia.«

»Nun, er machte deine Tante Tereza gegen ihren Willen zur Frau. Er hat ihr Zwang angetan.«

»Oh ...«

Ich sehe sie in jenem Augenblick vor mir. Draußen sirrt die Hitze, die Bäume stehen reglos, das Harz trieft von den Stämmen, die Steine glühen, die Insekten sind verstummt. In der kühlen Höhle, muffig und feucht, hängen die Tropfen von den Felsen. Wie lang kann sich ein Tropfen in der Schwebe halten, ohne zu fallen? Und Tante Tereza ist außerstande, sich hinzugeben. Ein Schauder lief mir über den Rücken.

»Aber, Rodia, wenn eine Frau einen Mann liebt, gibt sie sich ihm dann nicht hin?«

»Nicht, bevor sie verheiratet ist, mein Kind! Das ist Sünde. Dazu noch die Art und Weise, wie es passiert ist. Tante Tereza wollte es nicht. Warum hat er keine Rücksicht genommen? Danach war sie wie von Sinnen, eine ganze Weile lang. Kein Wort wollte sie mehr von ihm hören. Seit damals erträgt sie keinen Mann mehr in ihrer Nähe.«

Jetzt verstehe ich, warum Tante Terezas Stimme zittert, wenn sie sagt: »Da kommt jemand.« Warum die Bäume, die sie auf die Leinwand zeichnet, zusammenhanglos nebeneinanderstehen, als gehörten sie nicht zur selben Landschaft, und auch, warum sie Früchte weder fühlen noch riechen oder schmecken kann.

Trotzdem malt sie viel in der letzten Zeit. Sie steht am Fenster, ihr Blick schweift über das Gut bis hin zum Wald, wo niedrige, bis zur Erde niedergebückte Kiefern stehen, die aus gelichteten Kronen dürre Zweige in den Himmel strecken, umkränzt von fahlem Mittagsdunst.

»Das wird ein Panorama«, sagt sie.

Sie kneift ein Auge zusammen und tritt einen Schritt von der Palette zurück, um es zu betrachten.

»Ein Panorama«, wiederholt Infanta.

Infanta macht beim Sticken niemals einen Buckel, sondern hält Rücken und Becken immer ganz gerade. Schleicht sich der heiße Mittagsdunst heran, verscheucht sie ihn mit der Hand: »Und wie findest du das?«

Sie breitet die Stickerei auf ihren Knien aus. Darauf ist eine Unzahl von Pfauen zu sehen, die ihr Rad schlagen. Nur ihre Beine bleiben im Verborgenen. Pfauen haben nämlich hässliche Beine und schämen sich dafür. Ein Jahr schon arbeitet Infanta an dieser Stickerei und wird noch zwei weitere dafür brauchen. Sie ist für Tante Terezas großen Ohrensessel gedacht, der am Fenster steht.

»Wenn ich versuche, die Stiche zu zählen, wird mir ganz schwindelig.«

Wenn man bedenkt, wie viele Federn jeder Pfauenschwanz hat und wie viele Farben jede Pfauenfeder ... Das Sticken bietet ihr Schutz. Wenn Infanta stickt, spürt sie keine Gefahr, keine Unruhe, nichts kann ihr etwas anhaben.

»Das wird ein Meisterwerk«, sagt Tante Tereza laut. »Es ist nahezu vollkommen, Infanta.«

Vollkommenheit ist beider Ziel, sie sprechen oft davon, egal, ob Malen oder Sticken gemeint ist. Wenn du eine schöne Stickerei anfertigst, wirst du innerlich schön. Und je schöner sie ist, desto schöner wirst auch du.

»Um das zu erreichen, musst du allein bleiben, Infanta.«

»Allein?«, fragte sie damals noch.

Jetzt, da sie Bescheid weiß, fragt sie nicht mehr. Sie richtet sich auf, stolz und unbeugsam sitzt sie an ihrer Pfauenstickerei, und ihr Blick wird jeden Tag entrückter.

Früher dachte ich, sie hätte eine Schwäche für Marios, da sie rot wurde, wenn sie sein Pfeifen hörte und sah, wie er zu uns herüberkam. Auch neckte sie ihn nicht, wie ich und Maria es taten, sondern wisperte nur Guten Abend und zog sich nach oben ins Atelier zurück.

Eines Tages ertappte ich sie, als sie ihm durch die halb geschlossenen Fensterläden hinterherblickte, bis er in der Biegung der Leoforos Anixeos verschwand. Da brach es aus mir heraus:

»Infanta, wieso kommst du nicht herunter, wenn du Marios sehen möchtest? Suchst du ihn vielleicht in irgendeinem fernen Idealbild, das dir noch dazu den Rücken zukehrt?«

»Dumme Kuh«, antwortete sie. »Ich habe nur auf die Wiese geschaut, hörst du? Nur auf die Wiese!«

Wir sprachen nie wieder darüber. Auch auf Nachfragen hätte mir Infanta bestimmt nicht mehr erzählt. Vielleicht habe ich mich auch geirrt und sie hatte ihn gar nicht im Sinn, sondern betrachtete wirklich nur die Wiese.

Marios dagegen, das ist offensichtlich, hat nur Augen für Maria. Das war mir schon vor Jahren aufgefallen. Einmal hatten wir »Burgfräulein« gespielt und waren auf den höchsten Feigenbaum geklettert. Uns war nicht bewusst, dass wir Tag für Tag, Stunde für Stunde älter und erwachsener wurden und es wohl das letzte Mal war, dass wir so zusammen spielten. Dabei bemerkte ich, wie Marios' Hand im Spiel zufällig Marias Bein streifte und wie er uns von unten anblickte – wir saßen ja oben als »Burgfräulein«, und er stand unten als Prinz und Eroberer – und ihm langsam das Blut aus dem Gesicht wich.

»Marios!«, rief ich. »Was hast du?«

»Zu viel Sonne erwischt«, stammelte er. Und kurz darauf fügte er hinzu: »Dieses Spiel reicht mir jetzt.«

Er wollte auch nicht mehr mit Maria rangeln, da sie sich mit dem ganzen Körper auf ihn warf und kratzte und biss, wenn sie auf anderem Wege nicht gewinnen konnte.

So fanden die Kinderspiele ein Ende, und fortan widmeten wir uns dem Studium und ernsten Themen. Marios kommt jetzt nur noch ab und zu nachmittags vorbei, ganz formell und gut gekleidet. Er mag es nicht mehr, dass wir ihm wie früher durchs Haar fahren. Seit er studiert, nimmt er sich selbst sehr wichtig. Er liest dicke Schwarten, und wenn wir ihm einen Spaziergang oder einen Ausflug vorschlagen, meint er, es tue ihm leid, aber er müsse lernen oder nach Athen ins Labor. Marios wird Arzt, genauer gesagt, Chirurg.

»Der Arztberuf liegt der Parigoris-Familie im Blut«, sagt Frau Parigori. Dann lässt sie durchblicken, was für ein Glück wir mit solchen Nachbarn hätten. »Man weiß ja nie, wir sind alle nur Menschen. Es kann einem so schnell etwas zustoßen.«

Gott sei Dank stößt uns nichts zu, wir sind alle kerngesund. Selbst Großpapa, obwohl schon fünfundsiebzig, geht nie zum Arzt. Er hat ein großes medizinisches Wörterbuch, das er konsultiert, wenn er sich unwohl fühlt. Dann stellt er die Diagnose und behandelt sich selbst. Rodia hingegen hat bei feuchtem Wetter Schmerzen in den Beinen. Aber dagegen ist auch der Arzt machtlos. Genauso machtlos wie dann, wenn bei Tasia, der Frau des Gärtners, die Geburtswehen einsetzen. Bei all ihren drei Kindern hat sie sich die Seele aus dem Leib geschrien. Obwohl ihr Häuschen ganz am Rand des Guts liegt, drangen ihre Schmerzensschreie bis in Großpapas Zimmer, auch wenn er Türen und Fenster verrammelte und sich Watte in die Ohren stopfte.

Tasia tat mir von Herzen leid. Jedes Mal, wenn ihr Bauch dicker wurde, fühlte ich mich so angespannt, als trüge ich selbst eine große Last mit mir herum. Maria fand ihren Zustand auch interessant. Wenn die Wehen einsetzten, versteckte sie sich in der Nähe des Hauses im Gebüsch und wartete. Kurz darauf trafen der Arzt und Mutter Kapatos ein. Sie verstand ihr Handwerk, obwohl sie keine ausgebildete Hebamme war. Tasia bestand darauf, dass sie bei der Entbindung dabei war. Ansonsten waren die beiden Todfeindinnen und erzählten nur Schlechtes übereinander. Vor lauter Neid und Eifersucht stritten sie sich beim geringsten Anlass. Sobald Tasia aber im achten Monat war, änderte sich die Lage. Dann schickte sie Mutter Kapatos selbst gemachte Süßigkeiten aus Mastix und Milch für die Kinder. Knapp vor der Geburt folgte der offizielle Antrittsbesuch.

»Das war doch nicht nötig«, meinte Mutter Kapatos.

»Ach, wir sind doch Nachbarn. Da kann ich doch mal vorbeischauen …«

Stimmt, es waren nur ein paar Schritte zum Waldrand, wo das ärmliche, halb zerfallene Haus der Familie Kapatos stand, das aus einer einzigen Kammer mit Küche bestand. Was konnte eine Frau mit fünf Kindern dagegen schon tun? Der Ehemann verbrachte, bis auf wenige Unterbrechungen, den Großteil seines Lebens im Gefängnis. Kaum hatte er die eine Strafe abgesessen, setzte er alles daran, seinen Aufenthalt zu verlängern. Die Familie hatte sich daran gewöhnt. »Wo ist euer Vater?« – »Eingesperrt«, antworteten die Kinder gerade so, als sagten sie: »Verreist.« Koula, damals die Jüngste, gestand mir, es gehe ihnen besser, wenn er weg sei. »Er wird schnell rabiat, und dann rutscht ihm die Hand aus.«

Maria lag also in ihrem Versteck auf der Lauer. Beim letzten Kind konnte sie sogar einen Blick nach drinnen werfen. Sie hatte sich zum Fenster an der Längsseite geschlichen, während ich weiter unten auf einen Lagebericht aus erster Hand wartete. Als sie zurückkam, war sie knallrot im Gesicht und ganz aus dem Häuschen. Ihr Mund versuchte zu lachen, aber in ihren Augen standen Tränen. Ich begriff kein Wort von dem, was sie erzählte.

Jetzt ist Nontas, Tasias nunmehr Jüngster, zwei Jahre alt. Auch wir sind zwei Jahre älter und sehen die Dinge mit anderen Augen. Was Infanta denkt, wissen wir jedoch nicht, denn sie spricht nicht über solche Dinge.

Was aus Infanta wohl einmal wird?

»Sie ist die Bescheidenste und Schönste«, sagt Mutter. »Sie wird den besten Mann bekommen.«

Und Tante Tereza lächelt geheimnisvoll dazu.

II

Das Haus von Doktor Parigoris

Es ist ein heißer Tag, kein Blatt rührt sich, und der Geist ist, genau wie Leib und Seele, träge. Wir versuchen den Dingen, die uns umgeben, Sinn zu verleihen. Ich gehe zu den Kühen, die mich anblicken, als sähen sie mich zum ersten Mal. Dann zu den Hühnern, die sich vergeblich um mich scharen, weil sie Brotbröckchen von mir erwarten. Dann zu Romeo, Infantas Lieblingshengst, der mir die Kruppe zuwendet. Auch Mavroukos' sonst so kühler Grabstein glüht. Mein alter Liebling würde heute schwitzen. Der Sommer war ihm immer zu heiß, seine Zunge hing ellenlang heraus, er hechelte, und sein Bulldoggengesicht nahm einen tragischen Ausdruck an. Dann stellte er sich an den Zisternenrand und wartete, bis ich ihm einen Schubs gab. Allein traute er sich nicht.

Durch die halb offene Tür zum Esszimmer sehe ich, wie Mutter den Tisch deckt. Diese Aufgabe erledigt sie immer selbst und mit größter Sorgfalt. Sie legt das Besteck so sanft hin, als wäre es aus Glas, sie hält die Abstände millimetergenau ein, in die Mitte kommt der Salzstreuer – Pfeffer ist, da schädlich für die Gesundheit, von Großpapa verboten –, und dann legt sie das geschnittene Brot ins Körbchen. Beim Tischdecken wirkt sie konzentriert, als studierte sie aufmerksam jede ihrer Bewegungen. Ihr ganzer Körper wird sichtbar mit dem schwarz glänzenden, im Nacken zu einem schweren Knoten zusammengebundenen Haar.

»Mutter …«

Ihre Taille ist nicht mehr so schlank wie früher, auch ihre Hüften sind runder geworden. Obwohl ihre Wangen etwas blass sind, wirkt sie immer noch jung und schön.

»Hast du mich erschreckt!«, ruft sie aus. »Wann bist du hereingekommen? Ich hab dich gar nicht bemerkt.«

Und als sie meine nackten Füße sieht: »Wieder barfuß? Wo hast du deine Sandalen?«

Ich erkläre ihr, dass ich im Garten gegossen habe und dann bei den Kühen, den Hühnern und Romeo war. Mavroukos' Grab erwähne ich nicht.

»Heute weiß ich gar nichts mit mir anzufangen, Mutter. Ich fühle mich so …« Meine Stimme zittert.

»Bist du krank?«

Ich lege mich bäuchlings auf die Chaiselongue. Sie kommt und legt mir die Hand auf die Stirn. Ich wünschte, sie würde mich in den Arm nehmen, mich an die Brust legen und stillen wie ein Baby. Sie sieht doch, dass ich nicht krank bin. Warum fragt sie? Wenn sie wirklich wissen wollte, was los ist, würde ich es ihr erzählen. Die Frage liegt ihr schon auf der Zunge, ihre Stimme wird wärmer und liebevoller, aber dann stockt sie. Zwischen uns stand schon immer ein angstvolles Zögern. Wir können einander unsere Geheimnisse nicht enthüllen, selbst wenn wir gar keine haben.

»Wahrscheinlich warst du zu lang in der Sonne«, sagt sie schließlich.

Wie schade, Mutter, ich hätte dir so gern vom Land der Houyhnhnms, von Mavroukos' Grab und auch davon erzählt, was ich vom Nussbaum aus alles sehen kann.

»Rodia!«, ruft sie. »Eine Limonade für Katerina!«

Sie wirft einen letzten Blick auf den Esstisch und korrigiert die Position eines Messers, das weiter entfernt vom Teller liegt als die übrigen. Ein tiefer Seufzer dringt aus ihrer Brust. Da hat man

Kinder und weiß nicht, was für Geheimnisse sie vor einem verbergen.

»Was hast du, Mutter?«

»Nichts.«

»Aber du hast doch geseufzt.«

»Nein, nur Luft geholt.«

Und kurz darauf: »Mir ist schleierhaft, warum du so überspannt bist. Ich frage mich, woher du das hast. Dein Vater und ich sind doch ...«

»Und was ist mit der polnischen Großmama?«

Sie fährt herum, mit zornigem und keineswegs mütterlichem Blick.

»Du wagst es!«

Das Blut ist ihr in den Kopf geschossen.

»Ja und abermals ja!«, rufe ich. »Ihr alle hier hasst sie. Ich bin die Einzige, die sie mag. Weil sie schön war, weil sie anders Musik gespielt hat als du, weil sie querfeldein galoppiert ist.«

Ich zapple auf der Chaiselongue wie ein junges, unbändiges Fohlen. Meine Unterlippe zittert vor lauter Nervosität. Mutter wird kreidebleich. Vielleicht denkt sie jetzt, sie hätte sich umsonst aufgeopfert, sie hätte wieder heiraten, sie hätte ihr Leben selbst in die Hand nehmen sollen. Und diejenigen, um derentwillen sie geblieben ist, bewundern die andere, die sich aus dem Staub gemacht hat.

Sie tut mir leid. Am liebsten würde ich ihr die Hände küssen, Danke und nochmals Danke sagen.

»Katerina, komm her«, wispert sie. »Setz dich zu mir, du kennst doch die ganze Geschichte. Man soll seine Eltern nicht kritisieren, aber die polnische Großmama war keine gute Mutter. Sie ist mit einem fremden Mann durchgebrannt und mit ihm, ohne ein Zuhause, ohne eine Heimat zu haben, durch die Welt gezogen.«

»Aber sie war frei und glücklich.«

»Das weiß man nicht. Komm, beruhig dich, Kleines. Morgen habe ich die Schneiderin für dein gelbes Kleid zur Anprobe bestellt.«

Sie streicht mir übers Haar und gibt mir einen Kuss. Aber ich darf nicht klein beigeben.

»Ich jedenfalls mag sie«, sage ich. »Und nichts kann mich davon abbringen.«

In diesem Moment läutet es unten an der Tür. Es ist Leda, Marios' kleine Schwester.

»Ich hab eine Nachricht für euch!«, sagt sie. »Marios lädt euch alle drei für nächste Woche ein. Die Einladung soll ich aber nur Maria persönlich übergeben. Das wird schön!« Dann flüstert sie, mit ihren knapp dreizehn Jahren, mir vertraulich an der Haustür zu: »Es werden auch große Jungen dabei sein, Kommilitonen von Marios.«

Das Haus der Familie Parigoris war das letzte in der Leoforos Anixeos. Groß und zweistöckig stach es unter den anderen Häusern hervor. Im Gegensatz zu ihnen gab es dort keine Nutztiere, weder Gemüsegarten noch Obstbäume. An der Nordseite stand eine Reihe von Zypressen, die als Windfang dienten, im Garten waren Mimosensträucher, Akazien und die unterschiedlichsten Blumen gepflanzt. Im vorderen Teil lag ein riesiges, rundes, kurz getrimmtes Rasenbeet von sattem Grün, aus dessen Mitte strahlenförmig sechs Reihen mit roten, weißen, rosafarbenen, gelben, pfirsichfarbenen und ganz bestimmten anderen Rosen ausgingen, deren Farbe man nur schwer beschreiben konnte. Sie erinnerte an hellen Tee oder an Wolken, die lange nach Sonnenuntergang vergessen am Himmel zurückbleiben.

Gleich zwei Jahre hintereinander waren Frau Parigoris Rosen bei der Gartenschau in Kifissia prämiert worden. Einmal hatte sie einen exotischen Kaktus präsentiert, groß wie ein Kindergesicht, das aussah, als würde es eine monströse Grimasse ziehen. Frau

Parigori liebte Pflanzen und die Gartenarbeit, und sie liebte es, das Haus mit Blumen zu schmücken. Herr Parigoris wiederholte gern in scherzhafter Weise, er habe sich in seine Frau verliebt, als er sie beim Arrangieren eines Blumenstraußes beobachtete. Keiner ahnte, dass es die Wahrheit war. Sie waren bei gemeinsamen Freunden eingeladen, als ihm ihre Hände mit den langen, blassen Fingern auffielen, die mit sachten, sparsamen Bewegungen einen Bund Zyklamen in einer flachen Glasschale verteilten und deren aschgrüne Stängel ins Wasser tauchten. Immer wieder wanderte sein Blick zu diesen Fingern, die aussahen wie ein im Meer schwimmender Frauenkörper. Einen Monat später hielt er um ihre Hand an. Laura war überrascht. Sie liebte ihn nicht, kannte ihn nicht einmal näher. Doch ihre Mutter beharrte: »Er ist reich, er hat eine Zukunft, und er ist anständig. Ebenbürtig ist er uns zwar nicht …« Die Montelandis hielten sich zugute, dass sie zu den vornehmsten Familien der Ionischen Inseln zählten. »Leute unseres Standes wollen eine Mitgift sehen, und die hast du nicht.«

So wurde Laura seine Frau. Er bot ihr Zuneigung und ein bequemes Leben, sie brachte ihre Kontakte in die besseren Kreise und ihre zartgliedrigen, blassen Finger mit in die Ehe. Und die Kombination gelang. Nach kaum drei Jahren war Parigoris der bekannteste Arzt in ganz Athen. Er arbeitete hart und pendelte zwischen Krankenhaus, Hausbesuchen und Vorstandssitzungen hin und her. An den Abenden kehrte er bei Sonnenuntergang gern nach Hause aufs Land zurück, setzte sich in seinen Lehnstuhl, im Winter vor dem Kamin, im Sommer auf der Veranda, rauchte mit tiefen Zügen seine Zigarette und genoss das Zusammensein mit seiner Frau. Als Marios geboren wurde, änderte sich sein Glück. Lauras Stimme und Gesten drangen wie aus weiter Ferne zu ihm, doch die weinerliche Stimme des Sohnes, seine ersten Schritte waren seinem Herzen ganz nah. »Was für ein lieber Junge«, flüsterte er. »Der liebste Junge auf der ganzen Welt«, hörte er auch die

Stimme seiner Frau sagen. Fast ärgerte er sich darüber, nur er allein durfte so etwas denken und aussprechen.

In der ersten Zeit ihrer Ehe ging Laura ganz in der Beziehung zu Giannis und im Haushalt auf. Danach wurden die Tage immer schwerer zu ertragen. Am Morgen ein wenig Lektüre, eine Stickerei, ein Blick auf die Blumen, aber die Nachmittage und die Abende zogen sich hin.

Marios kam zur rechten Zeit. Als sie sein Klopfen spürte wie einen ersten Gruß, sah sie einen langen, schnurgeraden und steinigen Weg ohne irgendeine Gabelung vor sich. Bis dahin lag die Erinnerung an ihre Jahre im Elternhaus, an die ersten Männerblicke in einem fahlen Licht, als hätte sie sich noch nicht entschieden, ob sie diesen Weg gehen wollte oder nicht. Es war Karfreitag, als sie Marios' Botschaft im fünften Monat ihrer Schwangerschaft spürte. Die Glocken der nahe gelegenen Marienkirche verkündeten den Tod Christi. Sie lehnte sich aus dem Fenster und betrachtete den schweren Himmel. Immer war es bewölkt am Karfreitag, das konnte kein Zufall sein. Da spürte sie plötzlich das dumpfe Klopfen. Sie beugte sich über ihren Bauch, legte die Hände sanft, aber mit Nachdruck darauf, und da war es wieder, das Klopfen. Das war's, sie brach in Tränen aus. Sie schluchzte laut, wie es Kinder tun, natürlich waren es Freudentränen. Doch irgendwo in einem fernen Winkel ihres Herzens saß eine Sehnsucht nach dem, was sie nie erleben würde, da sich nur noch der eine Weg vor ihr auftat. Was ihr Leben an Tiefe gewann, verlor es an Weite. An jenem Abend gab ihr Giannis eine kräftige Dosis Baldrian. »Viele Frauen leiden an nervösen Störungen in der Schwangerschaft«, meinte er.

Als Marios drei oder vier Jahre alt war, nahm sie ihn mit auf ihre Spaziergänge. Die Schlucht lag ganz nah, im Frühling sprossen am Bachufer weiße und lilafarbene Krokusse, Venushaar hingegen das ganze Jahr über. Frau Parigori legte sich mit einem etwas altmodischen Roman ans Ufer – die neueren mochte sie nicht –, und der Kleine warf Kiesel in den Fluss. Ihm war aufgefallen, dass jeder Kiesel anders klang, wenn er auf die Oberfläche traf. So wurde ihm dieses Spiel nie langweilig. Manchmal schleuderte er Strohhalme ins Wasser, um zu sehen, wohin sie getrieben wurden. Manche verschwanden, mitgerissen von der Strömung, in der Ferne, manche wirbelte der Wind davon, noch bevor sie die Wasseroberfläche erreichten, andere wieder blieben unterwegs an einem großen Stein hängen. »Komm, hilf ihnen, damit sie weiterschwimmen können«, sagte seine Mutter eines Nachmittags, als er betrübt zu dem großen Stein hinübersah, an dem ihre Reise zu Ende war. Aber er weigerte sich. Er hatte Angst, dasselbe Schicksal zu erleiden wie sie. »Sei kein Feigling. Das Wasser ist nur knöcheltief!« Er brach in Tränen aus, klammerte sich an ihren Hals und wollte sie gar nicht mehr loslassen. Laura spürte, wie ihr seine Umarmung die Luft abschnürte. Sie hob den Blick zu den Abhängen der Schlucht, die ihr hoch, sehr hoch erschienen.

»Etwas Gymnastik würde Marios guttun«, sagte sie am Abend zu ihrem Mann. »Dann würde er sich mehr zutrauen.«

Als Marios neun war, wurde Leda geboren, ein blässliches, aschblondes Mädchen mit grauen Augen und widerspenstigem Charakter. Sie hatte ihren eigenen Kopf, was ihre Mutter zur Verzweiflung trieb und ihren Vater amüsierte. Mittags lief sie mit den Nachbarskindern umher, jagte Zikaden und Maikäfer und stahl mit ihnen Obst aus den Nachbargärten. In der letzten Zeit hatte sie sich mit Kapatos' Kindern angefreundet, die auf derartige Dinge spezialisiert waren. Als Frau Parigori davon erfuhr, sperrte sie sie im Haus ein. Aber es brachte nichts, und Leda setzte ihre mittäglichen Ausflüge fort. Marios hingegen vergräbt sich in seine Bücher. Er hat ein anatomisches Modell. Immer wenn er das Skelett anfasst, vermeidet er, an Marias Körper zu denken, der inwendig genauso aussehen muss.

Infanta überlässt beim Tanzen ungern ihrem Kavalier die Führung, während sich Maria umso lieber anschmiegt. Frau Parigoris Garten ist traumhaft schön. Voller Stolz führe ich mein gelbes Kleid aus.

»Die Farbe des Hasses«, säuselt mir Petros zu.

»Wäre dir ein rotes lieber?«

»Schwärmst du denn für gar keinen?«

»Für gar keinen«, seufze ich. Die Blütenblätter des Oleanders segeln mir zu Füßen.

»Nicht mal für mich? Kein bisschen?« Er legt seinen Arm um meine Taille.

»Wenn du mich auffordern willst, dann tanze ich mit dir«, sage ich zu ihm. »Nur nimm die Hand da weg, davon werde ich seekrank.«

Er lacht laut auf.

»Du kleiner Witzbold!«, ruft er.

Wie passen venezianische Laternen mit Gospelgesang zusammen? Sind Frau Parigoris Rosen, die, weit geöffnet und dem Tode nah, kurz vor dem Verblühen stehen, bei der Gartenschau dieses Jahr leer ausgegangen?

Leda hatte die Idee, einen Pierrothut aufzusetzen, obwohl gar nicht Karneval war. Keiner kann sie an so etwas hindern. Sie kann tun, was sie will, und das weiß sie. Deshalb trägt sie ihn. Ich würde auch gern einen Pierrothut aufsetzen, aber mir fehlt der Mut. Dann müsste ich die Jungen küssen und zulassen, dass sie mich um die Taille fassen. Und wenn ich es probierte? Stetig wirft der Oleander Blütenblätter zu meinen Füßen. Beim Vorübergehen streifen die Dolden mein Haar und kitzeln mich am Ohr. Ich muss lachen.

»Was lachst du?«, fragt Stefanos.

Ich will ihm nicht sagen, dass ich am Ohr kitzlig bin, das würde er missverstehen.

»Ich dachte gerade: Was wäre, wenn wir alle echte Pierrots wären?«

»Wieso echt? Pierrots sind doch Kunstfiguren.«

»Leda, sag deiner Großmama Gute Nacht!«, ruft Frau Parigori.

»Ich bin gleich wieder da«, sagt Leda zu Alekos. »Wehe, du tanzt mit Margarita!«

Dreißig Gläser mit Sauerkirschlimonade auf einem Tablett sehen nicht weniger herrlich aus als dreißig Gläser mit Zitronenlimonade.

»Was wünschen Sie?«

»Von beidem!«

Ich nehme ein rotes Glas in die rechte Hand und ein gelbes in die linke. Was erlaubt sich Petros eigentlich, eine Bemerkung über mein Kleid zu machen! Er wollte, dass ich ein rotes trage. Da kann er lange warten. Stefanos ist mir sympathischer. Aber er ist mit Maria zusammen. Beim Tanzen klebt er an ihr wie eine Auster am Felsen. Als wäre es das Natürlichste der Welt, schmiegt Maria ihre Wange an seine. Warum wirkt alles an Maria so selbstverständlich? Ihr Kleid, rot wie das Fruchtfleisch der Wassermelone, zeigt mehr von ihrem Körper, als es verbirgt. Aber dafür kann Maria nichts. Was sie auch trägt, kleidet und entkleidet sie gleichzeitig.

Infanta ist ein Engel, ganz in Weiß. Warum bist du so zurückhaltend, Infanta? Warum lässt du dich nicht auf den Tanz und auf den Abend ein, der vor uns liegt? Ein junger Mann nach dem anderen fordert sie mit einer Verbeugung zum Tanz auf, doch sie bleibt stocksteif, wenn sie sich mit ihnen im Kreis dreht.

»Die Hübschesten sind immer die Kühlsten«, flüstert Emilios Marios zu, der zu Infanta hinüberblickt, als wollte er ihren wahren Charakter erraten.

»Wie gut Maria tanzt«, höre ich Stefanos' Stimme sagen und bemerke den Blick, mit dem er sie auf der Tanzfläche verfolgt.

»Nur ein bisschen schwerfällig«, erwidere ich, denn Stefanos hat weiße Zähne und eine breite Brust. »Aber besser als Eleni allemal.«

»Möchtest du tanzen?«

»Warum nicht?«

Zusammen mit den anderen hüpfen wir im Rhythmus der Musik, ich mag ausgelassene Tänze.

»Hast du auch so einen Totenschädel wie Marios?«, frage ich.

»Nein«, lacht er. »Ich studiere Jura.«

»Ach so, Jura ...«

Es wird dunkel.

»Zündet die Lampions an!«, befiehlt Frau Parigori.

»Es ist doch noch zu früh«, widerspricht Leda.

»Nein, es ist Zeit.«

Und zu Tante Tereza, die am Fenster sitzt, meint sie: »Junge Leute im Dunkeln und ein lauer Sommerabend, das kann gefährlich werden.«

Die Lampions erhellen nur die Veranda, aber der Garten ist groß. Plötzlich fällt allen auf einmal ein, den Garten zu besichtigen.

»Aber um diese Tageszeit seht ihr doch gar nichts«, sagt Frau Parigori.

»Doch, doch!«, beharren sie.

Alle stürmen gleichzeitig los. Dann gehen die Wege der Pärchen an den Gabelungen der Kiespfade auseinander. Leise flüsternd tauschen sie Geheimnisse aus, berühren einander. Frauenröcke streifen an Männerhosen, ein Windstoß bläst Frauenhaar gegen die Stirn eines jungen Mannes. Doch die Körper der jungen Frauen warten ab.

»Mein Haar ist ganz widerspenstig, wenn es frisch gewaschen ist«, sagt Eleni.

»Es ist wunderschön«, sagt Emilios und hascht mit dem Mund im Dunkeln nach der vorwitzigen Locke, die sich an sein Kinn schmiegt.

»Nicht doch! Wenn uns Nikos sieht!«, kichert sie.

»Und ich dachte, Stefanos sollte uns nicht sehen!«

»Ach was, Stefanos! Da, schau doch!« Und sie deutet auf ein eng umschlungenes Pärchen hinter einem Baum.

Es sind Stefanos und Maria, die sich schamlos küssen. Auch ich sehe sie, zusammen mit Marios. Das tut ihm bestimmt weh. Ich fasse ihn am Arm.

»Marios«, sage ich, »sie weiß nicht, was sie tut. Glaub nicht, dass sie ...«

Er zittert am ganzen Leib.

»Sie liebt keinen anderen«, beharre ich. »Sie will nur leben.«

»Leben?«

»Ja, sie denkt, so sei das Leben.«

»Siehst du die Bienen?«, meint er zu mir. »Sie fliegen von Blüte zu Blüte und suchen sich den besten Nektar. Ich hasse sie!«

»Ich auch.«

Ich fühle Marios' Blick. Warum habe ich nur den Mund aufgemacht? War es wegen Stefanos? Jetzt schäme ich mich dafür.

»Infanta, Infanta!«, höre ich eine Stimme rufen. Es ist Tante Tereza. »Wo ist Infanta?«, fragt sie aufgeregt.

»Hier, ganz in der Nähe. Was gibt's?«

»Nichts, ich wollte ihr nur ihre Jacke bringen. Gestern hatte sie noch eine leichte Erkältung.«

Davon habe ich nichts bemerkt.

»Infanta! Infanta!«

Schließlich finden wir sie auf einer Bank neben Emilios und Nikitas.

»Worüber habt ihr gesprochen?«, fragt Tante Tereza.

»Über Pferde«, meint Nikitas. »Infanta kennt sich damit gut aus.«

»Sie reitet Galopp!«, sage ich. »Ihr müsst zum Wettrennen zu uns kommen.«

Tante Tereza wirft mir einen wütenden Blick zu. Infanta lächelt. Wie hübsch sie ist! Im Halbdunkel sieht sie mit ihrem weißen Kleid und ihrem langen Hals aus wie ein Schwan. Unterhalb ihres hochgestecktes Haares ähnelt ihre Nackenlinie schon fast der einer erwachsenen Frau. Sie zieht sich die hellblaue Jacke um die Schultern. Gedankenverloren streichelt sie mit der rechten Hand den Stoff, der so weich ist wie Katzenfell.

»Puh, ist mir heiß!«, sagt sie kurz darauf, lässt die Jacke auf die Bank sinken, erhebt sich und geht zur Veranda. Sie lässt Tante Tereza bei den beiden jungen Männern zurück.

Warum bist du so zurückhaltend, Infanta? Das muss dich doch selbst traurig stimmen.

Der Wein ist stark.

»Ein Appetithäppchen?«, fragt Frau Parigori.

Wir sind hundemüde, aber glücklich und singen das bekannte Lied *Wo fuhr Xanthoula hin?*. Aus dem Radio ertönt eine rhythmische Frauenstimme, die ein Spiritual singt. »Gestern Abend, spät ...« Wieder erklingt die Frauenstimme dazwischen. »... nahm sie die kleine Barke ...« Jetzt erreicht der Song der amerikanischen Sängerin seinen Höhepunkt, »... und fuhr in die Fremde fort«. Ihre brüchige Stimme klingt wie ein Schluchzen. So viel Kummer, hier wie dort. Ein orangefarbener Mond schiebt sich hinter dem Berg hervor, wirft sein Licht auf das Schilf gegenüber, der Wasserlauf gurgelt, die Frösche beginnen ihr Konzert, eine Eule landet mit schrillem Ruf auf dem Dach. Am liebsten würde ich die ganze Welt umarmen oder mich von ihr umarmen lassen. Es ist, als säße ein Kloß in meinem Hals, der immer größer wird. Ich seufze auf.

»Was hast du, Katerina? Bist du traurig?«, fragen mich die anderen.

»Nein«, erwidere ich.

Glücklich bin ich, würde ich Mavroukos ins Ohr flüstern, wenn er noch lebte, denn auch er ließ an manchen Abenden den Kopf hängen, bettete ihn zwischen seine Pfoten und seufzte tief. Auch in seinem Hals muss ein Kloß gesessen haben, der immer größer wurde.

»Zeit zu gehen«, sagt Tante Tereza.

Immer muss man gehen, wenn es am schönsten ist.

»Was für ein großartiges Fest!«, sagen wir zu Frau Parigori.

»Gute Nacht!«

»Gute Nacht!«

Auf dem Heimweg sind wir still.

Wir sind schon fast zu Hause, als Maria sagt: »Das Kleid von Eleni fand ich überhaupt nicht schön.«

III

Vater und Herr Louzis

Gestern haben wir Vater in Athen besucht. Er wohnt, zusammen mit Großmama und seinem Bruder Agesilaos, in der Aristotelous-Straße. Die Wohnung, die im ersten Stock liegt, ist weder abgenutzt noch besonders neu. Das Eckhaus gegenüber trägt die Aufschrift »Geburtsklinik«, und am Eingang hängt ein Schild mit einem blauen Kreuz und der Aufforderung »Ruhe bitte!«. Vis-à-vis befindet sich eine Taverne, in deren Innenhof jeden Frühling eine Zaunwinde Blüten treibt. Die Klinik und die Taverne erwähne ich, weil Vaters Wohnung mit den Gerüchen von Arzneien und von Wein verbunden ist, die sich vermischten und durch die Straße wehten. Man fragt sich, wie Frauen hier Kinder auf die Welt bringen können, während Gesang aus der Taverne schallt, und wie die Tavernenbesucher singen können, während nebenan vor Schmerzen geschrien wird.

Ich weiß noch, dass Maria, Infanta und ich eines Tages vom Fenster aus sahen, wie ein Wagen vor der Klinik hielt und ein junges Paar ausstieg. Die Frau war kaum älter als Maria. »Es ist schnell vorbei, du wirst sehen«, sagte er, und sie lächelte, obwohl ihr der Angstschweiß auf der Stirn stand. Ein paar Stunden später wurden die beiden vom selben Wagen wieder abgeholt. Er half ihr beim Einsteigen. Ihre Augen wirkten tieftraurig, und mir schien, als wollte sie sich an den Bauch fassen, bereute jedoch den Impuls und zog die Hand beschämt wieder zurück. »Eine Abtreibung«, raunte uns Maria zu und konnte ein leises Stöhnen nicht unterdrücken, als hätte sie einen ähnlichen Eingriff hinter sich.

Vaters Wohnung ist nicht besonders schön. Ein langer, unansehnlicher Flur führt zu den Schlafzimmern. Das Esszimmer ist dunkel und die Küche von einem Graubraun, das den Eindruck bestärkt, man bekomme sie, egal, wie oft man hier putzt, nicht sauber. Ab und zu kriecht eine Küchenschabe hervor und läuft über die schwarz-weißen Bodenfliesen. »Diese Woche mach ich ihnen den Garaus«, sagt Großmama. »Ich habe ein sehr wirksames Mittel geholt.« Diesen Vorsatz hören wir nicht zum ersten Mal.

Nur Vaters Zimmer gefällt mir, es sieht interessant aus. Es ist zwar wie ein Schlafzimmer eingerichtet, nur liegen keine Wäsche, Kämme, Bürsten und andere Alltagsgegenstände herum, sondern Werkzeug, Drähte, ausgeweidete Radiogeräte und der Rumpf eines Modellschiffs. Er besitzt ganze Stapel französischer und englischer Bücher mit Zeichnungen von Maschinen und mathematischen Gleichungen, die für uns alle ähnlich aussehen. Nur zwei Bücher stechen hervor und stehen gesondert auf einem kleinen Regal: *Robinson Crusoe* und *Das Dschungelbuch*. Diese beiden Geschichten werden uns – egal, was aus uns wird – ein ganzes Leben lang begleiten. Wenn wir früher einmal die Woche vom Landgut nach Athen kamen, las sie uns Vater vom Anfang bis zum Ende vor. Wir legten uns zu dritt auf sein breites Bett und lauschten mit halb geschlossenen Lidern. Jetzt, da wir groß sind, genieren wir uns, Vater ums Vorlesen zu bitten, und auch er geniert sich, damit anzufangen. So breitet sich zwischen uns manchmal ein großes Schweigen aus, das ganz von *Robinson Crusoe* und dem *Dschungelbuch* erfüllt ist, als würde er immer noch die Geschichten vorlesen und wir würden ihm zuhören. Dieses Schweigen macht uns alle traurig.

»Woran arbeitest du gerade, Vater?«, fragen wir, um es zu durchbrechen.

»An einem Radio mit einem bestimmten System ...«

Er fängt an, das System zu erklären. Wir hören ihm gerne zu, auch wenn wir nichts davon verstehen. Aber wenn er vom Blitz spricht, vom Regen und anderen Naturphänomenen, dann verstehen wir seine Erklärungen viel besser als die unseres Physiklehrers. Denn Vater hat eine klare und einfache Sichtweise der Dinge, die er in eigenen Worten zum Ausdruck bringt.

»Wie entsteht ein Regenbogen?«, fragt er urplötzlich.

Und wenn wir keine Antwort wissen, meint er: »Altgriechisch könnt ihr, aber vom Regenbogen habt ihr keine Ahnung.«

Vater ist Bankbeamter und den ganzen Tag im Büro. Seine gesamte Freizeit verbringt er mit Maschinen und Büchern. Anscheinend hat er sich auch in unserer alten Wohnung, als er noch mit Mutter zusammenlebte, damit beschäftigt. Vielleicht war das der Hauptgrund für die Trennung. Das und die Tatsache, dass er ihr untreu wurde. Als ich klein war, konnte ich nicht begreifen, wie ein Mann mit einem so unschuldigen Gemüt untreu sein kann. Jetzt verstehe ich es.

An unsere frühere Wohnung habe ich kaum Erinnerungen. Sie lag in der Nähe des Lykabettos, und von der Veranda aus konnte man bis nach Phaliro sehen. Damals lebte Vater noch bei uns, und wir hatten einen Jagdhund, der Dick hieß. Ich erinnere mich auch noch an zwei chinesische Vasen, die jeweils in einer Wohnzimmerecke standen. Das ist alles, was ich noch weiß. Maria erinnert sich an viel mehr. Manchmal erzählt sie uns davon, und dann wischen wir uns verstohlen die Tränen aus den Augenwinkeln.

Mit Vater fuhren wir fast jeden Sonntag ans Meer. Er besaß einen uralten Wagen, der wie ein Projektil aussah und »Karaiskakis« hieß. Das hatte uns einmal ein Gassenjunge hinterhergerufen, als wir durch eine Hauptstraße im Athener Zentrum fuhren. Mit seinem Anblick schien er den berühmten griechischen Revolutionshelden zu assoziieren. Die Idee gefiel uns, denn Vaters Wagen war kein gewöhnliches Auto und verdiente einen eigenen Namen. Der Lack war von einem bräunlichen Grau, möglicherweise auch kakifarben, die Sitze waren mit echtem kirschrotem Leder überzogen und strahlten einen Luxus aus, der dem Gesamteindruck eigentlich widersprach. Der Wagen war hoch und ohne Verdeck, die Motorhaube sah aus wie eine platt gedrückte Hundeschnauze, das Heck wie der Schwanz eines Wiedehopfs. Darin befand sich ein mit Holz ausgekleideter Kofferraum, in den wir Badeanzüge, Kescher, Harpunen und was wir sonst noch alles dabcihatten, einfach hineinwarfen. Kurz gesagt, es war ein stilvoller Wagen mit provokantem Äußeren.

Des Öfteren kamen auch unsere Cousins Antrikos und Elli mit. Antrikos war noch klein, aber Elli war in Infantas Alter. Sie war dunkelhaarig und zart gebaut, hatte eine hässliche Nase, aber die schönsten Augen der Welt. Sie redete gern und viel, und sie liebte schöne Dinge. Obwohl ihre Wünsche nicht übertrieben waren, blieben sie aus unerklärlichen Gründen unerfüllt. Als sie kleiner war, hatten ihre Eltern sie unverhofft nach Paris mitgenommen. Dort sah sie in einem hell erleuchteten Schaufenster eine hellblonde Puppe in einem blauen Kleid. Nach dieser Puppe sehnte sie sich so sehr, dass sie nächtelang kein Auge zutat. Bekommen hat sie sie aber nicht. Dabei war sie nicht mal teuer.

Ich mochte Elli sehr, mit ihr konnte ich stundenlang über die kleinen, alltäglichen Dinge des Lebens reden, ohne dass sie bedeutungslos erschienen. Über ernste Themen sprachen wir nicht miteinander, als wollten wir ganz bewusst nicht daran rühren. Die überließen wir einer jeden zum alleinigen Nachdenken – ohne die Gewissensbisse, die ein Verrat nach sich zieht.

Wenn sie an den Feiertagen zu uns aufs Land kam, schliefen wir im selben Zimmer, und abends gelobten wir feierlich, um Mitternacht aufzuwachen und irgendeinen lang gehegten, geheimen Wunsch laut auszusprechen. Meistens war es dann aber einer, der uns spontan einfiel. Oder wir lasen die Zukunft aus der Position der Mondsichel – je nachdem, ob sie liegend oder stehend war. Es war wirklich schön mit ihr.

Immer, wenn Elli und manchmal auch Onkel Agesilaos mit ans Meer kamen, wurde es richtig lustig. Onkel Agesilaos war wie ein großes Kind – liebenswert, aber verantwortungslos, charmant, aber inkonsequent. Es kam vor, dass man in Kifissia auf ihn wartete und er einen in Phaliro suchte, obwohl er ganz genau wusste, dass der andere in Kifissia war. So verhielt er sich in allen Fragen. Er hatte kein Zeitgefühl und auch kein Gefühl für das Böse in der Welt. Ganz so, als lebte er auf einer einsamen Insel und spielte den ganzen Tag mit Murmeln. Auch Vater war ein bisschen wie ein großes Kind, das mit Murmeln spielt und vom Bösen in der Welt nichts ahnt. Nur wenn er wusste, dass man in Kifissia auf ihn wartete, dann kam er auch dorthin.

Vater und Onkel Agesilaos sahen einander sehr ähnlich. Beide waren eher klein, hatten schwarzes Haar und große, feucht schimmernde Augen, die aufleuchteten, sobald sie das Meer erblickten. Denn sie waren beide in Messolonghi geboren und hatten in ihrer Jugendzeit oft in der Lagune geangelt. Bevor sie losfuhren, hängten sie ein weißes Laken aus dem Fenster, um zu sehen, woher der Wind wehte. Draußen auf dem Wasser sprachen sie nur das Nötigste, von der Angelschnur, dem Köder, der Art und Weise, wie jeder Fisch anbiss. An den Nachmittagen, wenn die Sonne langsam unterging und die Lagune dalag wie ein orangeroter Frauenleib, verstummten sie ganz.

Vater und Onkel Agesilaos sahen sich nicht nur äußerlich ähnlich, sondern sie hatten auch die gleichen Schrullen. Den Tank von »Karaiskakis« wollten sie zum Beispiel nur füllen, wenn das rote Alarmlämpchen aufleuchtete. So kam es immer wieder vor, dass wir mitten in der Nacht in einer gottverlassenen Gegend ohne

Benzin liegen blieben. Einmal waren uns Mutter und Großpapa sogar hinterhergefahren, weil sie dachten, uns sei auf der Strecke von Sounion nach Hause etwas zugestoßen, trafen uns jedoch bei allerbester Laune an.

Wir hatten den ganzen Tag am Meer verbracht, nur schnell einen Rock über die Badeanzüge gezogen und einen Kescher mit unserem Fang dabei, als der Motor zu stottern anfing und der Wagen an einem Sandstrand zum Stehen kam. Vater versuchte, den Wagen zu starten, aber vergebens. Gut gelaunt stiegen wir aus. Da es schon dunkel wurde, zündeten wir ein Feuer an, grillten die Fische, setzten uns im Kreis hin, aßen und sangen. Onkel Agesilaos wollte Mokka zubereiten – im Kofferraum von »Karaiskakis« war das nötige Zubehör, Spirituskocher und Schnabelkännchen. Daneben lag ein leerer Benzinkanister. Vater stellte sich damit an den Straßenrand in der Hoffnung, jemand würde anhalten und uns mit Benzin aushelfen. Jedes Mal, wenn ein Wagen vorbeifuhr, hob er den Kanister hoch. Ein oder zwei blieben stehen, hatten aber auch kein Benzin übrig. Eine ganze Weile später, als Gelächter und Gesang den Höhepunkt erreicht hatten, näherten sich aus der Ferne zwei Scheinwerfer, und Vater schwenkte wieder den Kanister. Als das Taxi anhielt, stieg Mutter aus. Ihre Frisur war ganz aufgelöst und ihr Gesicht verweint. Schlagartig verstummten wir. Nur Onkel Agesilaos verspeiste noch einen letzten Fisch, nachdem er ihn in die Luft geworfen und mit dem Mund aufgefangen hatte.

»Was ist los? Ist etwas passiert? Ist alles in Ordnung mit euch?«, rief Mutter.

»Alles bestens, wir sind gerade beim Mokka«, lautete Vaters Antwort.

»Miltos, du hast dich überhaupt nicht verändert.«

Mutter war außer sich und marschierte zum Strand, um mit eigenen Augen zu sehen, ob es uns gut ging. Vor dem Feuer war ein Badetuch ausgebreitet, darauf lagen Brot und Käse. Der Absatz ihres Pumps blieb im Käse stecken. Mutter beugte sich nach unten und zog den Schuh aus, um den Käse vom Absatz zu lösen. Im selben Augenblick servierte Onkel Agesilaos, als säßen wir im Wohnzimmer, den Mokka und bot zuallererst ihr ein Tässchen an. Verächtlich blickte Mutter zunächst auf den Mokka und dann Onkel Agesilaos ins Gesicht. In der Zwischenzeit waren Maria, Infanta und ich aufgestanden, rührten uns aber nicht. Mutter packte uns am Arm und schubste uns zum Taxi, wo Großpapa wartete. Ich konnte Vater, der immer noch mit dem Kanister in der Hand dastand, gerade noch einen Abschiedskuss geben. Wir zwängten uns neben Großpapa auf die Rückbank, Mutter setzte sich auf den Beifahrersitz. Als das Taxi anfuhr, hob Vater den Kanister und sagte halb zum Taxifahrer, halb zu Mutter: »Habt ihr vielleicht ein bisschen Benzin für uns?« Mutter wandte sich zum Fahrer und sagte: »Fahren Sie!« Und Vater blieb mit dem Kanister am Straßenrand zurück, während sich Onkel Agesilaos am Strand eine Zigarette anzündete und genüsslich seinen Mokka schlürfte.

Diese Sonntage werden mir bis ins kleinste Detail genauso in Erinnerung bleiben, wie ich sie erlebt habe. Sie machten mich mit der Welt des Meeres vertraut. Von klein auf kannten wir nur Ameisen, Eidechsen und Frösche, und die Wellen jagten uns Angst ein. Wir erlaubten den Krebsen, uns mit ihren Scheren zu stechen, bis sich unsere Blutstropfen ins Salzwasser mischten. Wir erlaubten den Fischen, uns zu berühren. Dann spürten wir, wie kalt sie waren. Und wir wünschten uns, beim Schwimmen den Sog eines Wasserstrudels zu fühlen, der uns jedoch nicht in die Tiefe ziehen, sondern den süßen Tod nur ahnen lassen sollte.

Maria übte sich im Seitenschwimmen, dem sogenannten »Frauenstil«. Sie blieb nur kurz im Wasser und legte sich dann rücklings in die Sonne. Sie wirkte ruhig, ihr Gesicht sanft, ihre Stimme und ihr Lachen wurden leise, ihr Schritt kindlich, ihre

Brüste klein, die Iris ihrer Augen leuchtend und durchscheinend. Wie unschuldig du an den Sonntagen wirkst, Maria. Die Erde reizt dich mit ihren Gerüchen und mit der in ihrem Inneren lauernden vulkanischen Hitze. Sie fordert dich heraus, ihr ähnlich zu werden. Alles, was sie hervorbringt, erinnert an deine Bestimmung. Du bist eine Frau, heißt es. Ach, könntest du dich doch nur von allem befreien und so gleichmütig werden wie das Meer!

Auch Infanta war anders als sonst. Sie verengte ihre Augen zu kleinen Schlitzen, lachte albern über alles und jedes, machte fahrige Bewegungen, schäkerte mit Vater und Onkel Agesilaos und stand keine Minute still. Vielleicht, weil Tante Tereza nicht mit dabei war.

Elli und ich schwammen weit hinaus. Wenn wir an den Strand zurückkehrten, war unsere Haut straff, unser Atem ging leicht. Wir nahmen das Sonnenlicht in uns auf, aßen Brot und Birnen und dankten dem Himmel für alles. Dann fing Onkel Agesilaos mit seinen Geschichten aus Messolonghi an.

Unsere Welt auf dem Gut ist klein, das Meer hingegen endlos. An den Sonntagabenden fiel mir das Einschlafen immer schwer.

Am Montag ging alles wieder seinen normalen Gang. Eine Häsin war trächtig, der bevorstehende Wurf nahm uns vollkommen in Beschlag. Wir bereiteten ihr ein Nest in einer alten Obstkiste, die wir mit Heu gefüllt hatten, und die Häsin fügte Flöckchen hinzu, die sie sich aus dem Fell gerupft hatte. Dann warteten wir ab. Die Häsin schnupperte erst herum, dann an dem Nest und malmte ein grünes Blatt, das wir ihr hingehalten hatten, um sie von den Schmerzen abzulenken. Denn wir waren sicher, dass sie große Schmerzen leiden würde. Alles andere hätte uns enttäuscht. Doch als ihre schwere Stunde kam, nahm sie wie von selbst die richtige Position ein und warf ihre Jungen, wobei sie nur ein kurzes, kaum hörbares Fiepsen von sich gab. Und selbst das nur beim allerersten Wurf.

Infanta kümmerten solche Dinge wenig, sie dachte nur an das Füttern und Striegeln von Romeo und an die Ausritte mit ihm. Manchmal nahm sie zur Teestunde unauffällig ein paar Zuckerwürfel an sich, steckte einen als Alibi in den Mund und lief dann sofort zu Romeo und steckte ihm die übrigen zu.

Zu diesem Pferd war Infanta auf seltsame Art und Weise gekommen. Eines Tages – zwei Jahre ist es her, glaube ich – waren wir drei und Mutter auf Herrn Louzis' Hof zum Verkosten der ersten Erdbeeren eingeladen. An uns lag ihm weniger, nur Mutter interessierte ihn. Immer wieder blieb sein Blick an ihren Schultern und an ihrem Haar hängen.

Herrn Louzis' Gut war riesig und sein Haus das größte und reichste der Gegend. Es war sogar größer als das von David, das seit vier Jahren unbewohnt war, da er und seine Mutter Ruth in England waren. Die Zimmer hatten hohe Decken und farbig gestrichene Wände, an denen wertvolle Gemälde hingen, darüber hinaus besaß er seltenes Porzellan. Im Winter brannten gewaltige Scheite in den Kaminen, und im gelblichen Widerschein der Flammen wirkte Herrn Louzis' Gesicht noch röter als sonst. Er hatte auch eine Haushälterin, die aus Fasaneneiern süße Creme bereitete. Sie war grauhaarig, vielleicht auch nur aschblond und hatte blaue, engelsgleiche, aber teuflisch dreinblickende Augen. Sie jagte mir Angst ein, und ich vermied es, mit ihr allein zu bleiben. »Kommen Sie, Fräulein Katerina, ich zeige Ihnen ein pechschwarzes Häschen.« Dann tat ich so, als würde ich gerade mit dem Hund spielen. »... und eine Nelke, so groß wie eine Chrysantheme.«

»Was für wunderbare Desserts Frau Aphrodite macht!«, sagte Mutter.

»Es würde mich nicht wundern, wenn sie uns eines Tages vergiftet!«, hatte ich eines Abends auf dem Heimweg gesagt, was große Heiterkeit hervorrief.

Anlässlich unseres Besuchs führte uns Herr Louzis über das ganze Anwesen mit den Obstbäumen, dem Gemüsegarten und den herrlichen Blumenbeeten. In seinem Wintergarten fiel mir eine weiße Art mit fleischigen Blütenblättern und schwerem Duft auf.

»Erlauben Sie mir, Ihnen diese Topfpflanze zu schicken?«, sagte er zu Mutter.

»Es wäre mir eine große Freude«, antwortete sie.

»Sie braucht aber besondere Pflege«, meinte er. »Und viel Wärme.«

»Darauf werde ich achten«, erwiderte Mutter.

Als wir bei den Stallungen ankamen und die Holztür aufstießen, entfuhr Infanta ein kleiner Aufschrei, es klang wie Ah und Oh gleichzeitig. Ich blickte sie an: Ihre Augen starrten auf einen jungen Hengst, dessen Fell wie dunkler Zimt schimmerte, die Kopfform edel und schmal, mit großen, sanften Augen und einem langen Hals, sein Körper ebenmäßig und behände, mit zarten Fesseln, mit denen er immer wieder aufstampfte, als würde er am liebsten losstürmen. Unter dem glänzenden Fell verbarg sich ein heißblütiger Charakter. Dieses Pferd war rassig und stolz.

Infanta trat mit verklärtem Blick auf ihn zu, ihre Hand berührte sacht seine Nase knapp über den Nüstern.

»Vorsicht!«, sagte der Pferdeknecht. »Er ist reizbar und launisch.«

Infanta zog die Hand nicht zurück, sondern ließ sie dort entschlossen und fest ruhen. Mit der anderen Hand fasste sie ihm ins Genick, um ihn zu streicheln. Das Tier scheute, trippelte nervös, wollte ausweichen, doch Infanta verstärkte noch einmal den Druck ihrer Hand und blickte ihm tief in die Augen. Da beruhigte er sich und wieherte leise, fast zärtlich. Infanta hatte Tränen in den Augen.

Draußen auf der Veranda warteten Herr Louzis und Mutter schon auf uns. Sie saßen einander gegenüber, zwischen ihnen ein

Tischchen, das mit einem aprikosenfarbenen Leinentuch gedeckt war. Darauf standen eine runde Schale mit aufgeschnittenen Erdbeeren, eine Zuckerdose und eine Flasche süßer Wein.

Maria und ich griffen beherzt zu, nur Infanta rührte kaum etwas an. Ihr Blick war immer noch verklärt. Als sie etwas sagen wollte, klang ihre Stimme ganz heiser. Erst als sie sich geräuspert hatte, hörte man ihre Stimme wieder laut und deutlich: »Ich möchte dieses Pferd haben.«

Wir starrten sie an. Ihre Lippen waren ganz blass.

»Ich möchte dieses Pferd haben«, wiederholte sie. »Den jungen Hengst mit dem zimtfarbenen Fell.«

Mutter befand sich in größter Verlegenheit, gab Infanta mit einem raschen Heben und Senken ihrer Augenbrauen verzweifelte Zeichen, sie wusste weder ein noch aus. Doch Infanta blieb ungerührt und blickte geradewegs in die Ferne, als sähe sie dort irgendwo den Hengst mit seinen schmalen Fesseln dahinstürmen.

Da lachte Herr Louzis auf und wandte sich Mutter zu, die ganz rot geworden war.

»Na, wenn das so ist«, meinte er, »dann soll sie es haben.«

Diesmal ruhte sein Blick noch länger auf ihr.

»Das geht nicht«, sagte Mutter. »Das ist doch nur eine kindische Laune. Nach zwei Tagen hat sie es wieder vergessen.«

»Ich möchte dieses Pferd haben«, war Infantas Stimme wieder zu hören.

Wir alle schämten uns für sie. Aus lauter Verlegenheit beugte ich mich unter den Tisch, um eine heruntergefallene orangefarbene Serviette aufzuheben. Maria stieß sie mit dem Ellenbogen an und zischte: »Bist du verrückt geworden?«

Glücklicherweise reagierte Herr Louzis immer noch amüsiert.

»Nun, Ihre Töchter wissen genau, was sie wollen«, sagte er zu Mutter, deren Gesicht nun dunkelrot war.

Drei Tage später hatte Infanta ihr Pferd, und wir revanchierten uns bei Herrn Louzis mit zwei fetten Ferkeln als kleiner Gegengabe.

Uns ließ Infanta nie auf ihrem Pferd reiten. Zunächst wunderten Maria und ich uns darüber, dann hielten wir es für unfair. Schließlich gewöhnten wir uns daran. Jeden Tag reitet sie aus, ihr zimtbrauner Reitdress verschmilzt mit der Silhouette des Pferdes, und rasch verblassen die beiden vereint in der Ferne.

Doch das war nicht immer so. Romeo war unberechenbar, er ließ zunächst niemanden aufsitzen, und wenn, dann wollte er seinen Kopf durchsetzen. Aber Infanta ist hartnäckig, sie gibt nicht so schnell auf. War das Tier ungebärdig, zog sie die Zügel an, bis ihm Schaum vorm Mund stand. Ihre Lippen wurden blass und schmal wie ein Strich. Sie trieb ihm die Sporen ins Fleisch. Die beiden kämpften miteinander. Mehrmals warf er sie ab, einmal verfiel er bergauf in einen rasenden Galopp. Da richtete sie sich in den Steigbügeln auf, presste die Schenkel gegen seine Flanken und fasste die Zügel so kurz, dass ihre Hände das Zaumzeug berührten. Dann beugte sie den Oberkörper nach unten, bis sie Romeos Rücken berührte.

Es war einer der Tage, da die Berge zum Greifen nah erscheinen und man die schwierigsten Aufgaben bewältigen kann. Am Vorabend hatte es geregnet, der Wald verströmte den bitteren Duft feuchter Kiefern, die Tiere hatten sich verkrochen, die Ameisenstraßen waren verwaist, die Stille vielsagend. Nur das Pferd, das einzige lebendige Wesen in der leblosen Landschaft, raste dahin. Infanta zog die Zügel noch enger, fügte sich der vollkommenen Stille der Natur, in der sich kein Windhauch regte, nicht aber dem lebendigen Wesen unter ihr, das sie nicht meistern und nicht zum Stehenbleiben bringen konnte. Tränen der Wut stiegen ihr hoch, die sich nicht lösten, sondern in ihren Augenwinkeln brannten. Ärgerlich gab sie ihm die Sporen und vergaß dabei ganz, dass sie ihn dadurch zur Schnelligkeit antrieb. Der Weg bergauf war lang, der Boden weich und die rötliche Erde immer noch feucht, die Hufe versanken darin, konnten aber noch Tritt fassen. Vor ihnen lag kein Hindernis. Die Sonne war verschwunden, sein Fell glänzte nicht mehr. Es war, wie alles ringsum, zu einem faden Gemisch aus Grün, Grau und Braun geworden. Von Weitem schien es, als würde sich Infanta in ihrem zimtfarbenen Reitdress vom Boden lösen und, an einem unsichtbaren Faden geführt, durch die Luft schweben. Ihr stockte der Atem, ihre tauben Fingerspitzen kribbelten, sie konnte die Angst vor der leblosen Stille der Natur nicht besiegen.

Ruckartig hob sie den Kopf, lockerte die Zügel und schrie mitten in der Wildnis:

»Bravo, Romeo! Schneller, Romeo!«

Die Bäume, die Büsche und der Rest der Welt rasten vorbei.

»Schneller, Romeo, schneller!«

Ungehindert strömte der Wind in ihre Lungen, kurz richtete sie sich auf, beugte sich aber gleich wieder vornüber, sie fühlte sich frei und geschmeidig.

»Lauf, Romeo, lauf!«

Die einzelnen Bäume waren nicht mehr zu erkennen, die Geschwindigkeit schluckte die Zwischenräume und ließ sie zu einem einzigen, riesigen Baum verschmelzen. Ihre Lippen öffneten sich leicht, sie atmete auf.

Als sie abends nach Hause kam, tanzten Glanzlichter in ihren Augen, die eine neue, ganz andere Welt widerspiegelten.

Die Geschichte mit Romeo hat freilich weniger mit Vater und den Sonntagen zu tun, die wir mit ihm verbrachten, als mit Herrn Louzis. Doch manchmal, wenn Vaters Gesicht in meinen Gedanken auftaucht, pirscht sich Herr Louzis heran und erscheint uneingeladen an seiner Seite. Wie kann Mutter nur über seine Witze lachen!

Bei unserem gestrigen Besuch wirkte Vater seltsam, als ginge ihm etwas durch den Kopf, das ihm aber nicht über die Lippen kommen wollte. Er hob an und stammelte etwas.

»Was hast du, Vater?«

»Nicht so wichtig.«

Kurz darauf meinte er: »Wie groß ihr geworden seid! Maria ist bald zwanzig, Infanta bald achtzehn und meine kleine Katerina schon sechzehn. Und ihr werdet immer hübscher!«

Überrascht blickten wir uns an. So zärtlich sprach Vater sonst nie mit uns. Nicht, dass er uns gegenüber hart gewesen wäre, ganz im Gegenteil. Er hatte den sanftmütigen, friedlichen Blick der Tiere, die auf der Weide in der Sonne liegen, oder den fragenden Blick der Rehe, wenn sie durch die Wälder streifen. Aber für Koseworte schämt er sich, er kann seine Zärtlichkeit ebenso wenig zeigen wie ein sensibles Kind, das an der Schwelle von der Pubertät zum Erwachsenenalter steht.

»Wisst ihr, ich ...«

»Was denn, Vater?«

»Ach, nichts ...«

Kurz darauf ging er ins Esszimmer, und Großmama rief uns zum Tee.

»Ich hab auch was Süßes für euch.«

Sie hatte immer etwas Süßes für uns, kündigte es aber jedes Mal wie eine Überraschung an.

Im Esszimmer wartete Onkel Agesilaos, der uns unter Scherzworten küsste und dann pfeifend hinausging.

»Die ganze Zeit hat er auf den Tee gewartet, und sobald er fertig ist, geht er einfach weg«, murmelte Großmama. »Meine Söhne werden wohl nie erwachsen.«

Und mit einem vielsagenden Blick auf meinen Vater fügte sie hinzu: »Und wohl auch nie vernünftig.«

Als Vater kurz sein Taschentuch holen ging, blickte sie uns einzeln nacheinander an und sagte feierlich: »Egal, was euer Vater tut, ihr müsst ihn immer lieb haben.«

Natürlich haben wir ihn immer lieb, was er auch tut. Was wollte sie uns bloß damit sagen?

Als wir, zurück in Kifissia, den Weg zu unserem Haus einschlugen, lagen die Oleanderbüsche noch prächtiger als sonst im letzten Abendlicht. Der Weg, der zu unserem Haus in Kifissia geht, unterschied sich von der Athener Straße, die zu Vaters Wohnung führt, wie unser Leben von seinem. Und das stimmte mich traurig.

»Wie geht es Miltos?«, erkundigte sich Mutter, wie jedes Mal, nach unserer Rückkehr.

»Gut«, meinte Infanta.

»Er baut gerade ein tolles Radiogerät«, sagte ich.

»Er hat sich auf eine Frau eingelassen, das kann ich riechen«, meinte Maria.

Mutter wurde einen Tick blasser.

»Wie kommst du dazu, Maria, so zu reden? Hast du gar keinen Respekt?« Um gleich nachzuhaken: »Woraus schließt du das?«

»Na, Großmamas Halbwahrheiten, Vaters Gestotter … Vielleicht gibt's bald eine Hochzeit, haha!«

»Du weißt nicht, was du sagst!«, rief ich und warf ihr einen wütenden Blick zu.

In diesem Augenblick war mir Maria verhasst, und zwar sehr. Am liebsten wäre ich auf sie losgegangen, hätte sie an den Haaren gepackt und sie ihr einzeln ausgerissen.

Den ganzen Abend über war ich genervt. Es fehlte nicht viel, eine laute Bemerkung oder eine falsche Berührung, und ich hätte losgeheult. Doch später, als ich im Bett lag und ausführlich darüber nachdachte, sagte ich mir schließlich, ja, hoffentlich heiratete Vater und wurde auch ein bisschen glücklicher. Vielleicht lag es am Abendgebet, das mir Rodia beigebracht, vielleicht am Dämmerschlaf, der mich überkommen hatte. Kurz vor dem Einschlafen wurde ich jeden Abend ein besserer Mensch.

An diesem Sonntag grübelte Mutter vor sich hin. Wenn sie sich ans Klavier setzt, lässt sie ihre Hände erst einmal zu beiden Seiten pendeln, und ihr Mund bekommt einen bittersüßen Zug, als erinnerte sie sich an etwas.

Dann warten wir alle auf ihr Klavierspiel.

Sie spielt ohne Leidenschaft, gleichförmig und beherrscht. Etwas fehlt ihrem Spiel, es erinnert an Tante Terezas Art zu malen, die Wolken, die nah erscheinen und doch so fern sind. Großpapa liest dabei Bücher über seine Bäume und Blumen, oder er sortiert Samen in quadratische Schächtelchen. Manchmal wiegt er den Kopf im Rhythmus der Musik, verharrt dann aber reglos, zumeist hält er ihn leicht nach rechts geneigt. Die Musik und ihr Zauber machen ihm Angst. Damals, am Abend des Konzerts, trug die polnische Großmama ein schwarzes Samtkleid und eine weiße Kamelie im Haar. Wie immer lauschte sie der Melodie mit geschlossenen Augen, und als sie die Lider aufschlug, fiel ihr Blick auf den anderen. Großpapa spürte, wie ihre Hände zitterten, fühlte ihre Sehnsucht, er erriet, was sich hinter ihrem raschen Atmen, dem Auf und Ab ihrer Brust verbarg. Er war dabei, sie zu verlieren. »Bravo, bravo, bravo!«, hörte er sie rufen, als sich der Künstler vor dem Publikum verbeugte. Nun, sehen wir mal, denkt er sich jetzt, sind diese Tomatensamen besser als die vom letzten Jahr? Es hat sich schon Fruchtfleisch gebildet. Und bei der Veredelung der Feigenbäume muss ich den Gärtner zur Vorsicht mahnen, oder vielleicht sollte ich es besser selbst tun …

Tante Tereza hält es nicht an ihrem Platz. Mal setzt sie sich in einen Sessel, dann steht sie wieder auf und nimmt woanders Platz, nirgendwo findet sie Frieden. Die nahende Dunkelheit macht sie unruhig. Von ihrem Verlobten mit den fleischigen Lippen, den sie tagsüber vergisst, träumt sie nachts oft. Dann wird ihr Körper fühllos, von der Hautoberfläche bis ganz tief ins Mark, immer wieder erwacht sie in der Dämmerung schweißgebadet und wechselt das Nachthemd. Morgens fühlt sie sich matt wie eine Frau, die die ganze Nacht … Aber dieses Gefühl hält nur ein paar Minuten an, bis sie aus dem Bett springt und das Fenster aufstößt.

Erinnerungen, Erinnerungen … Die Luft wird schwer davon, ich ertrage es nicht länger. Das große Zimmer mit dem Klavier, die Schächtelchen mit den Samen, die Stickerei mit dem Pfauenmuster – das alles wird mir zu viel. Ich laufe nach draußen und lege mich rücklings ins Gras. Der Mond berührt den Zisternenrand zwischen den beiden Eukalyptusbäumen, der Umriss eines Frosches zeichnet sich in seinem Lichtkreis ab. Doch einen Frosch im Mond gibt es nicht. Er hockt, genau wie ich, auf der Erde und blickt zu ihm hoch.

IV

Ein Spaziergang

Eines Morgens stand unser Lavendel plötzlich in voller Blüte. Am Abend zuvor hatten wir noch die grünen, harten Knospen gestreichelt und uns gewünscht, sie mögen über Nacht aufgehen. Am nächsten Tag erblickten wir sechs Reihen mit lilafarbenen, im Sonnenlicht flirrenden Lavendelbüschen, umflattert von Hunderten frisch entpuppter weißer Schmetterlinge, die einander hinterherjagten und sich paarten, um am selben Abend noch zu sterben.

Maria umfasste die Stängel, tauchte ihre Nase in die duftenden Blüten und ließ ihren Tränen freien Lauf. »Ich mache einen Spaziergang«, sagte sie kurz darauf. Mutter bat sie, bei Kritikos vorbeizugehen. Sie sollte nachfragen, wann er den Zuchtbock zum Decken von Fellaha, unserer Geiß, vorbeibringen würde. Als Bezahlung für die paar Tage, die er uns den Springbock ausleihen würde, forderte er eine stattliche Menge Weizen.

»Sag ihm, der Preis ist übertrieben«, meinte Mutter. »Wir braten ihn ja nicht am Spieß. Über die Hälfte können wir reden …«

»Warum nehmen wir nicht den Bock von Mutter Kapatos?«, fragte ich.

»Weil der von Kritikos größer und stärker ist und schönere Zicklein zeugt«, antwortete Mutter.

So machte sich Maria auf den Weg. Sie trug ein ärmelloses Kleid und den Strohhut mit der Kirschenbordüre auf dem Kopf.

»Was starrst du mich so an?«, meinte sie zu mir, als sie an der Tür stand.

»Du bist so anders heute, Maria. Du strahlst richtig, ich meine nicht nur dein Lächeln oder deine Augen, sondern deine Haut, deine Wangen, deine Arme, deine Beine, einfach alles!«

»Ach, du, was du dir wieder einbildest!«, sagte sie, als sie die Tür hinter sich zuzog.

Auch die Thymianbüsche standen unter der sengenden Sonne in voller Blüte. Fellaha, die unter einer Kiefer angebunden war, kaute vor sich hin. Es war das erste Mal, dass sie dem Springbock zugeführt und Junge bekommen würde. »Wenn du wüsstest, was dich erwartet«, flüsterte ihr Maria im Vorübergehen zu. »Du hast ja keine Ahnung!«

Sie setzte sich mit rhythmischen Schritten in Bewegung. Die Hüften wiegten sich bei jedem Schritt, und ihr ganzer Unterkörper gleich mit. Das machte ihr Spaß und erleichterte auch das Gehen. Es war, als würde sie fliegen, als würde sie bei jedem ihrer Schritte die heiße, dickflüssige Erdoberfläche nur ganz kurz berühren und sofort weitereilen.

Die Grillen zirpten pausenlos, ab und zu umschwirrte eine Biene kurz ihr Gesicht, um sich schließlich den Thymianblüten zuzuwenden. Die Vögel waren verstummt. Die Kiefern, der Erdboden, die Tiere – alles flimmerte in der Hitze. Nur der Dunst, der von den Bäumen aufstieg, linderte die Sonnenglut.

Pff, so viel Weizen für ... Es war kaum zu merken, dass sie schneller wurde, wie angetrieben von einer verborgenen Kraft. Sie spürte die leicht verschwitzten Achseln, auch der Hals war ein bisschen feucht und die Innenseiten ihrer Schenkel. Aber sie scheute sich nicht vor der Hitze, sondern tauchte kurz entschlossen in sie ein. Sie fühlte die Zellen unter ihrer Haut und ihr Blut pochen.

Sie schlug den abschüssigen Weg nach Chelidonou ein. Eigentlich waren es fünf parallel verlaufende Pfade, zwischen denen Olivenbäume standen, oder andersherum, sechs Reihen von Olivenbäumen mit erdfarbenen Zwischenräumen, auf denen jede Menge Fahrzeuge und Menschen Platz gefunden hätten. Bergab wechselte Maria zwischen den Wegen hin und her. Mal landete sie ganz am linken Ende und erblickte rechter Hand die Olivenbaumalleen, dann zog es sie unwillkürlich ans rechte Ende, wo sie alles von der anderen Seite aus sah. Durch diesen Perspektivwechsel verlor sie zwar Zeit, aber sie hatte keine Eile. Nur ein wenig schwindelig wurde ihr davon.

Hier standen an die vierzig Häuser dicht an dicht und schmiegten sich, ganz wie die Menschen, aus Furcht vor der Einsamkeit aneinander. Nur unser Haus befand sich ganz allein zwischen zwei Siedlungen. Es war gebaut zwischen der einen, etwas höher gelegenen Siedlung, die bis zur Leoforos Anixeos reichte mit Doktor Parigoris' Haus als letztem Ausläufer, und der anderen weiter unten, die an der Olivenhainstraße begann.

Die Obst- und Gemüsegärten waren dieses Jahr besonders prächtig, der kräftige Winterregen hatte ihnen gutgetan. Die Blätter waren tiefgrün, und die Stämme der Obstbäume glänzten, schon hingen die ersten Tomaten an den Stauden. An den männlichen Mandelblüten waren die gelben Pollen zu sehen. Die weiblichen Mandelblüten mussten warten, bis der Blütenstaub zu ihnen herübergeweht wurde. Sie mussten nur ihre Säfte bereithalten, um die männlichen Samen zu empfangen und die Frucht auszutragen. In der Gluthitze warteten sie mit geöffneten Blüten auf den leisesten Windstoß, der sie bestäuben würde.

Keiner aus ihrem Freundeskreis, dachte Maria, war ein richtiger Mann. Weder Nikos noch Stefanos, und Marios war spindeldürr. Obwohl, seit er erwachsen war, hatte sie ihn nicht mehr geküsst. Seine Augen zeigten in der letzten Zeit eine auffallende Entschlossenheit, vielleicht auch sein Körper …

Stefanos hatte ihr vor ein paar Tagen die Bluse aufgeknöpft, die grün wie Kiefernnadeln war. Sie lagen im Wald, es ging wie von selbst. Sie rührte sich nicht. Ruhig und kühl folgte sie jeder seiner Bewegungen. Dann schloss sie die Augen und sagte zu sich selbst: »Jetzt schließe ich meine Augen.« Sie hörte sich selbst seufzen, in Richtung seiner nervösen Finger.

Im Jahr zuvor hatte ihr Nikos im Wald eine andere Bluse aufgeknöpft, die gelb wie reife Ähren war. Sie hatten auf dem Boden gelegen, und alles war wie von selbst gegangen. Sie hatte die Augen geschlossen, geseufzt, und dieselbe Traurigkeit hatte sie überkommen. Irgendetwas fehlte. Die Gesichter der Jungen, die sich suchend über sie beugten, wirkten angespannt. Und gleichzeitig komisch. Sie lachte auf, sie konnte nicht anders. Nikos und Stefanos wurden beide böse. »Bist du verrückt geworden?«, fragten sie. Mit einem Satz war sie auf den Beinen und knöpfte sich mechanisch die Bluse wieder zu, die grüne wie die gelbe. »Du hättest dein Gesicht im Spiegel sehen sollen!«, trällerte sie vor sich hin. »Hahaha!«

An beiden Abenden hatte sie auf dem Heimweg bei der kleinen Marienkirche angehalten, ihr Fahrrad an eine Zypresse gelehnt, sich auf die weiß gekalkte Steinbank gesetzt und eine Zigarette angezündet. Sie fragte sich, ob sie gesündigt hatte. Dabei hatte sie niemandem etwas Böses getan. Warum fühlte sie dann diese Traurigkeit? Vielleicht war es das Gefühl eines Unerfülltseins, das Fehlen einer großen, wichtigen Aufgabe wie die der Mandelblüten, die den Samen empfingen, umschlossen und Früchte trugen.

Als Maria bei Kritikos' Haus eintraf, stand die Sonne bereits hoch. Die Schafe waren von der Weide zurück, hatten sich unter die Kiefern gelegt oder standen dort reglos und mit gesenkten Köpfen aneinandergedrängt. Ein sanftes Lüftchen strich über sie hin und kraulte unmerklich ihr wolliges Fell. Es war das Nicht-Sein, das pure Nicht-Sein. Auch drei Ziegen waren darunter, die mit ihren braunen Hörnern und Schlitzaugen wie Teufel mitten unter Engeln wirkten.

Das kleine, von einem niedrigen Steinwall umgebene Haus lag ganz in der Nähe der Tiere. Maria stieß das hölzerne Gatter auf. Ein Duft nach Milch und Dung, nach Thymian und Bocksgeruch stieg ihr in die Nase, ein Duft, der sich mit der Hitze vermischte und beinah mit Händen zu greifen war.

An einer Ecke des Zauns stand ein Mann und wusch seinen nackten Oberkörper. Mit der einen Hand goss er sich Wasser aus einer Gießkanne über den Kopf, und mit der anderen rieb er seinen Körper so fest, als wollte er ihm Schmerz zufügen, ganz ohne Seife. Das Wasser lief über sein Haar, hinterließ auf seinen Schultern Perlen, die in der Sonne glitzerten, und rann bis zu seinem Hosenbund hinunter, der schon ganz feucht war. Den Gürtel hatte er gelöst, die Enden hingen locker herab, es zeichnete sich deutlich ab, dass sein Körper von der Taille abwärts hellhäutiger wurde, seine Hüften waren schmal und geschmeidig wie bei einem Wildtier. Er musste kräftige Hände haben, und sein Körper war gewiss zart und weiß wie Babyhaut an den verborgensten Stellen.

»Entschuldigung ...«

Unschlüssig war sie am Gatter stehen geblieben.

Er wandte den Kopf. Ein paar Augenblicke lang sagte er nichts, sah sie nur an, vom Kopf bis zu den Füßen, als wäre sie ein Stück Vieh, dessen Wert er vor dem Kauf taxierte.

»Was willst du?«, fragte er.

»Ich wollte zu Kritikos, ihm wegen Fellaha Bescheid geben, das heißt, wegen des Bocks. Wenn er auf die Hälfte runtergehen könnte ...«

»Vater ist gerade bei Gekas auf ein Gläschen. Du kannst auch mit mir reden, es kommt aufs Selbe raus. Du bist die Enkelin von Herrn Dimitris, ja? Vom Haus auf der Wiese?«

»Ja, vom Haus auf der Wiese. Kritikos wollte uns euren Zuchtbock für ein paar Tage überlassen, und Mutter meinte ...«

»Ist die Geiß bockig?«, fiel er ihr ins Wort.

»Wie, bockig?«

»Na, rollig, läufig, bereit für den Bock, was denn sonst!«, beharrte er und blickte ihr durchdringend in die Augen.

»Weiß nicht«, erwiderte sie, ohne seinem Blick auszuweichen. »Woher auch?«

Das brachte ihn in Verlegenheit. Ihm fiel ein, dass er mit einer jungen Dame sprach und noch dazu aus dem Haus von der Wiese, und er wurde rot.

»Du bist sicher müde«, sagte er nach einer kleinen Pause, und seine Stimme klang weniger abweisend. »Komm rein und ruh dich aus.«

Er wandte sich zum Haus.

»Den Zuchtbock können wir euch schicken.«

Der Mann blickte nach oben und schien etwas zu berechnen, indem er an seinen Fingern abzählte.

»In zehn Tagen«, sagte er schließlich. »Das ist der richtige Zeitpunkt.«

Sie stieg die Treppenstufen hoch, die sie vom schattigen Zimmer trennten, und schon saß sie auf einem Schaffell, das über eine Holztruhe gebreitet war. Die Fensterläden, die aus einem einzigen grünen Holzbrett bestanden, waren geschlossen.

»In zehn Tagen«, wiederholte sie gedankenverloren.

Beide schwiegen – sie, auf der Holztruhe sitzend, und er, ihr gegenüber stehend. Sie spürte, wie er dort stand, voller Leben, mit seinen gebräunten Armen und Beinen, mit der hellen Haut an der verborgenen Stelle. Eine goldene Flamme tanzte in ihrem Inneren, aber ihre Beine waren so kraftlos und schwer, als züngelte das Feuer tief aus der Erde und würde ihren Körper die Beine entlang langsam hochkriechen. Jetzt erreichte die Flamme ihre Brust, das Atmen fiel ihr schwer. Sie wollte um Hilfe rufen, doch der Mann hielt sie bestimmt für verrückt. Sein Körper sah so robust aus, als wäre er mit aller Sorgfalt aus einem Stück Stein gemeißelt. Seine Nase, sein Kinn, seine Stirn waren kantig, genauso wie seine Schultern und auch seine Seele. Nichts an ihm war rund. Ihr Körper hingegen war voller Wölbungen, Kurven und Mulden, voller sanfter Erhebungen wie die Erde selbst, und strebte danach, sich mit dem anderen zu vereinigen und sich darin zu verlieren. Er war wie geblendet von diesen zarten Rundungen, er schluckte schwer. Er wollte in ihren Armen liegen, als hätten sich in seiner Seele jahrelang Wolken angesammelt und jetzt wäre es Zeit für den Regen.

Da drang eine Biene, goldgelb wie das Innere einer Flamme, durch eine Türritze herein, schwirrte umher, erst in einiger Entfernung, dann setzte sie sich auf ihr Haar. Mit einer mechanischen Handbewegung wollte sie die Biene verjagen, doch sie ließ sich nicht verscheuchen.

»Au!«, schrie sie auf.

Die Biene hatte sie in den Unterarm gestochen, der Stachel steckte fest. Sie beugte sich über die schmerzende Stelle und fröstelte plötzlich.

Mit einem Satz war der Mann bei ihr, dann ging er hinaus, holte eine Handvoll feuchter Erde, hielt mit der einen Hand ihren Arm fest und rieb mit der anderen die Stelle mit Erde ein. Die Haut ringsum rötete sich und schwoll an.

»Der Arm wird ganz dick«, sagte Maria.

»Das ist nicht schlimm«, meinte er. Doch insgeheim tat es ihm in der Seele weh, ihre Haut so wund zu sehen.

Ihre Köpfe näherten sich einander, Marias Haar streifte sein Ohr. Ihre Wangen waren gerötet, ihre Wimpern feucht.

»Au, es tut weh«, sagte sie. »Und mir ist kalt.«

Sie blickte ihm direkt in die Augen. Er senkte den Kopf und rieb geduldig weiter die schmerzende Stelle. Marias Körper verströmte etwas Starkes, Urwüchsiges.

»Mir ist kalt«, wiederholte Maria.

Der Schüttelfrost verstärkte sich, ihre Schultern zuckten. Dieser winzige Stachel hatte ihren Körper zutiefst irritiert. Sie fühlte sich glühend heiß und eiskalt gleichzeitig, ihre Augen füllten sich mit Tränen, und der Schüttelfrost wollte nicht aufhören. Da legte er den Arm um ihre Schultern.

»Ich kann nicht zusehen, wenn ein Mensch friert«, sagte er mit einer Stimme, die noch mehr zitterte als Marias Körper. »Oder auch ein Tier. Im Winter bei Frost würde ich am liebsten die frierenden Tiere umarmen und mit meinem Atem wärmen.«

Er hielt den Arm weiter um ihre Schultern gelegt, fühlte das Zucken ihres Körpers und drückte ihre verkrampften Schultern fest an sich. Es tat ihr weh, aber ihr gefiel dieser Schmerz. Sie blickte ihn an. Seine robusten Arme umschlangen die Rundungen ihres Körpers, der so warm und gut war wie die Erde. Ein solches Glück erfuhr er zum ersten Mal. Und als ihre Körper sich auf dem Schaffell vereinigten, war der Regen gekommen. Sie zog ihn an sich mit aller Kraft, wollte noch stärkeren Schmerz fühlen, das Verhängnis in vollendete Schönheit verwandeln. Es war, als stünde sie plötzlich auf einem Berggipfel und sähe die ganze Schönheit der Welt. Ein Schrei, dann wurde sie so ruhig wie ein Fluss, der seit Jahrhunderten im selben Bett strömt.

Als sie wieder auf der Olivenhainstraße war, blickte sie auf die fünf parallelen Wege, wählte einen einzigen aus, ohne im Zickzack zu laufen, und ging ihn gelassen und langsam entlang, ohne ihre Augen vom Boden zu lösen. Maria dachte immer mit gesenktem Blick nach. Der Anblick der rötlichen Erde, der zwischen den Ameisenhaufen hin und her eilenden Ameisen und des von den Bäumen triefenden Harzes half ihr dabei, Lehren und Konsequenzen aus ihren Erlebnissen zu ziehen. Was ihnen guttat, war auch für sie gut, und was ihnen schadete, vermied auch sie. Manchmal jedoch war die Urteilsfindung nicht so einfach: Wenn ein Tier ein anderes auffraß, musste das schwächere leiden. Aber das Prinzip des Stärkeren sicherte Tieren oder auch Pflanzen das Überleben. Sie wusste, dass Ameisen arbeiten mussten, um ein funktionierender Teil des Ameisenstaates zu sein, dass Heuschrecken Unheil brachten, dass das Zirpen der Zikaden den Sommer einläutete. Sie wusste, dass all diese Lebewesen geboren wurden, sich paarten und fortpflanzten, starben, in die Erde eingingen und, wie die ersten Menschen, wieder aus der Erde hervorgingen. Sie wusste auch, dass der ganze Bienenstock die Königin umsorgte, dass Arbeiterinnen ihr Futter brachten, um sie zu stärken, dass sie, wenn ihr Hochzeitsflug bevorstand, den Bienenstock verließ und sich hoch in die Lüfte schwang mit all der Kraft, die sie die ganze Zeit über gesammelt hatte, und hinter ihr ein ganzes Heer von Drohnen folgte. Zwei bis drei Tage und Nächte flog sie ununterbrochen, bis die Drohnen nacheinander erschöpft zusammenbrachen, verendeten und sie mit dem Letzten, dem Sieger, ein eigenes Bienenvolk gründete und dessen Königin wurde. Zunächst ruhte sie und sammelte Kraft, dann reifte der Körper und begann, Männchen anzuziehen. Nach dem Untergang der anderen wurde der Stärkste erwählt, und am Ende stand die Geburt zahlloser Nachfahren. Immer wieder dachte Maria über diesen Prozess nach. Sie fand ihn schön, kühn und mit einer verborgenen Tragik verbunden. Vielleicht erkannte sie darin auch ihr eigenes Schicksal.

Sie versuchte, sich klar zu werden, was gerade eben geschehen war und warum. Die Zeit war reif, das war es. Der Mann war eine rein zufällige Wahl, er war über ihren Körper hinweggezogen wie die Wolken über die Erde. Seit einiger Zeit schon drängte es sie, genau diesen Schmerz und diese Anspannung zu spüren – immer wenn sie sich mit ihren Schwestern ins Stroh legte, dem Lied der Frösche zuhörte oder von ihrem Bett aus die Ohren spitzte nach einem urplötzlichen, nächtlichen Schrei. In solchen Nächten schien sie ein tragisches Ereignis zu erwarten, doch statt diesen Gedanken zu verscheuchen, sehnte sie es herbei, wie damals als Kind, wenn sie schreiend aus einem Albtraum hochschreckte und ihre Mutter kam und sie mit den Worten wach rüttelte: »Keine Angst, es ist nur ein Traum!« Dann seufzte sie erleichtert, aber auch enttäuscht auf. »Weißt du«, sagte sie zu Infanta am nächsten Morgen. »Im Traum hat mich jemand gewürgt. Zwei Hände haben meine Kehle so lange zugedrückt, bis ...« Dabei schloss sie genüsslich die Augen.

Die Sonne stand fast im Zenit, der Weg bot keinen Schatten, es musste schon Mittag sein. Ich muss mich beeilen, sagte sich Maria, sie machen sich bestimmt Sorgen. An ihre Familie hatte sie gar nicht mehr gedacht. Vor ihrem geistigen Auge tauchte der Mittagstisch auf mit Großpapa, Mutter, Tante Tereza, Infanta und Katerina. Wie sollte sie ihnen gegenübertreten? Vor sich selbst schämte sie sich nicht, auch nicht vor Gott. Die Bienen, die Zikaden und die Ameisen waren ja Gott, und in deren Welt hatte sie nichts Böses getan. Vor den anderen aber? Vor den Menschen? Würden sie es ihr ansehen? Würden sie es erraten? Der Blick ihrer Mutter war manchmal so forschend, als wollte er bis in die tiefsten Abgründe ihrer Seele schauen. Und Tante Terezas Blick verriet Argwohn. Tante Tereza konnte sie nicht leiden, da war sie sich sicher. Nur Großpapa und Infanta würden nichts merken, die beiden lebten in ihrer eigenen Welt. Katerina hingegen war neugierig, und ihr entging so schnell nichts. »Du strahlst heute so seltsam, Maria«, hatte sie am Morgen zu ihr gesagt. »Nicht nur dein Gesicht oder deine Augen, sondern auch deine Haut ...«

Jetzt war dieses Strahlen bestimmt noch stärker, das spürte sie. Sie ging zum Bach und suchte ihr Spiegelbild, aber die zitternde Wasseroberfläche schlug Wellen und verzerrte es. Zumindest fand sie Abkühlung. Sie watete hinein und benetzte Arme, Hals und Gesicht. Ihre Lippen brannten wie Feuer, auf ihren Lidern lastete eine eigentümliche Schwere, doch ihr Körper war federleicht. Ab und zu spürte sie noch ein Frösteln, aber nur ganz leicht und wie aus der Erinnerung. »So zarte und warme Haut wie deine habe ich noch nie gesehen«, hatte der Mann zu ihr gesagt.

Der Rückweg auf der Olivenhainstraße schien endlos, der steile Aufstieg war mühselig. Maria musste an das nächtliche Ringen Jesu am Ölberg im Garten Gethsemane denken, als er Gottvater bat, der bittere Kelch möge an ihm vorübergehen. Warum erinnerte sie der heutige Tag mit der Freude und dem Genuss, die sie erlebt hatte, an diese Nacht? Sie stand mitten in der Sonnenglut und streckte sich. Sie war bereit, die Last der Welt auf sich zu nehmen. Ihr Körper war stark und würde es schaffen, und ihre Seele auch. Woher kam plötzlich der Gedanke, von heute an müsse sie Opfer bringen?

Als sie die hölzerne Gartenpforte aufstieß, wurde sie ganz ruhig. Rodia rief, sie solle sich beeilen, die anderen seien schon zu Tisch. Aus der Küche drang der Duft nach im Tontopf gegartem Lammfleisch mit Reisnudeln. In einer Glasschale lagen, frisch aufgeschnitten, die ersten Feigen des Jahres. Mit einem Lachen auf den Lippen trat sie ins Esszimmer.

»Wo warst du so lange?«, sagte Mutter, während ihr forschender Blick auf ihr ruhte. »Wir haben uns Sorgen gemacht.«

»Ich habe im Wald kurz gerastet und bin eingeschlafen.«

Ein jeder hob – der eine kürzer, der andere länger – den Kopf. Dann wandten sich alle wieder dem Essen zu. Sie behielt ihr Geheimnis für sich und ließ den Blick vom einen zum anderen wandern. Ein jeder, so schien es, verbarg irgendetwas. Nur Katerinas Geheimnis war noch unbestimmt. Als auch die Feigen aus der Schale aufgegessen waren, zündete sich Großpapa seine Pfeife an, und mittägliche, schläfrige Stille machte sich im Zimmer breit.

»Ich will heiraten«, sagte Maria laut.

Die Blicke aller blieben diesmal länger an ihr haften. Tante Tereza flatterte aufgeregt umher, als suchte sie nach irgendetwas, einem Teller etwa oder einem Aschenbecher. Infanta war blass geworden, Mutters tiefgründiger Blick wartete beharrlich auf eine Erklärung, Großpapa zog weiter an seiner Pfeife, und ihre jüngste Schwester stand auf, als wollte sie sich, falls nötig, schützend vor sie stellen, und fragte im Tonfall eines Familienoberhaupts: »Gibt es jemanden, den du liebst, Maria?«

»Nein«, antwortete sie. »Ich will trotzdem heiraten.«

Ihre Stimme klang ruhig und entschlossen.

V

So glitten die Tage unmerklich dahin. Früher genügten uns Erinnerungen und Erwartungen, doch jetzt sind wir wach und können nicht länger mit geschlossenen Lidern im Sonnenlicht stehen, mit brennender Haut, die von Tag zu Tag dunkler wird. Selbst die morgendliche Gymnastik macht uns weniger Freude als früher.

VI

Marias Hochzeit

Seit gestern liegt Regen in der Luft, und doch regnet es nicht. Erst ziehen sich die Wolken zusammen, dann bricht die Sonne durch, später bedeckt sich der Himmel wieder. So geht es die ganze Zeit. Ein paar Tropfen lösen sich, erreichen jedoch kaum den Boden. Trotzdem duftet es, als hätten sie sich mit der Erde vereint. Die Bäume neigen sich unentschlossen mal hierhin, mal dorthin, die Wurzeln und Stämme dürsten nach Wasser, die Blätter nach Sonnenlicht. Es dunkelt, der Himmel hängt niedrig, alles senkt sich herab. Die Tiere reagieren ängstlich, die Hühner kauern sich auf ihre Stangen, die Kaninchen drängen sich aneinander und lecken sich das Fell, die Ziegen blicken sich unruhig um. Auch Mavroukos wurde bei solchem Wetter bang. Mit bettelndem Blick zog er seinen kupierten Schwanz ein, sein einziger Zahn ragte ihm einsam und verlassen aus dem Maul. Er rührte sich nicht mehr von meiner Seite. Dort, wo er jetzt ist, braucht ihm nicht mehr bang zu sein. Die schwere Steinplatte, die sein Grab bedeckt, kann keine Sturmbö entwurzeln.

Es donnert. Ein Blitz zuckt. Wir schließen die Augen, sein grelles Licht ist unerträglich. Uns fröstelt, mehr noch als im Winter bei Schnee. Stumm starren wir durch die Fensterscheibe nach draußen, wagen nicht, uns zu rühren, der Atem stockt uns, die Luft wird knapp, gleich sinken wir ohnmächtig um.

Genau dann kommt der Regen, der uns erleichtert wie ein Lächeln unter Tränen.

»Wie erfreulich«, sagt Großpapa.

Nützlich für die Bäume, meint er damit.

»Ja, sehr«, meint auch Tante Tereza, aber die Bäume sind nur ein Vorwand. In Wirklichkeit freut sie sich, dass sie ihr Haar mit Regenwasser waschen kann.

Mutter sagt gar nichts. Es war ein Regentag, als sie Vater kennenlernte.

Am liebsten würde ich draußen herumtollen, aber ich möchte nicht nass werden. Wie eine Katze kauere ich mich aufs Sofa und lausche, ohne irgendetwas zu denken, dem Regen. Ich spüre, wie sich ein unbekanntes Gefühl in mir breitmacht, das mich mit Angst und Freude erfüllt. Das Einzige, was mir Erleichterung verschafft, ist das Singen. Oder Schreiben, wenn ich Worte auf ein leeres Blatt Papier kritzle. Oder Zeichnen, indem ich Dinge aus meiner Vorstellung male, konzentrische Kreise oder vierblättrige Kleeblätter.

»Warum nimmst du kein Buch zur Hand? Oder eine Stickerei?«, sagt Mutter. »Ich mag es nicht, wenn du untätig herumsitzt.«

»Ich kann nicht.«

»Was soll das heißen: Ich kann nicht?«

»Das heißt, dass ich nicht kann.«

Erst funkelt ihr Blick, dann wird er eisig. Mutter gestattet sich nie, zornig zu werden. Gerade rechtzeitig beherrscht sie sich eisern. Und das ist viel schlimmer als Zorn, es nimmt mir die Luft zum Atmen. Du solltest mich strafen, Mutter, für meine Frechheit, deine Hand sollte mich schlagen. Schon richte ich mich auf der Chaiselongue auf, um sie um Verzeihung zu bitten, halte jedoch beschämt inne. Aus den Augenwinkeln werfe ich ihr einen Blick zu, sie sieht traurig aus. Dann trete ich ans Fenster, trommle mit den Fingerspitzen an die Scheibe im Rhythmus einer populären Melodie, und mein linker Fuß wippt dazu. Ihr Blick streicht sanft über meinen

Rücken, sie hat mir schon verziehen. Und das ist mehr, als ich ertragen kann. Ich stürme nach draußen und lasse meinen Tränen freien Lauf. Der Regen klatscht mir ins Gesicht, das Haar klebt mir an den Schläfen. Mutter sieht mich bestimmt vom Fenster aus, ruft aber nicht nach mir. Nach einer Weile überkommt mich, wie immer nach dem Weinen, ein Gefühl der Erleichterung.

»Katerina, bist du verrückt geworden?«

Es ist Maria. Sie hat sich die Kapuze über den Kopf gezogen und nimmt mich an der Hand. Sie kann sehr einfühlsam sein, wenn sie nicht gerade mit sich selbst beschäftigt ist.

»Du holst dir noch eine Lungenentzündung!«, sagt sie. »Du bist völlig durchnässt. Komm, ich reibe dich trocken.«

Willenlos folge ich ihr. Ein Kleidungsstück nach dem anderen sinkt zu Boden, dann hilft sie mir in den weißen Bademantel. Ihre Hände wandern zielsicher über meinen Körper und wärmen mich.

»Lass mich«, sage ich. »Was kümmert es dich?«

Als sie mich verwundert anblickt, erläutere ich: »Was kümmert es dich, wenn ich krank werde? Das ist euch doch allen egal.«

Wenn ich krank wäre, würde mich Mutter vielleicht mehr lieben. Sie würde mich sanft am Kinn fassen und mir zu trinken einflößen, sie würde mich anflehen, doch einen Bissen zu essen. Am Abend würde sie mir im Dunkeln über die Stirn streichen, und mein Zimmer würde nach Medizin und Blumen riechen. Und eines Nachts, mit hohem Fieber, würde ich zu ihr sagen …

»Manchmal bist du ein richtiges kleines Biest«, flüstert mir Maria zu.

Ihre Hände packen jetzt fester zu, und sie massiert mich kräftiger als vorhin.

»Maria, wen wirst du heiraten?«, frage ich dann.

»Was kümmert dich das?«, meint sie lachend.

»Wieso nicht? Abends vorm Einschlafen denke ich über dich und Infanta, über Mutter und Vater und sogar über Tante Tereza und Großpapa nach. Ich frage mich, wie unser Leben später mal aussehen wird, was wir erreichen werden. Wir müssen doch etwas erreichen, Maria, oder?«

Ganz unbemerkt hat der Regen aufgehört. Nur noch von den Bäumen trieft es, die Tropfen leuchten rot, gelb, grün und in allen Farben des Regenbogens, wenn sie fallen.

»Was willst du damit sagen, Katerina?«

»Wir sollten uns von der Sonne nicht die Haut verbrennen und vom Regen nicht durchnässen lassen.«

»Heißt das, wir sollten uns Gott widersetzen?«

Ich bleibe stumm. Das wollte ich nicht sagen, Gott respektiere ich.

»Also sollten wir uns Gott widersetzen?«, wiederholt Maria ihre Frage und wartet so gespannt auf meine Antwort, als hinge ihr Leben davon ab.

»Manchmal denke ich an Prometheus und ...«

Sie prustet los. Sie schüttelt sich vor Lachen wie noch nie.

»Du verrücktes Huhn!«, ruft sie. »Willst du vielleicht ein Prometheus werden? Was denkst du denn, was wir sind? Winzige Ameisen sind wir, hörst du? Nichts als winzige Ameisen!«

Dann wird sie wieder ernst und verzieht die Brauen. Sie verschanzt sich hinter einem unsichtbaren Schild. Wovor bloß?

»Mich jedenfalls interessieren solche Mythen nicht«, sagt sie. »Ich will leben wie die Pflanzen und die Tiere. Alles andere ist nur vorgetäuscht.«

»Wie, alles andere?«, frage ich. »Das verstehe ich nicht. Auf Prometheus bin ich gekommen, weil mir eine Klassenarbeit eingefallen ist, die wir über ihn schreiben mussten.«

Ich wehre mich und ziehe mich in mein Schneckenhaus zurück. Ich verziehe zwar nicht die Brauen, dafür recke ich meinen Hals immer höher. Maria blickt mir in die Augen. Sie weiß, dass ich lüge.

»Du verlangst ausgesprochen viel vom Leben«, flüstert sie. »Ich nicht. Denn ich weiß eines: Die größte Kraft liegt in den Dingen des Alltags verborgen.«

Lautlos fällt die Tür hinter ihr ins Schloss. Der Bademantel ist mir von den Schultern geglitten, mein gedankenverlorener Blick bleibt an meiner nackten Haut hängen.

Gegen Abend kam der Regen wieder, genauso unverhofft, wie Marios uns bei diesem Wetter besuchte. Er hatte sich trotz allem auf den Weg gemacht, schüttelte in der Küche seinen Regenmantel aus und erschien dann in der Tür zum Esszimmer, wo wir alle um den Tisch versammelt saßen und auf die hereinbrechende Dunkelheit warteten. Seine Silhouette an der Türschwelle beherrschte einen Augenblick lang das ganze Esszimmer, gewann plötzlich eine eigenartige Macht über die Stühle, das Sofa, selbst über das Gemälde an der Wand gegenüber mit der träumerisch daliegenden Frau.

»Guten Abend«, sagte er.

Wir begrüßten ihn freudig, denn alle mochten ihn gern. Rasch holte ich ein flauschiges Handtuch und begann, sein nasses Haar trocken zu reiben.

»Du tust ihm doch weh«, sagte Maria. Infanta blickte erst zu ihr, dann zu mir.

Marios lachte auf.

»Aber nein!«, meinte er. »Das tut gut. Noch fester, Katerina!«

»Als Arzt kann er sich doch unmöglich eine Erkältung holen!«, rief ich. Gleich bereute ich meine Bemerkung, da sich die anderen darüber amüsierten.

»Meinst du, er macht es so wie du?«, sagte Maria. »Geht absichtlich hinaus, um nass zu werden?«

An diesen Abend erinnere ich mich gut. Damals dachte ich noch anders. Mir gefiel das Alleinsein, und ich fühlte mich stark genug, die schwierigsten Aufgaben zu lösen, darüber konnte ich sogar Essen und Trinken vergessen. Jetzt aber spüre ich die Wärme der Menschen ringsum und fühle mich sicher bei dem Gedanken, dass ich jederzeit, mit einem Handgriff, Tante Terezas Rockzipfel erhaschen kann und dass Rodia in der Küche steht und duftenden Reis anröstet. Wenn ich irgendwann auf Weltreise gehe, wird es keine Rodia geben, die für mich kocht.

»Marios, bleib doch zum Essen«, schlägt Mutter vor. »Es gibt, was es immer gibt.«

Sie beugt sich nach vorn und bittet Maria, eine Dessertcreme zuzubereiten. Als Maria hinausgeht, erhebt sich kurz darauf auch Marios unter dem Vorwand, kurz nachzusehen, ob der Regen – der immer noch laut vernehmlich herunterprasselt – nachgelassen hat. Er öffnet die Verandatür und geht in den Garten hinunter.

Die Küche liegt, erleuchtet vom Herdfeuer, an der Rückseite des Hauses. Der Widerschein der Flammen huscht über Marias Gesicht, und es sieht aus, als würde sie ständig die Miene wechseln, doch tief drin bleibt sie unverändert. Ein Schatten, der sich über ihre Augen senkt, lässt sie traurig aussehen. Ein anderer lässt ihren Mund größer wirken, als würde sie lachen. Dann wieder zucken die Schatten wie wild über ihre Haut, ihre Stirn, ihre Wangen. Obwohl die Flammen und ihr Widerschein immer gleich züngeln, lässt jede von ihnen Marias Gesicht anders erscheinen. Dabei sieht sie aus, als fühlte sie Dinge, die sie sonst nie fühlt, als sähe sie Dinge, die sie sonst nie sieht und auch nie sehen wird. Unter ihre Haut hingegen dringt nichts davon. Ihr Haar schimmert rötlich, zuweilen golden, doch kaum wendet sie sich vom Herd ab, wirkt es dunkler und glänzt in einem tiefen, bedrohlichen Blau, ganz so, als striche ihr, immer und immer wieder, eine blaue Hand übers Haar.

Gern würde Marios dieses Glanzlicht mit seiner Hand festhalten, doch es lässt sich nicht einfangen. Und das stimmt ihn traurig. Wie kann es sein, dass jemanden, der den ganzen Nachmittag Anatomie studiert, der alles Erlernte in seinem Kopf so perfekt ordnet, als würde er die Schubladen seines Kleiderschranks aufräumen, mit einem Mal die quälende Sehnsucht übermannt, nach einem Glanzlicht zu haschen? Er steht immer noch vor dem Küchenfenster, seine Stirn ist schon ganz nass, aber er bemerkt es nicht. Maria geht hin und her. Sie nimmt zwei Eier aus dem dritten Regal, schlägt sie in einem tiefen Teller auf und beginnt sie schaumig zu rühren. Ihre Füße, die in den Sandalen mit den flachen Absätzen stecken, stehen fest auf dem Fliesenboden. Bis zur Taille bleibt ihr Körper reglos, nur ihre rechte Hand bewegt sich und auch die Schulter, ihre Brust wippt. Am liebsten würde sich Marios ganz diesem Wippen überlassen. Seine Kehle ist schon ganz ausgetrocknet. Würde er den Kopf nur ein wenig heben, könnte er seinen Durst mit den Regentropfen löschen.

Maria weiß nicht, dass sie beobachtet wird. Sie lässt die schaumig geschlagene Eimasse in die Milch gleiten, die auf dem Herd steht, und rührt mit einem Löffel um. Ihre Augen heften sich auf die Herdflamme, sie vergisst ihre Umgebung. Sie lässt den Löffel im Topf, stützt ihre Arme in die Taille und biegt ihren Körper in einem Bogen nach hinten. In solchen Augenblicken wäre sie gern in Kritikos' Hütte. Eines Nachmittags hatte sie sich schon auf den Weg gemacht. Zu Mittag hatte sie lang geschlafen und seltsam geträumt. Als sie wach wurde, noch erhitzt vom Schlaf, kühlte sie sich im Wasser der Zisterne ab. Dagegen lösen sich Träume im Wasser nicht auf. Sie lief auf ihr Zimmer, warf ein Kleid über und verließ das Haus.

Mitten auf der Olivenhainstraße blieb sie stehen. Wenn sie jetzt zu ihm ging, wenn sie seine Schwelle noch einmal übertrat, würde sie für immer dort bleiben müssen. Und für immer dort bleiben, das wollte sie nicht. Sie setzte sich an den Fuß eines alten Olivenbaums und weinte. Ihr Körper war von Sehnsucht erfüllt.

Dass ihr Körper von Sehnsucht erfüllt ist, bemerkt auch Marios.

»Maria!«

Erschrocken fährt sie herum. Ganz kurz blitzt so etwas wie Hass in ihrem Blick auf.

»Wie bist du hereingekommen? Und warum? Spionierst du mir nach?«

»Ich hab dich nur angeschaut, Maria.«

Seine Stimme ist leise und schüchtern, weil er das blaue Glanzlicht nicht einfangen konnte. Maria merkt es und verachtet ihn dafür.

»Du bist wieder ganz nass. Komm rein, damit du trocken wirst.«

Marios nimmt die letzte Treppenstufe und setzt sich auf den Stuhl neben der Tür. Plötzlich wird er ein anderer, auf einmal schöpft er Kraft – er weiß gar nicht, woher – und spricht das, was er sagen will, mit Überzeugung aus.

»Unsere Kinder sollten nach dir geraten«, sagt er. »Du bist die Schönere und Stärkere von uns beiden.«

Seine Stimme ist ruhig. So ruhig, dass sie Maria erschreckt. Das Lachen bleibt ihr im Hals stecken. Sie will einen Schritt tun, doch ihre Füße sind auf dem Fliesenboden wie festgenagelt.

Umständlich zieht Marios eine Zigarettenschachtel aus der Jackentasche und holt einen Stängel heraus.

»Ich hab das Feuerzeug auf meinem Schreibtisch vergessen«, sagt er. »Gib mir doch mit einem Stück Glut Feuer.«

Mechanisch nimmt sie die Feuerzange, sucht ein verkohltes Holzstückchen aus und nähert sich ihm gehorsam. Zum ersten Mal fühlt sie, dass sie, die Stärkere, sich ihm unterordnen wird, weil sie seine Kinder mit all ihrer Schwere in sich tragen wird. Dieser Gedanke durchzuckt sie in dem Moment, als sie ihm die Hand mit dem Stückchen Glut entgegenstreckt. Es gibt noch einen Ausweg: Sie kann die Feuerzange durch die offen stehende Küchentür nach draußen schleudern, bis die Glut durch die Nacht kreiselt und zu Boden fällt. Es ist nur eine kleine Geste. *Wenn ich noch einen Schritt weitergehe und ihm Feuer gebe, dann werde ich seine Frau. Wenn ich die Zange wegwerfe ...* Ihre Hand zittert. Einen Augenblick lang fragt sie sich, warum sie ihren Entschluss, Marios zu heiraten, mit diesem Stückchen Glut verknüpft. Dann tut sie den Schritt, ihre Hand nähert sich Marios, der aufgestanden ist, sich hinunterbeugt und seine Zigarette anzündet.

»Du musst wissen, ich bin keine Jungfrau mehr«, sagt sie dann, als wollte sie sich rächen.

Marios wird ganz blass. Er ringt mit den Worten, als schämte er sich dafür, dass sie keine Jungfrau mehr ist.

»Ich liebe dich, Maria«, sagt er kurz darauf.

Dann legt sie ihm die Hand auf die Schulter und schaut ihm in die Augen. Ihr Blick sagt, dass sie entschlossen ist. Zu allem entschlossen, als ginge es um Leben oder Tod.

Am nächsten Morgen kam kurz nach Sonnenaufgang Nikitas auf seinem grauen Pferd zu uns. Wir hatten ihn von der Terrasse aus schon von Weitem gesehen. Auf der Anhöhe hielt er kurz an. Dann gab er dem Pferd die Sporen und galoppierte bergab.

Wir waren gerade erst aufgestanden, hüpften umher und streckten unsere Arme und Beine der Sonne entgegen. Denn selbst Maria und Infanta, die tagsüber ernst und erwachsen tun, hüpfen beim Anblick des neuen Tages vor Freude. Unsere flauschigen Nachthemden hatten die Farbe des Morgenhimmels.

»Er will bestimmt mit mir um die Wette reiten«, sagte Infanta.

»Woher weißt du das?«

»Ihr werdet schon sehen.«

»Vielleicht ist er auf dem Weg zu Herrn Louzis.«

»Nein, er kommt hierher.«

Wir unterbrachen das Gespräch, da Nikitas schon am Holzgatter stand und darauf wartete, von unserem Gärtner Giorgis hereingelassen zu werden.

Von oben konnten wir nur seinen blonden Schopf und die sanft geschwungene Kruppe seiner prächtigen Stute erkennen. Sie hieß Victoria, aber Nikitas rief sie Vicky. Die Farbe ihres glänzenden Fells ging von einem hellen zu einem dunkleren Weißton über, an manchen Stellen war es beinah Grau. Aber auch dieses Grau war hier heller, dort dunkler und dann wieder fast schwarz. Dieses Pferd brachte mich auf den Gedanken, wie nah Weiß und Schwarz im Grunde beieinanderliegen.

Nikitas kannten wir seit Jahren. Er wohnte in Kefalari, im zentralen Teil von Kifissia, und war mit Marios, Stefanos und Emilios befreundet. Wir hatten ihn schon besucht, und auch er kam an regnerischen Herbstnachmittagen zu uns, wenn wir uns mit Stefanos, Eleni, Margarita und Emilios um einen mit einer Kurbel betriebenen Schallplattenspieler scharten, Schellackplatten auflegten und dazu tanzten. Doch allein war er, noch dazu um diese Uhrzeit, nie bei uns gewesen.

Infantas Augen leuchteten, die Vorfreude auf das Wettrennen war ihr anzusehen. Sonst wurden ihre Augen nie feucht, als könnten sie gar nicht weinen, doch jetzt waren sie von einem feinen Schleier wie mit einer zweiten Haut überzogen. In ihrem Grün, das dem Grund eines von Schlingpflanzen überwucherten Sees ähnelte, schimmerten winzige Pünktchen, die sich verdunkelten, kaffeebraun wurden, dann schwarzgrün, und schließlich erloschen. Zumindest dachten wir das, da unser Auge keine feineren Grünschattierungen wahrnehmen kann.

Mit beiden Händen hob sie ihr schulterlanges Haar hoch und ließ es gedankenverloren wieder herabfallen.

»Ich mache mich fertig.«

Als wir hinunterkamen – wir in Sommerkleidern und Infanta in ihrem zimtfarbenen Reitdress –, stand Nikitas auf der Veranda, und Tante Tereza fragte ihn gerade ziemlich kühl, wie er auf die Idee gekommen sei, gegen Infanta anzutreten.

»Neulich, bei Marios, haben es die Mädchen vorgeschlagen.«

»Ja, das stimmt!«, rief ich, als wir unten anlangten. »Nicht wahr, Infanta?«

»Ja, klar. Guten Morgen, Nikitas. Wie geht's?«

Nikitas trug ein blaues Hemd, das zu seinen blauen Augen passte. Er hatte eine breite, gewölbte Stirn, und sein kurzes, blondes Haar war nach hinten frisiert. Wenn der Wind wehte, stand es ihm zu Berge wie die Stacheln eines Igels. Er sah nicht besonders gut aus, aber er hatte schöne Hände.

»Guten Morgen, Infanta. Wie geht's?«

Dann wussten wir nicht, was wir sonst noch sagen sollten.

»Ich sattle Romeo«, sagte Infanta schließlich.

Wir sahen ihnen nach, wie sie, ohne ein Wort zu wechseln, zunächst im Schritt nebeneinanderher gingen.

Die ganze Zeit über waren wir mit Marias Hochzeit beschäftigt. Großpapa lebte auf und ließ einen Ingenieur und Handwerker kommen, um auf dem Grundstück ein neues Haus für sie zu bauen. Er selbst beaufsichtigte die Bauarbeiten, das Aufschichten der Steine und das Vermessen der Räume. Am Tag der Grundsteinlegung schlachteten wir einen Hahn, und sein Blut färbte die Steine rot. Das soll Glück bringen.

Inzwischen bereitet Mutter, unterstützt von Tante Tereza und einer Schneiderin aus Athen, die Aussteuer vor. Maria macht ausgedehnte Spaziergänge, und wenn sie zurückkommt, probiert sie vor dem Spiegel ein blaues Nachthemd oder einen weißen Unterrock an und beschreibt sehr präzise, was ihr daran gefällt und was nicht: »Diese Falte sollte weiter nach rechts, dieser Abnäher muss gekürzt werden, und der Gürtel sollte enger um die Taille sitzen, genau so.« Sie dreht sich hin und her und holt sich einen zweiten Spiegel, um zu sehen, wie das Kleidungsstück hinten fällt. Sie streicht sich mit den Händen, fast zärtlich, über den Körper, von oben nach unten und auch seitlich, um zu prüfen, ob alles gut sitzt. Dabei verbirgt sie nicht, wie schön sie sich selbst findet. Wäre sie allein, würde sie vielleicht sogar das letzte Kleidungsstück von sich werfen und nackt vor dem Spiegel tanzen, überaus zufrieden mit dem Abbild der Schönheit, das ihr eigenes Spiegelbild ihr zurückwirft. In ihrer Selbstgenügsamkeit würde sie die vollkommene Trennung von den anderen empfinden, sich selbst als Monade, als einzig existierende Monade, und ihr nackter Körper wäre alles, was es gäbe auf der Welt. Und alles hätte die Unschuld eines Neugeborenen, das nichts erkennt als sich selbst.

»Gelb steht mir besser, Mutter, oder?«

Marias Stimme klingt satt und selbstzufrieden.

»Ja, Dunkelhaarigen steht Gelb.«

»Dunkelhaarige haben einen besonderen Reiz«, wirft die Schneiderin ein, die so dunkel ist wie eine Zigeunerin, und macht sich an die Arbeit.

Man hört das Klappern der Schere, das Zimmer füllt sich mit weißen, rosenroten und blauen Stoffresten, andere Streifen zeigen Blumenmuster in allen möglichen Farben. Unschlüssig wandere ich umher, hebe den einen Stoffrest vom Boden auf und lasse den anderen wieder fallen. Dann mache ich es mir gemütlich und höre den Geschichten der Schneiderin zu. Drei große Lieben hatte sie in ihrem Leben, und alle drei endeten unglücklich. Wenn man solchen Erfahrungen bloß eine Form geben könnte, sie am Leben erhalten könnte, auch wenn die Beteiligten längst tot sind! Wie packend ist es doch, wenn Menschen von ihrem Leben erzählen, von ihren Erlebnissen, und seien sie noch so simpel! Im Erzählen, so empfinde ich es, gewinnen sie, im Vergleich zur Wirklichkeit, an Bedeutung und Reichweite.

Dass Nikitas fast jeden Morgen zu uns kommt, ist für uns alle von Bedeutung, denn die einzelnen menschlichen Leben hängen zusammen wie die Glieder einer Kette. Selbst wenn er nicht mehr kommt, wird es eine – vielleicht noch größere – Bedeutung für uns haben.

»Guten Morgen, Nikitas, wie geht's?«, sagt Infanta bei seiner Ankunft.

»Guten Morgen, Infanta, wie geht's?«, entgegnet Nikitas.

Danach sind sie eine Weile still, besteigen ihre Pferde und reiten los. Sie haben uns nie erzählt, wer das Wettrennen gewinnt. Und auch wir haben, ehrlicherweise, nie ausdrücklich danach gefragt. Alles dreht sich nur um Marias Hochzeit.

Der Hausbau kommt voran, die Aussteuer auch. Alle freuen sich darüber, Maria selbst bleibt gelassen. Auch Vater freute sich, als er die Neuigkeit erfuhr. Er schien sogar gerührt zu sein, da er gleich und ohne überhaupt nach der Hochzeit zu fragen von einer neuen Erfindung erzählte. Bei jedem anderen hätte das Desinteresse signalisiert. Über seine eigene Angelegenheit verlor er kein Wort, und doch lag etwas in der Luft. Als ich ihn eines Tages in seinem Büro aufsuchte, sah ich – etwas benommen vom plötzlichen Wechsel von der Sonne draußen in die Dunkelheit des Zimmers – ganz kurz nur eine blonde, schöne Dame. Als sie mich näher kommen sah, verabschiedete sie sich eilig von ihm und entfernte sich. Am Abend erzählte ich Mutter davon. Sie fragte mich aus, ob die Dame groß oder klein war, ob sie hübsch war und welche Augenfarbe sie hatte. »Ihre Augen konnte ich nicht erkennen«, antwortete ich. »Aber ihr Haar war blond, und sie war hübsch.« Mutter wirkte traurig. »Nicht wirklich hübsch«, fuhr ich fort. »Eher aufgetakelt.«

Fast jeden Abend kommt Marios und leistet uns Gesellschaft. An manchen Tagen wirkt er fröhlich, an anderen melancholisch. Maria ist jeden Tag dieselbe. Nur dass etwas in ihr zu brodeln scheint.

»Glaub ja nicht, dass du mich an die Kette legen kannst«, sagte sie eines Abends mitten in die Stille des Gartens.

Der Impuls, zu fliehen, überkommt sie. Sie weiß, es ist ihre letzte Chance.

»Ich kette niemanden an, Maria. Du bist frei. Wenn du mich nicht heiraten möchtest …«

Verwundert über ihre eigenen Worte und über alles, was mit ihr passiert, senkt sie den Kopf. Sie sucht im Dunkeln seinen Blick und seine Hand, die sie ergreift und drückt.

»Hör nicht auf meine Worte, Marios. Ich weiß, ich werde deine Frau. Und ich will es auch.«

Marios geht, voller Angst und voller Hoffnung. Auf dem Nachhauseweg versucht er sich zu erinnern, was die großen Philosophen und die bedeutenden Ärzte über die weibliche Seele sagen. Die Theorien vermengen sich in seinem Kopf, und es gelingt ihm nicht, sie mit dem wirklichen Leben zu verknüpfen. Er sieht, dass sein Vater nicht länger versucht, seine Mutter zu verstehen. Den einen Tag lässt Laura Parigori einen Bettler zur Tür herein, schenkt ihm einen Mantel, weint über sein Schicksal und hat abends keinen Appetit. Den nächsten Tag schimpft sie ihre Dienstboten aus, weil sie »diesem Pack« die Tür geöffnet haben.

Der Grund für Lauras Verhalten ist vielleicht, dass sie sich vor dem Elend ekelt. Dort, auf der Insel ihrer Kindheit, war alles nur Schönheit. Sie wohnte im prächtigsten Haus, jeder Gegenstand – ob Stuhl, Kerzenleuchter oder Teller – war ein Kunstwerk. Abends versammelten sich alle um die große Stehlampe, und man unterhielt sich über Musik, Malerei und Poesie. Eine wohlige Wärme erfüllte sie damals. Ihre Mutter sang, sie hatte eine schöne Stimme. Doch seit sie in Athen lebt, singt sie nicht mehr. Sie schminkt sich, obwohl sie auf Mitte sechzig zugeht, und ist Stammgast in den zentralen Cafés, wo sie Karten spielt. Manchmal versucht Laura, von dem alten Haus zu sprechen, ruft ihr den Lüster im Wohnzimmer in Erinnerung und das Fenster mit Meerblick.

Auch Giannis begann sie davon zu erzählen. Es war im Sommer, auf der Veranda. Giannis hörte ihr zu, als spräche sie von etwas längst Vergangenem. Da verstummte sie, aus Angst, sein distanziertes Zuhören könnte auch ihre Erinnerung in weite Ferne rücken.

Und diese Erinnerung, das wusste sie, machte sie in den Augen Gottes zu etwas Besonderem. Sie nahm in ihrer Seele einen ganz besonderen Platz ein, wie die Ecke ihres Zimmers am Fenster. Dort standen ein Sessel, ein Sekretär und ein Bücherregal mit Blumen und alten Fotografien. Und hinter einer Fotografie befand sich ein Kästchen voller Muscheln. Früher hatte sie sich jeden Nachmittag mit anderen Kindern auf den Weg gemacht und war stundenlang den Strand entlanggewandert. Es gab Muscheln, die einem schon von Weitem entgegenschimmerten, und andere, die tief im Sand steckten, für die man sich bücken und nach denen man mit den Händen graben musste. Ihre Freundin Ernestina fand die meisten. Doch Spyretos steckte Laura auf dem Rückweg heimlich seine Funde zu, wofür sie ihm mit einem Blick dankte. Sie schaute ihn an, hinter ihm das Meer, während er ihr zugewendet stand. Sein Körper und sein Gesicht verschwammen, nur seine schwarzen Augen wurden immer größer, zwei dunkle, starre, einsame Punkte im Meer.

Irgendwann hatte Leda diese Muscheln entdeckt und wollte sie für sich behalten. Frau Parigori riss ihr die Schatulle aus der Hand und warf ihr einen zornigen Blick zu. »Mutter ist manchmal so eigenartig, sie macht mir Angst«, sagte Leda danach zu Marios. Der lachte kurz auf, denn ihm fielen die Spaziergänge durch die Schlucht ein, als er vor dem strömenden Wasser zurückgeschreckt war und sich an seine Mutter geklammert hatte, die reglos dastand und die Arme nicht um ihn schlang. Ein Buch hatte aufgeschlagen am Boden gelegen, und ihre Augen waren ganz grau geworden. Als sie ihn abends ins Bett brachte und mit Küssen überschüttete, blieb sein Herz kalt. Einsamkeit hatte sich in ihm breitgemacht, nachdem sich, lang vor dem Dunkel der Nacht, ein Schatten über die Schlucht gesenkt hatte. Dieser Schatten war so schnell gewachsen, dass es schon Abend zu sein schien. Als sie die Wände der Schlucht hochstiegen, stolperte Marios in seinen Sandalen über spitze Steine, die ihn schmerzten, und riss sich den großen Zeh an Dornen blutig.

Aus der finsteren Schlucht auf die Ebene hinaustretend standen sie mit einem Schlag im Tageslicht. Marios begann zu singen. Laura klemmte sich das Buch unter die Achsel. Sie wollte quer über die Ebene rennen, sich an ihrem anderen Ende hinlegen und einfach einschlafen. Dann begann auch sie zu singen, etwas Melancholisches.

»Ihr seht aus, als wärt ihr im Märchenland gewesen«, sagte Herr Parigoris, der auf der Veranda wartete. Lauras Wangen waren rosig, und sie trug Wildorchideen im Haar, Marios hielt nachdenklich einen kleinen Strauß in der Hand. »Was ist? Habt ihr einen Drachen gesehen? Oder eine Fee?« Beide waren verwirrt und brachten kein Wort hervor. »Was ist denn los, Laura? Sind es wieder die Nerven?« Er murmelte noch etwas, während sie gedankenverloren über die Blumen in der Vase strich. Dann nahm er den kleinen Marios auf den Schoß, zeigte ihm Fotografien aus der Tier- und Pflanzenwelt und erzählte ihm von ihren Lebensweisen und Gewohnheiten.

Die Worte der Mutter pflanzten in Marios' Seele eine Unruhe, eine Art Bitterkeit, die des Vaters ein Gefühl der Ruhe, fast so etwas wie Glück. Trotzdem waren ihm die Worte der Mutter lieber.

Eines Abends, es war seltsam, hörte er Marias Lachen bei der Zisterne, und ihm schien, obwohl ihre Stimmen ganz verschieden waren, als hörte er seine Mutter lachen.

Die Hochzeit fand am Ende des Sommers statt. Es war ein lauer und milder Tag, weder sonnig noch wolkig, weder heiß noch kühl. Die Bäume verloren langsam ihr Laub. Manche Blätter waren noch grün, andere gelb und wieder andere rötlich.

Die ganze Verwandtschaft war dabei, auch Vater. Vor drei Jahren war er zuletzt auf dem Gut gewesen, als ich sehr krank war und er jeden Nachmittag nach der Arbeit kam, sich einen Stuhl holte, mir gegenüber Platz nahm und mich nur anblickte.

»Wie geht's, Miltos?«, meinte Großpapa am Hochzeitsmorgen, und Tante Tereza begrüßte ihn höflich, aber kühl.

»Ich wünsche den beiden alles Glück der Welt«, sagte Mutter.

»Ich auch«, würgte Vater hervor, ohne ihr in die Augen zu blicken.

Danach blieben sie ein wenig für sich und spazierten ein paar Schritte draußen auf der Straße unter den Bäumen. Zum ersten Mal sah ich sie Seite an Seite. Mutter war ein ganz kleines Stückchen größer als Vater.

»Er scheint ein guter Junge zu sein.«

»Ja, das ist er. Und er kommt aus einer guten Familie. Und er ist Wissenschaftler.«

»Lieben sie sich?«

»Er hat sie schon als kleiner Junge geliebt.«

»Und sie?«

»Sie auch, würde sie ihn sonst heiraten wollen? Kinder verhalten sich manchmal so eigenartig, Miltos. Man kann sie nur schwer verstehen.«

Anna seufzte und blickte in die Ferne. Lag die Schuld nicht auch bei ihr? Damit jemand auf dich zugeht, musst du ihm entgegenkommen. Diesen ersten Schritt hatte sie nie über sich gebracht, bei niemandem. Weder bei ihrem Vater noch bei Tereza, weder bei Miltos noch bei ihren Kindern. Selbst wenn sie ihnen am Klavier vorspielte, achtete sie darauf, dass die Noten so klar und gleichförmig blieben, dass sie nichts von ihr preisgaben, keine Nähe entstehen ließen. Wenn sie jedoch in der Abenddämmerung allein war, das letzte Tageslicht auf die weißen Tasten fiel, während das übrige Zimmer in Dunkel getaucht war, dann überwand sie sich und tat den ersten Schritt. Nur war da keiner, der auf sie hätte zugehen können, und so war ihr Entgegenkommen sinnlos.

Eines Abends war plötzlich die Tür aufgesprungen, Katerina hereingestürmt und ihr um den Hals gefallen: »Wie hast du das eben gespielt, Mama? Spiel's noch mal, spiel's noch mal!« Katerinas Wangen waren ganz rot und ihre Augen feucht: »Komm, Mama, spiel's noch mal!«

»Das war ich nicht, das kam aus dem Radio«, wisperte sie, und die eisige Kälte war wieder da.

»Man kann sie so schwer verstehen«, wiederholte sie. »Sie haben die seltsamsten Ideen.«

»Die jungen Leute von heute erwarten etwas vom Leben«, sagte Vater. »Sie sind mutig und unabhängig.«

»Das ist sehr gefährlich.«

»Aber schön.«

Vater hätte die großartigste Maschine der Welt erfinden können. Stattdessen war er Bankbeamter geworden.

»Vor den großen Dingen habe ich mich immer gescheut«, sagte er leise.

»Aber damals, als wir verliebt waren, hättest du so viel erreichen können.«

»Damals, vielleicht.«

Sie waren an der Laube mit dem Jasminbusch angekommen. Mutter hielt kurz inne und blickte sich um. Nervös lachte sie auf.

»Weißt du noch?«, fragte sie.

»Ja, ich erinnere mich.« Auch er lachte traurig auf.

»Weißt du, Anna, ich möchte wieder heiraten«, sagte er dann.

In der Zwischenzeit machten wir uns bereit und halfen Maria beim Anziehen. Sie hatte sich gegen ein weißes Brautkleid mit Schleier entschieden. »Das ist doch altmodisch«, meinte sie. »Das passt in eine Zeit, als ein Mädchen noch rein wie eine Lilie sein sollte.« Stattdessen hatte sie sich für ein blassblaues Kleid mit weißen Blüten entschieden.

»Darin sehe ich so rein wie eine Lilie aus«, meinte sie amüsiert. Als wir in ihr Lachen einfallen wollten, wurde sie plötzlich ernst und blickte starr vor sich hin: »Es ist doch schön, rein zu sein. Oder, Katerina?«

Infanta blickte ganz versunken aus dem Fenster.

»Aber nicht so wie Infanta. Verstehst du, Katerina, was ich meine?«

»Ja, es geht um etwas Innerliches«, sagte ich, griff nach der Bürste und kämmte ihr das Haar.

Infanta drehte sich zu uns um, als hätte sie uns etwas sehr Wichtiges zu sagen. Ihr Gesicht war spitz und ihre Wangen blass.

»Ist Nikitas schon da?«, fragte sie. In ihrem Blick lag etwas Kämpferisches.

»Nikitas treffen wir mit Petros und Emilios in der Kirche.«

Die drei Freunde von Marios würden an der Feier teilnehmen, von Marias Seite sollten Margarita und Eleni kommen.

Ich mag es, die Bürste in Marias Haar zu tauchen, bis es immer dunkler und glänzender wird. Ihr Haar hat eine herrliche Spannkraft.

»Willst du Kinder haben, Maria?«

»Fünf bis sechs«, lautet ihre spontane Antwort.

Sie stellt sich vor den Spiegel. Die langen Beine, auf denen der Körper in vollkommenem Gleichgewicht ruht, sind wohlgeformt, die Hüften rund und fest, die Taille schmal und die Brüste frei und stolz wie Blütenblätter an einem Stängel. Ich helfe ihr in das blassblaue Kleid. Kaum hat sie es an, wirken Gesicht und Körper ruhig und harmonisch. Brüste und Hüften zeichnen sich diskreter und weniger deutlich ab, der Glanz ihres Haars wird matter.

Infantas Kleid ist pastellgrün, meines korallenrot. Infanta macht keine Anstalten, sich umzuziehen. Sie blickt wie gebannt nach draußen. Als wir zu ihr ans Fenster treten und uns hinausbeugen, erblicken wir in der Laube mit dem Jasminbusch Vater und Mutter, die schweigend auf der Holzbank sitzen. Plötzlich beugt sich Vater über Mutters Hand und küsst sie.

In der Marienkapelle hatten sich bereits alle Verwandten versammelt. Es war ein kleines, ärmliches Kirchlein mit alten, dunklen Ikonen an den gekalkten Wänden. Dazu kamen ein Vorhof mit zwei Zypressen und ein alter, stammelnder Pope. Wenn ich von meinen Spaziergängen zurückkam, trat ich manchmal in der Dämmerung ein, setzte mich auf die Kirchenbank am Fenster und beobachtete, wie das Licht, draußen unscharf und immateriell, drinnen plötzlich in roten, gelben und grünen Strahlen durch die farbigen Scheiben auf mich fiel. Dann war es, als würde in mir ein neues Licht aufflackern, das sich mit dem alten traf. Ich tauchte ein in seinen Glanz. Das war mein Gebet.

Marios' Mutter kam gleich zur Begrüßung auf uns zu. Sie setzte zu einer zärtlichen Umarmung Marias an, überlegte es sich jedoch im letzten Moment anders, fasste sie nur an den Schultern und küsste sie auf beide Wangen. Sie trug ein weißes, viel zu jugendliches Kleid, an der Taille saß ein kleines, sehr künstlich aussehendes Blütenbukett. Darüber hinaus hatte sie ein Perlenhalsband und Perlenohrringe angelegt. Ihr dunkelblondes Haar hatte sie streng hochgesteckt, nur über der Stirn formte es eine sanfte, von einer Haarnadel gebändigte Welle. Ihre blauen Augen waren so glanzlos, als hätte das Leben ringsum keine Bedeutung für sie. Laura Parigori lebte in der Vergangenheit, die sich aus einer rückwärtsgewandten Sehnsucht speiste. Wenn diese Quelle an manchen Tagen versiegte und sie sich angstvoll darüberbeugte, aber nichts fand, was sie daraus hätte schöpfen können, dann suchte sie mit der gleichen Anspannung in Büchern nach dem Leben. Wenn sie nicht las, wirkte sie abwesend, da sie über das Gelesene nachdachte. Zuweilen saß sie am Tisch und vergaß zu essen, manchmal sprach Giannis sie an, und sie erwiderte ja, ja, ohne auf seine Worte zu achten. Daher war sie der Ansicht, dass sie für ein solches Leben nicht geschaffen war. Für welches Leben sie allerdings geschaffen war, hätte sie selbst nicht sagen können.

»Du siehst heute sehr schön aus, meine Liebe«, sagte sie zu Maria und musterte sie von oben bis unten. »Das Blau steht dir wunderbar, obwohl mir persönlich Weiß lieber gewesen wäre.«

»Du klingst schon wie eine richtige Schwiegermutter«, lachte Marios mit glänzenden Augen.

Tante Aglaia beugte sich zu Tante Aspasias Ohr und flüsterte, früher hätten alle Bräute Weiß getragen. Von Schwiegermüttern, die am Tag der Hochzeit Weiß trügen, habe man noch nie etwas gehört.

»Weiß mit rosa-lila Blüten! Sie will wohl wie ein junges Mädchen wirken. Stell dir vor, vorgestern habe ich sie mitten in Kifissia mit einer Rose im Haar gesehen. Und ein andermal ...«

Marios und Maria standen kerzengerade nebeneinander, während der Pope sprach. Marios wirkte abgelenkt, doch Maria lauschte jedem einzelnen Wort so aufmerksam, als säße sie in der Schulklasse und wollte ihre Lektion besonders gut lernen.

Mir liefen die Tränen nur so herunter, am liebsten hätte ich mich irgendwo verkrochen. Vater zog sein Taschentuch heraus und schnäuzte sich lautstark. Mutter, die in meiner Nähe stand, wischte ihre Tränen verstohlen weg. Großpapa ließ sich nichts anmerken, nur am Schluss sagte er zu Marios' Großmama etwas von Urenkeln. Nikitas drehte sich, mit Blick auf Infanta, ein paarmal zu uns um. Und Petros schaute mich die ganze Zeit an. Als wir die Kirche verließen, kam er auf mich zu und sagte: »Heute hast du doch ein rotes Kleid an.«

»Das hat nichts zu bedeuten«, antwortete ich. »Am besten starrst du mich in der Kirche nicht die ganze Zeit an. Oder willst du mich vor allen Leuten lächerlich machen?«

»Ich habe nicht dich angestarrt«, meinte er amüsiert. »Nur einen hübschen, kleinen Engel an der Wand hinter dir.«

Wir umarmten und küssten Marios und Maria, wünschten ihnen alles Glück der Welt und machten uns langsam auf den Weg zum Haus. Onkel Agesilaos fing wieder mit seinen Anekdoten an. Elli, die den ganzen Tag noch kein einziges Wort gesagt hatte, gestand mir, sie sei verliebt und würde am liebsten auch heiraten. Tante Tereza meinte plötzlich, ein Mensch, der sich an einen anderen binde, könne nie Vollkommenheit erreichen.

»Was verstehst du unter Vollkommenheit, Tante Tereza?«, fragte ich.

Anstelle einer Antwort schritt sie schneller aus. Marios und Maria gingen an der Spitze des Zuges und hielten sich an den Händen. Sie strahlten Ruhe und Glück aus.

In der Hochzeitsnacht tat Maria kein Auge zu. Sie schenkte ihm ihre Wärme, doch selbst blieb sie kalt, nur ihre Handflächen glühten. Sie versuchte, sich zu wärmen, indem sie, vom Hals beginnend bis hinunter zu den Füßen, die Handflächen auf ihren Körper legte. Ihr Puls ging schnell, sie konnte ihn überall fühlen, am Handgelenk, am Bauch, an den Schläfen, an der Brust, als wäre ihr ganzer Körper ein Uhrwerk, das die ganze Nacht monoton vor sich hin tickte. Sie presste die Hände aufs Herz und an die Schläfen, um sich zu beruhigen, doch das Ticken wurde immer lauter und unangenehmer. Es war, als tönte es nicht aus ihr selbst, sondern aus einem fremden Körper.

Marios war an ihrer Seite eingeschlafen. Er hatte ihr alle Wärme genommen und in sich aufgesogen. Sein Gesicht war ruhig, ein paar schwarze Strähnen hingen ihm in die Stirn, bis hinunter zu den geschlossenen Wimpern. Auf seinen Lippen spielte das Lächeln eines Kindes, das von schönen Spielsachen träumt.

Die spärlichen Abendwolken hatten sich aufgelöst. Der Himmel war sternenklar, es war ein Tag nach Vollmond. Das Mondlicht drang in jeden kleinsten Winkel des Zimmers. Die Strahlen erreichten ihr Kopfkissen und ihre Augen. Sie rückte ein wenig nach links, um Schatten zu finden, dann ein wenig nach rechts, drehte sich zur einen, dann zur anderen Seite. Sie war von Licht umzingelt. Es überflutete ihr Gesicht, kroch ihr über den Hals. Ihr Haar fühlte sich nicht an wie in Licht getaucht, sondern wie in kaltes Wasser, und sie fror. Kurz darauf stand der Mond genau über ihr. Sein Gesicht schien mal zu lächeln, mal böse dreinzusehen. Zuweilen schien es, als wären es zwei Gesichter, die sich küssten. Als Kind hatte sie beharrlich versucht, den Punkt zu erkennen, an dem sich die Lippen trafen: Sie hatte sich an der Hinterseite des Hauses auf die Treppenstufe zur Küche gesetzt und gewartet. Ein mattes, zögerliches und noch farbloses Licht erhellte die Berge gegenüber, die sich nach und nach immer klarer abzeichneten. Später, den Übergang verpasste sie jedes Mal, wurde es rosa, und wenn es sich orange verfärbte, ging der Mond auf. In diesem Moment konnte sie nichts auf der Welt von der Treppenstufe weglocken. Während sich Mann und Frau in der fernen Himmelswelt küssten, träumte sie vor sich hin. »Schau, wie der Mond lacht«, hatte Katerina gesagt. Wie konnte es sein, dass sie selbst zwei traurige Gesichter sah und Katerina ein lachendes?

Sie konnte nicht schlafen, lag mit weit offenen Augen da und blickte durchs Fenster in den schlafenden Garten. Es war eine windstille Nacht. Marios streckte die Hand aus und nahm sie in die Arme. Sie durfte sich nicht rühren, um ihn nicht aufzuwecken.

Ihre Schlaflosigkeit ähnelte einem Dämmerzustand. Alles, was sie sah, hörte und dachte, drang wie durch einen Schleier, der über ihrer Sinneswahrnehmung lag, die Unterschiede zwischen Sehen und Hören verwischte und die Gedanken vage, fern und fremd erscheinen ließ.

Gegen Morgen dachte sie, dass sie Marios liebte. Deshalb hatte sie ihn auch geheiratet.

VII

Herbst

Nach Marias Hochzeit kam der Herbst, die Tage wurden kürzer. Immer wenn ich nachmittags einen Spaziergang machen wollte, weil ich in der schattigen Kühle meines Zimmers die Sonnenwärme vermisste, blieb ich, jedes Mal überrascht und traurig zugleich, an der Haustür stehen. Schon bald würde sich die Sonne wieder hinter dem Berg verstecken.

Um diese Uhrzeit erlangte alles eine flirrende Schönheit. Jede einzelne Kiefernnadel stach klar hervor, während das Gras unter den Bäumen so kompakt wirkte wie ein einziger Körper, dessen Haut die Erde umspannte wie die Schale eine Orange. Die ringsum weidenden Ziegen sahen aus, als hätte ein höheres Wesen sie geschickt, als besäßen sie eine übernatürliche Kraft, die jeden Augenblick hervorbrechen konnte. Ihr Fell glänzte, ihr Blick wurde seltsam starr, erschreckend reglos. Während ich sie unter den letzten Sonnenstrahlen betrachtete, schienen sie plötzlich zu verschwinden. Ihre Körper lösten sich im Dunst auf, der die Bäume umhüllte. Das lag aber nur daran, dass ich meine Augen geschlossen hatte. Als ich sie wieder öffnete, standen sie immer noch kauend und aus dem Dunst wiedergeboren an derselben Stelle. Die Gesichter von Herrn Giorgis, Tasia oder zufällig vorbeikommenden Tagelöhnern schienen stumm zu flehen. Der gellende Ruf von Mutter Kapatos – »Kostas, Koula, heee, Manolis!« – klang wie die Stimme einer Märchenhexe. In der Zisterne spiegelte sich der Schein der Sterne, und sie war bereit für das Liebesspiel der Frösche. Über die Wasseroberfläche strich ein leiser Schauer.

Und während alles eine fragile Schönheit erlangte, versuchte ich, nach dieser Schönheit zu greifen wie nach einem Gegenstand. Doch immer entwischte sie mir. Dann rannte ich los und peitschte mit einer Gerte, die ich mir aus einer Weidenrute gebastelt hatte, durch die Luft. Nur um zu vergessen.

Die Sonne ging schlagartig unter, und die Wiese, die den ganzen Tag in ihrem Licht gelegen hatte, erlebte noch einen letzten, höchsten Augenblick der Freude, leuchtete noch einmal rotgolden auf, bevor sie sich verfinsterte. In diesem Moment zeigten auch die Olivenbäume ihre Gesichter und Arme, die sie tagsüber verbargen.

Die herbstlichen Sonnenuntergänge kommen unerwartet früh, wenn die Tage immer kürzer werden. An den Nachmittagen schlug ich oft den Weg zu Herrn Louzis' Gut ein, der von Brombeersträuchern gesäumt war, und befand mich zu dieser Tageszeit weit weg von unserem Haus. Andere Male hielt mich ein Buch, das ich gerade begonnen hatte, in Atem, und ich konnte gerade noch rechtzeitig hinaus auf die Wiese laufen, bevor die Sonne verschwand.

Die Bücher, die ich in der letzten Zeit las, füllten mein ganzes Leben aus, sie bewegten mich tief. Gern hätte ich mit jemandem darüber geredet, aber ich wusste nicht, wie ich ein solches Gespräch anfangen sollte. Also sang ich, sobald ich draußen war, die Melodien verschiedener Lieder, bruchstückhaft und ganz durcheinander – das ganze Unterfangen ähnelte meinem buntscheckigen Beet, falls man ein Stück bepflanzte Erde mit einem Lied vergleichen kann –, und anstelle des Liedtextes nahm ich die Namen der Helden aus den Büchern, die ich einmal, zweimal, manchmal auch zehnmal gelesen hatte, und unterhielt mich mit ihnen. »Aljoscha«, sang ich. »Aljoscha, gibt es eine schönere Seele als deine? Aljoscha, Aljoscha …« Und ich fragte mich, wie Mary, die doch so brav und ehrenhaft war, zwei Männer gleichzeitig lieben konnte. Und ich weinte, weil Liza gestorben war – sie hätte nicht sterben dürfen, niemand durfte sterben –, und zwar so heftig, als wäre mir Liza der liebste Mensch auf der Welt und hätte mich mutterseelenallein zurückgelassen.

Dann pflückte ich ein paar Beeren von der Brombeerhecke und verspeiste sie zum Trost. Zu meiner Überraschung stand ich plötzlich vor Herrn Louzis' Haus und erblickte die Zypressen, die seine Nordseite gegen den eisigen Wind schützten. Nun, eigentlich sah ich nur ihre Wipfel, da das Haus von einem hohen, von dichten Ranken überwachsenen Drahtzaun umgeben war. Im Frühjahr blühten Kletterrosen und Glyzinien in Weiß, Rosa und Lila, im Herbst zeigten sich goldgelbe Blüten und in der Sonne kupferrot leuchtende Blätter. Wenn ich wollte, konnte ich die schmiedeeiserne Tür aufstoßen und eintreten. Frau Aphrodite würde mir süße Sahnecreme, vielleicht sogar Eis anbieten und Herr Louzis mit mir scherzen. Aber dann würde er fragen: »Wie geht es deiner Mutter? Hat sie immer noch Migräne, wie manchmal im Sommer?«

»Migräne? Mutter hat nie Kopfschmerzen.«

»Doch, doch, sie klagte manchmal darüber. Sie sprach von diesem Druck an den Schläfen.«

»Sie müssen sich irren, Herr Louzis.«

So stieß ich das Gartentor lieber nicht auf. Stattdessen beugte ich mich ein wenig nach vorn, um zwischen den Blättern eine geeignete Lücke zu finden. Obwohl ich schon so oft auf Herrn Louzis' Gut gewesen war und es dabei in Ruhe betrachten konnte, kam mir jetzt, da ich heimlich von draußen hineinspähte, alles ganz neu vor. Durch die kleinen Zwischenräume zwischen den Blättern sah ich Dinge, die ich sonst nicht wahrgenommen hatte, vielleicht weil sie nur bruchstückhaft zu sehen waren: ein Teil der Treppe, ein halbes Fenster und, wenn ich ein wenig zur Seite rückte, der Dachfirst und der Fuß eines Besuchers.

Einmal sah ich auch, wie Herr Louzis die Tochter seines Gärtners küsste. Sie widmete sich gerade dem Beschneiden eines Rosenbusches und bemerkte ihn erst, als sie seine Lippen auf ihrem Nacken spürte, und schreckte hoch. Er küsste sie bestimmt nicht zum ersten Mal, denn sie sagte gar nichts, als sie sich zu ihm umdrehte. Stattdessen kicherte sie unverschämt, wobei sie ihren Goldzahn entblößte und ihr Nacken sich in Falten legte wie ein Gesicht, das eine Grimasse zieht.

Das Gerücht von einer entfernten Verwandtschaft zwischen Herrn Louzis und der Comtesse de Noailles konnte einfach nicht stimmen. Er selbst hatte auch nie etwas davon erwähnt. Die anderen klatschten darüber, weil auf Herrn Louzis' Kamin eine Fotografie mit einer persönlichen Widmung stand, auf der die Comtesse de Noailles abgebildet war, den Blick in die Ferne gerichtet und im Haar ein breites Samtband, das ihr bis in die Stirn reichte und ihre Augen nachdenklich und sehnsüchtig aussehen ließ.

Als Erste brachte Frau Montelandi, Marios' Großmama, eine mögliche Verwandtschaft ins Spiel. Bei einem ihrer Besuche erzählte sie von den Reisen, die sie in der guten, alten Zeit alljährlich nach Paris unternommen hatte, und von ihren dortigen Bekanntschaften. Ganz zufällig kam die Rede auf Herrn Louzis. Als Frau Montelandi seinen Namen hörte, richtete sie sich in ihrem Sessel auf, strich über die doppelte Perlenkette, die um ihren Hals hing, warf uns einen prüfenden und zugleich anerkennenden Blick zu und fragte uns nach Einzelheiten aus: Kannten wir Herrn Louzis schon lange? Wo wohnte er? War er immer schon so wohlhabend? Zum Schluss meinte sie mit gespielter Gleichgültigkeit, Herr Louzis habe damals, während seiner Jahre im Ausland, im Salon der Comtesse des Noailles verkehrt und er sei mit ihr wohl in irgendeiner Weise verwandt.

Tante Tereza konnte ihre Freude nicht verbergen.

»Er besucht uns«, sagte sie. »Ziemlich oft sogar.«

»Stammt er von den Ionischen Inseln?«, hakte Frau Montelandi sofort ein, um von Tante Terezas Bemerkung abzulenken.

»Wer?«, meinte Tante Tereza, als gäbe es Zweifel, um wen es ging.

»Herr Louzis.«

»Ah, Herr Louzis! Aber nein, er stammt nicht von dort.«

Die Fotografie der Comtesse de Noailles, so stellte ich mir vor, bleibt an den Nachmittagen, an denen die Sonne so rasch untergeht, allein auf dem Kamin zurück. Die Menschen sind draußen im Garten, die Fensterläden selbst nach der Siesta noch geschlossen und das Zimmer im Halbdunkel, was melancholischer stimmt als die Dunkelheit selbst. Auf dem Klavier liegt eine feine Staubschicht und in ihren Augen eine noch größere Sehnsucht.

Der Rückweg war schön, erfüllt von sanfter Müdigkeit und dem Duft von feuchtem Getreide. Die Berge Parnitha und Penteli erhoben sich riesig, schweigend und Respekt einflößend, und ich selbst fühlte mich so klein wie eine Ameise und so ruhig wie eine Blüte, die zur Nacht ihre Blätter schließt.

Genau in dem Augenblick, als ich die Haustür öffnen wollte, fuhr der Fernzug, auf dem Weg nach Mitteleuropa, durch Tatoi. Er pfiff zwei- oder dreimal, ich konnte das Rattern der Waggons auf den Schienen hören. Diesen Zug hatte auch die polnische Großmama genommen. Am Athener Bahnhof, so stellte ich mir vor, hatten sie einander rasch gefunden. Der Musiker hatte, als er sie kommen sah, ein paar Schritte auf sie zugemacht und ihr die Hand geküsst. Doch was hatte die polnische Großmama getan, als sie durch Tatoi fuhren? Vielleicht hatte sie sich aus dem Fenster gelehnt und versucht, jenseits der Wiese und des Waldes, der uns von den Schienen trennte, das schwache Licht unseres Hauses zu erkennen.

»Wohnen Bekannte von dir in dieser Abgeschiedenheit?«, hat er vielleicht gefragt.

»Die Landschaft ist schön.«

»Woher willst du das wissen? Es ist doch finster.«

Dann zog sie sich den Schleier über die Augen, voller Heimweh nach dem, was sie hinter sich ließ und was ihr jetzt schon wie ein fernes Ideal erschien.

Solche und ähnliche Gedanken gingen mir jedes Mal, wenn der Zug vorüberfuhr, durch den Kopf. Dann verlor ich meinen inneren Frieden und auch meinen Respekt vor dem Parnitha und dem Penteli, die mir plötzlich zum Greifen nah erschienen. Alles ringsum verlor seinen inneren Frieden, die Blumen schienen an andere Stellen gerückt und die Hausdächer seltsam verschoben.

An den Vormittagen war die Stimmung verändert. Die Tage waren weniger strahlend, dafür aber klarer als im Sommer. Sie rochen nach Apfelmus und hinterließen am Gaumen den saftigen, säuerlichen Geschmack des Apfels, den man ungeschält und mit den Kernen isst. Die Luft war leicht, zuweilen kühl, der Himmel von einem tiefen, eindringlichen Blau mit rasch dahinziehenden weißen Wolken. Je später es wurde, desto heller das Blau, erst wurde es weißlich, dann grau, als hätte sich am Mittag ein schweres, aschgraues Tuch herabgesenkt, das einem nicht nur auf den Schläfen, sondern auch auf dem Herzen lastete und den Atem raubte. Irgendwann hob sich das aschgraue Tuch dann wieder, stieg höher und höher, gewann wieder an Farbe und verwandelte sich zurück in das tiefe Blau mit den weißen, dahintreibenden Wolken.

An solchen Vormittagen kam oft Nikitas auf Vicky vorbei. Infanta und Romeo warteten bereits. Nach stundenlangen Ausritten kehrten sie gut gelaunt und durstig zurück. Dann ließ ich das Buch, das ich gerade las, sinken und verließ mein Versteck – eine schattige Blätterhöhle, die zwischen ein paar dicht beieinanderstehenden Bäumen lag, deren Kronen zusammengewachsen waren – und ging zum Brunnen, um Wasser zu holen. Gern beobachtete ich

Menschen und Tiere, wenn sie ihren Durst löschten. Die Rückkehr der beiden trennte den Vormittag in zwei Teile, so unterschiedlich wie zwei Jahreszeiten. Während ich gemächlich erst zwei Gläser und dann zwei Eimer füllte, genoss ich ihre Vorfreude und dann, sobald Menschen und Tiere zum Trinken ansetzten, ihren Genuss.

Auf dem Weg zur Laube steckte sich Nikitas eine Zigarette an. Sein blonder Schopf und seine blauen Augen leuchteten in der strahlenden Luft noch heller als sonst. Es war ein Treffen angesetzt, bei dem es um die geplante Zeitschrift gehen sollte. Auch Petros war inzwischen eingetroffen. Wir machten es uns in den Lehnstühlen bequem, es ging ein sanftes Lüftchen, lachend schäkerten wir miteinander. Ihr Entschluss stand bald fest, sie wollten die Zeitschrift herausgeben. Nikitas schrieb Gedichte, Petros etwas, das er »Essay zur Ästhetik« nannte. Schönheit sei so und so definiert, schrieb Petros in seinen Essays, Kunst so und so. Es ging ihm um das Verhältnis zwischen Wahrheit und Schönheit. Immer wieder kam die Rede auf große Dichter, und sie stritten darüber, wer der größte sei. Dann diskutierten sie über Theorien, über moderne Strömungen, Schreibtechniken und zukunftsweisende Ideen.

»Man muss über seine Zeit hinausdenken«, sagte Petros.

»Man muss originell sein«, meinte Nikitas.

Ich hörte ihnen aufmerksam zu, doch ihre Worte verwirrten mich. Unwillkürlich versuchte ich, sie mir distanziert, wie etwas Fremdes anzuhören, damit ich meiner eigenen, noch unausgegorenen literarischen Sichtweise treu bleiben konnte. Ich schrieb nicht wie sie. Ich hatte nichts, worüber ich schreiben konnte. Obwohl ich in der Volksschule schöne Aufsätze verfasst hatte, die der Lehrer vor der ganzen Klasse vorlas, schrieb ich im Gymnasium die schlechtesten Klassenarbeiten. Ich vergaß die Ausgewogenheit zwischen Einleitung, Hauptteil und Schlussfolgerung und schweifte vom Thema ab. Ich schrieb nicht wie sie. Außerdem war ich der Meinung, dass sich die Bücher, die ich las und die mein Leben erfüllten, weder an Theorien noch an Regeln hielten und auch nicht originell sein wollten. Ich versuchte, es ihnen zu erklären.

»Was wäre, wenn man sich als Schriftsteller völlig frei machen könnte von …«, begann ich.

»Kommt Margarita noch?«, fiel mir Petros ins Wort.

Mit dieser Frage wollte er mich provozieren.

»Woher soll ich das wissen?«

Ein paar Tage zuvor hatte mir Petros gesagt, er fände es schön, wenn ich an ihn denken würde. Und wenn ich es tatsächlich täte, dann würde er auch an mich denken. Ich hielt es für einen Witz und lachte ihn aus. Dass Petros mir ständig im Kopf herumspukte und mich unglücklich machte, darauf hatte ich keine Lust. Ich wusste, wie es Mädchen erging, die sich andauernd Gedanken über jemanden machten. Andererseits war mir aber auch nicht recht, dass er an Margarita dachte.

»Sie ist sitzen geblieben«, sagte ich.

»Wer?«

»Margarita.«

»Soll das eine Neuigkeit sein? Das wissen wir doch schon seit Juni.«

Obwohl mir klar war, was Mädchen mitmachten, denen jemand im Kopf herumging, tat auch ich eine Nacht lang kein Auge zu, nachdem ich am Nachmittag auf dem Weg zu Louzis zufällig David getroffen hatte, der überall nur noch »der Astronom« genannt wurde.

Seit einem halben Jahr war er aus England zurück, hatte sich aber nirgendwo blicken lassen, weder bei Louzis noch bei Parigoris noch bei uns, auch im Zentrum von Kifissia war er nie aufgetaucht. Anfänglich war er kaum aus dem Haus gegangen, weil von drei Handwerkern das linke Türmchen des Hauses abgerissen und an seiner Stelle eine drehbare eiserne Kuppel errichtet werden sollte. »Die machen wir maschinell auf und sehen dann den Himmel«, erzählte Kapatos. Er verdingte sich als Arbeiter, wenn er mal wieder aus dem Gefängnis entlassen war. Das ganze Viertel unterstützte ihn in der Hoffnung, er würde wieder auf den rechten Weg zurückfinden. Im Gegenzug sorgte Kapatos dafür, seine Straftaten in ganz anderen, weit entfernten Gegenden zu begehen.

Nachdem die Bauarbeiten abgeschlossen und der Raum mit verschiedenen Apparaten versehen war, machte sich David, wie man hörte, an eine Studie über ein bestimmtes Sternbild. Trotzdem zeugte es von schlechten Umgangsformen, dass er uns nicht den kleinsten Höflichkeitsbesuch abstattete, obwohl er so lange verreist gewesen war und unsere Familien so eng befreundet waren.

Ich hatte David nicht gleich erkannt, er trug jetzt Bart, außerdem hatte ich ihn seit vier Jahren nicht mehr gesehen. Während ich singend und meine Gerte schwingend dahinwanderte, trat er an einer Biegung plötzlich hinter einem Brombeerbusch hervor. Anstatt ihn zu begrüßen und willkommen zu heißen, blickte ich ihn nur wortlos an und ging weiter.

Ein absurder Moment, der kurz in der Luft schwebte und gleich wieder verflogen war, bevor ich ihn überhaupt fassen konnte. Trotz seiner Unbestimmtheit war er aufschlussreich, da er meinen ganzen alten Hass und Neid barg, den ich auf Davids bunte Gummibälle und seine gestreiften Jacketts mit den goldenen Knöpfen verspürte, die er aus England geschickt bekam. Außerdem erschreckten mich, als ich klein war, seine Augen, die so schwarz funkelten wie die der Hexe, die auf dem Gemälde eines prominenten Malers in Tante Terezas Zimmer abgebildet war. Ich weiß noch, dass diese Ähnlichkeit der Augen dazu führte, dass David und die Hexe in meiner Vorstellung verschmolzen und zu einem ganz besonderen Wesen wurden, anders als die anderen und irgendwie gefährlich, mal wie Mutter und Kind, mal wie eine einzige Person, die in zwei Gestalten schlüpfen konnte wie in verschiedene Kleider.

Sein Haus strahlte etwas Melancholisches aus, es hatte drei Etagen, zwei Türmchen links und rechts und nur ein paar schmale Fenster, die an unerwarteten Stellen lagen, eins in der Ecke oben rechts, eins unten links, ein anderes ohne ersichtlichen Grund in der Mitte. Es sah aus wie eine Burg aus einem Mickymaus-Heft, in der die Mäuse nachts ausgelassene Feste feiern und in den Löchern eines riesigen, angefressenen Käsestücks Quadrillen tanzen.

Die Fassade war dunkelgrau und die Fenster mit leuchtend roten Kacheln umrahmt. Es gab weder Garten noch Zaun, das Grundstück war nur durch die Aussaat von Kartoffeln und Zwiebeln markiert.

Morgens, im Licht der Sonne und des Himmels, wirkte Davids Haus komisch, doch in der Dämmerung und nachts strahlte es großen Ernst aus. Denn das Abendlicht verlieh, wie auf einer Malerei, der Landschaft eine bestimmte, dominante Schattierung, die alle anderen Farben harmonisch verband, sodass man den Eindruck gewann, nichts passe besser zum Abendlicht als Davids Haus und nichts besser zu Davids Haus als die Kartoffel- und Zwiebeläcker.

Es lag genau auf halbem Weg zu Herrn Louzis' Haus. Ich erinnere mich noch gut, wie es innen aussah. Aber nicht so, als hätte ich es mit eigenen Augen gesehen, sondern als hätte ich in einem Buch eine Beschreibung davon gelesen oder jemand hätte mir davon erzählt. Da war das Hirschgeweih an der Wand der Eingangshalle, da waren der Tisch und die Stühle mit den Löwenfüßen im fensterlosen Esszimmer, da waren die Bücher in den Regalen, die alle genau gleich groß und mit dem gleichen Einband versehen waren, sodass man glauben konnte, man hätte ein einziges Buch in zahllosen Kopien vor sich, und wenn man eines läse, so hätte man alle gelesen. All das war aber nur ein kleiner Vorgeschmack auf das verrückte Zimmer von Ruth.

Bei meinem letzten Besuch war es rosa, beim vorletzten weiß, andere Male war es blau oder gelb gewesen. Dabei blieben Wände und Boden immer gleich, nur alles andere veränderte sich: die Vorhänge, der Bettüberwurf, die Toilettengarnitur, das Tuch auf dem Tischchen, die Kissen, die auf dem Boden drapiert lagen, die Sessel- und Stuhlbezüge. Fast hätte ich die Puppe vergessen. Mit kokettem Augenaufschlag saß sie zwar immer auf demselben Kissen, wechselte aber häufig ihr Kleid.

»Es ist mir ein inneres Bedürfnis, die Farbe, die mich umgibt, meiner veränderten Stimmung anzupassen.« Ruth hatte eine ganz persönliche Ausdrucksweise, eine Mischung aus der griechischen Volks- und Gelehrtensprache, noch dazu mit englischem Akzent. Es war wie bei Tante Tereza: Wenn ihr die Patiencen nicht aufgingen, schummelte sie und versuchte, die Schummelei gleich wieder zu vergessen und daran zu glauben, dass die Patience von allein aufgegangen war. Genauso änderte Ruth immer wieder die Farbe ihrer Zimmereinrichtung. Nicht *weil* sie sich anders fühlte, sondern *um* sich anders zu fühlen.

Auf dem Toilettentisch stand zwischen Flakons und Schminksachen eine Schar von Tierfigürchen aus Porzellan, Elfenbein oder Keramik, die einträchtig nebeneinander weideten, der wertvolle chinesische Elefant neben der grellbunten Katze vom Flohmarkt, der edle Windhund in Sächsischblau neben dem plumpen Spielzeughund aus Holz. Solcher Nippes stand auch auf den Regalen zwischen den Büchern, die nie dieselben blieben, weil Ruth die Bücher verschenkte, sobald sie ausgelesen waren. Von den Wänden lächelten die Fotografien der Filmschauspieler herab, die sie gerade verehrte. Manche waren Stars, andere hingegen völlig unbekannt. Sie spielten vorläufig noch Rollen von Dienern oder Postboten, würden in ihren Augen eines Tages aber mit Sicherheit einmal berühmt werden. Die Aufnahmen der sportlich-eleganten Tennischampions vom letzten Jahr machten regelmäßig den neuesten Wimbledonsiegern Platz.

Ruth war ein sehr umgänglicher Mensch. Mit ihrer kleinen Statur, dem hellen, schulterlangen Haar und den fröhlichen Augen sah man ihr nicht an, dass sie schon fünfundvierzig war, und traute ihr auch keinen erwachsenen Sohn wie David zu. Ihr jugendliches Aussehen und Verhalten, die blauen Augen und die helle Haut ließen mich zweifeln, ob sie wirklich Jüdin war. Sooft ich mir auch sagte, dass sie als englische Jüdin durchaus blond sein konnte, fiel es mir schwer, mich gegen die Eindrücke aus meiner kindlichen Lektüre des Alten Testaments zu wehren: Dort waren die Juden dunkelhäutige, nachdenklich dreinblickende Menschen mit schwarz glänzendem Haar. Ich sah sie vor mir mit olivenfarbener Haut, gelblichen Fingern, süßlicher, schleimiger Stimme und verbitterter Seele, gleichermaßen abstoßend wie faszinierend.

Ruth lachte beim geringsten Anlass. Sie hatte zwei tiefe Falten an jeder Seite des Mundes, doch kein einziges Fältchen um die Augen oder auf der Stirn. Sie war zwar nicht wirklich schön, aber anziehend und wollte von allen, auch von den Kindern und sogar von ihrem Sohn, beim Vornamen genannt werden. Das und die Gewohnheit, ihr Haar offen zu tragen, ließen sie glauben, niemals zu altern.

Davids Vater hatte sie in einer großen englischen Hafenstadt kennengelernt. Ihre erste Begegnung hatte etwas Romantisches. Als sie eines Abends ohne Schirm und völlig durchnässt die Straße entlanglief, rutschte sie aus. Sogleich beugte sich ein Herr zu ihr hinunter und wollte ihr behilflich sein. »Komm, mein Kind«, sagte er. »Ist doch nicht so schlimm.« In der Dunkelheit hielt er sie für ein junges Mädchen. Sie jedoch begann laut zu jammern und rief, bestimmt habe sie sich das Rückgrat gebrochen und er solle sie bloß an Ort und Stelle liegen lassen. Als sie der Herr mit Worten nicht zum Aufstehen bewegen konnte, hob er sie notgedrungen mit sanfter Gewalt hoch. Dabei erkannte er durch den dichten, im Straßenlicht gelb schimmernden Regenschleier, dass sie nur einen kleinen Kratzer am Knie hatte und dass sie gar kein kleines Mädchen mehr war.

Ihren kindlichen Trotz legte Ruth genauso wenig ab wie die Gewohnheit, die Farbe ihres Zimmers zu wechseln und sich mit den geliebten Tierfigürchen und den Fotografien der bewunderten Stars zu umgeben. Obwohl das alles immer wieder zu kleineren Unstimmigkeiten mit ihrem Mann führte, bildete es die Grundlage ihres Glücks und war die Ursache dafür, dass er immer noch so verliebt war wie am ersten Tag.

Auch sie blieb so verliebt wie am ersten Tag. Dass er sich als Reeder mit Dingen wie Schiffen, Seefahrt und Frachtgut befasste und verrückt war nach englischem Tabak und Whisky, vergaß sie dabei. Für sie war er immer nur der Nachfahre sowohl der Helden von Marathon als auch der Philosophen, die nur von Brot und Wasser lebten und in einem Fass schliefen.

Die Tatsache, dass er griechisch-orthodoxer Christ war und sie englische Jüdin, hatte ihrer Beziehung von Anfang an den Reiz des Verbotenen und Frevelhaften verliehen. Da seine Büros in der britischen Hafenstadt lagen und sie das Klima von Kifissia bevorzugte, lebten sie nicht ständig zusammen. Die paar Monate im Jahr, die sie zusammen verbrachten, hatten etwas Abenteuerliches.

Sie erwartete ihn immer mit großer Freude. Doch wenn er wieder ging, war sie nicht traurig. Sie verabschiedeten sich nicht groß voneinander. Während sie sich kämmte oder ihre Milch trank, beugte er sich zu ihr, küsste sie und sagte Adieu, wobei sich sein zerstreuter Blick auf die Vase mit den ersten Chrysanthemen heftete. Sie blieb sitzen, küsste ihn und sagte auch Adieu, und dabei ordnete sie die Falten ihres langen Schlafrocks, genau wie an all den Tagen zuvor, als Davids Vater nicht nach England, wie jetzt, sondern nur zu einem Spaziergang zum Hauptplatz von Kifissia aufbrach, wo er mit Herrn Louzis seinen Ouzo trank.

All das hatten wir vier Jahre nicht mehr erlebt, hatten weder Ruths Geplauder gehört noch den festen Schritt von Davids Vater noch die Spieldose, die in der Eingangshalle unter dem Hirschgeweih stand und die, wenn man sie aufzog, zwei Melodien hintereinander spielte: die monotone byzantinische Hymne zu Ehren von Christus und der Jungfrau Maria, die Ruth so sehr mochte, und ein altes englisches Liebeslied nach einem Sonett von Shakespeare, das ebenfalls nach einem Gebet klang. All das hatten wir seither nicht mehr erlebt und dabei gar nicht gemerkt, wie sehr wir es vermissten. Meine Begegnung mit David hatte mir alles wieder in Erinnerung gerufen. In der schlaflosen Nacht, die ich im Anschluss an diesen Nachmittag verbracht hatte, waren die Bilder von früher an mir vorbeigezogen: Ruths Tierfigürchen, die nach der Melodie des Liebessonetts tanzten, der sonnenüberflutete Kartoffelacker, der sich gleich hinter der Mauer des fensterlosen Esszimmers erstreckte, und Davids schwarz funkelnde Hexenaugen, die mich wieder mit meiner alten, kindlichen Furcht erfüllten.

Von diesem Tag an bekam mein Spaziergang zu Louzis' Haus neuen Sinn. Jedes Mal, wenn ich losging, sagte ich mir, dass ich David begegnen könnte, und ich spürte einen kleinen Funken in mir flackern. »Immer wenn ich an ihn denke, bekomme ich Herzklopfen«, sagte Eleni über Emilios. Hätte mir jemand gesagt, ich würde David ganz gewiss treffen, hätte ich mich gar nicht aus dem Haus gerührt oder wäre auf der Stelle umgekehrt. Wenn ich am Abend das Wechselspiel von Licht und Schatten im Wasser der Zisterne betrachtete, malte ich mir unsere künftige Begegnung in allen Einzelheiten aus: was er zu mir sagen würde, was ich zu ihm sagen würde, was ich anhaben und wie er mich anblicken würde. Vielleicht würden wir uns unter einen Olivenbaum setzen. Drei Tage war es jetzt her, dass Eleni von Emilios unter einer Kiefer geküsst worden war.

Was ein Astronom war, wusste ich. Erst vor ein paar Tagen hatte ich in einer amerikanischen Zeitschrift die Fotografie des berühmtesten Astronomen der Welt gesehen. Er war dick, hatte ein Kindergesicht und trug eine Brille. Und ich wusste auch, was ein Dichter war. Aber so, wie die Juden für mich nicht blond sein konnten, selbst wenn ich Ruth vor mir sah, konnten Dichter und Astronomen nicht in Häusern leben und in Betten schlafen und morgens Milchkaffee trinken. David jedoch war ganz verrückt nach Milchkaffee, von klein auf hielt er seine Tasse etwas affektiert in der Hand, ein braver, gut erzogener Junge in einem gestreiften Jackett mit goldenen Knöpfen. Jetzt wirkte sein Haus noch komischer als sonst, auf der einen Seite das Türmchen, auf der anderen erhob sich die runde Eisenkuppel, die in der Sonne glänzte wie eine alte Blechbüchse. Vielleicht hätte ich ihn doch begrüßen sollen. Vielleicht hat er mein Verhalten missverstanden und sich an meine alte Abneigung gegen ihn erinnert. Er hatte bestimmt mitbekommen, dass ich ein paar Monate vor seiner Abreise alle Kinder unserer Bande angestiftet hatte, nicht mehr mit David zu sprechen, um ihm so seinen Hochmut auszutreiben. Denn die wenigen Male, die er zu uns kam oder die wir bei ihm zu Besuch waren, wirkte er abwesend, verschwand entweder schnell oder setzte sich zu den Erwachsenen auf die Veranda und mischte sich in ihre Unterhaltung ein. Herr Louzis meinte: »Was für ein außerordentlich kluges Kind!« Davids Zunge löste sich nur, wenn er mit Herrn Louzis sprach, und sein spöttischer Blick verfolgte uns andere Kinder bis in die Laube, in der wir saßen. Wenn er uns Gute Nacht wünschte, tat er das mit übertriebener Höflichkeit und machte einen kleinen Diener, als wären wir vornehme Damen. Es fehlte nur noch, dass er uns die Hand küsste. »Wie albern!«, meinte Maria. »Wie unausstehlich!«, sagte ich. Alle drei waren wir der Meinung, dass er ein eingebildeter Schnösel war.

Wie schade, dass Ruth noch nicht wieder zurück war. Sie hätte uns bestimmt eingeladen. Aber wenn sie mir vorgeschlagen hätte: »Katerina, willst du David heiraten? Er will es«, hätte ich geantwortet: »Nein, nein, tausendmal nein!« Beim nächsten Wiedersehen werde ich in die Kuppel hochgehen und ihn nach der Welt der Sterne fragen. Aber vermutlich wäre es höflicher, mich zuerst nach seinen Studien zu erkundigen, ihm von Marias Hochzeit zu erzählen und von allem, was in der Zwischenzeit passiert ist. Wenn Petros wüsste, was mir so alles durch den Kopf ging!

Als ich gestern Nachmittag mitbekam, wie Kapatos mit der Schaufel über der Schulter von Davids Haus heimkehrte, wartete ich erst ein bisschen ab, bevor ich ihm folgte.

In der Dämmerung setzte sich Mutter Kapatos immer mit dem Rücken zur Hauswand auf einen Stuhl vor die Hütte. Ihr Blick, genauso müde wie sie selbst, wagte sich nicht in die Ferne. Er blieb an einem kleinen Haufen mit alten Blechbüchsen, rostigen Drähten und anderem Müll hängen, den ihre Söhne anschleppten und vor der Haustür aufschichteten. Ein Stück entfernt bogen sich die Bäume im Wind, Gekas' Taverne war bis auf den letzten Platz besetzt, noch ein Stück weiter lag das verrückte Zimmer von Ruth und dahinter Athen und die ganze übrige Welt.

Kapatos' Söhnen schien – jung und arm, wie sie waren – das Sammeln raumgreifender, kompakter Dinge Sicherheit zu geben. Auf ihrem Haufen fanden sich dicke Eisenteile, die man kaum biegen konnte, und Blechstücke, scharfkantiger als ein Messer. Der wertvollste Gegenstand war jedoch eine richtige, ziemlich große Barke, die – Gott weiß, wie – im benachbarten Wald gestrandet war, wo sie die Söhne entdeckt und angeschleppt hatten. Jetzt liegt sie, vom Alter in die Breite gegangen, auf den Steinen und den Thymianbüschen, gleich neben dem Alteisen. An Land, weit weg vom Meer, wirkt sie wie ein Ertrunkener mit aufgetriebenem Bauch. Trotzdem hat sie, aus einiger Entfernung und von der Seite betrachtet, immer noch einen fein geschwungenen Bug und strahlt Sehnsucht nach dem Meer aus, ganz so, wie eine Frau mit Hüftspeck und Hängebrüsten nach dreißig Ehejahren immer noch zarte Hände und Füße und eine edle Nase haben kann. Die ächzenden Planken haben etliche Lecks, auf große Fahrt geht sie nicht mehr. Doch das spielt keine Rolle, da die Kinder sie als ein Spielzeug betrachten, das ohnehin nie wieder in See sticht.

Um diese Tageszeit trifft auch Kapatos ein und isst sein Abendessen. Danach bekreuzigt er sich, zündet sich eine Zigarette an und geht wieder. Keiner spricht ihn an. Koula streckt ihm, wie einem herrenlosen Hund, schweigend den Teller hin. Früher fürchteten und hassten sie ihn für seine Schläge. Jetzt, da er weder Kraft noch Lust zum Prügeln hat, haben sie nur noch Verachtung für ihn übrig. Sie lassen ihn nicht im Haus schlafen. Wenn er im Gefängnis sitzt, kommt ihn kein Mensch besuchen. Und wenn er doch einmal zum Reden ansetzt, bringt ihn das Schweigen, das ihm entgegenschlägt, schnell zur Vernunft. Dann richtet er sein einziges Auge auf sie, das linke, das einer blauen Perle gleicht, während das rechte, stets geschlossen und mit einem schrumpeligen Lid bedeckt, nur nach innen zu blicken scheint. Wenn das Bewusstsein, so wie das Herz, an einem bestimmten Ort des Körpers wohnt, dann wohnte Kapatos' Bewusstsein gewiss in der Höhle seines verlorenen Auges.

Alle hatten ihre gewohnte Position eingenommen wie Schauspieler, die man beim Betreten eines Theatersaals erblickt: Der eine saß, der andere unterhielt sich im Stehen, der Dritte richtete seinen hoffnungslosen Blick ins Publikum, mit den gleichen Gesten und Worten wie am Vortag zur selben Zeit. Mutter Kapatos saß mit dem Rücken zur Hauswand, Kapatos wartete ein paar Meter entfernt auf sein Abendessen, das Koula hin und her gehend vorbereitete, die Jungen waren nicht da, die Barke leer, und Amalia, die älteste Tochter, las ein Buch.

Unter großen Opfern hatte Amalia soeben die ersten drei Jahre der Oberschule absolviert, sie wollte Lehrerin werden und weit fort von hier gehen. Bildung war ihre Leidenschaft. Ihre leblosen Augen, die von noch blasserem Blau als die von Kapatos waren, füllten sich mit Farbe und Leben, sobald die Rede auf Bücher kam, besonders auf die russischen, die ihr der ältere Bruder schickte, der sich in Kavala als Tabakarbeiter verdingte. Sie erzählten ihr von einer anderen Welt, von Männern und Frauen, die nicht von einem Häuschen mit Garten und von einem ruhigen Leben träumten, sondern von reizlosen, dafür aber großen Dingen. In diesen Büchern spielten nicht Menschen die Hauptrolle und die Dinge, die sie umgaben, die Nebenrolle. Die Hauptrolle spielten eine Brücke oder ein Tunnel, denen sich die Menschen unterordneten und wofür sie sogar, ohne zu zögern, ihr Leben gaben. Das strahlte einen eigentümlichen Heroismus aus, genauso wie Amalias Gesicht, wenn sie ruhig davon erzählte und dabei einer ins Gebet versunkenen Heiligen glich.

»Wie lief's heute bei der Arbeit?«, fragte ich, mit Blick auf Kapatos.

Zu dieser Tageszeit bekamen sie gern Besuch und hatten Lust auf ein Schwätzchen. Dabei achteten sie darauf, sich gegenseitig nicht direkt anzusprechen. Sollte es im Verlauf des Gesprächs nicht zu vermeiden sein, bezog sich der Sprecher, mit Blick auf den Besucher, auf das andere Familienmitglied in der dritten Person: »Er sagt, er weiß es nicht, aber …« Zwischen Mutter Kapatos und ihren Kindern stellte sich das Problem nicht, da herrschte volles Einverständnis. Sie wussten, dass sie sich ihretwegen in zwanzig Jahren keinen einzigen Tag Ruhe gegönnt hatte, dass ihretwegen ihre Augen immer tiefer in ihre Höhlen sanken und immer mehr von ihrem Glanz verloren. Die Augen in Mutter Kapatos' früh gealtertem Gesicht waren pechschwarz, mit kaum vierzig fehlten ihr schon die Schneidezähne.

»Bald ist alles fertig. Wir haben unseren Teil erledigt. Aber für die Teleskope kommen Fachleute.«

Als Kapatos den fragenden Blick seiner Frau spürte, richtete er seine Erläuterung an mich: »Teleskope sind lange Röhren, durch die man hindurchschauen und den Himmel beobachten kann. Auf dem Mond soll es sogar Berge und Täler geben.«

»Uns gelingt es kaum, unser Leben auf der Erde in den Griff zu bekommen. Was kümmert uns der Himmel?«, schaltete sich Amalia ein, wieder mit Blick zu mir.

Und ich fragte mich, ob sich diese Spitze gegen ihren Vater oder gegen die Welt im Allgemeinen richtete.

»Herr David ist sehr eigensinnig«, fuhr Kapatos fort. »Er hat die Sache mit eiserner Disziplin durchgezogen.«

»So war er schon von klein auf«, sagte Mutter Kapatos. »Eine harte Nuss. Ich weiß, was die arme Kalliope aushalten musste, die eine Zeit lang dort im Haus gearbeitet hat. Beim Anziehen hat er um sich getreten, manchmal sogar zugebissen, von seinem Geschrei ganz zu schweigen.«

Freude durchströmte mich. Ich konnte gar nicht genug von David hören.

»Und seine Mutter erst! Die war strikt gegen Strafen. Schläge sind für Kinder katastrophal, sagte sie immer. Eine verrückte Engländerin eben, was sagt man dazu! Sie musste sich ja nicht mit ihm herumärgern. Andere mussten den Kopf hinhalten. Ach, fast hätte ich vergessen, nach Tasia zu fragen. Sie sieht schwanger aus, nicht wahr? Dann braucht sie bald wieder eine Geburtshelferin.«

»So schlimm war's für Kalliope?«

»Die reinste Quälerei! Sie hat es keinen Monat dort ausgehalten. Anderen erging es noch schlimmer. Alle sagten sie: Das Haus ist schön und die Bezahlung gut, aber dieser Junge ist eine Plage!«

»Anscheinend hat er sich überhaupt nicht verändert«, warf ich in die Runde und wartete gespannt auf ihre Meinung.

Doch keiner reagierte. Vielleicht hatten sie es gar nicht gehört. Mutter Kapatos starrte auf den kleinen Müllberg mit Alteisen, und Kapatos setzte sich gerade zum Essen hin, als Koula mit dem Teller in der Hand herantrat. Die Stimmen der Jungen, die ganz außer Atem heranpreschten, kamen näher. Schon bald tauchten sie mit einem leeren Vogelnest auf. Sie hatten die Vögel daraus verjagt, einen sogar mit der Schleuder erlegt und konnten sich vor Freude kaum halten. Amalia blätterte, nachdem sie ihren Zeigefinger befeuchtet hatte, noch ein bisschen in ihrem Buch, bevor sie es aufgrund der Dunkelheit zuklappte.

»Du solltest nicht nur Dostojewski lesen«, bemerkte sie, als ich mich zum Gehen wandte. »Es gibt auch zeitgenössische russische Schriftsteller.«

Auf dem Nachhauseweg begleitet mich eine Zwergohreule. Ich ahme ihren Ruf nach, sie antwortet, eine Weile geht es hin und her. Während sie von Ast zu Ast hüpft, spüre ich die spitzen Steine durch meine Schuhsohlen.

Amalia wird Lehrerin und unterrichtet bald in einem abgelegenen Dorf die Kinder. Während sie das ABC an die Schultafel schreibt, pocht der Regen an die Scheiben des Klassenzimmers, bis die Löcher im verlassenen Schulhof überquellen. David trägt jetzt Bart und schreibt ein Buch über die Sterne. Nur ihn hatte ich im Kopf, als ich zu Kapatos ging. Jetzt aber ist auch Amalias Leben wichtig für mich. Und das von Nikitas und das von Frau Montelandi, die in ihrer Jugend eine so schöne Stimme hatte. Durch die Faszination, die das Leben der anderen auf mich ausübt, verliere ich manchmal den Faden für mein eigenes Leben. Dann identifiziere ich mich mit Amalia oder Frau Montelandi, und ihre Gesichter stechen unter tausend anderen so deutlich hervor wie kahle Gipfel im Abendlicht. Die Faszination bleibt auch dann bestehen, wenn dieselben Gesichter nicht klar hervortreten, sondern zwischen tausend anderen untertauchen, verschwinden und wie unbekannte Passanten, die unter meinem Fenster vorübergehen, jeden individuellen Charakter einbüßen. Davids Gesicht habe ich jetzt nicht mehr so deutlich in Erinnerung wie an dem Nachmittag, als Kapatos mit der Schaufel über der Schulter an unserem Haus vorüberging. Es ist kühl geworden. Der Regen ist schon ganz nah.

Zweiter Sommer

I

Laura Parigori

Als Laura Parigori an diesem Sonntagmorgen die Augen aufschlug, bemerkte sie, dass sie das Licht nicht gelöscht hatte. Das Buch, das sie am Vorabend begonnen hatte, lag mit leicht zerknitterten Seiten auf ihrem Bauch. An die aufgeschlagene Stelle konnte sie sich kaum erinnern. Sie musste beim Lesen eingenickt sein und bis eben tief und fest geschlafen haben. »Seltsam«, flüsterte sie. »Dabei leide ich doch an Schlaflosigkeit!«

Sogar in ihren Träumen kämpfte Laura mit dem Einschlafen. Dann wachte sie völlig zerschlagen auf, und ihr Körper war allein von der Vorstellung des Schlafmangels erschöpft.

Sie warf die Bettdecke zurück und stand auf. Ihr mattweißes Nachthemd spielte in ein zartes Gelb, die Farbe leicht karamellisierten Zuckers. Eine breite Spitzenbordüre im gleichen, nur etwas dunkleren Farbton zierte Schultern und Brust. Während der feine Stoff ihre wenig schmeichelhaften Rundungen nur notdürftig kaschierte, unterstrich die Spitzenbordüre mit ihren gestickten Blumen und Vögeln die zarte Brust, die ein Gefühl von Verlassensein umgab, und die Schultern, die so glatt, rosig und ausdrucksstark waren wie die einer jungen Frau auf ihrem ersten Ball.

Sie warf einen Blick zur Tür und beeilte sich, das Licht auszumachen. In solchen Dingen war Giannis penibel. Er kaufte ihr die teuersten Kleider und las ihr jeden Wunsch von den Augen ab, aber er murrte, wenn der Wasserhahn länger lief als nötig oder eine Lampe in einem Zimmer brannte, wo sich keiner aufhielt. »Sinnlose Verschwendung«, meinte er. Laura jedoch gefiel es, an manchen Abenden, wenn Giannis in Athen war und im Krankenhaus Nachtdienst tat, alle Lichter im Haus anzumachen und herumzuschlendern, als wäre es heller Tag. Dann drehte sie auch das Radio auf, so laut es ging, und lief in den Garten, wohin der Klang und das Licht nur noch unscharf und unwirklich aus der Ferne zu ihr gelangten.

In diesem Augenblick läuteten die Glocken der Marienkirche. Unmittelbar danach drangen Frauenstimmen und Kindergeschrei zu ihr hoch. Die Frühmesse war zu Ende, gleich begann die Mittagsmesse. Die Gläubigen traten hintereinander aus der niedrigen, weiß gekalkten Kirchenpforte, gingen zwischen den vier Zypressen im Vorhof hindurch zur gepflasterten Leoforos Anixeos, die hell zwischen den rötlichen Feldern schimmerte mit ihren dichten Rosenhecken und den rosafarbenen, gelben und weißen Blüten. Sie formten zwei blickdichte grüne Vorhänge, die jedes Jahr länger herabfielen und die Häuser am hinteren Ende der Gärten verdeckten, sodass die Leoforos Anixeos, obwohl stärker besiedelt, die stillste Straße war.

Trotzdem erkannte man dahinter eine sich drehende Wassermühle im Blau des Himmels, die über die Rosenhecke ragte. Auch erahnte man die Schafe und Ziegen, die von der Weide zur Tränke unter der Holzbrücke am Bach getrieben wurden. Manchmal hörte man auch das Geplärr oder Lachen der Kinder aus den Gärten oder eine Stimme aus dem Radio in Doktor Parigoris' Haus.

»Was für ein schöner Ort«, seufzte Laura, während sie sich aus dem Fenster beugte. »Und was für gute Menschen …«

Jeden Sonntag stellte sie ihre Beobachtungen an. Die Frau von Gekas, dem Tavernenwirt, ging immer vorneweg. Sie hatte den Ehrgeiz, jedes Mal als Allererste aus der Kirche zu treten. Wenn sich die Messe dem Ende näherte, hatte sie, statt der Predigt zu lauschen, nur noch ihr Vorhaben im Sinn. Mit Trippelschritten drängelte sie sich durch die Menge bis zur Tür, und beim Schlusswort des Popen lief sie schon über den Vorhof und blickte sich um, wie die anderen hinter ihr aus der Kirche strömten, um danach hüftschwingend und Blicke hinter sich werfend jedes Mal als Erste die Leoforos Anixeos entlangzugehen. Trotz ihres wenig vorteilhaften Kleides und ihrer kräftigen Arme war sie mit ihrer schlanken Taille und ihren grauen Augen eine aparte Erscheinung, die Anlass zu Klatsch und Tratsch bot. Die paar Kilos, die sie in der letzten Zeit zugelegt hatte, taten dem keinen Abbruch.

»Hauptsache, unser Geschäft läuft, der Wein verkauft sich und mein fleißiger Mann bleibt gesund«, sagte sie. Doch alle hatten den Verdacht, dass Gekas seine größten Einnahmen an den beiden Tagen der Woche machte, die er nach Piräus fuhr. Was hatte er in Piräus zu suchen? Warum erwähnte er nie ein Wort davon? Von Frantzeskakis zum Beispiel wusste man, dass er jeden Donnerstag und Sonnabend in einer Hafenkneipe in Piräus die Santur spielte, weil er nicht wie die anderen auf dem Acker schuften konnte, denn er war kränklich und musste dazu noch seine ebenso kränklichen Kinder durchfüttern. Aber was war mit Gekas?

»Seine Schwester wohnt dort«, erläuterte Frau Geka. »Er mag sie doch so gern!« Je mehr Geld er nach Hause brachte, desto stolzer wurde sie und redete nicht mehr mit jedem. Sie hatte der Frau von Michalis, dem Arbeiter, und Frau Kalliopi, der Eierfrau, die Freundschaft gekündigt und sich an die Familien Kritikos und Kouvelis, die seit Generationen größten Schaf- und Ziegenzüchter, herangemacht.

»Was für herrliches Wetter«, bemerkte sie zu Frau Kritikou nach der Messe. »Hm, ein bisschen kühl«, antwortete diese mit dem herablassenden Lächeln einer alten Herzogin, die sich an eine gerade erst geadelte Gräfin wendet. Frau Geka musste ihr

Tempo ein wenig drosseln, um mit ihr ein paar Worte zu wechseln, denn Frau Kritikou hatte es nie eilig, die Kirche zu verlassen. Sie blieb stets noch am Chorgestühl stehen und unterhielt sich mit Papa-Loukas über das Elend dieser Welt. Manchmal hatte sie zwei oder drei, oft auch fünf Sesamkringel dabei und verteilte sie an die Kinder von Mutter Kapatos und der schwindsüchtigen Kalomira. »Was soll man nur machen, es schnürt einem das Herz zusammen, aber man kann ja nicht allen helfen.«

Frau Kritikou hatte das Glück, keine arme Frau, sondern Gutsbesitzerin zu sein. Auf ihrem fruchtbaren Land gedieh Gemüse, das durch die nächtliche Kühle appetitlich knackig war, die Hitze ließ die Feigen honigsüß reifen, und die Kirschen und Aprikosen dufteten genauso herrlich wie ihre Blüten. Die Ziegen, die sich am Gras und den Blättern der Kermeseichen auf den umliegenden Feldern satt fraßen, gaben reichlich Milch.

Großgrundbesitzer wie Herr Louzis hatten die größten Einnahmen, die kleineren Landeigner entsprechend weniger, die Übrigen kamen gerade so über die Runden mit einer Handvoll Obst- oder Olivenbäumen und ein paar Hühnern, und diejenigen, die kein Eigentum besaßen, arbeiteten auf fremden Gütern als Gärtner oder Tagelöhner. Bei uns waren es Herr Giorgis mit seiner Frau Tasia und seinen drei Kindern, bei Doktor Parigoris verdingte sich Apostolis, der sich besonders gut mit Rosen und Kakteen auskannte, oder bei Louzis der hinkende Kostas, über den man erzählte, er sei bald reicher als sein Herr. Dazu kamen die beiden Drakos-Brüder, die ihre Pacht aus dem Erlös ihrer Ernte bezahlten, was in Gekas' Taverne zu langen Diskussionen führte.

»Die Früchte der Erde gehören fast ausschließlich demjenigen, der sie pflegt und erntet«, meinte der jüngere der Brüder.

»Hm, ich weiß ja nicht, ob ich das richtig finde«, meinte Gekas, der gerade mit dem Gedanken spielte, selbst ein kleines Grundstück zu erwerben.

Nach der Kirche gingen alle die Straße hinunter und tauschten ihre Prognosen für die diesjährige Ernte aus. Der eine hatte frühe Tomaten gepflanzt, der andere späte, die Kartoffeln wurden wieder nichts, die Bäume trugen reichlich Frucht, an Wasser gab's Gott sei Dank keinen Mangel. Die Kinder liefen auf und ab und zogen zur Unzeit am Seil der Kirchenglocke, sodass Papa-Loukas schimpfend herausstürzte. »Kostas, Koula, heee, Manolis!«, ertönte Mutter Kapatos' Stimme, während die anderen Frauen miteinander schwatzten. Etwas abseits stand eine Gruppe von fünf bis sechs Frauen, die schwarze, tief ins Gesicht gezogene Schleier trugen und überhaupt keinen Ton von sich gaben. Es waren Nonnen der altkalendarischen Kirche mit runden, blassen Wangen, die sich nur wundern konnten, wieso der Zorn Gottes noch nicht samt Donner und Keil auf uns herabgesaust war. Doch die Sonne, welche die gelbe Rosenhecke noch intensiver leuchten ließ, erhellte ihre Gesichter und zauberte selbst in ihre Augen Leben.

»Was für ein schöner Ort«, murmelte Laura erneut mit einem Seufzen.

Dann machte sie sich daran, ihr Haar hochzustecken, sodass ihr die Locken nicht mehr störend ins Gesicht fielen. Sie strich es ungekämmt zum Scheitel hoch und fixierte es mit ein paar auf dem Kopfkissen liegenden, hellen Haarnadeln, wobei sie darauf achtete, die sanft geschwungene Linie, die sich über ihrer Stirn hochwölbte, zu bewahren.

Durchs offene Fenster fielen die ersten Sonnenstrahlen herein, glitten spielerisch über die gegenüberliegende Wand, wie immer größer werdende, goldfarbene Kreise, die sich in nichts auflösten. Auch auf den Spiegel fielen sie, der vor Licht fast barst, auf Lauras Nachthemd, ohne jede Gnade für ihre sich darunter abzeichnenden, etwas zu strammen Beine, und auf die Laken, denen sie den Duft des Schlafs raubten.

Laura ertrug das grelle Licht nicht, das alle Dinge strahlend hell, aber gleichförmig und nackt zeigte. Aus dem Fenster gebeugt wandte sie den Kopf nach beiden Seiten und schickte sich an, die Fensterläden halb zuzuziehen. Schon wieder hatte sie vergessen, dass ihr Fenster keine Läden hatte, sondern Rollos, die man an einer dicken Leinenkordel hinauf- und hinunterziehen konnte. Surrend schnellten sie nach oben, genauso mühelos fielen sie auch wieder herab. Wieso hatte sie sich bloß all die Jahre nicht daran gewöhnen können? Was brachte sie dazu, sich jedes Mal aufs Neue hinauszubeugen und die Arme vergeblich nach links und rechts zu strecken, anstatt wie das Stubenmädchen aufrecht und majestätisch dazustehen und mit abgewandtem Blick an der Kordel zu ziehen?

Nun sah das Zimmer wieder vertraut aus, in einige Ecken fiel Licht, andere lagen im Schatten, ein kühler Luftzug streifte die Gesichter auf den Fotografien, jedes Buch gewann die passende Farbe und Form. Es waren geliebte Dinge, die Laura gegen nichts in der Welt eingetauscht hätte. Abgesehen davon, dass das gar nicht möglich war, genauso wenig, wie sie ihre Augenfarbe wechseln oder ihre stämmigen Beine gegen andere eintauschen konnte. Außerdem waren ihre Beine schon als Mädchen so gewesen, aber dafür hatte sie schöne Brüste ... Nur Ruth stand es frei, ihre Stimmung durch das Wechselspiel der Farben zu verändern. Wie gern sie Ruth doch mochte! Sie war der einzige Mensch, der sie dazu bringen konnte, unbeschwert und von Herzen einfach draufloszulachen. Wenn ihr wieder einmal ein Kloß im Hals saß, lief sie einfach aus dem Haus bis zum Ende der Leoforos Anixeos, wo sie entweder nach rechts einbog und sich schluchzend auf den Waldboden warf oder nach links zu Ruth, wo sie bis zum Abend lachte.

Auch Anna war ein lieber Mensch. Seit ihrer Scheidung lachte sie jedoch nicht mehr so viel, und man konnte keine interessanten Gespräche mehr mit ihr führen. Entweder redete sie von ihrem Gut oder vom Nähen. Zu allen Jahreszeiten kochte sie Marmeladen ein, und ihre größte Freude war es, mittags und abends den Tisch zu decken. Aber so war es nicht immer gewesen. In den ersten Jahren ihrer Ehe hatte sie leuchtende Augen und eine klare, laute Stimme besessen, und in den Sommern, die sie in Kifissia verbrachte – im Winter wohnte sie in Athen am Fuß des Lykabettos –, hatte sie sich wie ein junges Mädchen mit Dick, ihrem Jagdhund, gebalgt. Was hatte sie so sehr verändert?

»Wenn ich geschieden wäre …«, lag Laura schon auf der Zunge. Aus der Tiefe ihrer Seele tauchten zitternd und unscharf alte Erinnerungen wie gesunkene Schiffe vom Meeresboden empor, in Schräglage, mit zerborstenem Ruder und ins Endlose ragenden Masten, während die ertrinkenden Matrosen verzweifelt im Wasser strampelten.

An damals etwa, als sie den ausländischen Arzt beherbergt hatten, der frühmorgens aufstand, durch den Garten spazierte, beim Essen herzhaft zugriff, an einer Studie über Vitamin C schrieb, sie mit »gnädige Frau« ansprach und ihr die Hand küsste. Nachts träumte sie von ihm. Oder Erinnerungen an damals, als sie den stämmigen Künstler kennenlernte, der mit seinen vor Lebenslust sprühenden Schlitzaugen, mit seinen unruhigen, kurzen Beinen und seinen übertriebenen Gesten einer Ratte ähnelte. Giannis fand ihn nur lächerlich. Oder an den jungen Mann, der sie beim Tanz auf den Hals geküsst hatte, ohne freilich zu ahnen, dass sie Frau Parigori war. Oder an die jungen Männer, die mit energischen, stolzen Schritten die Deligianni-Straße überquerten, während sie in der Kutsche entlangfuhr. »Anhalten!«, hätte sie dem Kutscher am liebsten zugerufen. Aber die Glöckchen am Zaumzeug klingelten, die Zügel blieben lose, die Pferdehufe schleiften bei jedem Tritt über den Asphalt, und zu beiden Seiten zogen weiter die rosafarbenen und weißen Oleanderbüsche vorüber.

Von diesen Gedanken ahnte niemand etwas. Mit weit offenen Augen starrte sie auf die wilden Orchideen, hörte den Bach durch die Schlucht rauschen und spürte Marios' Arme, die sich um ihren Hals klammerten. Irgendwann klammerte er sich nicht mehr an sie, und Leda brauchte sie sowieso nie. Dann überkam sie der Impuls, einfach loszurennen, loszusingen und einen Misston nach dem anderen von sich zu geben. Nichts würde sich je ändern, niemand würde je davon erfahren. Jeder Mann ging genauso, wie er gekommen war. Ihr Herz war ein Haus mit wechselnden Bewohnern, das verlieh ihrem Leben, ganz wie in Romanen, etwas Interessantes. Doch jedes Mal tat es weh, wenn sie verlassen zurückblieb. Bis gestern war er doch noch in meinen Gedanken, sagte sie sich. Seltsam, wie kann das nur sein? Sie fühlte sich leer. Doch wenn ihre Gedanken begannen, sich wieder auf jemand anderen zu richten, änderten sich ihre Ziele, ihre Träume und auch die Bücher, die sie las, und ihr Leben gewann seinen alten Reiz und sein altes Geheimnis zurück.

»Laura, bist du so weit?«, erklang Giannis' Stimme.

Sonntags frühstückten sie immer gemeinsam im Esszimmer, anders als wochentags, da Giannis früh aufbrach und jeder auf seinem eigenen Zimmer frühstückte.

»Ja, gleich!«, rief sie schrill und lauter als nötig.

»Warum schreist du so? Ich stehe direkt vor deiner Tür.«

»Hab ich geschrien? Das habe ich gar nicht gemerkt, bitte verzeih!«

»Was soll ich dir denn verzeihen, Laura?«

Die Tür sprang auf, und Giannis stand gut gelaunt vor ihr. Wenn er helle Kleidung trug, wirkte sein Körper etwas behäbig. Er lachte auf und nahm auf der Kante ihres zerwühlten Bettes Platz.

»Wie ich die Sonntage liebe!«, sagte er nach einer kleinen Pause.

»Wenn man dich wenigstens dann in Frieden ließe! Der Herr hat doch auch am siebten Tag geruht. Ein Anruf genügt, und schon ist es mit der Erholung vorbei!« Sie warf ihm einen zärtlichen Blick zu.

»So ist das eben in meinem Beruf, Laura, der mir große Freude macht. Du kannst dir nicht vorstellen, was für ein Gefühl es ist, wenn sich einem die Gelegenheit bietet, einem Menschen das Leben zu retten, auch wenn man gerade an Erholung denkt.«

»Reichen dafür nicht die Wochentage?«

»Man muss jede Gelegenheit nutzen, Laura«, sagte er und wollte sich erheben, um sie zu küssen.

»Ich bin gleich fertig«, wisperte sie rasch, bevor sie einen auffälligen dunkelgrünen Morgenmantel über ihr dezentes Nachthemd zog und ins Badezimmer nebenan ging.

Giannis blickte sich im Zimmer um. Dieses Haus hatte er mit den Früchten seiner Arbeit finanziert und ganz nach seinem Gutdünken gebaut. Nur dieser Raum blieb ihm irgendwie verschlossen. Vielleicht lag es an den Fotografien mit den altmodischen Kleidern, an den Möbelstücken, die Laura aus ihrem Elternhaus auf Korfu mitgebracht hatte, an den Stühlen mit den überaus zierlichen Beinen. Er fühlte sich in diesem Zimmer genauso beobachtet wie unter dem Blick von Frau Montelandi, seiner Schwiegermutter.

Das Wohnzimmer hingegen war hell, bequem und praktisch eingerichtet.

»Wie hast du geschlafen?«, fragte er, als er am großen Tisch ihr gegenüber Platz nahm.

»Ich konnte schon wieder nicht schlafen ...« Dann fuhr sie in verändertem Tonfall fort: »Wo ist Leda? Ich habe sie heute Morgen noch gar nicht gesehen.«

»Sie wird draußen unterwegs sein, mach dir keine Sorgen.«

Er freute sich über Ledas unbändigen Charakter. Dieses Mädchen zeigte in allem, was sie tat, einen eigenen Willen, sie war ein Freigeist. Marios ähnelte ihm mit seiner zurückhaltenden und zielstrebigen Art, Leda hingegen verband die Eigenschaften der Montelandis und der Parigoris in vollkommener Weise.

»Hör zu, Giannis«, sagte Laura. »Ich möchte, dass du ein ernstes Wort mit ihr redest. Sie ist die ganze Zeit mit den Rabauken von Mutter Kapatos zusammen.«

Er dachte an die Fotografie seines verstorbenen Vaters, die zwischen Arzneirezepten und Notizzetteln in seinem Portemonnaie steckte. Sein Vater stammte aus ärmlichen Verhältnissen und hatte es in einer Druckerei bis zum Vorarbeiter gebracht. In seinen Jugendjahren war er bestimmt auch so ein Rabauke gewesen.

»Es gibt schließlich gewisse gesellschaftliche Unterschiede«, sagte Laura. »Vor ein paar Tagen hat man mir erzählt, dass sie allesamt mit Stöcken bewaffnet über ein schmiedeeisernes Gartentor geklettert sind.«

»Jaja, ich rede mit ihr«, meinte Giannis.

Es fiel ihm schwer, seine Tochter zu maßregeln. Aber seine Frau hatte recht, durch das ständige Zusammensein mit den Kapatos-Kindern konnte Leda schlechte Gewohnheiten annehmen. Immer wieder rutschte ihr ein »Verdammt!« oder »He!« heraus.

»Ich gehe mal rüber, um diese Zeit spielen sie immer bei der Barke. Sie hat die Rolle der Kapitänin Bouboulina, die ihr Schiff gegen die Türken in den Kampf führt: *Feind voraus, alle Mann an Deck!* Dabei starren die anderen ganz gebannt und erwartungsvoll zum Hymettos gegenüber. Seltsam, wie vertieft Kinder in ihr Spiel sein können, und medizinisch gesehen hochinteressant.«

»Ich komme mit«, unterbrach ihn Laura. »Ich gehe zu Marios und Maria.«

»Wie geht es Maria eigentlich?«

»Sie ist bald im achten Monat.«

»Was, in zwei Monaten ist es schon so weit?«

»So ungefähr.«

In der Zwischenzeit waren sie bei der Haustür angelangt.

»Warte kurz«, meinte Laura. »Ich hole schnell meinen Schirm, die Sonne sticht heute.«

Gerade als die Mittagsmesse zu Ende war, traten sie gemeinsam vors Haus.

»Von Küste zu Küste fährt das kleine Schiff, sag, wer ist dein Kapitän, der segelt um jedes Riff ...« Maria, die leise vor sich hin sang, saß auf einem hohen Stuhl draußen auf der Veranda, die Hände über ihrem Bauch gefaltet, die Beine baumelten im Takt der Melodie. Vor ihrer Schwangerschaft hatte sie mit den Fußsohlen und selbst den Fersen – daran erinnerte sie sich gut – die Bodenfliesen berühren können.

Sie trug ein hellblaues Kleid mit kleinen gelben Blüten. »Gelber Sommerregen«, würde Katerina dazu sagen. Vor Kurzem hatte sie eine Pflanze dieses Namens entdeckt und wurde nicht müde, von ihr zu erzählen. Was den Strauch namens »Gelber Sommerregen« so besonders machte, blieb ihr Geheimnis.

Marios war gerade dabei, die Obstbäume zu bewässern. Die vierzig Aprikosen- und zwanzig Kirschbäume waren, zusammen mit dem Haus, das Hochzeitsgeschenk von Großpapa gewesen. Jeden Sonntagmorgen machte sich Marios barfuß, in kurzen Hosen und im Unterhemd an die Gartenarbeit. Mit großem Einsatz grub er schwitzend die Erde um, und wenn sich die Mulden unter den Bäumen langsam mit dem Wasser aus der Bewässerungsrinne füllten, hob er den Kopf und atmete ein paarmal tief durch. In solchen Augenblicken, das war ihm klar geworden, fühlte er sich wirklich glücklich. In den anderen, den eigentlich großen Momenten – als er sein Abschlussdiplom in Händen hielt, Maria das Jawort gab oder aus ihrem Mund erfuhr, dass er Vater wurde –, war sein Glück nicht frei von Angst. Dann saß ihm ein Kloß im Hals, sein Herz klopfte, seine Augen wurden feucht, und er wusste nicht, was er tun oder sagen sollte.

Marias melancholisches Lied war bis zu den Bäumen zu hören: »Wer weiß, was dich erwartet in der großen, weiten Welt ...«

Er wandte sich zu ihr um. Sie hielt die Augen halb geschlossen, und da die Rückenlehne des Stuhls nur bis zu ihren Schultern reichte, schwebte ihr nach hinten gelehnter Kopf gleichsam ohne Halt in der Luft.

Er spürte den Impuls, zu ihr zu laufen, hatte die Hacke schon aus der Hand geworfen. Dann hielt er inne: Die Mulde war übergelaufen. Er blockierte den Zulauf mit feuchter Erde, leitete das Wasser zurück in die Rinne und grub beim nächsten Baum ein neues Loch. Kurz verharrte er unschlüssig, dann lief er mit langsamen Schritten, leise und scheinbar unbeteiligt vor sich hin pfeifend, zur Veranda.

Währenddessen ging ihm durch den Kopf, dass er doch gerade erst Student gewesen war und nun bereits als Arzt arbeitete. Dabei hatte er noch wie gestern das Klopfen in den Ohren, das jedes Mal auf den Pulten ertönte, wenn ein Professor in den Saal trat. Obwohl das Medizinstudium lange Jahre gedauert hatte, war es für ihn viel zu früh zu Ende gegangen. Von einem Moment auf den anderen war sie auf einmal da, die letzte Prüfungsfrage, dann hielt er das Abschlussdiplom in der Hand, kaum konnte er die beiden Sätze – »Vielen Dank, Herr Kollege« und »Sie können gehen« – auseinanderhalten, so schnell war alles vorbei. Auch Maria hatte er viele Jahre, von Kindesbeinen an, geliebt, und auch sie war ganz plötzlich seine Frau geworden, in dem Moment, als Papa-Loukas sagte: »Und die zwei werden ein Fleisch sein.«

Immer noch barfuß trat er ganz sacht auf sie zu, während er gleichzeitig den Wasserlauf im Auge behielt.

»Maria, warum singst du ein so trauriges Lied?«, meinte er.

Sie zuckte zusammen, als hätte er sie aus ihren Gedanken gerissen, und blickte ihn mit ihren Augen an, die seit dem letzten Jahr dunkler und tiefgründiger geworden waren.

»Ich bin glücklich«, sagte sie nachdenklich, und als wollte sie eine Last abwerfen, löste sie ihre Hände und führte sie zum Herzen.

Die Angst im Angesicht des Glücks, dachte Marios.

»Ich bringe dir einen Sessel«, sagte er laut. »Der Stuhl ist zu hoch für dich.«

»Aber nein, ich sitze bequem hier. In dem niedrigen, gefederten Sessel bekomme ich Rückenschmerzen.«

»Wie du möchtest.«

Er strich ihr übers Haar und wandte sich ab.

»Ich muss weitermachen«, sagte er. »Das Wasser läuft sonst über.«

Sie lächelte ihm zu wie die Mutter ihrem Kind, das beim Schuleschwänzen ertappt wurde.

»Nicht, dass du glaubst, Maria, ich würde nicht gern weiter mit dir plaudern ...«

»Geh schon, das Wasser läuft über!«, rief sie mit einem Auflachen, während sie ihre Beine wieder baumeln ließ im Takt von *Von Küste zu Küste fährt das kleine Schiff ...* »Manchmal bin ich ganz gern allein.«

Sie träumte von dem Kind, das ihr Gott schenken würde. Gott, nun ja ... Aber schlussendlich war es doch Gott, der einem Kinder schenkte. Sie dachte daran, wie verzweifelt sie nach dem ersten und zweiten Ehemonat gewesen war. So groß war ihre Angst, unfruchtbar zu sein! Mutter hatte damals gelacht. »Es klappt nicht immer gleich im ersten oder zweiten Monat, du Dummerchen«, sagte sie und erinnerte sich, dass sie selbst im dritten Ehemonat mit Maria schwanger geworden war. Wie sehr sich Miltos damals gefreut hatte! Tja, damals ...

Als Maria im November schwanger wurde, war Marios ganz aus dem Häuschen vor Freude. Ausgerechnet am Morgen bevor sie ihm die Neuigkeit eröffnete, hatten sie sich gestritten. Es ging um ein schlecht gebügeltes Hemd oder etwas in der Art. Marios war kein Pedant, aber Maria fühlte sich angegriffen, da ihr viel an sauber gewaschener und gebügelter Wäsche lag. Als daraufhin ein Wort das andere ergab und Marios genervt auf und ab lief, da er sich in diesem Moment – trotz des nichtigen Anlasses für den Streit – unglücklich und verletzt fühlte, eröffnete ihm Maria die Neuigkeit. Mit einem Schlag hatte die Welt ganz anders ausgesehen.

Im Lauf der Zeit zog sie sich jedoch immer mehr vor ihm zurück. Was für seltsame Wesen, diese Frauen! In der Hochzeitsnacht war sie kühl wie ein Stück Marmor geblieben, die folgenden Nächte genauso. Danach war sie es auf einmal, die ihn begehrte. Kaum lagen sie im Bett, schmiegte sie sich an ihn wie ein Kätzchen und flüsterte ihm süße Worte ins Ohr. Ihre Hände umfingen ihn, ihre Finger senkten sich auf ihn wie eine warme Wolke in den Farben der Abenddämmerung. Ihre wispernde Stimme erregte ihn mit ihrem Streicheln, bis der Augenblick kam, den sie mit ihrem Geflüster herbeigeführt hatte, und er sie fest in die Arme schloss.

Es war eine Zeit, in der sie kaum mit anderen Menschen Kontakt hatten, selten aus dem Haus gingen und selbst miteinander nur das Nötigste redeten. Die beiden Mütter beschwerten sich über ihr abweisendes Verhalten. Anna brach sogar eines Morgens in Tränen aus, als Maria sich kaum bedankte, als sie ihr eine Süßigkeit vorbeibrachte. Das war die Zeit, als Maria noch eng anliegende Nachthemden trug und ihr Haar vor dem Zubettgehen bürstete. Dann tat Marios so, als würde er im Bett Zeitung lesen, während er jede ihrer Bewegungen beobachtete, die Linie ihres Halses, wenn sie das Kleid abstreifte, die Kurve ihrer Hüften, wenn sie sich bückte, um die Druckknöpfe ihrer Schuhe zu lösen, ihr Gesicht, das im Widerschein des Spiegels golden aufleuchtete, ganz wie ihr Haar und der feine Flaum auf ihren Wangen. Doch ihre Wimpern, die unnatürlich lange Schatten unter ihre Augen warfen, ließen sie ernst, geheimnisvoll und von tiefen Gefühlen durchdrungen wirken. Marios wartete, während Maria nach der Schatulle griff und sie mit einem leisen, aber in der Stille der Nacht deutlich hörbaren Klicken schloss.

Seit dem Tag, als sie ihm von dem Kind erzählte, suchte sie nicht mehr so häufig wispernd seine Nähe, und je mehr Zeit verstrich, desto seltener geschah es. Es kam der Tag, da sie ihn kaum noch im Bett neben sich duldete aus Angst, er könnte sich im Schlaf heftig bewegen und ihr versehentlich einen Schlag oder Tritt versetzen.

In der ersten Zeit der Schwangerschaft fühlte sie sich unwohl und litt an Übelkeit und Schwindel, was er natürlich nicht nachvollziehen konnte. Gedankenlos zündete er sich eine Zigarette an, obwohl sie ihn gewarnt hatte, dass ihr davon übel wurde. Vor Wut wurde ihr ganz schwarz vor Augen. Mit verletzenden Worten griff sie ihn an, ihr Blick bekam denselben boshaften Glanz wie an dem regnerischen Tag damals in der Küche.

Danach beruhigte sie sich wieder. Ihr Gesicht und ihr ganzer Körper strahlten eine so selbstzufriedene Ruhe aus, dass Marios zornig wurde und Lust bekam, sie seinerseits zu provozieren und zu verletzen. Doch sie hörte ihm gar nicht zu, sondern blickte geistesabwesend in die Ferne – mit voller Absicht natürlich, um ihn zu ärgern. Ihr Verhalten war trotzig, vielleicht sogar grausam. Und er wollte sie genauso quälen, damit sie begriff, wie er litt.

Doch dann fiel ihm plötzlich ein, dass sie seine Frau war, dass er sie liebte, dass sie sein Kind auf die Welt bringen würde. Seine Augen wurden feucht, und er kniete sich, von Zärtlichkeit erfüllt, vor sie hin und schlang die Arme um ihre Beine. »Diese stinkende Zigarette ... Beim nächsten Mal musst du sie mir aus der Hand schlagen!« Ihr gerade noch so ferner, abwesender Blick begann langsam wieder zu funkeln. Sie musste lachen, und er fiel in ihr Lachen ein. »Ich verstehe gar nicht, warum wir uns streiten«, sagten sie zueinander. »Wieso bloß? Aus welchem Grund?« Sie dachten kurz nach, dann lachten sie erneut auf. Und alles war wie zuvor.

Die Veränderung, die das Kind in Marias Leben brachte, fiel mit Marios' Rückkehr zur Arbeit zusammen. In der ersten Ehezeit lebte er, in der Gegenwart gefangen, nur für den Moment. Studium und Krankenhaus erschienen ihm unvorstellbar weit weg, wie ein Leben, das einem anderen gehörte, und seine Zukunftsträume wirkten schal und leer. Er war wie ein Betrunkener, der – mitgerissen vom Reiz des Augenblicks – nicht darüber hinaus denken kann. Sie schliefen bis zum späten Vormittag, nachmittags machten sie einen Waldspaziergang, und schon war es wieder Abend. Die Tage verflogen wie Stunden, und Marios fragte sich, wie er früher an einem einzigen Tag nur so viel erledigen konnte. Das Chaos und das Nichts verschmolzen mit der Ewigkeit. Dieses Gefühl blieb in ihm zurück wie der Duft nach Zyklamen und Heidekraut, der den Wald erfüllte, und wie der Klang ihrer Stimme, die in der Schlucht widerhallte.

Zur gleichen Zeit, als Maria die ersten Regungen des Kindes spürte, hörte er den Ruf der Welt da draußen. Er blickte im Abendlicht aus dem Fenster. Anstelle der Kiefern, die sich im Wind neigten, sah er Krankenhausbetten, den Operationssaal und seinen Vater vor sich, der sich die Chirurgenhandschuhe überzog. Er sah sich selbst bei seiner ersten Operation, und ein Schauer lief ihm über den Rücken. Dieses Wagnis begeisterte ihn. Am liebsten wäre er heute schon dort. Eines Tages würde er ein berühmter Arzt sein, er hatte eine sichere Hand. In Athen gingen jetzt die Straßenlichter an, und die Autos rauschten vorbei.

»Morgen gehe ich ins Krankenhaus«, sagte er mit lauter Stimme.

Sie stand auf und knipste das Licht an. Jetzt konnte er die Kiefern kaum noch erkennen. Der Abend kam ihm wie eine Ewigkeit vor, und am Morgen machte er sich mit der Vorfreude eines beflissenen Schülers auf den Weg, der am ersten Schultag das Gewicht seiner neuen Bücher im Ranzen fühlt.

Von diesem Tag an hatte ihr Leben seinen Rhythmus gefunden. Maria brachte ihn bis zur Gartenpforte. Sie war gerade erst aufgestanden und noch nicht angezogen. Unter ihrem langen Morgenmantel lugte das noch längere Nachthemd hervor, ihr Haar war vom Schlaf zerzaust. In ihren Augen spielte noch das matte Licht der Träume, und als Marios sich hinunterbeugte, um sie zu küssen, stieg ihm aus dem Dekolleté ihr nächtlicher, fraulicher Duft in die Nase.

»Ich hätte noch eine Woche zu Hause bleiben können«, meinte er traurig. »Es ist nicht unbedingt nötig, heute schon anzufangen.«

Er blickte die Straße am Wald entlang. Dort würde er zur Leoforos Anixeos gelangen, wo sein Vater, wie am Vorabend telefonisch verabredet, auf ihn wartete. Kühle Luft schlug ihm entgegen, wirbelte Erde auf und rüttelte an den Büschen, am liebsten wäre er umgekehrt.

»Aber gesagt, getan«, meinte er.

Sie blieb an der Pforte stehen und blickte ihm nach.

»Geh rein, du erkältest dich noch!«, rief er ihr zu.

Sie winkte ihm zu und wandte sich zum Haus. Es war der erste Tag nach ihrer Hochzeit, an dem sie allein war. Sie fühlte sich traurig und erleichtert zugleich. Es gab eine Menge zu erledigen. Wenn Marios zu Hause war, kam sie zu nichts. Da sie so spät aufstanden, verbummelte sie den ganzen Vormittag. Jetzt war es erst acht Uhr. Bis zum Mittag konnte sie einiges schaffen und auch bei Mutter vorbeischauen, um sich über die Ausstattung des Kindes zu beraten. In ihrem Inneren breitete sich eine wohlige Wärme aus, wie nach dem Genuss einer Tasse Tee, die man nach einem Spaziergang trinkt. Mit einem Lied auf den Lippen trat sie ins Bad, streifte die Kleider ab und erfrischte sich an dem kalten Wasser, das über ihren Körper rann. Vor ihr lag eine unbekannte Welt. Ein heftiges Frösteln überkam sie. Wie wunderbar es doch ist, ein Kind zu erwarten, dachte sie und wandte sich zum Spiegel. Unwillkürlich hob sie die Hand und betastete ihren Bauch, aber es war noch nichts zu erkennen.

Erst viel später nahm sie zu, spürte das Gewicht und die Tritte des Kindes. Die Beine schwollen an, ihr Gesicht wirkte aufgedunsen. Der lange, regnerische Winter verging mit Hausarbeit und Nähen am Kamin. Sie vermied es, an die Geburt zu denken, konnte jedoch, wenn sich die Gelegenheit ergab, nicht widerstehen, andere Frauen danach auszufragen. Dabei tat sie ganz gleichgültig, als hätte sie überhaupt keine Angst. »Es ist ein Schmerz, der sich nicht beschreiben lässt«, sagte Frau Parigori. »Man vergisst ihn aber schnell«, meinte Mutter. Nur Tante Tereza hatte dazu keine Meinung.

Manches Mal, wenn sie allein war, überfiel sie die Angst. Was, wenn sie die Geburt nicht überlebte? Als sie Marios, wie im Scherz, von ihren Gedanken erzählte, lachte er auf. »Eine starke, gesunde Frau wie du! Was für ein Gedanke!« Dann fügte er hinzu: »Außerdem holen wir den besten Frauenarzt, und auch mein Vater wird dabei sein.« Im tiefsten Inneren aber hatte auch er Angst.

Wiederholt besuchte sie Tasia, die Frau des Gärtners, die in diesen Dingen sehr erfahren und selbst Wöchnerin war. Vor knapp einem Monat hatte sie ihr viertes Kind geboren. »Es ist nicht schlimm«, sagte Tasia. »Im Handumdrehen ist es vorbei. Warum ich Mutter Kapatos dabeihaben will? Ach, reine Gewohnheit, so war's eben vom ersten Kind an. So viel versteht Mutter Kapatos auch wieder nicht davon!«

Und sie begann, schlecht über sie zu reden, die Geburt war ja glücklich vorbei, jetzt hatte sie ihren Beistand nicht mehr nötig. Und wenn sie noch ein Kind bekommen sollte, hatte sie alle Zeit der Welt, sich wieder mit ihr zu versöhnen. Eine kleine Mastixsüßigkeit, ein Besuch … Mutter Kapatos war nicht nachtragend. Maria erinnerte sich daran, wie sie, hinter den Büschen vor Tasias Haus verborgen, die vorletzte Geburt belauscht hatte. An die Schreie, die sie deutlich gehört, und auch an den Blick, den sie nach drinnen erhascht hatte.

Die Wochen, in denen ihr übel und schwindelig war, gingen schließlich vorüber. Jetzt fiel ihr das Schlafen immer schwerer. Sie konnte sich weder auf die Seite drehen noch die Beine anziehen, stattdessen lag sie die ganze Zeit steif und starr auf dem Rücken. Mit weit offenen Augen überkam sie der Schlaf ganz unmerklich, ohne die süßen Augenblicke des Einschlafens, in denen sekundenkurze Träume so lang erscheinen wie die Nacht.

In ein bis zwei Monaten würde es so weit sein. Wer behauptet, dass die Zeit bis zur Geburt schnell vergeht?

Erneut faltete sie die Hände über ihrem Bauch, musterte sie und blickte danach in den Garten. Die Kirschbäume trugen schwer an ihren feuerroten Früchten. Die Aprikosen hingen noch grün an den Bäumen, nur hier und da war die gelbe, früh reifende Sorte darunter. Die Sonne stand schon hoch, doch eine angenehme Brise wehte den Duft von Zitronenverbene heran.

Da tauchte von Weitem Frau Parigoris Sonnenschirm und danach Frau Parigori selbst in einem hellgrünen Kleid auf. Mit kleinen Schritten stöckelte sie auf ihren hohen Absätzen dahin und fuchtelte immer wieder mit den Armen, da ihr der Wind jeden Moment den Schirm zu entreißen drohte. Sie versuchte, ihn mit beiden Händen zu packen, dabei fiel ihr die Tasche zu Boden, und sie kam ins Stolpern. Trotzdem konnte sie sich nicht entschließen, den grünen Schirm mit den vier riesigen rosafarbenen Rosenblüten zuzuklappen.

»Da ist Mutter!«, rief Marios.

»Ach ja?«, meinte Maria, die sie bereits ein paar Minuten beobachtet hatte.

Sie erhob sich zur Begrüßung, Marios ging seiner Mutter bis zur Gartenpforte entgegen.

»Dieser Wind macht mich ganz verrückt«, sagte Laura. »Bei uns in der Leoforos Anixeos weht es nicht so schlimm.«

Sie klappte den Schirm zu und versuchte, ihr zerzaustes Haar in Ordnung zu bringen, bevor sie Maria, die nachgekommen war, auf beide Wangen küsste. Dann überreichte sie ihr ein Päckchen, das in Seidenpapier eingeschlagen und mit einer hellblauen Schleife versehen war.

»Für dich, meine Liebe«, sagte sie.

Mal brachte sie ihr ein Hemdchen, mal gehäkelte Schühchen vorbei.

»Unser Haus liegt ungeschützt«, meinte Marios. »Daher trifft uns der Wind so heftig.«

Zu dritt nahmen sie auf der Veranda Platz, die auf der Sonnenseite lag. Langsam, aber stetig kroch das Licht über die Treppenstufen bis zu ihren Füßen hoch. Sie erhoben sich und gingen nach drinnen, wo es kühler war. Sie gaben Anna Bescheid, kurz darauf erschienen Giannis und Leda. An den Sonntagen aßen die beiden Familien immer gemeinsam zu Mittag.

AUS FRAU PARIGORIS TAGEBUCH

26. MAI. *Heute habe ich Maria besucht. Sie hat stark zugenommen, und ihr Gesicht ist angeschwollen, ihre Augen sind nur noch zwei kleine Schlitze. Marias Geduld ist bewundernswert. Sie beschwert sich nicht, ist mit allem zufrieden. Und Marios verhält sich ganz so wie Giannis.*

Die Schwangerschaft ist die schlimmste Zeit im Leben einer Frau. Das wurde mir klar, nachdem Marios auf der Welt war. Als ich am Karfreitag vor sechsundzwanzig Jahren seine ersten Regungen spürte, freute ich mich. Außerdem sehnte ich mich nach einem anderen Menschen. Giannis war den ganzen Tag im Krankenhaus, und abends wussten wir nichts miteinander zu reden. Nicht einmal zum Lesen hatte ich Lust. Meine Erinnerungen an Korfu waren verblasst. So ähnelte ich einem Menschen, der nach einem Unfall in Amnesie verfällt und sich fühlt, als wäre er gleich als Erwachsener und ohne jede Kindheitserinnerung auf die Welt gekommen. Ruhelos ging ich in meinem neuen Heim von Zimmer zu Zimmer und züchtete Rosen, die jedes Jahr bei der Gartenschau in Kifissia ausgezeichnet wurden.

Marios bildete das Bindeglied zwischen Vergangenheit und Zukunft. Damals dachte ich, wenn dieser Ort hier am Meer läge, dann könnte er ein zweites Korfu für mich werden. Dieses Gefühl verstärkte sich, als er laufen lernte und wir zusammen in die Schlucht gehen konnten. Ich hatte mich hingelegt, während er Kieselsteine sammelte und in den Bach warf. Aber wenn er, wie es Kinder so tun, in Tränen ausbrach und mir um den Hals fiel, dachte ich, ich müsste ersticken. »Nicht!«, rief ich, bekam Panik, packte ihn an der Hand, kletterte mit ihm die Böschung hoch und wir rannten aufs offene Feld, wo ich ihn mit Küssen überschüttete. Leda war, im Gegensatz zu ihrem Bruder, kein Wunschkind.

»Ich hasse unbefriedigte Frauen«, hatte Maria gesagt, als sie nach dem Mittagessen vom Tisch aufstand, um die Fensterläden zu schließen, und meinen Blick sah, der sich gedankenverloren nach draußen richtete.

Die Bemerkung kam nicht von ungefähr. Am Tisch hatten wir über dieses Thema gesprochen. Giannis und Marios meinten, unbefriedigte Frauen lebten in ihrer eigenen, krankhaften Fantasiewelt.

»Dann gibt es also keine Frauen, die innerlich rebellieren?«, sagte ich.

»Wogegen denn?«, wunderte sich Giannis.

»Ich weiß auch nicht, gegen ihr weibliches Schicksal vielleicht, aus Sehnsucht nach etwas anderem, das vielleicht unmöglich scheint.«

»Das ist doch nur Feigheit …«, sagte Katerina, ohne ihren Gedanken zu Ende zu formulieren, da Anna sie mit einem scharfen Blick in die Schranken wies.

»Nur Frauen, die in ihrem Leben versagt haben, sind unbefriedigt«, sagte Maria mit geröteten Wangen, bevor ein Redeschwall aus ihr hervorbrach. Sie sprach von den Tieren des Waldes, die sich freuten, leichtfüßig nach ihrer Beute zu jagen, sie mit ihren Krallen zu packen und mit ihren Fängen zu zerreißen. Sie schweifte so weit vom Thema ab, dass wir alle vergaßen, wovon eigentlich die Rede war.

Marios hat Glück. Maria glaubt scheinbar an ihre untergeordnete Rolle. Wenn sie ihre Hände über dem Bauch faltet, scheint sie stolz auf ihre schwerfällige Gestalt zu sein, als hätte sie es genau so gewollt. Sie bekommt bestimmt ein halbes Dutzend Kinder.

26. MAI DES VORJAHRES. *Marios ist, so kommt es mir vor, in Annas älteste Tochter verliebt. Schon als kleiner Junge bewunderte er sie, aber das hielt ich für kindliche Schwärmerei, für ein Gefühl, wie es Spyretos als Junge mir gegenüber empfunden hat. Bald ist Marios mit seinem Studium fertig und kann tun und lassen, was er will. Giannis hat keine Einwände. Aber mir scheint er noch zu jung für die Ehe.*

Es vergeht kein Tag, da er nicht zu ihnen hinübergeht und traurig aussieht, wenn er wiederkommt. Was ist los? Lässt sie ihn zappeln? Er wird mehr von ihr erwarten, und sie, als junge Frau, reagiert zurückhaltend. Das wird ihn wohl unglücklich stimmen. Was könnte es sonst sein? Was, wenn sie ihn nicht liebt? Ich muss es herausfinden, ich kann mein Kind damit nicht allein lassen.

Maria kommt aus einer guten Familie. Die Mitgift ihres Großvaters wird stattlich sein, und sie ist eine hübsche und gesunde junge Frau. Im Grunde passen sie gut zusammen.

Einen Monat später, im selben Jahr. *Gestern haben Marios und Leda ihre Freunde und Freundinnen zum Gartenfest eingeladen. Ich hatte Süßigkeiten und pikante Häppchen vorbereitet und den Garten mit venezianischen Lampions geschmückt. Die jungen Leute von heute sind so anders, es ist verrückt! Sie reden freiheraus, benehmen sich ungezwungen, tun, was sie wollen, und nehmen keinerlei Rücksicht.*

Mir gefiel es gar nicht, wie Maria mit den jungen Männern umging. Sie hängt sich in jeden ein und lacht provokant. Sie trug ein auffälliges Kleid, das mehr zeigte, als es verbarg, und als es dunkel wurde, verschwand sie ein paarmal mit Stefanos hinter den Bäumen. Mit ihm hat sie auch am meisten getanzt. Marios ließ sie links liegen. Vielleicht ist es besser so, dann vergisst er sie schneller.

Ein Datum, zehn Jahre zuvor. *Es kommt mir vor, als träumte ich. Seit gestern bin ich allein in Aidipsos auf Kur. Auf der Schiffsreise war mir ein Mann mit großen, melancholischen Augen aufgefallen, der den linken Fuß nachzog. Abends saß er mir am langen Esstisch im Speisesaal des Schiffs gegenüber. Als man zum Abendessen geläutet hatte, war er an seinen Platz gegangen, hatte seinen Stock an seinen Stuhl gelehnt und abgewartet, bis die anderen Suppe und Fisch verspeist hatten. Er wechselte mit niemandem ein Wort, nicht einmal eine Zigarette zündete er sich an. Selbst nahm er nur ein wenig Braten. Ob er wohl im selben Hotel logiert wie ich? Oder in dem neueren, größeren? Das liegt jedoch beim Markt, und er sieht mir nicht so aus, als würden ihm der Lärm und die Unruhe dort zusagen. Nun, schlimmstenfalls fährt er auf dem Schiff nach Volos weiter. Als ich das Boot zum Hafen bestieg, versuchte ich zu erkennen, ob er in eines der anderen Boote stieg, aber ganz diskret, sonst hätte ich mich kompromittiert. In einen solchen Mann könnte ich mich verlieben, in seinen melancholischen Blick und, ja, selbst in sein Hinken.*

… Ich habe ein Eckzimmer mit zwei Fenstern, das eine mit Blick zum Berg, das andere zum Meer. Die See hier ist eher grün als blau, und wenn man ganz weit bis zum Horizont schaut, erkennt man einen breiten, hellen Streifen, der mit dem Himmel zu verschmelzen scheint. Die ausgewaschenen Felsen sind glatt und rutschig und von orangefarbener, zuweilen rötlicher Farbe. An einigen Stellen versinkt man mit dem Fuß im schlammigen Sand, und es schlägt einem der heiße Hauch medizinischer Moorbäder entgegen. Hier dringt aus den Poren der Erde Wasser mit einer Temperatur von hundert Grad. Die dampfenden Rinnsale, die sich vom Berg ins Meer ergießen, erfüllen die Luft mit Nebelschwaden. Giannis meint, eine Kur bei den heißen Quellen von Aidipsos würde mir guttun. Seit Ledas Geburt plagt mich eine Venenentzündung, sodass meine Beine immer wieder stark anschwellen. Ehrlich gesagt hatte ich nie schlanke Beine. Jetzt kann ich es auf die Venenentzündung schieben.

Nach meiner ersten Behandlung fühle ich mich ein wenig kurzatmig. Die Bäder liegen im Untergeschoss des Hotels. Männer wie Frauen gehen in ihren Bademänteln nach unten und warten, bis sie an der Reihe sind. In den Korbsesseln im Flur kommen sie unter dem schwachen Schein der elektrischen Lampen ins Gespräch. Draußen in der Sonnenglut hält man es zur selben Zeit gar nicht aus, nur die Kinder planschen dort unter lautem Geschrei. Mein Bademantel ist der schönste von allen, Giannis hatte ihn mir aus Paris mitgebracht, wo er zum Ärztekongress war.

… Die Hitze ist unerträglich. Ich sollte das Zimmermädchen um einen Paravent bitten, damit ich zu Mittag wenigs-

tens die Tür öffnen kann und der Raum durch die Zugluft etwas abkühlt. Das Meer liegt reglos und glatt da, das Sonnenlicht glitzert wie in einem Spiegel, der jeden Betrachter blendet. Man hat zwar schon zum Essen geläutet, aber ich bin noch nicht so weit. Mein Haar ist durch die Reise vollkommen derangiert, und ich bringe keine Frisur zustande. Ich darf nicht vergessen, mich zu erkundigen, ob es im Hotel einen Friseur gibt.

… Ich bin ganz durcheinander, nachdem ich ihn im Speisesaal des Hotels gesehen habe. Sobald ich an der Tür auftauchte, hoben alle Gäste den Kopf und musterten mich – als Neue – scheinbar gleichgültig. Der Maître d'hôtel trat auf mich zu und fragte, an welchem der wenigen freien Tische ich Patz nehmen wollte. Ich entschied mich für einen am Fenster, was für Aufsehen und eine Mischung aus Neid und Bewunderung sorgte, denn alle hätten gern an diesem Fensterplatz gesessen, wo eine leichte Brise wehte und man aufs Meer blickte. Doch keiner hatte es aus Furcht vor einer Erkältung nach dem heißen Bad gewagt. Kaum hatte ich Platz genommen, sah ich ihn, das heißt zunächst nur sein Auge, da er hinter den Köpfen unbekannter Menschen verborgen saß. Erst nachdem ich meinen Stuhl ein wenig nach rechts gerückt hatte, erblickte ich sein blasses, unglückliches Gesicht.

… An den Nachmittagen bilden sich verschiedene Grüppchen. Man trinkt Kaffee oder Kamillentee, die älteren Damen plaudern in der Lobby, wobei sie sich Luft zufächeln, die jüngeren Damen und Herren spielen im großen Salon Karten. Wie ich hörte, kommt es, insbesondere beim Poker, immer wieder zu lautstarken Auseinandersetzungen. Es gibt auch ein paar jüngere Männer, die Tavli spielen, und fünf oder sechs junge Frauen, die ihnen beim Flanieren Blicke zuwerfen. Die jungen Frauen geben sich fröhlich und gut ge-

launt, nörgeln jedoch ständig am Essen herum. Doch sie sind hübsch, gut gekleidet und für die männlichen Gäste durchaus attraktiv. Die Menschen, die hier aufeinandertreffen, stammen aus unterschiedlichen Gesellschaftsschichten, doch seltsamerweise finden schlussendlich doch immer die Leute zueinander, die derselben Klasse angehören. Die eine Gruppe, die im Hotel logiert, man könnte sie fast einen Verband nennen, das sind die Großindustriellen mit ihren Frauen. Sie besitzen eine Jacht, auf der sie die Küste entlangfahren, und an den Nachmittagen unternehmen sie in Mietwagen kleine Ausflüge in die umliegenden Dörfer. »Ach, wir waren spontan in Xirochori essen …«, erzählen sie, wenn sie abends zurückkehren, und ihr Tonfall lässt durchscheinen, dass sie es sich eben leisten können, über das bezahlte Arrangement hinaus Geld auszugeben.

Die zweite Gruppe besteht aus weiblichen Badegästen, die den Winter in der Provinz verbringen, sich aber alljährlich zur selben Zeit in kleinem Kreise in Aidipsos wiedertreffen. Verächtlich ziehen sie über die anderen her, als wollten sie nichts mit ihnen zu tun haben. Doch wenn eine der reichen Damen sich herablässt, mit ihnen zu sprechen, können sie ihre Genugtuung kaum verhehlen. Die Gattin des Bürgermeisters von Lamia spielt unter ihnen dieselbe Rolle wie der Präsident der Vereinigten Staaten im Kongress.

Der dritten Gruppe, deren weibliche Mitglieder bloß mit Beamten oder Kaufleuten aus Athen oder aus der Provinz verheiratet sind, fühlen sie sich haushoch überlegen. Und die erwidert ihre Abneigung, da sie einzig und allein davon träumt, sich der ersten Gruppe anzunähern, jener mit den Jachten und den hübschen Juwelen. Die Männer der ersten Gruppe diskutieren die internationale Lage, die der zweiten die griechische Politik, und die der dritten haben wenig zu sagen. Nur die Kinder spielen miteinander, ohne einen Unterschied zu machen. Ein Glück, dass die Preise hier hoch sind, so bleibt das arme Gesindel fern. Das sind die Schlimmsten, obwohl mir die anderen genauso verhasst sind. Wenn ich da an die gute Gesellschaft auf Korfu denke! Trotzdem gibt es auch hier ein paar ältere Damen aus wirklich vornehmen Familien, nur reden sie mit niemandem, nicht mal miteinander. Vielleicht belauern sie einander, wer als Erster klein beigibt und den Mund aufmacht. Den Speisesaal jedenfalls betreten sie immer mit unbeteiligten Gesichtern. Ich fürchte, sie gehören einer Welt an, die bald verschwunden sein wird. Aus diesem Grund habe ich, als ich meiner alten Freundin Ernestina begegnete – derjenigen, die immer die meisten Muscheln vom Strand nach Hause brachte und jetzt mit einem Großindustriellen verheiratet ist – und sie mich ihrer Gesellschaft mit den Worten »Herr und Frau Soundso, Frau Parigori« vorstellte, das Gespräch gleich dahin gelenkt, dass ich rasch einschieben konnte: »Geborene Montelandi, aus Korfu.« Sofort luden sie mich zu einer nachmittäglichen Spritztour ein.

… Der erste Tag ist schon fast um, und es ist mir immer noch nicht gelungen, den geheimnisvollen Gast kennenzulernen. Bei Sonnenuntergang nahm er einen Lehnstuhl und setzte sich ganz allein ans Meer. Als ich mit Ernestina vorüberging, hob er den Kopf und sah mich an. Ab nun, das weiß ich, wird er meine Träume bestimmen, sich mir nähern, mich umarmen … Obwohl, ich bin mir gar nicht sicher, ob ich – sollte er es überhaupt wagen – so etwas in der Realität zuließe.

Wie es meinen Kindern wohl geht? Mutter hat mir versprochen, in Kifissia zu bleiben und sich um sie zu kümmern. Marios ist schon fünfzehn und gewiss nicht aufsässig. Schon jetzt zeigt er eine Neigung zum Arztberuf. Nur Leda ist kaum zu bändigen und lässt sich nicht davon abhalten, auf diese Barke zu klettern. Meine Güte, ich muss morgen ein Telegramm an Mutter schicken und fragen, wie es den Kindern geht.

Laura blickte aus dem Fenster, als erwartete sie von der Nacht eine Antwort auf die Frage, warum das Leben so sonderbar war. Es gab Momente, da verspürte sie einen bitteren Geschmack im Mund. Sie blätterte noch kurz in ihrem Tagebuch, dann klappte sie es zu. Zärtlich strich sie über Einband und Buchrücken. In Aidipsos hatte sie damals sehr gelacht, als sie dahinterkam, wie alt der Hotelpage wirklich war. Er war nicht blutjung, wie sie zuerst gedacht hatte, sondern schon in den Vierzigern. Es war schon komisch, Hotelpagen und Jockeys wirkten, unabhängig vom Alter, immer wie kleine Jungen. Wie angenehm die Abende in Aidipsos doch waren! Zuerst hörte man das Tuten der Fähre, die noch hinter dem Berg verborgen war, dann erst sah man sie einfahren und in der Bucht ankern und die kleinen Boote ausschwärmen, die das Meer mit ihren Lichtern fluteten.

Maria hatte sie heute beeindruckt, sie war eine starke Frau. Vielleicht, weil sie nicht mit Träumen zu kämpfen hatte. Sie schlug das Tagebuch auf der zuletzt beschriebenen Seite auf: »Heute habe ich Maria besucht. Sie hat stark zugenommen …« Dann blätterte sie wieder zurück. Immer wenn sie Tagebuch schrieb, las sie für gewöhnlich auch darin. Beginnend beim letzten Eintrag, tastete sie sich zurück in der Zeit.

Sie bückte sich, ohne die Lektüre zu unterbrechen, und streifte die Schuhe von ihren müden Füßen. Den ganzen Tag war sie auf hohen Absätzen gelaufen.

II

David, der Astronom

»In Liebesdingen seid ihr beide wirklich zurückgeblieben«, hatte Maria im letzten Jahr zu Infanta und mir gesagt. Daraufhin hatte ihr Infanta einen hochmütigen Blick zugeworfen, ohne sich zu einer Antwort herabzulassen. Selbst als Maria ihr auf dem Weg zur Wendeltreppe, die zu Tante Terezas Zimmer führte, hinterherlief und ihr boshaft »Die Theorie der Vollkommenheit! Trallala! Die Theorie der Vollkommenheit!« zusäuselte, verlor sie die Beherrschung nicht. Ich hingegen fühlte mich getroffen, eine solche Beleidigung konnte ich nicht hinnehmen. Im tiefsten Inneren störte es mich, dass ich noch nicht verliebt war. Das war nur manchmal im Traum der Fall, in Stefanos, Petros, Emilios oder Nikitas. Sobald ich aufwachte, hielt das Gefühl noch fünf Minuten an und löste sich wie Rauch in nichts auf. »Maria, ich krieg dich!«, rief ich und jagte ihr hinterher. Schnell hatte ich sie eingeholt, weil sie lachen musste und dabei so wehrlos wurde wie ein Kleinkind. Mit vor Wut zusammengebissenen Zähnen brachte ich sie bei den Lavendelbüschen zu Fall und kitzelte sie gnadenlos durch. Erst als ich mein Mütchen an ihr gekühlt und sie sich entschuldigt hatte, konnte ich wieder lachen. Es wurde dann doch noch ein schöner Tag.

Was würde Maria wohl in diesem Jahr sagen?

Den ganzen Winter über hatte ich nur drei Mal mit David geredet, aber kein einziges Mal kamen Dinge zur Sprache, die mir wirklich am Herzen lagen. Das erste Mal war, als Ruth aus England zurückkam und uns alle zum Tee einlud. Da kam er nicht umhin, mich zu bemerken, da wir am Tisch einander gegenübersaßen. Er meinte sogar: »Mir war, als hätte ich dich an einem Nachmittag auf der Straße mit den Brombeerbüschen gesehen. Warst du das?«

»Das glaube ich nicht«, sagte ich. »Ich komme dort oft vorbei, aber wenn ich es gewesen wäre, könnte ich mich ja daran erinnern.«

Die Unterhaltung drehte sich dann um allgemeine Themen. Ruth erzählte vom Aufstieg der britischen Arbeiterpartei und betonte die Gefahren, die so etwas berge. Nichtsdestoweniger erzählte sie voller Stolz von ihrem Bruder, der kürzlich zum Lord ernannt worden war und ebendiese Partei unterstützte. »Die Briten haben diese Partei ja nicht erfunden«, fügte sie hinzu. »Die Russen sind mit schlechtem Beispiel vorangegangen.« Frau Parigori äußerte nach einer Schweigeminute die Ansicht, die Wurzeln des Übels gingen auf die Französische Revolution zurück. In der Zwischenzeit diskutierten Doktor Parigoris, Herr Louzis und David über dasselbe Thema, nur aus männlichem Blickwinkel. Die Arbeiter, meinten sie, hätten Rechte, die der Staat schützen müsse. So würde ihnen zugleich der Anlass für ihren gerechtfertigten Protest entzogen.

Kurz fiel mir Amalia ein, aber dann fesselte mich Davids Anblick. Da ich es nicht über mich brachte, ihm direkt ins Gesicht zu sehen, betrachtete ich – scheinbar gedankenverloren – seine Hände. David hatte seine Züge vollkommen unter Kontrolle. Nichts von dem, was er sagte oder hörte, spiegelte sich auch nur im Geringsten in seinem Gesicht wider. Nur seine Hände verrieten ihn. Sie agierten frei und spontan, wirkten mal heiter, mal betrübt, manchmal auch gleichgültig oder spöttisch. Spott zeigte sich darin, dass ein Finger in der Luft blieb, während sich die übrige Hand ballte, Traurigkeit darin, dass beide Hände gleichzeitig auf den Tisch sanken, die eine über die andere, wie angeschossene Vögel mit eng anliegenden Flügeln. Darüber hinaus wirkten Davids Hände weich und weiblich, was irgendwie unheimlich war. Die Finger waren übertrieben lang und dünn, ihre Haut zart und glatt, vollkommen unbehaart und im gleichen Farbton wie der Bauch einer Araberin.

Seine Stimme stand völlig im Einklang mit seinen Händen. Wenn er schnell sprach, hörte sie sich lang gezogen, dünn und sinnlich an wie eine Frauenstimme. Durch unzählige Nuancierungen konnte sie eine ganze emotionale Vielfalt zum Ausdruck bringen und ließ den Zuhörer eine Klaviatur an Gefühlen hören.

Nur in seinem Gesicht regte sich nichts, man hätte es gleichgültig nennen können, wäre da nicht ab und zu ein Leuchten in den Augen gewesen. Sein Blick leuchtete auf, als ich ihn bat, die Spieldose aufzuziehen, und er mit der Begründung ablehnte, das würde die Erwachsenen stören. Der Gedanke, dass ich womöglich zu den Frauen gehörte, deren Schicksal eine unerwiderte Liebe war, erfüllte mich mit einer bittersüßen Melancholie. Doch als er mir Gute Nacht wünschte, schenkte mir dasselbe Leuchten einen unerwarteten Hauch von Wärme.

Unsere zweite Begegnung ergab sich in der Konditorei im Zentrum von Kifissia. Die Ironie dabei ist, dass ausgerechnet mein dringender Wunsch, ihn zu sehen, beinah dazu geführt hätte, ihn zu verpassen.

Es war an dem Tag, als Mutter mich bat, für ein paar ihrer Freundinnen, die aus Athen zu Besuch kommen wollten, Süßigkeiten zu holen, und ich ablehnte, weil ich nachmittags um dieselbe Zeit eigentlich nur zu Herrn Louzis' Gut spazieren wollte. An Regentagen sehnte ich mich weniger nach einer Begegnung mit David als nach einer Großmutter, die mir am Kamin Märchen erzählte, und blieb zu Hause. »Welches Märchen wähl ich? Mein Leben erzähl ich!«, hörte ich die polnische Großmama mit den grünen Augen reimen.

»Soll Infanta doch gehen!«, rief ich.

Mutter blickte mich durchdringend an.

»Sie ist erkältet«, erwiderte sie.

»Soll Infanta doch gehen«, wiederholte ich. »Warum immer ich?«

Ich spürte, wie meine Stimme zitterte und mir Tränen in die Augen schossen. Dreißig Mal war ich zu Louzis gegangen, ohne ihm zu begegnen, und heute, genau heute würde ich ihn ganz bestimmt treffen.

»Jeden Tag kannst du spazieren gehen, wie und wann es dir passt. Aber kaum bitte ich dich ein einziges Mal um etwas ...«

Mutters Blick blitzte zunächst zornig auf, wurde jedoch, wie immer, gleich wieder kühl. Sie war verletzt, das war klar, und fasste meine Ablehnung als mangelnde Zuneigung auf. Ein leiser Zweifel war aus ihrer Stimme herauszuhören, doch schnell fand sie ihren gewohnten Tonfall wieder.

»Beeil dich«, sagte sie. »Die Gäste kommen um fünf.«

Als sie sich mit einer nonchalanten Handbewegung zum Gehen wandte, erinnerte sie mich an eine Dame aus längst vergangener Zeit, die die Schleppe ihres langen Kleides rafft.

Da blieb mir nichts anderes übrig, als schnell zur Konditorei zu radeln, die Süßigkeiten zu holen und danach zu Louzis' Gut zu spazieren. Ich sah im Geiste David am Rand des Kartoffelackers stehen, während die Nachmittagssonne auf die alte Blechbüchse der Sternwarte fiel und sie zum Leuchten brachte wie die rotgoldene Kuppel eines orientalischen Märchenschlosses.

Gerade als ich meine Bestellung an der Theke aufgab, im Kopf die Summe ausrechnete, um nur ja keine Minute zu verlieren, und mein ledernes Portemonnaie nervös in der Hand knetete, sah ich ihn plötzlich in der linken Ecke hinter der Vitrine in einem Korbsessel sitzen. Er blickte nachdenklich hinaus und aß ein Eclair.

In Kinofilmen gab es den »Showdown«, der mich immer mit Staunen und Angst erfüllte, wenn Autos mit hoher Geschwindigkeit durch die Luft wirbelten und wie Hüte an den Ästen eines Baums hingen, wenn Motorräder im Kreis an einer Steilwand immer höher bis zum oberen Rand brausten, mit der gleichen Selbstverständlichkeit wie eine Kakerlake, die an der Zimmerwand hochläuft. Doch diese »Showdowns« verblassten im Vergleich zu Davids Anblick, der hinter der Vitrine der Konditorei sein Eclair verspeiste.

Ich wusste nicht, wie mir geschah. Er stand auf, begrüßte mich, und schon saß ich neben ihm, als er, ohne mich nach meinen Wünschen zu fragen, dem Kellner »Nestor, noch ein Eclair!« zurief.

»Ein Baiser wäre mir lieber«, sagte ich. Er tat, als hätte er nichts gehört. »Ein Baiser wäre mir lieber«, wiederholte ich, als der Kellner mit dem Tablett kam.

»Die Baisers schmecken hier nicht«, meinte David. »Nur die Eclairs sind gut.«

Dann scheuchte er Nestor, der auf meine Entscheidung wartete, mit einer Handbewegung fort.

Ein leiser Widerwille kroch langsam in mir hoch, blieb schließlich wie ein Kloß in meinem Hals stecken und raubte mir die Luft. Es war wie damals als Kind, als ich versucht hatte, eine ganze Mirabelle zu verschlucken. Warum hatte mich so lange der Wunsch gequält, ihn zu sehen? War es vielleicht eine krankhafte, fixe Idee? Ich musterte ihn, um zu erraten, was für einen Eindruck ich auf ihn machte und ob ihn meine Gegenwart verunsicherte. Er saß leicht vornübergebeugt und versuchte, seine Pfeife anzuzünden. Der Tabak musste feucht sein, es wollte ihm nicht gelingen. Davids Bemühungen offenbarten seine steigende Nervosität. Als ihm das Feuerzeug zu Boden fiel, sprang er, offenbar verärgert, aus dem

Sessel hoch und schob ihn geräuschvoll nach hinten. Während sich vorhin der Tabak nicht entzündet hatte, war es nun das Feuerzeug, das nicht ansprang. Mir schoss das Blut in den Kopf, als trüge ich die Schuld daran. Vor lauter Scham blieben mir die Worte im Hals stecken, auch David sagte nichts. Und dabei hatte ich mir diesen Augenblick zwei Monate lang in all meinen Träumen ausgemalt! Die Welt meiner Bücher, mein Versteck, mein Zuhause, alles erschien mir plötzlich wie das Paradies.

Da drehte Nestor extra für uns – alle anderen Tischchen waren leer – das Radio ganz laut auf, und die jazzige Version einer Melodie von Bach drang zu uns herüber.

»Ich muss gehen«, sagte ich und stand abrupt auf.

»Fräulein, Sie haben die Torten vergessen!«, rief Nestor, während er mir hinterherlief.

Seither machte ich meinen Spaziergang immer nach Kifissia. Der Oleander war noch nicht erblüht. Das Laub auf dem Boden roch nach Regen und Kälte, doch die sonnigen Nachmittage waren herrlich. In Platanos waren die Läden geöffnet, und die Besitzer plauderten auf dem Bürgersteig miteinander. Die Geschäfte gingen nicht gut, der Papierwarenhändler beschwerte sich, an manchen Tage verkaufe er kaum ein Dutzend Abziehbilder an die Schulkinder oder nur ein paar Zeichnungen mit den kleinen Engeln, die – den Kopf in die Hand gestützt – nachdenklich in den Himmel blicken.

Bei sonnigem Wetter kam Kundschaft aus Athen. Die Busse hielten auf dem Hauptplatz, und die Ausflügler stiegen aus. Die Kutscher, die in der Sonne auf den Böcken gedöst hatten, machten mit einem kurzen Klingeln auf sich aufmerksam. Selbst im Winter kamen Besucher aus Athen. Sie erkundigten sich sogar vorher telefonisch, um zu sehen, ob sich die Mühe lohnte: »Bleibt der Schnee liegen? Wie hoch ist er? Einen halben Meter?«

Der verschneite Park von Kifissia war immer einen Besuch wert. Ganz in Weiß, mit den schneebedeckten Bäumen und leeren Zisternen, in denen sich kein einziger Fisch tummelte, ähnelte er einer Märchenlandschaft, in der alles Leben zum Stillstand gekommen ist.

Doch Davids Platz hinter der Vitrine in der Konditorei blieb leer, und nachdem uns Ruth erneut eingeladen hatte und er nicht einmal zur Begrüßung erschienen war, ging ich nicht mehr nach Kifissia. Am Abend nach dem Besuch, das weiß ich noch, überkam es mich, und ich zerfetzte das Samtkleid mit dem Spitzenkragen, das ich Mutter abgerungen hatte. Maria schien etwas zu ahnen, aber sie machte keine spitze Bemerkung wie sonst. Stattdessen blickte sie mich ganz zärtlich an. Seit sie ein Kind erwartet, ist sie ganz verändert, viel sanfter und milder. Es war gerade Fastenzeit, und Ruth hatte gesagt: »Das griechische Osterfest ist der schönste Feiertag. Mir ist es viel lieber als das englische Weihnachtsfest.« Das bestätigte uns allen den Eindruck, dass der Winter zu Ende war.

Tatsächlich dauerte es nicht lange, und der Duft von Flieder und Veilchen lag in der Luft. Diese beiden Blüten verstärkten den Zwiespalt in unserer Seele vor dem heiligen Fest: Der Flieder erinnerte an heidnische Frühlingsorgien, die Veilchen an das mystische Leiden Christi. »Vergiss nicht, es ist Karmittwoch!«, rief Tante Tereza, die auf die Veranda gestürzt war. Ich war dort laut lachend herumgetanzt, da ich eine Margerite – »Er liebt mich, er liebt mich nicht« – zerpflückt und die ersehnte Antwort erhalten hatte. In der Karwoche war uns der Hymnus *Christus, der am Kreuze litt* so in Fleisch und Blut übergegangen, dass wir ihn auch nach der Auferstehungsfeier weitersangen. Und wieder musste Tante Tereza mit mahnenden Worten auf die Veranda eilen.

Am Gründonnerstag wurden die Eier gefärbt, am Karfreitag bewölkte sich der Himmel, in der Osternacht sprach Papa-Loukas

Schlag zwölf das »Kommet und empfanget das Licht«. Die ganze Marienkirche erstrahlte wie eine Osterkerze, und die Heiligen lächelten von den Ikonen herab: »Der Herr ist auferstanden!« Die Gläubigen reichten einander das Osterlicht weiter, es war ein Augenblick der Liebe, und die Antwort kam ihnen ganz natürlich über die Lippen: »Er ist in Wahrheit auferstanden!« Papa-Loukas drängte die Leute beiseite und trat draußen auf die Tribüne. In solchen Augenblicken war er etwas nervös und nutzte die Zeit zwischen zwei Lesungen aus dem Evangelium, um rasch den Kinderchor zu maßregeln. Aber dann ging's los mit Feuerwerk und Böllerschießen! Während Christus von den Toten auferstand, schossen Leuchtraketen in den Himmel, um die Freude zu verdoppeln, und ließen tausend bunte Sternchen herabregnen. Dann wetteiferten wir, wer als Erster das Osterlicht nach Hause brachte. Meine größte Sorge war, dass es mir unterwegs ausgehen könnte.

»Ich verstehe nicht, warum dich solche Details so sehr beschäftigen«, meinte Maria. »Das Erlöschen der Kerze, der Gelbe Sommerregen ...«

»Tja, ich auch nicht«, sagte ich.

David ließ sich erst am Ostersonntag blicken, als sich das Lamm am Spieß drehte. Diesmal unterhielten wir uns länger als die vorigen Male, doch unter dem Einfluss von Wein und Frühlingsluft vergaß ich alles gleich wieder. Ich weiß nur noch, dass ich viel lachte, abends jedoch, als er weg war, in Tränen ausbrach, weil ich mich an kein Wort von unserem Gespräch erinnern konnte. Immer noch tut es mir leid, dass mein einziger Tag mit ihm keine bleibende Erinnerung, sondern nur die Leere des Vergessens hinterlassen hat.

Auf irgendeine Weise musste ich seine Aufmerksamkeit erringen. Alkibiades, so sagen die Geschichtsschreiber, soll seinem Hund den Schwanz gestutzt haben, um die Aufmerksamkeit der Athener zu gewinnen. So etwas hätte ich zu Lebzeiten von Mavroukos niemals getan – zum einen, weil er von Natur aus nur ein Stummelschwänzchen hatte, und zum anderen, weil ich ihn gernhatte.

An Mavroukos denke ich in der letzten Zeit oft, da ich im Garten die Schildkröte wiederfand, die er einmal fast getötet hätte. Kopf und Beine, die aus ihrem Panzer ragten, hatten seine Neugier angestachelt, und er schnappte danach, worauf sie sich in ihren Panzer zurückzog. Er begann wie verrückt zu bellen, und in einem Anfall von Zorn, der den Überlegenen manchmal erfasst, wenn er merkt, dass er dem Schwächeren nicht beikommen kann, packte er sie mit den Zähnen und schleuderte sie fort. Sie landete auf dem Rücken, mit einem Riss im Panzer. Daran erkannte ich sie, als ich sie heute, da Mavroukos längst tot ist, durch den Garten kriechen sah. Bestimmt wird sie immer weiter wandern, wenn auch wir schon längst tot sind. Schildkröten leben ja mehr als hundert Jahre. Nur dass sie für die Umrundung des Grundstücks ein Jahr braucht und im Verlauf ihres Lebens vielleicht hundert Runden schaffen wird.

Was wäre, wenn ich von zu Hause wegliefe? Dann würde man mich suchen, das ganze Viertel würde davon erfahren, auch David. Vielleicht streift er dann mit einer Laterne nachts suchend durch den Wald und ruft: »Katerina! … Katerina! …« Ich würde mich verkriechen, vor Erschöpfung halb tot. »Katerina! … Katerina! …« Plötzlich fiele der Schein der Laterne auf mich, mein Gesicht hätte den innigen Ausdruck einer Märtyrerin, meine Augen einen übernatürlichen Glanz, und meine Haut wäre vom Fasten ganz zart und durchscheinend. »Katerina, ich liebe dich«, würde er zu mir sagen. Aber vielleicht hätte ich mich mittlerweile an die Einsamkeit des Waldes gewöhnt und könnte mir das Leben einer Nonne vorstellen, die aus dem Klosterfenster gedankenvoll auf die grüne Ebene blickt. »Das Leben im Kloster ist schön«, würde ich sagen und dann doch zu einer Weltreise aufbrechen, denn Reisen ist noch schöner. An dem einen Ort findet man Schnee und weißhäutige Menschen, an einem anderen die größte Hitze und dunkelhäutige Menschen. Mal sind die Häuser ebenerdig mit Vorgärten, mal hoch wie Wolkenkratzer. Es gibt Orte, an denen sich die Frauen mit goldenen Nasenringen schmücken. Ganz zu schweigen von den Ländern, wo man sich die Finger nach gebratenen Froschschenkeln leckt!

Dann würde ich zu David sagen: »Du kannst mich lieben, so sehr du willst. Ich werde auf Weltreise gehen! Das Zimmer von Ruth habe ich mir genau angeschaut, das von Tante Tereza auch. Aber jetzt will ich wissen, wie gebratene Froschschenkel schmecken.«

Und was wäre, wenn ich schwer krank würde? Kränkelnde Frauen, so heißt es, übten einen besonderen Reiz aus. In meinen vom Fieber glasigen Augen würde es wetterleuchten, als zögen Blitze über einen wolkigen Himmel, und meine eingefallenen Wangen wären so bleich wie eine Kamelie im Mondlicht. Während ich vor mich hin dämmerte, würde ich ihn, über mein Kopfkissen gebeugt, wispern hören: »Katerina, du musst schnell gesund werden, das Leben wartet auf uns.«

Am besten wäre es wohl, ihn eifersüchtig zu machen. Ich könnte, in Petros' Arm eingehängt, an seinem Haus vorbeiflanieren. Männer, so hat es auch Mutter erzählt, muss man zappeln lassen. Wenn sie sich einer Frau und ihrer Treue zu sicher fühlen, dann kümmern sie sich nicht mehr um sie. Aber wenn sie Gefahr laufen, sie zu verlieren ...

Petros war bass erstaunt, als ich ihn auf einen Spaziergang einlud. Die Gelegenheit dazu ergab sich in der Laube, als Nikitas und Infanta gerade unter den Aprikosenbäumen promenierten.

»Ich dachte, Margarita ist deine Freundin«, bemerkte er mit leisem Spott.

Alle wussten, dass sie seit dem Winter zusammen waren, genauer gesagt seit Karneval, als Nikitas ein schönes Maskenfest ausgerichtet hatte. Margarita war als »Frühling« verkleidet gekommen. Sie sah zwar hübsch aus, aber konnte man auf eine dümmere Idee kommen, als sich als Frühling zu verkleiden?

»Was hat meine Freundschaft mit Margarita damit zu tun?«, meinte ich. »Also, wenn du nicht willst, gehe ich eben allein.«

»Ich hole dich um sechs ab. Nein, ich warte beim Wald gegenüber von Gekas' Taverne auf dich«, stieß er leise und eilig hervor, da Infanta und Nikitas gerade zurückkehrten. »Um sechs.«

»Halb sechs«, konnte ich noch hinzufügen.

»Gut, aber kein Wort zu niemandem, Margarita darf nichts davon erfahren.«

»Ich bin doch nicht verrückt.«

Die erste Wegstrecke verlief etwas schwierig, Petros hatte wohl etwas anderes im Sinn als ich.

»Wir könnten nach Chelidonou gehen«, schlug ich zunächst als Ablenkungsmanöver vor. Noch bevor er antworten konnte, schob ich nach: »Nein, besser zu Louzis, um diese Uhrzeit ist das schöner, weil man einen weiteren Ausblick hat. Man sieht bis zum Hymettos und kann das Spiel der Farben beobachten.«

»Ah, ich habe ein wunderbares Adjektiv für den Hymettos gefunden: rosenlavendelfarben. Wie findest du das? Veilchenfarben wirkt dagegen blass. Ro-sen-la-ven-del-far-ben ... Wie satt und ausdrucksstark!«

»Und auch noch wohlriechend!«, lachte ich, bereute meinen Scherz, wie immer, aber sofort.

Wir wanderten weiter. Es gab Stellen, an denen der Weg aufgrund der mannshohen Erdwälle zu beiden Seiten schmaler und schattiger wurde. Ging man ein Stück bergauf, wurde der Weg breiter, die Wälle traten zurück, und das Sonnenlicht brach wieder durch. An ein und demselben Brombeerstrauch konnte man gleichzeitig Blüten und Früchte erkennen, als hätte ein Maler seine Pinselstriche angesetzt, von Weiß und Hellrosa bis hin zu Tiefrot und Schwarz. Auch die Olivenbäume waren um diese Tageszeit ausnehmend schön. Ihre Umrisse schimmerten wie Frauengesichter, deren fahle, erloschene Züge besonders anziehend sind. Im schwindenden Licht der untergehenden Sonne gewann jeder einzelne Baum seine ganz eigene Form. Linker Hand, nach einem Ackerstreifen, sah man große, schöne Häuser, sie bildeten die Ausläufer von Kifissia. Rechter Hand lagen Olivenhaine, Getreidefelder, kleine Häuschen, hier und da weidende Ziegen, ein Hirte zog mit seiner Herde vorbei. Immer wieder mussten wir künstliche Wassergräben überspringen, die den Weg durchschnitten. Als Petros mir die Hand reichen wollte, lehnte ich ab.

»Du hast wirklich einen dummen Stolz«, meinte er einmal. »Ah, jetzt verstehe ich …«

Vielleicht denkt er, ich sei verliebt in ihn und dieser dumme Stolz würde mich daran hindern, es zuzugeben.

In der Nähe von Davids Haus mussten wir uns hinsetzen, da ich mir einen Dorn eingetreten hatte. Da fiel mir das verrostete, bizarr aussehende Eisentreppchen ins Auge, das zur Sternwarte hochführte, und es brachte mich zum Lachen. Nichtsdestoweniger tat mir mein Fuß weh, da ich mit meinem ganzen Gewicht auf den Dorn getreten war. Ich fand es ausgesprochen nett, wie aufmerksam sich Petros um mich bemühte.

»Wie geht es Margarita?«, fragte ich dann.

»Ich habe sie seit drei Tagen nicht mehr gesehen.«

»Wieso denn?«

»Sie ist bei ihrer Tante in Athen.«

»Bleibt sie länger?«

»Eine Woche ungefähr.«

Dann sagte er mit abgewandtem Kopf: »Du bist mir hundert Mal lieber.«

Das brachte mich in eine schwierige Lage. Petros war ein wirklich netter Bursche. Ich wusste nicht, was ich tun sollte. Erst lachte ich auf, dann machte ich Anstalten aufzustehen, obwohl ich das nur tun wollte, wenn David am Fenster oder auf der Straße auftauchte. Dann würde ich an Petros' Arm weitergehen, als wären wir ein zufällig vorbeiflanierendes Pärchen.

Schließlich blieben wir bis zum Abend dort, aber es zeigte sich niemand. Nur hinter einem der Fenster ging das Licht an, als es dunkelte.

Erst auf unserem vierten Spaziergang, als wir gerade etwas lasen, das Petros in den letzten Tagen geschrieben hatte, stand David zu unserer großen Überraschung plötzlich mit einem Lächeln auf den Lippen vor uns.

»Ihr mögt dieses Plätzchen, wie ich sehe«, sagte er.

Also hatte er uns auch die anderen Male beobachtet. Derselbe Widerwille wie damals in der Konditorei stieg Übelkeit erregend in mir hoch. Wie schön wäre es, wenn ihm jetzt jemand den Hals umdrehen würde, dann klang seine Stimme bestimmt noch höher und dünner.

»Ja, uns gefällt es sehr hier«, entgegnete ich, um gleich danach fortzufahren: »Besonders Petros, er fühlt sich inspiriert von der Landschaft. Petros ist sehr talentiert.«

»Wofür?«, fragte David mit feinem Spott. Ohne dass ihn jemand zum Bleiben aufgefordert hätte, wählte er einen Stein aus, fegte ihn sauber und nahm Platz.

In diesem Moment begriff ich, wie sehr man einen Menschen für kleine Gesten hassen kann – wie etwa, einen Stein zu säubern, bevor man sich daraufsetzt.

»Fürs Schreiben«, erwiderte ich.

»Ach so ...«

David versuchte, seine Beine auszustrecken, zog sie jedoch gleich wieder an. Es wollte ihm nicht gelingen, eine bequeme Sitzposition zu finden. Sein Blick sprang – anscheinend amüsiert – zwischen uns hin und her. In der Sonne wirkte seine Stirn rosig und sein

Haar und Bart beinah rötlich, in seinen Augen blinkte Goldstaub auf, und seine reglosen Hände waren so durchscheinend wie ein Herbstblatt, das man im Gegenlicht betrachtet. Selbst die feinsten Äderchen schienen durch.

Ich merkte gar nicht, wie es dazu kam, aber mit einem Mal unterhielten sich nur noch die beiden miteinander, ohne mich weiter zu beachten. Während ihr Gespräch immer angeregter verlief, betrachtete ich die Olivenbäume und fragte mich, was ich hier eigentlich noch zu suchen hatte. Die Art und Weise, mit der David von seiner Arbeit sprach, überraschte mich. Kein einziges Mal fiel das Wort »Stern«. Wie seltsam für einen Astronomen! Stattdessen war von geometrischen Lehrsätzen die Rede. Petros hielt die »Poesie der Mathematik« dagegen, was bei David Heiterkeit hervorrief. Er war ein nüchterner Mensch, der voller Leidenschaft über nüchterne Themen sprechen konnte.

Die Sonne war inzwischen untergegangen, doch immer noch schwebte ein anemonenroter Hauch in der Luft. Auf der Insel Ikaria, von der unsere Köchin Rodia stammte, hatte einst eine verrückte Frau gelebt. Ihre Verrücktheit äußerte sich darin, dass sie von morgens bis abends Bäume und Blumen pflanzte. Was auch immer sie pflanzte, wurzelte schnell, und die Triebe schossen in den Himmel. Sie tat nichts anderes, und jeden Tag rief sie ein anderer aus dem Dorf zu sich, sogar der Bürgermeister lud sie zur Verschönerung des Hauptplatzes ein. Eines Tages jedoch nahm sie ihren kleinen Sohn an der Hand und pflanzte ihn in den Sand, weil sie dachte, so würden weitere Kinder nachwachsen.

Eine eigentümliche Ruhe überkam mich, als ich David zum Abschied die Hand reichte und ihm eine gute Nacht wünschte. Auf dem Heimweg redete ich nicht viel mit Petros. Zu Hause angekommen lief ich in die Küche und bat Rodia, mir noch einmal die Geschichte der verrückten Frau zu erzählen, die immerfort Bäume und Blumen pflanzte.

Rodia briet gerade Kartoffeln.

»Ich habe zu tun«, sagte sie. »Ein andermal.«

Von jeher gebärdete sich Rodia als Haustyrann. Wagte man, einen Vorschlag zu unterbreiten, hielt sie sofort dagegen. »Hm, pikanter Käsekuchen mit hauchdünnem Blätterteig, wie köstlich!«, äußerte Mutter manchmal sehnsüchtig, ohne auch nur im Entferntesten daran zu denken, Rodia darum zu bitten, da man auf Ikaria den Käsekuchen nur mit grobem Blätterteig bereitete. Trotz allem hätte Rodias autoritärer Charakter keine große Rolle gespielt, wenn sie nicht die Gewohnheit gehabt hätte, ihn hinter unschuldigen Fragen zu verbergen, deren Beantwortung ihren Widerspruchsgeist nur anstachelte.

»Soll ich das Fleisch in Tomaten- oder Zitronensoße machen?«, fragte sie.

»Mit Tomaten«, sagte Mutter dann.

»Besser mit Zitrone, das ist bekömmlicher«, stieß Rodia zwischen den Zähnen hervor.

»Wozu fragst du mich dann überhaupt?«, meinte Mutter mit so klarer, durchdringender Stimme wie in der Zeit, als sie frisch verheiratet war. Wenn sie hell auflachte, war ihr Zorn im Keim erstickt, aber wenn sie mit eiskalter Miene ihr Lachen unterdrückte, hielt der Zorn an.

Es war immer das Gleiche mit Rodia. Sie hatte ihre festen Meinungen, die ihr keiner ausreden konnte. Zur Entscheidungsfindung war es jedoch nötig, die jeweilige Frage zu stellen, um die Ansicht des anderen zu hören. Erst danach konnte sie mit letzter Gewissheit das Gegenteil tun.

Tante Tereza kümmerte sich wenig um solche Fragen, ging gleichgültig an der Küche vorüber und hinauf in ihr Zimmer, um zu malen. Die ganze Verantwortung für den Haushalt lastete auf Mutters Schultern, und Rodias Verhalten brachte sie manchmal zur Weißglut. Dann schoss ihr das Blut in den Kopf, und sie wurde laut. Aber sie konnte der Alten, die sie aufgezogen hatte, nicht viel dreinreden, und das wusste Rodia, die in ihrem Königreich nach Gutdünken schaltete und waltete.

»Meine liebe Rodia, Rodoula, Roditsa! Ich würde diese Geschichte heute Abend so gern hören!«, bettelte ich mit honigsüßer Stimme und umschmeichelte sie wie eine Katze, die einer Köchin beim Ausnehmen der Fische um die Beine streicht.

»Du verbrennst dich noch am heißen Bratfett«, sagte sie und schubste mich beiseite.

Also musste ich mir etwas Schlaueres einfallen lassen.

»Na gut, dann ein andermal«, sagte ich und wandte mich zum Gehen. »Das arme Kind, das zum Krüppel wurde …«

»Zum Krüppel? Nachdem sie es wie einen Samen in die Erde gesteckt hat, nachdem sie es lebendig begraben und auch noch die Erde über ihm platt gestampft hat?«

Rodia begann, die Geschichte zu erzählen. »Es war einmal eine verrückte Frau …« Immer wenn sie von ihrer Insel erzählte, und das waren meistens Geschichten von Verrückten, dann änderte sich der Ausdruck ihres Gesichts und, so würde ich sagen, auch der ihrer Seele. Ihre Augen starrten ins Leere wie bei einer Schlafwandlerin, und um ihren Mund spielte ein seliges Lächeln, auch wenn der Inhalt tragisch war. Nur zu den Augen drang dieses Lächeln nie vor. Sie vergaß alles ringsum und blieb auf die Erzählung konzentriert, jedes Wort eröffnete eine ganze Welt. Dann dachte ich mir, dass Rodia ein eindrucksvoller Mensch war, dass sie Charakter hatte. Was spielte es für eine Rolle, dass sie weder lesen noch schreiben konnte? Sie bewahrte die Inselmärchen und Volksweisheiten für die Nachwelt genauso wie Platon die Worte des Sokrates. Im Grunde war Rodia eine Philosophin.

Wenn sie also vom Meer und von den verrückten Inselbewohnern erzählte, wenn ihre Augen wie die einer Schlafwandlerin ins Leere starrten und dieses Lächeln um ihren Mund spielte, dann fielen einem griechische Orakelpriesterinnen und ekstatische hinduistische Rituale ein. In solchen Momenten kommunizierte Rodia mit dem Göttlichen.

Als Mutter dann in die Küche trat, war die Geschichte der Verrückten zu Ende, und die Kartoffeln waren angebrannt. Sie warf uns einen sehr strengen Blick zu.

»Lass dich um diese Uhrzeit nicht mehr in der Küche blicken!« Dabei fixierte sie Rodia, obwohl ich gemeint war.

III

Der Waldbrand

Infanta liebte Rodias Geschichten genauso wie ich, hätte es jedoch nie zugegeben. Es war wie mit ihren Kopfschmerzen, davon erzählte sie auch nie jemandem. Ihre Lippen wurden blass, die Haut um Stirn und Schläfen spannte sich, und sie bekam Schlitzaugen wie eine chinesische Prinzessin. Bei Mutter andererseits wusste das ganze Haus Bescheid, wenn sie auch nur den leisesten Kopfschmerz verspürte. Dann beschwerte sie sich, dass wir keine Rücksicht auf sie nähmen, schloss die Fensterläden, legte sich mit geschlossenen Augen aufs Bett und stöhnte ab und zu leise auf. In den wichtigen und schwierigen Situationen ihres Lebens hingegen verhielt sie sich überaus tapfer. Stünde ihr eine lebensgefährliche Operation bevor, würde sie lächeln und sich nichts anmerken lassen. Genauso war es bei der Scheidung von Vater. Sie wirkte gefasst, obwohl sie gelitten haben muss. Vater hatte ihr wehgetan, er war ihr untreu geworden. In seiner Freizeit schraubte er lieber an Radiogeräten herum, als mit ihr flanieren zu gehen. Und wenn er versprochen hatte, sie abzuholen, vergaß er es und tauchte nicht auf. Das war natürlich nicht schön von ihm, aber er trug daran genauso wenig Schuld wie ein Kind, das am Strand mit Kieselsteinen spielt, mal ein kreisrundes Steinchen wählt und auf den Meeresgrund sinken lässt, mal ein flaches, das es über die Wasseroberfläche hüpfen lässt. Er war wie ein Kind, das imstande ist, mitten im Spiel einzuschlafen und erst am nächsten Tag in der Abenddämmerung wieder aufzuwachen.

»Bei einem Maler wäre so ein Verhalten kaum überraschend«, sagte Tante Tereza. »Wir Künstler sind manchmal verantwortungslos, aber ein Bankangestellter?«

Ihr eigenes, sehr wohl vorhandenes Verantwortungsgefühl stieß ihr bitter auf. Da sie ungebunden war und keinerlei Verpflichtungen hatte, wirkte es fehl am Platz.

Tante Tereza wusste gewiss nichts von der Zeit, als Vater mit großer Hingabe Violoncello spielte. Er scheint sie ja selbst immer wieder zu vergessen. In den Sommerferien nahm er das Instrument mit nach Messolonghi und begleitete seine Schwester Alkmione, die Klavier spielte und mit sechzehn an einer Blinddarmentzündung starb. Das herrschaftliche, der Lagune gegenüberliegende Haus in Messolonghi gehörte Großmamas Vater. Der rosenfarbene Putz bröckelte an den Stellen um die Fenster, da die Jungen die Läden mit solchem Schwung aufstießen, dass sich jedes Mal ein Stückchen Putz löste. Im Garten stand eine einzige Palme und ansonsten nur Schilfrohr. Aufgrund des salzreichen Bodens gediehen keine anderen Pflanzen oder Blumen, und an einigen Stellen konnte man eine weiße, glitzernde Salzschicht erkennen.

Ach, wie schön das alte Haus in Messolonghi war! Schöner als das in der Aristotelous-Straße, und an manchen Tagen verspürte Großmama Heimweh danach. Trost fand sie darin, ihre dreifache Kette mit den cremefarbenen, verschieden großen Rohperlen hervorzuholen und entweder zu ihrem Bruder, dem General, oder zum Syntagmaplatz zu gehen. Dort traf sie des Öfteren Frau Montelandi, mit der sie am selben Tischchen Platz nahm. Für Frau Montelandi war Großmama anscheinend eine der wenigen Damen, die sie als ebenbürtig betrachtete, und sie grüßte sie immer als Erste, da sie wusste, dass Großmama schlecht sah. Die Familien von Großmama und der Montelandis reichten um

Dynastien zurück und waren weithin respektiert. Großmama störte sich nur an der Tatsache, dass die Montelandis ihrer Heimat nicht in herausragender Weise gedient hatten. Sie waren heruntergekommene Grundbesitzer, die einen Wehrturm von Generation zu Generation weiterreichten, während Großmamas Sippe große Politiker und Militärs hervorgebracht hatte. »Mein Bruder, der General« oder »mein Onkel, der Premierminister« flocht Großmama immer ein, und Frau Montelandi biss sich auf die Lippen, wobei sie darauf achtete, dass das Rot des Lippenstifts nicht an ihren Schneidezähnen kleben blieb. Frau Montelandi schminkte sich Lippen, Augen und Wangen, nur ihr Haar beließ sie weiß mit einer indigoblauen Tönung, als hätte sie es im Spülwasser blau gefärbter Wäsche gewaschen. Mit dem Schminken hatte sie im Anschluss an ihren Umzug nach Athen und nach Herrn Montelandis Tod begonnen, kurz bevor ihre Tochter Giannis Parigoris kennenlernte und sie selbst mit dem Kartenspiel begann. Ihre Gestalt war, genauso wie ihr Hals, lang und schlank, während Großmamas Figur gedrungen und ihr Hals kurz war. Spielkarten nahm Großmama nur zu Silvester in die Hand, wobei man ihr jedes Mal aufs Neue erklären musste, wie man Passetta spielt.

»Ein wunderbarer junger Mann, Ihr Enkel Marios«, sagte Großmama.

»Und Ihre Enkelin Maria ist eine großartige junge Frau«, erwiderte Frau Montelandi.

Nach allen Seiten grüßten sie Passanten, mit denen sie bekannt waren. In den letzten Jahren hingegen hatten die Unbekannten in Athen überhandgenommen, wofür Frau Montelandi Eleftherios Venizelos verantwortlich machte, da nach dem missglückten Feldzug in Kleinasien große Massen griechischer Flüchtlinge aufgenommen werden mussten. Für Frau Montelandi war der griechische Premierminister »Beelzebub«, »Stifter des nationalen Unfriedens« und eine »Katastrophe für Griechenland«. Großmama hörte ihr schmunzelnd zu, denn sie war eine Anhängerin seiner liberalen, republikanischen Partei.

Während sie plauderten, ließen sie die Marmortreppe nicht aus den Augen, um zu sehen, wer alles auf den Platz herunterkam. Die beiden konnten damals nicht wissen, dass es der letzte Sommer sein sollte, in dem sie sich auf dem Syntagmaplatz trafen.

Frau Montelandi fand Sommernachmittage überaus langweilig. Voller Ungeduld wartete sie auf den Abend, bis sie am grünen Spieltisch Platz nehmen konnte, wo man selbst die größte Hitze vergaß. Für Großmama hingegen waren die Stunden auf dem Syntagmaplatz die angenehmsten. Nur dann hatte sie das Gefühl, sich mit Fug und Recht ausruhen zu dürfen. Großmama hatte ja zwei Kinder zu versorgen, Miltos und Agesilaos. Es spielte keine Rolle, dass der Ältere achtundvierzig und der Jüngere vierzig war, für sie blieben sie ein Leben lang Kinder. Wenn man ihnen morgens, bevor sie zur Arbeit gingen, kein Frühstück machte, dann gingen sie mit leerem Magen fort. Und wenn man ihnen mittags nicht den Teller wegzog, dann konnten sie sich überessen und Magendrücken bekommen. Sie würden es nicht einmal merken, wenn ihr Jackett keinen einzigen Knopf mehr hätte. Gedankenverloren würden sie versuchen, ihr Jackett zuzuknöpfen, und dann einfach so auf die Straße laufen. Aber zum Glück gab es Großmama. Darüber hinaus musste sie sich auch noch um die Liebesangelegenheiten der Kinder kümmern und insbesondere die Fauxpas von Agesilaos ausbügeln, der sich skandalöserweise mit verheirateten Frauen einließ. Gut, dass Agesilaos nicht geheiratet hatte, Miltos' Scheidung hatte sie genug Nerven gekostet. Von einer so guten Frau wie Anna, die obendrein wohlhabend war! Aber sie war auch nicht frei von Makeln, sie übertrieb ihren Stolz und ihre Rechthaberei. Die meisten Männer betrügen ihre Ehefrauen. Miltos jedoch gab das zu. Das versuchte Großmama ihrer Schwiegertochter zu erklären, sie erteilte ihr Ratschläge, erzählte von ihrem verstorbenen Mann, der sie – so brav und außergewöhnlich er auch war – zweimal betrogen hatte. »Auch Miltos ist außergewöhnlich«, sagte sie. Das gestand sogar Mutter ein, weil es die Wahrheit war, trotzdem bestand sie auf der Scheidung.

Damals zeigte sie sich die ganze Zeit überaus tapfer, während sie heute beim leisesten Kopfschmerz stöhnt. Auch in Gegenwart von Herrn Louzis klagte sie darüber, worauf er so unglücklich dreinblickte, als litte er selbst Schmerzen. Das kam mir ziemlich scheinheilig vor. Gut, dass er nicht mehr so oft hier ist wie früher, als er tagtäglich auftauchte und die Kiesel auf dem Gartenweg unter seinem schweren Tritt knirschten, während er die Zweige der Pistazienbäume im Vorübergehen streifte.

Kürzlich machte er Mutter und Tante Tereza zwei Topfpflanzen zum Geschenk, eine sehr höfliche Geste. Er war so lange nicht mehr zu Besuch gewesen, dass Großpapa meinte: »Sie haben uns ganz vergessen.«

»Aber keineswegs!«, erwiderte Herr Louzis, und seine Stimme klang auf rührende Weise kindlich. Dabei blickte er in die Ferne zum Parnitha und dann zum Penteli. Was wäre, wenn Herr Louzis eine zarte Seele hätte? Nun, das wäre ungeheuerlich! Aber man kann nie wissen. In Büchern kann man von zartbesaiteten Mördern lesen. Dann konnte ja wohl auch Herr Louzis eine zarte Seele haben.

Es war ein heißer Tag, das Licht blieb fahl, kein Blatt regte sich. Seit dem Morgen hörte man die Pinienzapfen aufspringen. Es knackte, und man hob den Kopf. Das konnte nur ein Vogel sein, der seinen Schnabel wetzte. Wieder knackte es. Wären die Augen schärfer als das Gehör, dann würde man den Pinienzapfen beim Aufplatzen zusehen können. Es waren vierzig Grad im Schatten.

Rodia wankte, als sie die Sauerkirschlimonade brachte, und unter Mutters Augen lagen dunkle Ringe. Trotzdem lächelte sie

Herrn Louzis zu in ihrem schönen Kleid, so hellgelb wie unreifer Mais, und ihr schwarzes Haar glänzte.

Ich mochte Mutters Frisur: Sie trug ihr Haar in der Mitte gescheitelt, streng am Kopf anliegend und tief im Nacken zu einem festen Knoten gebunden, der fast den Rücken berührte. Wenn man Mutters Profil betrachtete, harmonierte dieser Knoten auf geheimnisvolle Weise mit ihrer spitzen Nase. Und wenn man ihr ganzes Gesicht anschaute, harmonierte der wie mit einem Lineal gezogene Scheitel mit ihren weißen, leicht auseinanderstehenden Zähnen.

»Es ist eine Welle, das geht vorbei«, sagte Großpapa mitten in die Stille.

Alle begriffen, dass er die Hitze meinte. Dann wandte sich das Gespräch globalen Themen zu, um schlussendlich auf Frau Parigori zu kommen.

»Allein ihre Art, sich zu kleiden …«, nahm Tante Tereza den Faden auf. »Sie will sich doch nur von den anderen Frauen abheben.«

»Meiner Meinung nach trägt sie nichts Extravagantes«, meinte Mutter, die andere gern in Schutz nimmt. Doch ihre guten Absichten lieferten der Diskussion nur neuen Zündstoff.

»Sie trägt vielleicht keine auffallenden Farben, aber gibt es etwas Extravaganteres, als getreu der Mode zu folgen, die vor zehn oder zwanzig Jahren aktuell war? Sich 1945 so zu kleiden, wie es 1930 modern war, oder 1930 so wie 1910?«

Tante Tereza hielt inne, sie hatte sehr schnell gesprochen. Nun, auch ihr eigener Stil wirkte etwas aus der Zeit gefallen, doch folgte er keiner konkreten früheren Mode. Sie verzierte beispielsweise ein Kleid, das der letzte Schrei war, mit einem vergilbten Spitzenkragen. So strahlten ihre Kleider etwas undefinierbar Altmodisches aus.

Als sie Infanta einen ähnlichen Kragen schenkte und Infanta dieselbe ungewöhnliche Kombination wählte, wirkte sie so charmant wie eine Dame auf einem altenglischen Gemälde.

Herr Louzis konnte seine Heiterkeit nicht mehr unterdrücken.

»Sie ist Korfiotin, das ist der Grund!«, rief er glucksend aus. Dann erläuterte er, dass auf Korfu alle ein bisschen exzentrisch seien.

»Meine Familie stammt auch von den Ionischen Inseln«, sagte er und wollte sich schier ausschütten vor Lachen. Sein weißer Leinenanzug spannte über seinem auf und ab hüpfenden Bauch, ein widerspenstiges Haarbüschel stand ihm vom Kopf ab. Trotz seiner vielen grauen Haare hatte er einen jugendlichen zartrosa Teint, ganz ohne Falten.

Es war unerträglich heiß.

Mutter blickte ihn verwundert an. Lachen war ja gesund, aber so lustig war das Ganze nun auch wieder nicht.

»Kleidet sich Ruth vielleicht ihrem Alter angemessen?«, fuhr Tante Tereza fort. »Mit ihren kurzen Röcken und den Schleifen im Haar? In Kifissia geht sie in kurzen Hosen einkaufen!«

»Sie ist Engländerin, das ist der Grund!«, erläuterte Herr Louzis immer noch feixend. Großpapa hielt sich vor Lachen den Bauch, dann fiel Mutter mit ein und sogar Tante Tereza, schließlich prustete ich auch los.

Dann erst sahen wir das Feuer. Es begann auf einem Gipfel des Parnitha und schlängelte sich den Berggrat entlang. Es musste schon vor einer Weile ausgebrochen sein, nur war es tagsüber nicht zu erkennen gewesen. Der ganze Himmel stand rot in Flammen, selbst die Rauchschwaden waren rot. In solchen Fällen, so hatte ich gehört, rannten die Tiere des Waldes, die Hirsche und Hasen, verzweifelt um ihr Leben, selbst die Vögel konnten dem Feuer nur schwer entkommen.

Das Lachen auf Herrn Louzis' Gesicht war erstarrt, und sein Mund wirkte wie versiegelt. Tante Terezas Augen verrieten eine seltsame Begierde. Ich stellte mir vor, die verrückte Frau aus Ikaria stünde einem solchen Schauspiel gegenüber. Sie würde bestimmt vor Traurigkeit sterben. Tante Tereza war Rodia einmal fast an die Gurgel gegangen, nachdem sie versehentlich den Ast eines Feigenbaums abgebrochen hatte.

Warum glänzten Tante Terezas Augen so eigenartig?

»Künstler brauchen große Emotionen«, sagte sie plötzlich. »Morgen male ich das Feuer.«

Infanta lehnte die ganze Nacht schlaflos am Fenster. Die vergangenen drei Tage hatte sich in der stickigen Atmosphäre kein Lüftchen geregt, doch jetzt kam der Wind. Sie spürte ihn wie eine Vorahnung.

Zunächst drang aus den fernen Wäldern ein Brausen, ganz wie Wellen, die an eine einsame Küste branden, zog über die Ebene bis zum nahe gelegenen Wald und verwandelte sich in ein Plätschern, als läge dort ein Strand, dessen Wellen die Kiesel lecken und sich wieder zurückziehen. Als das Brausen schließlich an unsere Ohren drang, strich die erste Brise durch die Blätter der Trauerweide und durch Infantas Haar.

Infanta stand in diesem Moment neben mir, sie konnte sich von dem Anblick nicht lösen. Der ferne orangefarbene Widerschein spiegelte sich auf ihrem Gesicht, ihr Haar fiel herab wie die Zweige einer Trauerweide.

»Infanta«, sagte ich. »Gefällt dir das Feuer?«

Sie legte die Unterarme aufs Fensterbrett und bettete ihren Kopf wie zum Schlafen darauf.

»Sehr«, antwortete sie.

Obwohl ich mit dieser Antwort gerechnet hatte, hätte ich mich am liebsten wutentbrannt auf sie gestürzt. Ich selbst hockte mit dem Rücken zur Wand in einer Ecke meines Bettes, um dem Anblick des Feuers zu entgehen.

»So warst du immer schon!«, schrie ich. »Sind dir die Tiere des Waldes ganz egal, die um ihr Leben rennen? Und die verrückte

Frau aus Ikaria, der beim Anblick so vieler brennender Bäume das Herz stehen bleiben würde?«

»Wenn hier jemand verrückt ist, dann du«, fiel mir Infanta ins Wort und bettete in aller Ruhe die andere Wange auf ihre Unterarme, ohne den Blick von dem Schauspiel zu lösen.

Das war zu viel. Mit einem Satz war ich neben ihr und packte sie an den Schultern. Sie rührte sich nicht und machte keinen Versuch, sich zu wehren. Doch als ich sie zwang, sich umzudrehen, erkannte ich so etwas wie Furcht in ihren Augen. Gleichzeitig wütete hinter ihr das Feuer. Der Wind war stärker geworden, das rote Band schlängelte sich erschreckend schnell voran. Die Flammen züngelten in den Himmel und nahmen die Gestalt tanzender Dämonen an. Der eine hielt feixend einen Dreizack, doppelt so groß wie er selbst, in die Höhe, die Arme des anderen baumelten fast bis zum Boden. Meine Finger, die fest auf Infantas zarten Schultern lagen, gruben sich immer tiefer in ihr Fleisch. Es musste ihr wehgetan haben, sehr sogar.

»Mir gefällt das Feuer auch«, sagte ich, dann ließ ich sie los.

Sie rückte zur Seite und machte mir am Fenster Platz.

Das Feuer brannte drei Tage und drei Nächte. Fast hätte es Bafi erreicht und die Einwohner bei lebendigem Leib verbrannt. Der Berg sieht aus wie ein verletztes Wildtier, dessen Wunden in der Sonne vernarben. Nie werde ich die Furcht vergessen, die ich in der ersten Nacht in Infantas Augen erblickt habe, genauso wenig wie ihren Gesichtsausdruck in den folgenden Nächten. Irgendwann wird der Tag da sein, an dem ich meiner Schwester wirklich nahekomme.

Sie war die Mutigste von uns dreien. Während Maria und ich kreischend mit Armen und Beinen zappelten, wenn sich uns eine Biene nur näherte, hielt sie ganz still, sogar wenn sich ihr eine auf den Arm oder auf die Wange setzte. Manchmal wetteiferten wir, wer von uns die Hand bis zum Ellenbogen in die Lavendelbüsche steckte, während man die Eidechsen rascheln hörte. Infanta traute sich. Als wir eines Tages mit eigenen Augen eine Schlange anstelle einer Eidechse sahen, packte Infanta einen Stock und versetzte ihr einen Hieb auf den Kopf. Danach holte sie uns zurück – wir waren weit fortgerannt – und zeigte uns, wie sie sich immer noch kringelte, obwohl sie schon tot war. Wenn wir Stiere auf der Weide trafen, ging sie hin, reizte und provozierte sie. Sie hatte auch keine Angst im Dunkeln, und selbst Gewitter faszinierten sie. Dann wetterleuchtete es in ihren Augen. Hätte man in diesem Moment ihr Haar berührt, wären einem die Fingerspitzen angenehm taub geworden, und ein leichtes Zucken hätte einen von Kopf bis Fuß durchrieselt.

Vor dem ersten Schultag hingegen fürchtete sie sich. Und dieses Gefühl verlor sie auch in den folgenden Schuljahren nicht. Jedes Mal wenn wir nachmittags den Heimweg einschlugen und unser Haus in Sicht kam, seufzte sie erleichtert auf: »Ah!« In ihr Gesicht kehrte die alte Ruhe zurück, in ihre grünen Augen der klare Blick und auf ihre Wangen langsam wieder Farbe.

Wir besuchten nicht dieselbe Klasse wie Infanta. Immer wenn wir sie in den Pausen auf dem Schulhof trafen, stimmten mich ihre verkrampfte Miene und ihr gekünsteltes Lachen seltsam traurig. Wie unter Zwang sprang sie mit den anderen herum, ihre Bewegungen wirkten hektisch, und ihr hübsches Gesicht war zu einer Grimasse erstarrt. Überhaupt schloss sie schwer Freundschaften und tauschte mit niemandem ihre Geheimnisse aus. Nur in einem Schuljahr im Gymnasium freundete sie sich mit einer Mitschülerin an. Miranda war neu an der Schule. Beim kleinsten Anlass schüttelte sie sich vor Lachen, und ihren ganzen Körper und ihr Haar gleich mit, das wogte wie ein Meer aus Gold. Sie war kühn, lebhaft und strahlte eine Kraft aus, die aus allen Poren ihres Körpers und aus ihrem Haar strömte. In der Gymnastikstunde vollführte sie die erstaunlichsten akrobatischen Kunststücke. Sie konnte auf den Händen gehen, und wenn sie dann wieder zurück auf die Beine sprang, lachte sie aus vollem Hals. Alle wollten Mirandas Freundin werden, aber sie entschied sich für Infanta. Sie saßen nebeneinander in einer Schulbank, und wenn ihre Blicke aus dem Fenster fielen, sahen sie dieselben Dinge. Sie lasen auch die gleichen Bücher. Manchmal waren beide von einem schönen Anblick so gebannt, dass ihnen die Worte fehlten. Als sie in einer Ecke des Schulhofs die ersten Kamillen sahen, wunderten sich beide, wie schnell und sorglos der Winter vergangen war.

Im folgenden Schuljahr kam eine neue Schülerin, Lia, dunkelhaarig, mit dunkelbraunen Armen und nachdenklichen Augen. Schlussendlich saßen Miranda und Lia nebeneinander. Wenn Miranda aus dem Fenster blickte, sah sie dieselben Dinge wie Lia. Gleichzeitig wich sie Infantas Blick aus. Der Zauber war verflogen.

Erneut begann sich Infanta vor der Schule und vor den Menschen zu fürchten. Wie bitter das Leben doch manchmal war.

Zum Glück gab es das Selbststudium zu Hause. Mit Hingabe las sie, wie die Bäume Früchte tragen und wie die Fische atmen. Ganz besonders hatten es ihr die chemischen Verbindungen angetan, und sie löste gern schwierige Rechenaufgaben. »Wie großartig!«, äußerte sie über einen Lehrsatz der Geometrie. Beim Lesen eines Gedichts rief ich kurz darauf aus: »Wie großartig!« Beide hoben wir den Kopf, und unsere Blicke ruhten mit insgeheimem Einverständnis ineinander, als fänden wir ein und dieselbe Sache großartig.

Obwohl Infanta längst von der Schule abgegangen war, schlug sie nach wie vor ihre Physik- oder Geometrielehrbücher auf. Im Lauf der Zeit geschah das immer seltener, während die Stickerei mit den Pfauen mehr und mehr Raum einnahm. In Tante Terezas Zimmer herrschte eine so schläfrige Atmosphäre, dass man nur mit Mühe die Nadel durch die Stickvorlage zog. Bei den Farben hatte man kaum die Qual der Wahl, denn welche Farbe man für die Pfauenfedern auch wählte, es sah immer schön aus, besonders die blauen und grünen Garne, die schillerten wie die Panzer von Rosenkäfern.

Schon seit einer ganzen Weile war Nikitas nicht mehr aufgetaucht.

Infanta war sein letzter Gedanke, bevor er einschlief, und auch sein erster, wenn er aufwachte. Tagsüber verblasste ihr Bild, nachts träumte er nie von ihr. Erst wenn er an sie dachte, wurde der Schmerz so heftig, dass er sich sehnlichst wünschte, sie wäre ihm gleichgültig. Wenn es ihm dann jedoch endlich gelang, diese Gleichgültigkeit zu erringen, setzte er alles daran, ihre blasse Gestalt wieder heraufzubeschwören und seinen Schmerz wieder zum Leben zu erwecken. Mal sagte er sich, er liebte sie nicht, dann wieder, er liebte sie. Doch nichts davon war die Wahrheit.

Wenn er morgens überstürzt mit Victoria aufbrach und sie zu heftigem Galopp antrieb, als wäre es von äußerster Wichtigkeit, ob er eine Minute früher oder später bei Infanta eintraf, hielt er abrupt vor der letzten Biegung an, unter dem Vorwand, er und seine Stute müssten Atem schöpfen. Gäbe es so etwas wie die wahre Freiheit, die nur vor uns selbst gilt, dann hätte er sich an dieser Stelle eingestehen müssen, dass er am liebsten kehrtgemacht hätte.

Das vollendete Ebenmaß ihres Gesichts verwunderte ihn jedes Mal aufs Neue. Er hätte nicht sagen können, ob sie einen schönen Mund oder ausdrucksvolle Augen hatte. In ihrem Gesicht stach nichts besonders hervor. Wenn sie lächelte, hoben sich ihre Mundwinkel nur einen Deut. Auffallend war ihr Gang, sehr aufrecht und den Kopf immer hoch erhoben.

Zum ersten Mal hatte er sie bei Marios' Fest beachtet, als sie die Verandastufen herunterkam. Sie trug ein weißes Kleid und das Haar hochgesteckt. Sie erinnerte ihn an die weißen Rosen in seinem Garten. Als Kind war er nach jedem Regen hinausgegangen, hatte sich unter die Blüten gestellt und die Wassertropfen aus den Blütenblättern geschüttelt.

Doch ihm fehlte der Mut, er hatte weniger Erfahrung als Stefanos oder Emilios. Wenn er ein Mädchen zum Tanz aufforderte, wartete er immer ab, bis sie die Initiative ergriff und ihm die Hand auf die Schulter legte. Jedes Mal schwor er sich: Diesmal fasse ich sie als Erster um die Taille. Doch seine Tanzpartnerin war regelmäßig schneller.

Infanta und er blieben inmitten der tanzenden Paare ein paar Takte lang reglos stehen. So lange, bis die anderen sie zu schubsen begannen. Erstaunt und verschämt blickten sie sich um. Weder machte er Anstalten, sie um die Taille zu fassen, noch versuchte sie, ihm die Hand auf die Schulter zu legen. Da begegneten sich ihre Blicke, und beide lachten auf. Dann erst begannen sie zu tanzen. Es war ein Moment, der nur ihnen gehörte und von dem kein anderer etwas ahnte.

Wenn sie nebeneinander auf dem Waldboden lagen, plauderten sie wie zwei alte Freunde. Eines Tages, sie waren gerade am gewohnten Platz angekommen, wollte er ihr einen Thymianzweig an die Bluse stecken. Die Pferde grasten ein Stück entfernt.

Als er sich bemühte, ihn durch das oberste Knopfloch zu fädeln, rückte sie ein wenig verlegen näher, um ihm dabei zu helfen. Als sie kurz darauf den Kopf hob, bemerkte sie zum ersten Mal diesen seltsamen, dunklen, schweren Ausdruck in seinen Augen, und ihr war, als sähe sie darin einen Betrunkenen tanzen. Ich werde meine Augen nicht niederschlagen, sagte sie sich, obwohl sie sich fühlte, als stürzte sie in einen tiefen, finsteren Abgrund und wäre gleich verloren. Sie hörte ihr Herz schlagen, ein, zwei, drei, vier Mal. Dann war der Moment vorbei. Sie wandte den Kopf ab und holte tief Luft.

»Das war ein langer Ausritt«, meinte sie. »Ich bin todmüde.«

»Ich auch.« Ein Anflug von Ärger klang aus seiner Stimme.

Er beobachtete sie, wie sie sich auf den Rücken legte, die Hände im Nacken verschränkte und die Augen schloss. Die Vögel wagten sich wieder hervor und flogen in weiten Bögen oder flatterten im Zickzack über sie hinweg.

»Weißt du«, hob Nikitas kurz darauf an. »Die anderen sagen, wir seien verliebt. Unsere Freunde, meine ich, Emilios und Eleni. Petros ist sich ganz sicher.«

Sie richtete sich, auf den linken Unterarm gestützt, ein wenig auf, blickte ihn an und sagte: »Sollen sie doch reden. Davon lassen wir uns nicht stören, oder?«

Ihr Haar war zerzaust. Immer wieder blies ihr der Wind eine Locke ins Gesicht, die ihr vors Auge fiel. Ihre zarten Finger strichen sie wiederholt und mit wachsender Ungeduld zurück, sodass man den Moment fürchten musste, da sie die Locke mit Gewalt packen, vielleicht sogar ausreißen würden.

»Es reicht doch, wenn wir beide wissen, dass wir nur Freunde sind.«

Die Liebe äußerte sich für sie im unerträglichen Anblick der Häsin, die Junge warf. Eines Tages hatte sie zwei Hunde gesehen … Es war grässlich. Wie konnte Katerina nur herumrennen und rufen: »Die Geiß hat ein Zicklein geboren! Die Geiß hat ein Zicklein geboren!« Sie selbst nahm das Wort »Geburt« nie in den Mund. Und dann war da noch Maria, deren Bauch von Tag zu Tag dicker wurde, du meine Güte!

»Woran denkst du?«, fragte Nikitas leise.

»An meine Schwester Maria.«

Wenn ihre Hand ihn streifte oder ihr Rock ihm im Wind die Beine kitzelte, verkrampfte sich sein Herz, sein Magen, er konnte es nicht genau sagen, und er hasste sie. Dann sagte er etwas Gemeines zu ihr, um sie mit Absicht zu verletzen. Sie schaute ihn an, als hätte sie Kopfschmerzen, mit zu Schlitzen verengten Augen und blassen, aufeinandergepressten Lippen. Ah, das würde sie ihm nicht verzeihen! Sie würde sich jede einzelne Gemeinheit merken und ihm eines Tages alles zurückzahlen. Doch jetzt biss sie die Zähne zusammen, ihr durfte kein Wort entschlüpfen. Je beherrschter sie reagierte, desto wütender wurde er. Er hätte sie ohrfeigen können, und er beeilte sich fortzukommen. Tage, ja Wochen tauchte er nicht mehr auf. Infanta wartete. Er würde wiederkommen, da war sie sicher.

Lächelnd ging sie auf ihn zu, die Bitterkeit nach ihrer letzten Begegnung schien verflogen.

»Wo warst du so lange?«, fragte sie. Ihre Stimme und ihr Gesicht strahlten eine sanfte Wehrlosigkeit aus.

Dann sprang Katerina herbei und trällerte scheinbar unschuldig vor sich hin: »Jede Frau sucht ihren Herrn und Meister. Ach, wie sie danach dürstet, erobert zu werden!« Und wieder von vorn: »Jede Frau sucht ...«

»Oh, Nikitas, du bist es?«, tat sie überrascht. Infanta warf ihr einen bösen Blick zu. »Du hast uns wohl ganz vergessen?«

Infanta warf ihr einen noch böseren Blick zu.

Mutter fand Nikitas sympathisch, Großpapa auch. Nur Tante Tereza konnte ihn nicht leiden. Vielleicht, weil er es gewagt hatte, vom Wert ihrer Werke zu sprechen. Da wurde sie so zornig wie selten. Sie trippelte eilig hin und her, dass man fürchten musste, sie würde jeden Augenblick gegen ein Möbelstück stoßen, irgendetwas herunterreißen und zerbrechen. Sie sprach laut und gestikulierte heftig. »Damit du's nur weißt«, sagte sie zu Nikitas. »Einer der bekanntesten Maler hat mich zu meiner Arbeit beglückwünscht und mich zur Mitwirkung bei der Kunstmesse eingeladen.«

Das war nicht gelogen. Der bekannte Künstler war tatsächlich bei uns gewesen und hatte ihr gratuliert. In ihrer Malerei erkannte er eine intuitive Ursprünglichkeit, und vor einem ihrer Bilder murmelte er: »Fantastisch!« Nun, es hätte auch schlimmer kommen können.

Ihr Selbstbewusstsein war von da an jedenfalls gestärkt. Aber statt sich auf die Malerei zu konzentrieren, redet sie nur davon. Gern erläutert sie jedem ihre Kunstauffassung, und wenn sie ein interessantes Detail im Leben eines Malerkollegen entdeckt, will sie es sofort loswerden. Und man muss – egal, womit man gerade beschäftigt ist – alles stehen und liegen lassen und ihr zuhören, sonst ist sie beleidigt.

Auf diese Weise versucht nun auch Nikitas, ihre Sympathie zu gewinnen. Geduldig lauscht er ihr, seine Augen weiten sich vor Interesse. Aber er hört ihr nicht nur zu, sondern stellt auch von sich aus Fragen. So kommt er ihr gewissermaßen zuvor.

Das ruft mir eine amüsante Geschichte in Erinnerung, die ganz typisch für Vater ist. Vor zwei Jahren verbrachte er den Sommer mit Onkel Agesilaos in Glyfada. Eines Morgens klopfte der Nachbar an die Tür. »Könnte ich mir Ihren Spiegel ausleihen?«, fragte er sehr höflich. Es war ein schöner, mittelgroßer Wandspiegel. Vater nahm ihn wortlos ab und überreichte ihn. Das wiederholte sich dann jeden Morgen. Der Nachbar klopfte, fragte nach dem Spiegel, nahm ihn mit und brachte ihn nach einer Weile wieder zurück. Bis Vater eines Tages, noch bevor der Nachbar auftauchte, den Spiegel von der Wand nahm, damit zum Haus nebenan ging und anklopfte: »Hier bitte, der Spiegel.«

Ganz ähnlich verhielt es sich mit Nikitas. Er wartete nicht mehr ab, bis Tante Tereza von Kunst redete, sondern ergriff selbst die Initiative: »Hat sich van Gogh das rechte oder das linke Ohr abgeschnitten?« Das waren auch die einzigen Male, da Tante Tereza ihm gegenüber ein kleines, ein klitzekleines Entgegenkommen zeigte.

Nikitas hatte Infantas Heim lieb gewonnen. Es war anders als sein eigenes Zuhause, zwar nicht so großzügig und mit weniger eindrucksvollen Möbeln, aber die Vasen standen immer voller

Blumen, und der Garten war naturbelassen, dazu gab es Tiere und Obstbäume, und aus seiner Erde stieg ein säuerlicher Duft.

Im Garten seines eigenen Guts tanzte kein einziger Zweig aus der Reihe, weil er zu lang war und damit jedoch genau die kleine Dissonanz erzeugt hätte, die erst zu wahrer Harmonie führt. Der Grund dafür war, dass es einen Gärtner gab, der für den Baumschnitt zuständig war. Kein einziges Blatt lag auf dem Boden. Auf den zementierten Gartenwegen konnte man seine eigenen Schritte hören. Sie trennten die Beete voneinander, die alle gleich groß und mit Zementmäuerchen eingefasst waren. Das Beet in der Mitte des Gartens war ein wahres Meisterwerk mit seinen dicht gepflanzten Hortensien, dazwischen versteckt hingen Lampions, die abends angemacht wurden. Nikitas' Mutter hatte stets viele Gäste.

Sie war eine blonde, schöne Dame aus gutem Hause und kleidete sich so geschmackvoll und individuell, dass keine Frau umhinkam, ihr nachzueifern. Allerdings erregten die Kleider, die an ihr besonders wirkten, an einer anderen Trägerin kaum Aufsehen. Da auch sie dem Kartenspiel verfallen war, hatte sie Frau Montelandis Mitgefühl. Diese Sucht zwang einen ja dazu, sich mit einer Menge teils völlig unbekannter Leute einzulassen. Aber es überkam einen einfach, man konnte nichts dagegen tun. Schon allein beim Gedanken an den grünen Spieltisch kniff Frau Montelandi lustvoll die Augen zusammen.

Da beide so gern Karten spielten, begegneten sich Frau Montelandi und Nikitas' Mutter immer wieder, entweder in Privathäusern oder in den großen Hotels in Kefalari. Sowohl Nikitas als auch uns war klar, dass Kefalari und unsere Wohngegend zwei verschiedene Welten waren. Daher begegneten wir Nikitas' Mutter nie. Tante Tereza war so höflich, nach ihrem Befinden zu fragen, und ich fragte mich, warum Nikitas' Blick dann jedes Mal unsicher wurde, wenn er »Danke, gut« antwortete.

Es waren nicht nur die Häuser und die Gärten, die sich unterschieden. Ihm gefiel es, wenn die drei jungen Frauen Hand in Hand vorausgingen. Maria war die Größte, Katerina die Kleinste. Maria hatte schwarzes Haar, die beiden anderen braunes, nur das von Infanta zeigte zuweilen einen goldenen Schimmer. Das füllige, schulterlange Haar der drei wippte beim Gehen sanft auf und ab und verhüllte den Ausdruck der Gesichter, die geheimnisvoll blieben. An anderen Tagen, wenn die Luft feucht war, fiel ihr Haar schwer und kompakt herab, und die Gesichter nahmen deutliche, fast überdeutliche Züge an.

Alle drei trugen ihre Strohhüte auf dem Kopf.

»Maria! Infanta! Katerina!« Gleichzeitig wandten sie sich um.

Marias Augen waren tiefschwarz, Infantas grün und Katerinas braun. Sie lachten, noch halbe Kinder. Unter ihnen Maria mit ihrem großen, schweren Bauch zu erblicken wirkte verwunderlich.

Mutter trat aus dem Haus und rief: »Katerina, komm hoch und räum dein Zimmer auf!«

»Später, Mutter, später!«

»Deine Kleider liegen kreuz und quer durcheinander, komm sofort hoch!«

»Ich kann jetzt nicht.«

Man hörte eine Tür schlagen, Mutter war verärgert. Katerina zog sich traurig in eine Ecke zurück. Was sollte sie tun? Sie konnte doch wirklich nicht!

»Nun, Nikitas?«, sagte sie kurz darauf.

Er war gekommen, um ihnen sein neuestes Prosagedicht vorzulesen. Es folgte ein kurzes Schweigen, dann gingen sie zur Laube und suchten sich ihre Plätze. Nikitas setzte sich an den Tisch, um sein Manuskript auszubreiten. Wieder folgte Stille. Nur die Zikaden und das Rascheln des Papiers waren zu hören, während Nikitas etwas umständlich nach der ersten Seite suchte.

»Wo ist er denn, der Anfang?«, sagte er. Es gibt Momente, in denen man sich verstellt, ohne dass man es möchte. Dann begann er zu lesen.

»Unter den Fenstern der Ertrunkenen ertönt der klagende Ruf des Pfaus, der seine hässlichen Beine beweint. Und dass die junge Helena nicht mehr ist.«

Eine eigentümliche Anspannung lag in der Luft. Nikitas' Stimme verwandelt sich, wenn er Texte vorliest. In der Zwischenzeit waren Wolken aufgezogen. Nikitas' Worte klingen fern, obwohl er den Schwestern in seinem gestärkten Hemd gegenübersitzt.

»Wie heißt das Gedicht, Nikitas?«

»*Der Schiffsuntergang.*«

Infanta blickt ihm in die Augen. Beim letzten Ausritt hatte er ihr aus seinen Handflächen zu trinken angeboten.

Tante Tereza tritt ans Fenster ihres Ateliers.

»Ich schicke dir deine Stickerei hinunter!«, ruft sie. »Damit du nicht untätig herumsitzt.«

Infanta ergreift sie, faltet sie auf, legt sich die farbigen Garne aufs Knie. Sie achtet auf nichts anderes mehr.

Die Pfauen, Infanta, Nikitas' Gedicht – was für ein eigenartiges Zusammentreffen!

»Oh, da sind sie ja, die Pfauen, die über ihre Beine weinen!«, meint Nikitas, als er die Stickerei erblickt.

Er lacht auf, und alle stimmen in sein Lachen ein.

IV

Mutters Geheimnis

Der letzte Sommer war ganz anders, schon wegen des Wetters. Jeder Tag strahlte so heiß und golden wie der andere, bis auf den einen Regentag, als sich Maria und Marios in die Küche zurückzogen und nach einer Weile Hand in Hand heraustraten, um ihre Verlobung bekannt zu geben. Und wir hatten nur mit einer Dessertcreme gerechnet! Wir waren alle sehr überrascht, aber auch froh, unglaublich froh! Sogar Infanta lachte den ganzen Abend über, ihre Augen glänzten feucht wie an einem großen Freudentag. Dass ich mir eine ganze Weile eingebildet hatte, sie würde sich für Marios interessieren, war wohl ein Irrtum. Dann fiel mir plötzlich ein, dass auch in Romanen und Filmen die Menschen am lautesten lachen, die am unglücklichsten sind. Infantas späteres Verhalten gab keinen Anlass mehr zu solch einer Annahme. Alles war bestimmt nur meiner Fantasie entsprungen.

Immer wieder kam es vor, dass ich mir Dinge einbildete, ja, sogar erfand und später glaubte, sie wären wirklich passiert. Als ich klein war, erzählte ich gerne Träume, die ich mir selbst ausgedacht hatte, und wenn ich in den Augen der anderen sah, dass sie mir glaubten, wurden sie auch für mich wahr. Meinen Schulkameradinnen schilderte ich eine Reise nach Ägypten, das ich nur von Fotografien kannte. Durch praktische Gegenüberstellung – der Radiergummi im Verhältnis zur Schultafel, ein Buchstabe im Lehrbuch im Verhältnis zum ganzen Buch – legte ich ihnen einleuchtend dar, wie klein sich ein Mensch im Vergleich zur riesigen Sphinx vorkommt. Ein andermal kam ich völlig außer Atem nach Hause gelaufen und erzählte Großpapa und Mutter, ich hätte im Wald zwei Männer gesehen, die Bäume fällten und dabei riefen: »Such die geraden Stämme aus, daraus werden schöne Schiffsmasten.« Ohne lang darüber nachzudenken, fügte ich hinzu: »Einer der beiden war wahrscheinlich Gekas.« Eilig zog sich Großpapa an und lief zur Polizei. Nach einer Viertelstunde, in der ich mit Angst und Scham rang, musste ich eingestehen, dass ich in Wirklichkeit gar nichts gesehen hatte. Wie war ich nur auf Gekas gekommen? Mit seinen hervorquellenden Augen und seinem kahl geschorenen Schädel war er mir immer wieder über den Weg gelaufen. Wer weiß, wie lange ich schon insgeheim eine Abneigung gegen ihn hegte, die dann in dieser Lüge gipfelte.

Damals durchlebte ich eine tiefe moralische Krise, wie es so schön heißt, und große Selbstzweifel nagten an mir. Ich wollte mich als würdig für das Leben erweisen und hatte mich vollkommen würdelos verhalten. Ich bewunderte große Taten, handelte selbst aber niederträchtig. So strich ich um Gekas' Taverne, ganz wie Raskolnikow um das Haus der alten Pfandleiherin. Immer wenn ich beobachtete, wie er sich auf drei Stühle gleichzeitig fläzte, zwang ich mich, den Anblick seiner hervorquellenden Augen und seines kahl geschorenen Schädels zu ertragen. Einfach so, zur Strafe.

Dieser Sommer unterscheidet sich, wie gesagt, sehr vom letzten. Kein Tag ist wie der andere, es kommt zu extremen Temperaturschwankungen, wie man sie noch nie erlebt hat. In der Woche vor dem großen Feuer bekamen wir kaum Luft, da es so windstill war, als hätte ein ferner Stern der Erde den ganzen Sauerstoff geraubt. Viele behaupteten, der Waldbrand sei durch die Hitze ausgebrochen. Dann lade sich die Luft elektrisch auf, der Feuerstein schlage Funken, und die von Harz triefenden Kiefern brannten lichterloh wie Fackeln. Heute jedoch ist es kühl, die Windböen drücken die Bäume zu Boden. Man bekommt das Gefühl, als müsste man losrennen und immer weiter rennen, ohne anzuhalten. Doch dafür, das wird an solchen Tagen deutlich, ist unser Grundstück zu klein.

Selbst die Wiese vor dem Haus jagt mir Angst ein. Als ich gestern Mittag spazieren gehen wollte, verdunkelte sich plötzlich der tief hängende Himmel, und der Penteli gegenüber verwandelte sich in eine böse Fee. Nur die Wiese leuchtete in einem so hellen Goldton, dass man sich fragte, woher das Sonnenlicht bloß strömte. Die frühreifen Feigen hingen wie versteinert an den Bäumen. Fraglos wird es wieder warm, es ist ja Sommer. Mit den ständigen Wetterwechseln weiß man weder, was man anziehen, noch, wie man sich den anderen gegenüber verhalten soll.

In diesem Jahr liege ich nicht mehr mit meinen Schwestern plaudernd im Heu, wir sind nicht mehr unzertrennlich wie in früheren Zeiten. Maria hat nun ihr eigenes Haus. Obwohl es, begrenzt vom selben Zaun, innerhalb unseres Grundstücks liegt, hören wir ihr Lachen nicht mehr. Infanta und ich sind allein zurückgeblieben – eine jede mit ihren eigenen Sorgen und Gedanken. Infanta hat lustigerweise begonnen, sich für ihr Äußeres zu interessieren. Kürzlich erläuterte sie der Schneiderin ausführlich den gewünschten Schnitt für ein Kleid, zeichnete ihn sogar mit Bleistift auf Papier. Als ich sie deswegen aufzog, musste sie lachen. Dabei wurde mir ganz warm ums Herz. Wie schön wäre es, wenn sie Nikitas heiraten würde – und ich David! Die beiden wären ein schönes Paar. Abgesehen davon, dass er ein Jahr jünger ist und sie kaum überragt.

In diesem Sommer herrscht eine gewisse Befangenheit zwischen Maria, Infanta und mir, wenn wir zusammen sind. Vielleicht haben wir das Gefühl, einander verraten zu haben. Jede von uns geht ihren eigenen Weg.

Irgendwann verschwindet die Befangenheit bestimmt wieder, nur der Verrat wird bleiben. Dann denken wir an die Zeit zurück, als wir im Heu lagen und unsere Sehnsüchte so verflochten waren, dass sie keiner von uns allein gehörten. Sie strömten durch die Luft, die wir atmeten. Auch unsere Gedanken waren verflochten, sie strömten von Maria zu mir und von mir zu Infanta. Es war Übereinstimmung in höchster Vollendung. Wenn die eine seufzte, war es, als hätten wir alle geseufzt. Und wenn das Lachen der einen ertönte, klang es in den anderen nach, unsere Seelen weiteten sich, und Lebensfreude durchströmte uns.

Ich plante ein gemeinsames Treffen, da ich mit den beiden sprechen musste. Es war notwendig geworden, da ich etwas ungeheuer Wichtiges auf dem Herzen hatte. Obwohl wir uns häufig über den Weg liefen, hinterließ ich beiden eine schriftliche Nachricht, an Maria schrieb ich: »Komm nach dem Abendessen in die Laube, aber diskret, damit Dir keiner folgt, auch Marios nicht. Kein Wort zu niemandem, ich muss mit Dir reden. Katerina.«

Was war geschehen? Vorgestern hatte ich auf meinem Zimmer gelesen, es war Nachmittag und die Sonne bei uns schon hinter dem Helikon verschwunden, während sie in Phaliro, erst zur Hälfte versunken, noch im Meer badete. Mutter spielte Klavier. Großpapa und Herr Giorgis gossen gerade den Garten, es gluckerte in den Bewässerungsrinnen und war angenehm kühl. Ab und zu ließ ich das Buch sinken und blickte mal zur West-, mal zur Ostseite hinaus. Mein Zimmer lag ganz oben und hatte drei Fenster, man konnte die Bahnstrecke nach Athen sehen, aber nur eine Kurve, und den Flughafen von Tatoi.

Immer wieder unterbrach Mutter ihr Spiel. Ich konnte nicht alles hören, der Wind wehte die Noten davon. Sie spielt anders, wenn sie keine Zuhörer hat. Es ist, als wartete sie auf irgendetwas. Sollte ich hinuntergehen und sie umarmen? Das wäre eine Gelegenheit, sich mit ihr zu versöhnen. In den letzten Tagen war ich vorlaut gewesen, und sie behandelte mich kühl.

Als ich die Treppe hinunterging, war ihr Spiel verstummt. Durch die Balkontür sah ich, dass sie nicht am Klavier saß, sondern sich über ihr Schreibpult beugte, als würde sie etwas lesen.

Bei meinem Eintreten fuhr sie herum, sprang auf und schien zurückzuweichen. Ihre durchgestreckten Arme waren nach hinten auf den Schreibtisch gestützt. Sie blickte mir in die Augen, doch kein Wort kam ihr über die Lippen.

Ich blieb wie angewurzelt stehen. Ich musste nur einen Schritt tun, einen Satz sagen, dann wäre alles wie immer. Doch ich brachte es genauso wenig fertig wie sie, sondern starrte sie nur an. Von ihrem Gesicht wanderte mein Blick ihre Arme hinunter und blieb an einer Hand hängen. Ihre blassen, unlackierten Nägel hoben sich deutlich vom dunkelbraunen Holz ab, und zwischen den Fingern lugte ein Stückchen zerknülltes Papier hervor.

Mein gebannter Blick konnte sich nicht mehr davon lösen. Mutter sollte ruhig merken, dass ich alles gesehen hatte. Aha, jetzt schrieb man sich schon Briefe mit Herrn Louzis! Es reichte wohl nicht, dass er sie besuchte.

»Hol mir doch schnell ein Aspirin aus meinem Zimmer«, sagte sie plötzlich. »Sie liegen in der kleinen Kommodenlade.«

Ich warf einen letzten, vielsagenden Blick auf ihre Hand und eilte davon. Als ich zurückkam, saß Mutter im Sessel vor der Balkontür und strich sich mit der Hand über die Stirn.

»Hast du Kopfschmerzen, Mutter?«

»Ja.«

Unentschlossen blieb ich stehen. Gern hätte ich ihr einen Kuss gegeben. Manchmal fiel mir so etwas schwer.

»Hast du Kopfschmerzen, Mutter?«, fragte ich erneut.

»Ja.«

Ich stand hinter ihr und blickte auf ihren Kopf hinab, auf den geraden, hellen Scheitel, der ihr schwarzes Haar teilte. Es war so glatt, dass ich am liebsten die Hand ausgestreckt und darübergestrichen hätte. Als Kind verursachte mir eine zarte Berührung von ihr Gänsehaut, und der Duft des Parfüms, das sie damals trug, verwirrte mich. Dann hätte ich am liebsten geweint. Obwohl sie jetzt kein Parfüm mehr trägt, ergeht es mir nicht viel anders. Warum sollte ich sie nicht umarmen und ihr sagen: »Mama, ich will nicht, dass du Kopfschmerzen hast oder über irgendetwas traurig bist. Und Briefe kannst du selbstverständlich schreiben, an wen du willst«?

Mal senkt sie den Kopf und streicht sich über die Stirn, mal blickt sie weit hinaus in den Garten. Sie ist ganz gedankenversunken. Ich stehe hinter ihr und erkenne das an der Kontur ihres Nackens und an den gebeugten Schultern.

Es ist nicht leicht, aufeinander zuzugehen. Wer weiß, vielleicht ist es die Scham, die man voreinander empfindet?

»Ach, es ist nichts«, sagte ich. »Mit dem Aspirin geht das schnell vorbei.«

Meine Stimme klang zu meiner eigenen Überraschung eiskalt.

Langsam ging ich in den Garten hinunter. Der Gedanke, das Stück Papier sei ein Brief von Herrn Louzis, löste sich auf wie eine weiße Wolke.

»Das war's, was ich euch erzählen wollte.«

Infanta und Maria schwiegen. Hatten sie vielleicht nicht richtig zugehört? Der Mond war aufgegangen, und in der Laube entstand ein Spiel aus Licht und Schatten. Auf den Gesichtern der Schwestern zeichneten sich die Muster von Zweigen und Linien ab, die Wange der einen strahlte so hell, als würde sie von innen heraus leuchten. Die Laube hatte kein Dach, sondern die Äste zweier Kiefern waren oberhalb zusammengewachsen, und Kletterpflanzen hingen herab wie eine schützende Wand.

»Und?«

»Was, und?«

Ich begann mich zu ärgern. Keine rührte sich, keine sagte etwas. Ich stand auf und lief so knapp vor ihnen auf und ab, dass ich ihnen fast – und mit voller Absicht natürlich – auf die Füße getreten wäre.

»Wie ein General am Vorabend der Schlacht!«, kicherte Maria. »Was sollten wir deiner Meinung nach tun, wenn Mutter und Herr Louzis ineinander verliebt wären?«

Sie ließ einen Augenblick verstreichen und sagte dann, jedes Wort einzeln betonend: »Es wäre doch nicht schlimm, wenn die beiden heirateten. Herr Louzis ist ein anständiger Mann, und reich noch dazu. Mutter könnte mit ihm schöne Reisen machen, sie könnte ...«

Der Gedanke, dass Mutter auf Reisen gehen könnte, war nur schwer zu ertragen. Auch später, wenn ich selbst auf Reisen ginge, sollte sie am liebsten immer hierbleiben und auf mich warten. Was für absurde und ärgerliche Ideen Maria manchmal hatte!

Da sagte Infanta mit dumpfer, monotoner Stimme, als führte sie ein Selbstgespräch: »Sie sperrt ihren kleinen Schreibtisch immer ab. Und als der Schlüssel einmal nicht zu finden war, war sie ganz aus dem Häuschen.«

»Na, seht ihr?«, rief ich aus.

Der Ruf einer Eule ertönte, eine andere antwortete aus der Ferne. Eine Fledermaus flatterte aus ihrem Nest, das in einem offenen Leitungsrohr an unserer Hauswand lag. Weitere folgten ihr, glitten hintereinander durchs Mondlicht und verschwanden.

»Da steckt irgendein Geheimnis dahinter«, sagte ich ernst. »Dieses zerknüllte Stück Papier, das war kein Brief von Herrn Louzis.«

Als mir ein Vorfall aus der letzten Vollmondnacht einfiel, erwachten meine Zweifel wieder. Herr Louzis verabschiedete sich gerade an der Haustür, und der Mond stand über der Wiese. Da hörte ich, wie er Mutter zuflüsterte: »Haben Sie meine Sendung erhalten?«

Und sie antwortete: »Ja, aber das hätten Sie nicht tun sollen, Herr Louzis.«

Ich zuckte zusammen. Nachdem Herr Louzis fort und die anderen ins Haus zurückgekehrt waren, blieb ich noch eine kleine Weile an der Tür vor der Wiese stehen, die im Silberlicht dalag. Der Zug raste pfeifend vorbei. Ich weiß nicht, was in mich gefahren war, aber plötzlich rannte ich los, Herrn Louzis hinterher.

»Was hätten Sie nicht tun sollen?«, rief ich.

Er drehte sich um und schaute mich an. Sein rosiges Gesicht wirkte bleich, und sein weißer Anzug hatte einen bläulichen Schimmer. Einen Moment lang stutzte er. Dann begannen seine Augen zu funkeln. Seine Klugheit war allgemein bekannt. Er wechselte den Spazierstock in die linke Hand und tätschelte mir mit der rechten freundschaftlich die Schulter, ohne mich aus den Augen zu lassen.

»Was ist denn bloß los, Katerina?«, sagte er ganz leise und ruhig.

Dann brach er in Gelächter aus, und je weiter er sich entfernte, desto lauter wurde es. Bis er zu Hause war, war er bestimmt halb erstickt daran.

Die ganze Angelegenheit beschäftigte mich so sehr, dass darüber sogar David in den Hintergrund rückte. Als er kürzlich zu uns kam, ignorierte ich ihn. Er bemerkte es nicht nur stillschweigend, sondern besaß auch noch die Frechheit, es zu kommentieren.

»Sonst schaust du mich ganz anders an, Katerina«, meinte er.

»Ich hab dich noch nie anders angeschaut, David.«

Da alle anderen zu tun hatten, saßen wir allein auf der Veranda. Es fühlte sich ein bisschen unbehaglich an, so schwiegen wir zunächst alle beide. Ein- oder zweimal versuchte ich, die Konversation in Gang zu bringen, doch Davids einsilbige Antworten ließen kein Gespräch aufkommen.

»Mir ist langweilig«, sagte ich schließlich.

»Mir auch, eigentlich immer. Außer, wenn ich arbeite.«

Bei diesen Worten streckte er die Beine aus und lehnte den Kopf zurück. Sein Bart war etwas kürzer als beim letzten Mal. Vielleicht hatte er vor, ihn ganz abzurasieren, fürchtete aber die plötzliche Veränderung und stutzte ihn deshalb stufenweise. Man ist immer überrascht, wenn man sich selbst verändert im Spiegel erblickt. Dann geht einem der Tod durch den Kopf und ähnliche Gedanken.

»Jaaah, die Arbeit ...«, sagte ich. »Nur sie zählt.«

»Aber du tust doch gar nichts. Du hast gerade die Schule beendet, oder?«

»Ich schreibe einen Roman«, sagte ich traumverloren.

Erst Davids Gelächter brachte mich wieder in die Realität zurück. Ich hörte, wie ich den Satz mit ernster Stimme wiederholte: »Ja, ich schreibe einen Roman.«

David amüsierte sich immer noch. Er lachte nie aus vollem Hals wie Herr Louzis. Bei ihm war es eher ein kurzes, aber scharfes Auflachen.

»Und worum geht es darin?«

Worum es darin ging? Er durfte mich nicht beim Lügen ertappen. Warum in aller Welt hatte ich das bloß gesagt? Es war wie mit den Träumen, die ich nie gehabt hatte, oder wie mit der erfundenen Reise nach Ägypten. Aber ich trug keine Schuld daran. Die Bedeutung meiner Worte wurde mir immer erst klar, nachdem sie aus meinem Mund gedrungen waren, wie bei Menschen, die die Tragweite ihrer Tat erst dann begreifen, nachdem sie einen Mord begangen haben.

»Es geht um, äh ... In der Geschichte geht es um einen Brief. Nein, es ist die Geschichte dreier junger Frauen – wie wir, Maria, Infanta und ich. Aber es sind natürlich nicht wir.«

»Mal ja, mal nein, mal geht es um einen Brief, mal um drei junge Frauen. Das klingt nicht sehr durchdacht, Katerina«, sagte David.

»Und was du am Himmel beobachtest, ist das vielleicht durchdacht?«

»Am Himmel ist alles durchdacht«, meinte David. »Jeder Stern hat seine Position und seine Bahn. Und alles lässt sich mathematisch berechnen.«

Stille.

»Mir scheint, der Umgang mit Petros tut dir nicht gut.«

Stille.

»Das ist doch alles völlig absurd!«

Schlagartig war er ernst geworden. Ich blickte ihn an. Er hatte den Kopf in die Höhe gereckt und die Unterarme parallel aneinandergelegt, ohne sie zu verschränken.

»Ich sage das nur zu deinem Besten. Außerdem habe ich gehört, dass Petros leichtfertig ist. Mit Mädchen, meine ich.«

Ein Gefühl der Freude überkam mich wie eine Woge. Am liebsten wäre ich aufgesprungen, losgelaufen und gleich auf mehrere Bäume geklettert. David war eifersüchtig, das war offensichtlich. Er war eifersüchtig!

»Ach, Petros ist ganz charmant«, sagte ich.

»Für einen Mann reicht es nicht aus, schöne Augen und einen federnden Gang zu haben.«

»Aber Petros hat ein Herz aus Gold, einen guten Charakter. Er ist nicht so ... eigenbrötlerisch wie manche andere.«

Um Davids Mund spielte ein kleines Lächeln.

»Ich mag auch keine Eigenbrötler«, sagte er gedehnt.

»Das sagst gerade du, wo du ...«

Ich brach den Satz gerade noch rechtzeitig ab. Ich hob den Blick, David schaute mich immer noch beharrlich an.

»Was hältst du von einem Spaziergang?«, sagte er und ergriff meine Hand.

Ich verspürte einen Anflug von Angst. Nein, es war keine Angst, eher ein Gefühl wie vor einer Prüfung oder wie vor einer Reise, wenn man am Bahnsteig auf den Zug wartet.

»Um diese Tageszeit bin ich nicht so gern im Wald«, sagte ich. »Da überkommt einen ein Gefühl der Trostlosigkeit, aber auch der Unruhe.«

»Wir gehen, wohin du magst.«

Wie schön es doch ist, spazieren zu gehen! Man atmet tief durch, der Wind fährt einem durchs Haar. David sagte, mein Haar schimmere wie Kupfer. An meinen Augen beeindruckte ihn, dass eines dunkler war als das andere.

»Früher habe ich geschielt«, erzählte ich. »Also, bis ich zwei war.«

David lachte auf.

»Rodia jedenfalls sagt, Menschen mit verschiedenfarbigen Augen haben Glück im Leben.«

David lachte nicht mehr.

»Eins ist sicher«, sagte er. »Sie passen gut zu dir.«

Dann fasste er mich an den Schultern, drehte mich zur Sonne und betrachtete mich mit seinen Hexenaugen. Ich schlug den Blick nieder.

»Genierst du dich vor mir?«, fragte er.

Ich lachte.

»Genieren, vor dir? Warum sollte ich?«

Wir gingen weiter.

»Sag mal«, meinte ich plötzlich. »Ist es skrupellos, eine fremde, verschlossene Schublade zu öffnen und nachzusehen, was drin ist?«

»Du stellst manchmal Fragen!«

»Antworte mir ehrlich«, sagte ich. »Ich meine es ernst.«

»Nun, das kommt drauf an.«

»Worauf denn?«

»Ob du durch das Öffnen der Schublade beispielsweise ein Menschenleben rettest.«

»Nein, darum geht es nicht.«

»Worum dann? Um pure Neugier?«

»Ja, um Neugier.«

»Dann ist es skrupellos.« Kurz darauf fuhr er fort: »Wieso beschäftigt dich diese Frage? Will deine Romanheldin eine Schublade aufbrechen, in der schreckliche Geheimnisse verborgen liegen?«

»Ja, genau! Sie ist nicht skrupellos, sondern einfach nur neugierig.«

»Dann sollte sie die Schublade zu lassen.«

»Aber wenn sie das tut, ist der Roman zu Ende.«

»Hm ...«

David dachte nach. Sein Kopf war nach vorn gebeugt, er strich sich mit beiden Händen, die vollkommen unbehaart waren, über den Bart. Sein Gesichtsausdruck hatte etwas Diabolisches, und ich wünschte mich weit fort.

Dann meinte er plötzlich: »Dann ist es ein Kriminalroman?«

Vor Lachen musste ich mich hinsetzen. David nahm neben mir Platz. Wir saßen in einer kleinen Mulde, im Gegenlicht standen drei einzelne, wie in die Sonnenscheibe geritzte Schilfrohre. Wenn man zu ihnen hochblickte, wirkten sie höher als der Parnitha. Nein, es war nicht zum Lachen. Das Leben war ernst und wunderschön.

»Hast du gar keine Angst, wenn du durchs Teleskop schaust?«, fragte ich.

»Wovor denn?«

»Tja, ich weiß auch nicht genau. Vor dem Firmament, vor der Größe des Kosmos, vielleicht auch vor dem Ernst des Lebens.«

»Ich betrachte die Dinge durch die Augen der Wissenschaft«, erwiderte David.

»Vor deiner Tür blühen die Brombeersträucher«, sagte ich.

Das war ihm bestimmt nicht aufgefallen. Ob er die drei Schilfrohre bemerkt hatte?

»Da, schau!«, sagte ich. »Die Schilfrohre überragen sogar den Parnitha.«

»Weil sie nah sind und der Berg weit weg.«

»Natürlich, warum sonst?«

»Wenn du dich hinlegst, wirken sie noch größer. Komm hierher.«

Er legte sich quer zu mir hin, mein Hinterkopf lag an seine Brust gebettet, unsere Körper waren zwei sich kreuzende Straßen.

»Deine Haare riechen gut …«

»Sie laden sich statisch auf, das ist mir unheimlich. Wenn ich sie bürste, höre ich sie knistern. Besonders wenn das Wetter umschlägt.«

Mir lag die Bemerkung auf der Zunge, dass ich das gleiche Geräusch höre, wenn ich abends meine Kleider abstreife. Besonders wenn das Wetter umschlägt. Doch ich sagte nichts. Es war schon ungehörig genug, dass wir uns berührten.

»Wir gehen besser«, sagte ich.

Schon reichte er mir höflich die Hand zum Aufstehen. Die Dunkelheit war hereingebrochen, der Wind hatte aufgefrischt und sirrte in den Schilfrohren. Auf dem Heimweg fragte ich mich, ob mich David je lieben würde. Ich jedenfalls würde ihn ein Leben lang lieben.

Mir saß ein Kloß im Hals. Der Gedanke, dass wir uns gleich trennen mussten, war mir unerträglich. Ich brachte kein Wort heraus. Nur eine unendlich große Sehnsucht war da, seine Hand – eine Minute lang oder sei es auch bloß eine Sekunde lang – zu ergreifen, zu drücken und dann wieder loszulassen. David ließ seine Hand ja auch nicht heruntersinken, wie es die anderen taten, sondern einfach fallen. In dieser Geste lag eine verborgene, sanfte Hoffnungslosigkeit.

»Machen wir bald wieder einen Spaziergang?«

»Ja, gern.«

»Wann?«

»Ich weiß nicht, wann es sich ergibt.«

Wir waren am Ziel.

»Zu Ihren Diensten, mein Fräulein«, sagte David, und bevor ich wusste, wie mir geschah, beugte er sich über meine Hand, küsste sie und verneigte sich wie ein Ritter aus alter Zeit. Natürlich war das ironisch gemeint.

In dieser Nacht tat ich kein Auge zu. Ich wand mich in meinem Bett wie ein Wurm. Nicht nur, weil ich an ihn dachte, sondern auch, weil mich der Gedanke nicht losließ, sobald ich einschlief, würde die Sandwelle wiederkehren, die in meinen Kinderträumen über mir zusammengeschlagen war und mich blind gemacht hatte. Sogar Miss Gost erschien leibhaftig vor mir und verhängte alle Spiegel mit weißen Tüchern, damit ihr die Fratze des Teufels daraus nicht entgegensah. Diese Erinnerung weckte in mir den Wunsch, einen einzigen, nur ganz kurzen Blick in den Spiegel zu werfen. Anfangs war der Wunsch noch nicht sehr ausgeprägt, und ich sagte mir: »Besser, ich schaue nicht in den Spiegel.« Aber schon bald begann mich dieser von der Vernunft diktierte Satz zu quälen. Warum war es besser, nicht in den Spiegel zu schauen? Und was würde passieren, wenn ich es tat?

Ein bleicher Mond war aufgegangen, Vollmond war schon ein paar Tage her. Ich ließ meinen Blick durchs Zimmer schweifen. Es waren bestimmt nur die Schatten der Möbel und der im Zimmer hängenden Kleider. Es konnte nichts anderes sein, Miss Gost konnte nicht recht haben. Doch, da bewegte sich etwas! Das konnte nur der Wind sein, der über die Kleider strich, nichts weiter.

Eine tiefe, beklemmende Angst hatte mich erfasst.

Schließlich richtete ich mich auf, streckte den Arm aus und machte die Nachttischlampe an. Das Zimmer erhellte sich. Um mir selbst zu beweisen, dass ich keine Angst hatte, sprang ich aus dem Bett, durchquerte das Zimmer und stellte mich herausfordernd vor den Spiegel. Dort begegnete ich meinem eigenen Blick. Die Augen, die ich so gut kannte, sie waren an allem schuld, das wurde mir jetzt bewusst. In ihnen lag, ganz wie in Davids Augen, ein Hauch von Fremdheit und Andersartigkeit. So, wie sie auf meinen Körper starrten, schien es David selbst zu sein, der mich anschaute. Das meint man also mit dem Ausdruck, »wenn man vom Teufel spricht«, sagte ich mir.

Obwohl ich dem Teufel ins Auge geblickt hatte, fühlte ich keine Angst mehr. Ich ging sogar so weit, mein Nachthemd über die Schultern nach unten zu ziehen, um die Kontur meines Halses zu erkennen, die ich so sehr mochte und die genauso aussah wie bei der polnischen Großmama. Ich lächelte. Mich überkam der Wunsch, vor dem Spiegel zu tanzen, und ich gab ihm nach. Das Nachthemd rutschte mir von den Schultern, glitt zu Boden, beim Tanzen trat ich darauf und hob es mit dem Fuß hoch. Fast hätte ich es aus purem Übermut aus dem Fenster geschleudert.

Ich tanzte, bis meine Wangen glühten und meine Augen glänzten. Danach kauerte ich mich in eine Ecke meines Bettes, und mit einem Mal liefen mir die Tränen. Es war genauso wohltuend wie das Tanzen. Ich wickelte mich in die Bettdecke und weinte. Als mir leichter zumute war, beschloss ich zu schlafen. Ich machte das Licht aus und drehte mich zur Wand, doch dann überkam mich eine unaussprechliche Sehnsucht nach David. Ich erinnerte mich an den Nachmittag, an jedes seiner Worte, an jede seiner Gesten, und als ich bei der Abschiedsszene anlangte, fing ich wieder von vorn an. Er war eifersüchtig auf Petros. Auch Margarita war eifersüchtig. In der letzten Zeit warf sie mir schräge Blicke zu. Ich konnte doch nichts dafür, wenn Petros lieber mit mir zusammen war! Seit einigen Tagen war er nicht mehr aufgetaucht, warum wohl? »Zu Ihren Diensten, mein Fräulein«, hatte David gesagt. Wenn er so etwas tut, dann hasse ich ihn und könnte ihn ohrfeigen. Ob er wohl auch an mich denkt? Wie kann man herausfinden, ob der andere an einen denkt? Ich muss jemanden fragen, irgendwo Rat einholen. Maria wäre die Geeignetste, aber in ihrem Zustand … Außerdem muss ich es noch heute Nacht herausfinden.

Ich sprang aus dem Bett, machte Licht an, hob das Nachthemd vom Boden auf, zog es über und trat in den Flur. Infantas Zimmer lag genau gegenüber. Ich klopfte an ihre Tür, dann noch einmal.

»Wer ist da? Was ist los?«

»Ich bin's, Katerina.«

Ich hörte, wie sie aufstand und den Schlüssel herumdrehte. Aus unerfindlichen Gründen schloss sie ihr Zimmer immer ab.

Kaum stand sie in der Tür, fiel ich ihr um den Hals.

»Ach, Infanta!«, sagte ich. »Ich bin bis über beide Ohren verliebt! Am liebsten würde ich sterben.«

Sie wirkte noch blasser als sonst, dann lächelte sie.

»Hast du geträumt?«, fragte sie sanft und streichelte meine Wange.

»Am liebsten würde ich sterben, aus Liebe! Ich fühle mich wie in einer Achterbahn, die Fahrt raubt mir fast den Atem. Es kommt der Moment, das weiß ich, da bekomme ich einfach keine Luft mehr. Dann ist alles zu Ende …«

Ich konnte die Tränen nicht zurückhalten.

»Setz dich«, meinte Infanta. »Du bist ja ganz durcheinander, am besten legst du dich auf mein Bett.«

Sie reagierte wirklich sehr zartfühlend.

»Seit wann geht's dir so?«

»Seit heute Abend.«

»Hm …«

Sie lächelte erneut.

»Genauer gesagt bin ich seit dem vorigen Sommer verliebt, oder eher seit Herbst. Aber so wie jetzt fühle ich mich erst seit heute.«

»Und wie genau?«

»Bis jetzt wünschte ich mir, ihn zu treffen. Und wenn ich ihn dann traf, war ich sehr verwirrt. Heute aber …«

»Was?«

»Ich weiß nicht, jetzt ist es anders.«

»Und wer ist derjenige, welcher?«

Ich zögerte kurz. Fast ein Jahr hatte ich mein Geheimnis für mich behalten. Sollte ich es jetzt preisgeben?

»David«, sagte ich.

»David?«

Der Gedanke schien sie zu befremden. Mit großen, verwunderten Augen wiederholte sie seinen Namen.

»Ja, David.«

Ein träumerischer Ausdruck huschte über ihr Gesicht.

»Nun?«, sagte ich.

»Was, nun?«

»Magst du ihn nicht?«

»Seine Augen machen mir Angst. Sie wirken so böse.«

Sein Blick erschreckt sie also auch. Nicht, dass auch sie …

»Du magst ihn also nicht?«, beharrte ich.

»Ja, ich mag ihn nicht.«

Ich beugte mich zu ihr und gab ihr einen Kuss.

»Aber mir gefällt er«, seufzte ich. »Ich würde gern wissen, ob ich ihm auch gefalle. Das wollte ich dich fragen. Wie kann man so etwas herausfinden?«

»Woher soll ich das wissen?«, sagte Infanta und lehnte sich – ganz wie am Tag des Feuers – aus dem Fenster. Doch heute war die Luft ganz klar, und die Bäume im Garten ragten goldgelb ins Mondlicht.

»Wie hast du denn gemerkt, dass Nikitas in dich verliebt ist?«

Sie fuhr herum, ihre Augen blitzten.

»Ich verbiete dir, so etwas zu sagen!«, fauchte sie.

Dabei schüttelte sie so heftig den Kopf, dass ihr eine Haarnadel aus dem hochgesteckten Haar fiel und sich ein Teil der Frisur löste. Sie trug ein weißes Plisseenachthemd, unter dem man die Formen ihres Körpers kaum erahnte.

»Ach, du bist doch auch verliebt«, sagte ich. »Und ich auch. Alle, alle sind wir verliebt!«

Ihr Ärger schien verflogen.

»Komm, sag schon, Infanta ...«

Auf ihrem Gesicht lag jetzt ein milder Ausdruck. Sie bückte sich, hob mit ihren grazilen Händen die Haarnadel auf und steckte sie mit ebenfalls grazilen Bewegungen wieder ins Haar. Ihre Gesten waren wie sanftmütige Wellen, die im Gefolge eines Sturms auftreten, bevor sich das Meer wieder völlig beruhigt.

»Komm schon, Infanta ...«

Im selben Moment hörte man einen Schrei, danach eilige Schritte und Gesprächsfetzen. Wir verharrten reglos, nur Infantas Haarnadel rutschte wieder heraus, und erneut löste sich ihr Haar. Jemand ging die Treppe hinunter. Der Schritt klang nach Tante Tereza.

Ich riss die Tür auf und stürzte hinaus.

»Tante Tereza!«, rief ich. »Was ist passiert?«

»Bei Maria haben die Wehen eingesetzt«, antwortete sie.

Wie angewurzelt hielt ich am Treppenabsatz an und starrte ihr hinterher. Das Herz blieb mir stehen. Die Füße verweigerten mir den Dienst. Obwohl mir klar war, dass Maria irgendwann ein Kind auf die Welt bringen würde, fühlte ich mich von der konkreten Tatsache überrumpelt.

In der Zwischenzeit war Infanta hinter mich getreten.

»Maria ...«, hob ich an.

»Ich hab's gehört«, erwiderte sie.

Hand in Hand gingen wir die Treppe hinunter. Das hatten wir seit Jahren nicht mehr getan. Maria verband uns jetzt wie unsere Hände. Wie sehr wir sie liebten! Und gleich würde ihr Kind zur Welt kommen. Maria würde ein Kind gebären. Erneut hörten wir einen Schrei. Das konnte nicht Maria sein, sie würde nie so schreien. Mein Gott! Wir fassten uns noch fester an den Händen. Maria, Maria ... Du sollst wissen, wie lieb Infanta und ich dich haben. Noch ein Schrei, dann Stille. Infanta zitterte, und ich auch.

»Zieht euch etwas über«, sagte Mutter, als sie uns erblickte. »Und stellt euch nicht so an. Kinder werden nun mal von Frauen auf die Welt gebracht. Alle Menschen dieser Erde sind von Frauen geboren.«

Das stimmte, alle Menschen dieser Erde sind von Frauen geboren.

»Momentan hat sie keine Schmerzen«, fuhr Mutter fort. »Anfangs kommen die Wehen in größeren Abständen.«

Es musste gegen ein Uhr nachts sein. Rasch zogen wir uns an und liefen wieder nach unten.

»Ihr könnt sie besuchen und ihr ein wenig Gesellschaft leisten«, sagte Mutter.

Sie saß am Esszimmertisch, als würde gleich serviert werden. Sie wirkte ganz ruhig.

»Ich komme später nach«, meinte sie. »Ich warte auf den Arzt.«

Als wir aus dem Haus traten, bibberten wir vor Kälte. Auch ohne den goldgelben Schimmer, den wir von Infantas Zimmer aus gesehen hatten, zeichneten sich die Bäume deutlich ab. In den Lavendelbüschen raschelte es, eine Eidechse wahrscheinlich. Schwerer Flügelschlag war zu hören, kurz darauf erneut. Die Eulen sind die Königinnen der Nacht, tagsüber sind sie blind. Die kleinen Vögel nutzen das aus, um sich am helllichten Tag an ihnen zu rächen, und picken ihnen die Augen aus.

Marias Haus war erleuchtet, Marios stand an der Tür. Als er uns erblickte, lächelte er, und sein Kinn zitterte. Maria stand mitten im Zimmer.

»Guten Abend, Maria«, grüßten wir.

»Guten Abend, Infanta. Guten Abend, Katerina.«

Es klang ein wenig absurd, um diese Uhrzeit Guten Abend zu wünschen.

»Wie geht es dir, Maria?«

»Gut.«

In diesem Augenblick trennten uns Welten, aber wir liebten sie, genauso wie sie uns.

Dann nahmen wir Platz.

»Willst du dich nicht auch setzen, Maria?«, meinten wir.

»Ich kann nicht.«

Sie stand in ihrem kirschroten Morgenmantel mitten im Zimmer. Das Haar reichte ihr mittlerweile bis zu den Schultern. Es glänzte vor Energie und Lebenskraft. Maria konnte nichts passieren. Ihre zarte, rosige Haut schien selbst in diesem Augenblick vor Gesundheit zu strotzen. Nur um die Augen lagen dunkle Ringe, und ihre Handflächen waren verschwitzt. Immer wieder wischte sie sie mit einem Taschentuch trocken, ihre Stirn war ebenfalls feucht. In meinem ganzen Leben hatte ich noch nie einen so riesigen Bauch gesehen. Er schien, herausfordernd in die Höhe gereckt, den ganzen Raum auszufüllen.

»Wie war dein Spaziergang?«, meinte sie plötzlich. »Ich habe gesehen, wie du mit David vorbeigegangen bist.«

Doch als sie, wie immer, süffisant auflachen wollte, verkrampfte sich ihr Gesicht, und ihre Augen weiteten sich angstvoll. Mit beiden Händen umklammerte sie den vor ihr stehenden Stuhl.

»Hast du Schmerzen, Maria?«, wisperte Infanta.

»Ich wünschte, wir könnten …«, stammelte ich.

Sie wischte sich die Stirn trocken. Dann lächelte sie.

»Schon vorbei«, meinte sie. Dann sagte sie zu mir: »Weißt du noch, als wir uns damals vor Tasias Haus versteckt haben?«

Wir hörten, wie ein Wagen vorfuhr.

»Der Arzt«, sagte sie erleichtert. Nie hätte sie zugegeben, wie sehr sie auf sein Eintreffen gewartet hatte.

»Am besten geht ihr wieder hinüber«, sagte Mutter, die mit Doktor Parigoris und einem weiteren Arzt erschienen war. »Und nehmt Marios mit.«

Marios stand jedoch wie angewurzelt an der Türschwelle – unentschlossen, ob er bleiben oder gehen sollte. Auf seinem Gesicht lag wieder dieses abwesende, törichte Lächeln, und sein Kinn zitterte.

Wir durchquerten den Garten und traten ins Esszimmer. Tante Tereza trippelte mit unsicheren Schritten durchs Haus, Großpapa saß da und verbarg seine Unsicherheit hinter einer reglosen Starre. Trotz allem waren Tante Tereza und Großpapa einander ähnlich. Außer dass bei der einen Unsicherheit und Willensschwäche zu einem nervösen, sinnlosen Getrippel führten und beim anderen hinter starrem Schweigen verborgen blieben. Großpapa redete wenig und schien gar nicht an unserem Leben teilzunehmen. Tante Tereza hingegen mischte sich ständig in alles ein. Dahinter stand im Grunde dieselbe Haltung.

»Ich hab's ja gesagt, sie hätte in die Klinik gehen sollen!«, rief Tante Tereza bei unserem Eintreffen aus. »Aber Maria ist ja so stur.«

Großpapa schwieg sich aus.

»In der Klinik ist alles einfacher, das fängt schon bei der Desinfektion an.«

Das Telefon läutete. Es war Frau Parigori, die wissen wollte, wie die Dinge standen. Kaum zwanzig Minuten später läutete es wieder, Frau Parigori war erneut dran. Vater rief nicht an, obwohl er Bescheid wusste.

»Womöglich hat er inzwischen vergessen, dass seine Tochter in den Wehen liegt«, zischte Tante Tereza. Ich brachte sie mit einem Blick zum Schweigen.

Wir sahen, wie Marios durch den Garten lief. Er hatte es wohl nicht länger töricht lächelnd an der Türschwelle ausgehalten.

Es schlug drei, halb vier, vier.

»Eine schwere Geburt«, sagte Mutter, als sie herüberkam, um etwas aus dem Haus zu holen. »Aber alles wird gut.«

Rodia lief auf und ab und bekreuzigte sich immer wieder.

Die Uhr schlug halb fünf, dann fünf.

Wieder war Frau Parigori am Telefon.

Halb sechs.

Dann hörten wir Schreie, entsetzliche Schmerzensschreie. Das Kind war geboren. Es war ein Junge. An einem weißlich verwaschenen Himmel brach der Morgen an.

Als Vater am nächsten Morgen mit einem Strauß halb verwelkter Blumen eintraf, schlief Maria noch.

Im Haus herrschte ungewohnte Stille. Wir hatten im Esszimmer die Fensterläden halb zugezogen und dort Platz genommen. Übernächtigt, wie wir waren, konnten wir das grelle Sonnenlicht nicht ertragen.

»Es ist ein Junge!«, rief Mutter, als sie Vater erblickte, und wollte spontan auf ihn zulaufen. Erst da schien ihr wieder einzufallen, dass sie geschieden waren.

Vater setzte sich an den Tisch und legte den Strauß vor sich hin. Es waren weiße Rosen, von einigen waren nur noch die Stängel übrig, die anderen verloren die Blütenblätter bei der kleinsten Berührung. Als sich Mutter darüber beugte, um an einer zu riechen, rieselten sie durch ihren Atemhauch zu Boden. Vater schien sich zu schämen. Aber er trug keine Schuld, bestimmt hatte ihn der Blumenhändler übervorteilt, und dazu kam noch die lange Anfahrt.

Niemand sagte etwas. Alle wussten, dass Vater nie Fragen stellte, doch keiner machte Anstalten, ihm entgegenzukommen. Tante Tereza und Mutter hatten anscheinend eine stillschweigende Übereinkunft getroffen: »Wenn es ihn interessiert, soll er fragen. Wir werden ihm nichts sagen.« So wartete Vater.

Durch den kleinen Spalt zwischen den Fensterläden blickte er in den Garten. Giagoulas, Mutter Kapatos' schwarzer Hirtenhund, lief gerade vorüber. Nach Mavroukos' Tod streunten nur noch ab und zu vereinzelt Hunde, Katzen oder Hühner aus der Nachbarschaft durch unseren Garten. Vater pfiff nach Giagoulas, stand sogar auf, um ihn genauer zu betrachten. Ich trat zu ihm ans Fenster.

»Wem gehört der Hund?«, fragte er.

»Mutter Kapatos«, antwortete ich. »Sie wohnt hier in der Nähe.«

Da Vater in Athen lebte, konnte er natürlich nichts von Mutter Kapatos, ihren Söhnen und Amalia wissen, die russische Romane las. Ich wollte ihm davon erzählen, damit er eine Vorstellung von unserem Alltag bekam. Wir wussten auch nicht viel von seinem Leben. Er erzählte uns nie von seinen Freunden, auch nicht von der blonden Dame.

»Wollen wir im Garten spazieren gehen?«, fragte ich.

Ohne seine Antwort abzuwarten, zog ich ihn am Arm aus dem Esszimmer und nach draußen.

»Mutter Kapatos ist eine arme Frau. Ihr Mann verbringt die meiste Zeit im Gefängnis, und wenn er freikommt, hilft er in der Gegend aus, bei David zum Beispiel. David ist ein junger Astronom. Sein Haus sieht aus wie eine Burg aus einem Mickymaus-Heft. Amalia ist die Tochter von Mutter Kapatos, sie will Lehrerin werden.«

Mein Redeschwall war fehl am Platz, da Vater nur darauf wartete, dass ich etwas von Maria erzählte. Geistesabwesend blickte er vor sich hin, voller Sehnsucht, etwas von ihr zu erfahren. Da drückte ich ihm sanft den Arm, den ich immer noch hielt, und berichtete bis ins kleinste Detail alles, was in der letzten Nacht passiert war. Nur Tante Terezas Ausspruch »Womöglich hat er inzwischen vergessen, dass seine Tochter in den Wehen liegt« ließ ich weg. Er hörte mir aufmerksam zu, neigte dabei ganz leicht den Kopf und blickte mich aus seinen Rehaugen an.

Bei Vater hatte ich immer das Gefühl, dass er etwas Besonderes ist. Es mag seltsam klingen, aber dieses Besondere war für mich mit Rodia und Mavroukos verbunden. Die Augen von Rodia und Vater waren mit denen von Mavroukos seelenverwandt, dessen Bulldoggengesicht von einer melancholischen Güte erfüllt war.

Vielleicht lag es an den kleingeistigen Dingen des Alltags, dass er dieses Besondere selbst nicht erkennen konnte. Vielleicht hinderte ihn auch die Arbeit in der Bank daran. Besonders war, wie er seinem Violoncello, hinter dem sein schmaler Körper förmlich verschwand, schwermütige Klänge entlockte. Besonders war seine Stimme, wenn er aus *Robinson Crusoe* und dem *Dschungelbuch* vorlas. Besonders war, wie hingebungsvoll er mit seinen Schrauben hantierte, um ein Radiogerät zu konstruieren, das auf kurzen und langen Wellen Stimmen aus der ganzen Welt empfing.

Vor allen anderen spielte er den Gleichgültigen. Vor Mutter und Tante Tereza würde er aus einem kindlichem Trotz heraus mit keinem Wort nach Maria fragen. Bei mir war das etwas anderes.

»Hat sie schlimme Schmerzen gelitten?«, fragte er.

»Oh ja, ganz schlimme.«

»Wie schlimm?«

»Also, im entscheidenden Moment hat sie so geschrien, dass man dachte, das Haus stürzt ein. Davor war sie aber sehr tapfer.«

»Und das Kind?«

»Ach, das sieht aus wie ein Monster«, sagte ich, ohne lange nachzudenken. Nachdem ich mich kurz besonnen hatte, fügte ich hinzu: »Das liegt daran, dass es so klein ist, kaum einen Tag alt.«

Gegen Mittag wachte Maria auf. Nie habe ich sie schöner gesehen. Ihr Gesicht strahlte einen Glanz aus, den ich nie vergessen werde. Ihr dunkles Haar breitete sich über das Kissen. Sie wandte den

Kopf zur Seite, und ihr Blick – oh, was für ein Blick! – war strahlend und verschwommen zugleich, ein Ausdruck von tiefster Ergebenheit und höchstem Stolz.

Steif beugte sich Vater zu ihr hinunter, um sie zu küssen.

»Er hat dir schöne Blumen mitgebracht«, sagte ich leise.

Da schien sich Vater an etwas zu erinnern, fasste in seine Jackentasche, holte ein Päckchen hervor und wickelte es aus.

»Eine Ikone«, äußerte er etwas verlegen. »Du kannst sie dem Kind in die Wiege hängen, wenn du magst.«

Weiter sagte er nichts. Großmama hatte mir diese Ikone einmal gezeigt und erzählt, sie habe nach ihrer eigenen Geburt als Geschenk ihres Onkels, des Premierministers, in ihrer Wiege und später dann auch in Vaters Wiege gehangen. Sie zeigte die Heilige Jungfrau mit dem Christuskind. Maria betrachtete sie ausgiebig.

»Ich hänge sie ganz bestimmt auf«, sagte sie. »Sie gefällt mir sehr.«

Dann schickte sie mich nach einem Seidenband.

»Aber ein blaues!«, rief sie mir hinterher.

Kaum hatten wir die Ikone mit dem Seidenband befestigt und Vater einen Blick auf das Kind geworfen, verabschiedete er sich überstürzt und wollte auch nicht hinausbegleitet werden.

»Miltos, du kannst den Kleinen gern wieder besuchen«, rief Mutter ihm hinterher.

Als ich am selben Nachmittag die Tür zum Wohnzimmer öffnen wollte, hinter der ich gerade noch Mutters Klavierspiel gehört hatte, war sie erstaunlicherweise versperrt. Und als ich nach der ganzen Aufregung eine Stunde später zur Ablenkung und zur Beruhigung meiner Nerven in den Garten ging, sah ich, wie sie ausgehfertig aus dem Haus trat. Dabei war es doch ihre Pflicht, an einem Tag wie diesem an Marias Seite zu bleiben!

V

Maria, Laura, Ruth

Maria wacht jeden Morgen bei Tagesanbruch auf, stillt das Kind und beginnt mit der Erledigung ihrer Pflichten. Ihre Tage sind jetzt ausgefüllt.

Ab und zu denkt sie an die ersten Wochen ihrer Ehe zurück, als Marios und sie den halben Tag verschliefen und es gerade noch schafften, nachmittags einen Waldspaziergang zu machen, bevor es dunkel wurde und schon wieder ein Tag vorbei war. Die Zeit rann ihr durch die Finger und hinterließ als einzige Erinnerung ein Aroma von Zyklamen, Heidekraut und bevorstehendem Regen.

Es war nicht mehr wie früher, als ihr selbst die sonst so bedeutenden Stunden des Zusammenseins mit Nikos oder Stefanos schal und leer vorkamen. In Kritikos' Hütte war etwas Vorhersehbares geschehen – einfach nur, weil der Lavendel blühte und Stefanos sich idiotisch benommen hatte. Dieser erwartbare Moment, der sie bereits über längere Zeit in Unruhe versetzt hatte, war ganz langsam in ihr gereift. Schon damals, wenn sie auf der Heuwiese lag, oder auch nachts im Bett, wenn sie einem nächtlichen Aufschrei nachlauschte. Es waren ihm gewisse Erlebnisse vorausgegangen, der erste Kuss mit dreizehn oder zuvor schon das Phänomen, dass die Buchstaben im Schulbuch plötzlich vor ihren Augen tanzten und ihr eigenes Lachen sie in Erregung versetzte.

Wie eigenartig, als sie Kritikos' Sohn verließ und zur Straße der Olivenhaine hinaufstieg, trat Marios in ihre Gedanken. Ihn hatte sie im Sinn, als sie beim Mittagessen plötzlich mitten in die Stille hinein »Ich möchte heiraten« sagte. Am nächsten Tag erklärte sie Stefanos, sie wolle ihn nicht wiedersehen. »Es gibt kein Warum«, fügte sie hinzu. Und das war die Wahrheit. Es gab kein Warum, für nichts von allem, was passiert war. Die Dinge hatten sich einfach so, auf ganz natürliche Weise, ergeben, Erklärungen waren überflüssig.

All das hatte sie genau hierhergeführt, zu ihrem Kind, zu etwas Wahrem und Wirklichem. Man konnte es berühren, beide Beinchen mit einer Hand umschließen, man konnte es stillen.

Anfangs was das Stillen schmerzhaft, der Milcheinschuss ließ auf sich warten. Rücksichtslos sog der Kleine an ihrer Brustwarze, als wollte er ihr mit Absicht wehtun. Nach und nach kam immer mehr Milch, das Baby wurde satt, und das Stillen verursachte keine Schmerzen mehr. Ein unaussprechliches Glücksgefühl überkam sie, wenn es mit geschlossenen Augen an ihrer Brust lag. Ihr gefiel es, den Kleinen »mein Mäuschen« und »mein Häschen« oder auch mit anderen Tiernamen zu rufen. Marios fand das nicht richtig und reagierte ungehalten.

»Wir wissen doch, auf welchen Namen wir ihn taufen«, sagte er. »Dann nenn ihn jetzt schon Giannis.«

Aber Maria brachte »Giannis« nicht über die Lippen, das Kind kam ihr noch viel zu klein dafür vor. Wenn sie mit ihm sprach, fügte sie einfach wahllos Silben aneinander und erschuf neue Wörter wie »mein Dubdidu«. Das klang zwar albern, aber es machte ihr Spaß, und sie hatte den Eindruck, dass der Kleine diese Sprache verstand. Sie achtete darauf, ihn nur leise und heimlich so zu rufen. Es war ihre gemeinsame Mutter-Kind-Sprache, von der sonst keiner etwas zu wissen brauchte.

Bei der Hausarbeit stand ihr jetzt Spyridoula, eine von Kalomoiras Töchtern, zur Seite. Sie hatte dunkelbraune Haut und einen Buckel, und ihre Wimpern waren so lang, dass es aussah, als trüge sie falsche Wimpern. Voller Stolz erzählte sie überall herum, sie arbeite nun als Dienstmädchen. Diese Tätigkeit verband sie mit der irrwitzigen Hoffnung, mit der Hausarbeit würde eines Tages ihr Buckel verschwinden, den sie sich als Wasserträgerin zugezogen hatte. Von klein auf hatte sie Kanister zu den Häusern geschleppt, die kein fließend Wasser hatten.

Das einstöckige, gemütliche Haus hatte nur ein paar Zimmer und war sparsam eingerichtet. Es verfügte über praktische, in die Wand eingelassene Schränke: In dem einen konnte man die Weiß- und Bettwäsche unterbringen, im anderen die Gläser und im dritten das Kochgeschirr. Sie waren mit glänzendem, bunt gemustertem Wachstuch ausgekleidet und stets sauber und adrett aufgeräumt. Auch in der Küche waren Tisch und Regale neu mit Wachstuch überzogen. Alles wurde von Spyridoula jeden Morgen mit Seifenwasser gereinigt.

Maria konnte sich ganz dem Kleinen widmen, und sie bestand darauf, seine Sachen eigenhändig zu waschen. Wenn er schlief, füllte sie ein eigens dafür bestimmtes Schäffchen mit Wasser und schrubbte alles mit reiner Olivenölseife. Ihre liebste Aufgabe war, die weiße Säuglingskleidung auf die Wäscheleine zu hängen. Während sie im Wind hin und her schaukelte, trafen Maria vereinzelte Tropfen. Dazu sang sie Lieder wie *Von Küste zu Küste fährt das kleine Schiff*. Es war seltsam, je älter sie wurde, desto öfter kehrte sie zu den altvertrauten Kinderliedern zurück. Der Wind riss ihr die Worte von den Lippen. Sie bückte sich zum Wäschekorb, griff nach einem Kleidungsstück und hängte es auf. Es blähte sich und flatterte wie ein Segel, das man bei drehendem Wind mit der Schot von Backbord nach Steuerbord versetzt. Dabei malte sie sich aus, wie sich das Boot bei rauer See zur Seite neigte.

Wenn Maria, die Wäsche vor Augen, zur Seite schaute, erblickte sie die Kiefern und das Haus. Hier gab es kein Riff, das irgendwo lauerte, wie im Lied. Hier wusste man, was auf einen zukam.

Was für Schmerzen eine Geburt doch bedeutete! Mein Gott, ihr bricht jetzt noch der Schweiß aus, wenn sie daran denkt, und ihr Herz schlägt schneller. Als es so weit war, sagte sie zu sich selbst, immer wieder: »Nicht schreien, Maria. Nur Mut, Maria. Morgen ist alles vorbei!« Sie presste die Zähne zusammen und schrie nicht. Nur die erste Wehe hatte ihr ein, zwei Klagelaute entlockt – sie war noch unerfahren und hatte sich erschrocken – und die allerletzte Presswehe, bei der keine werdende Mutter stumm bleibt. Doch bis dahin vergingen Stunden um Stunden. Jeder Augenblick, jede einzelne Sekunde dehnte sich endlos. »Nur Mut, Maria, morgen ist alles vorbei!« Am nächsten Tag war in der Tat alles vorbei. Das Kind war geboren, und sie selbst lag friedlich in ihrem Bett. Doch die Erinnerung an den Schmerz blieb. Selbst jetzt konnte sie ihn noch spüren, würde ihn für immer fühlen. Jedes Mal wenn sie an die Nacht dachte, bekam sie schweißnasse Hände und Herzklopfen. Und sie wusste, es würden noch weitere Nächte wie diese folgen.

Dieser Gedanke hielt sie nicht davon ab, weiter zu singen. Das Kind schlief im Haus, Spyridoula lauschte in der Küche andächtig Marias Gesang. Marios war außer Haus. Jeden Morgen um sieben brach er auf und ging hinüber zu seinem Vater. Gemeinsam fuhren sie dann nach Athen. Dem jungen Paar blieb gerade noch Zeit, beim Frühstück ein paar Worte zu wechseln. Morgens war Marios nie sehr gesprächig. Er war mit den Gedanken ganz woanders und hatte es eilig fortzukommen. Dann tadelte er manchmal Spyridoula, wenn seine warme Milch noch nicht bereitstand.

Danach hauchte er Maria einen flüchtigen Kuss auf die Lippen und machte sich, rasch und ohne einen Blick zurückzuwerfen, auf den Weg. In Gedanken war er schon bei seinen Pflichten im Krankenhaus. Kürzlich hatte er seinem Vater bei einigen schwierigen

Eingriffen erfolgreich assistiert und war von den Kollegen beglückwünscht worden. Eines Tages war er seinem Vater bestimmt ebenbürtig, überflügelte ihn womöglich sogar.

Wenn Marios abends zurückkehrte, zeigte er sich äußerst gesprächig und berichtete ihr von den Ereignissen des Tages. Wenn sich etwas Erfreuliches ereignet hatte, sprang er vom Stuhl hoch und gab ihr einen Kuss, aber nicht so flüchtig wie morgens, sondern voller Leidenschaft. Dann lachte sie auf.

»Und, was hast du getan?«, fragte er.

Was hatte sie getan? Da gab es nicht viel zu erzählen. Sie hatte nichts »getan«, so wie er, das erwähnenswert war.

»Tja, das Kind ...«

»Du solltest ein bisschen vor die Tür gehen«, sagte Marios dann. »Warum fragst du nicht Katerina? Die geht doch so gern spazieren.«

»Ach, Katerina ist verliebt. Sie spaziert lieber mit ihrem Angebeteten oder bestenfalls allein.«

Erneut lachte sie auf.

»Weißt du, dass ich fast ein Jahr lang nicht mehr in Athen war?«

»Ein Jahr lang?«

Verdutzt blickte er sie an. Dann sah er ihr in die Augen.

»Ein Jahr lang?«, wiederholte er. Für ihn war Athen etwas Alltägliches.

So beschlossen sie, zu einem Theaterbesuch in die Stadt zu fahren. Freudig begann Maria schon morgens mit den Vorbereitungen. Jetzt bot sich die Gelegenheit, das grüne Kleid auszuführen, das seit letztem Jahr ungetragen im Schrank hing. Kurz vor der Hochzeit hatte sie sich ein paar hübsche Kleider machen lassen, war aber durch die Schwangerschaft nicht mehr dazu gekommen, sie zu tragen.

Sie probierte es vor dem Spiegel an. Es war ihr ein klein bisschen eng geworden, speziell um die Brust, da sie stillte. Ihr Körper war zum Glück wieder schlank und genauso schön, wenn nicht gar schöner als vor der Schwangerschaft.

»Ich bin so weit!«, rief sie Marios zu, ohne den Blick vom Spiegel zu lösen.

Arm in Arm verließen sie das Haus. Als sie durch die Gartentür auf die Wiese trat, bereute sie ihren Entschluss beinah schon wieder. Während der ganzen Vorstellung ging ihr der kleine »Dubdidu« nicht aus dem Kopf, dessen Fingerchen gelernt hatten, sich zu kräftigen kleinen Fäusten zu ballen.

Fast jeden Nachmittag war Frau Parigori, entweder allein oder zusammen mit Frau Montelandi, zu Besuch. Obwohl sie nur ins Haus ihres Sohnes kam, kündigte sie ihren Besuch hochoffiziell schon morgens an. Und obwohl sie in zehn Gehminuten bei Maria war, ließ sie aus Platanos, das eine halbe Stunde entfernt lag, eine Kutsche kommen. In ganz Kifissia kannte man sie als die »Dame mit der Kutsche«. Sie stieg nur aus, um in ein Geschäft zu treten, und selbst das vermied sie, rief den Inhaber auf den Bürgersteig heraus und tätigte ihre Einkäufe, ohne sich von ihrem Platz zu rühren. Die Kutsche erinnere sie an Korfu, behauptete sie. Ein anderer guter Grund waren gewiss auch ihre Stöckelschuhe.

So saß man zusammen auf der Veranda von Marias Haus, manchmal stieß Anna, seltener Tante Tereza dazu, oder alle trafen sich bei Anna, nahmen Erfrischungsgetränke zu sich und plauderten bis zum Abend über den Athener Klatsch und Tratsch.

Manchmal ärgerte sich Maria über das Gerede. Dann zündete sie sich eine Zigarette an – sie rauchte gern, nur während der Schwangerschaft vertrug sie den Rauch nicht – und ging in den Garten hinunter. Sie wusste nicht, warum sie sich dabei wie eine Fünfzehnjährige in einem geblümten Kleid fühlte, die sehnsüchtig nach der Gartentür schielt, weil sie zum ersten Mal mit einem Jungen ausgeht. Kaum ging tatsächlich die Gartentür auf, rief sie »Oh, Marios!« und lief auf ihn zu.

Was für eine Freude, mein Gott!

»Ich hab dich den ganzen Tag vermisst!«, sagte sie. »Gerade dachte ich …« Sie unterbrach sich: »Aber erzähl, was hast du in Athen alles gemacht?«

Sie hängte sich bei ihm ein, zusammen gingen sie zum Haus. Sie war nicht mehr fünfzehn, und ihr Kleid war nicht geblümt, sondern in einem zarten, warmen Farbton gehalten.

»Wie gut dir dieses Kleid steht, Maria!«, sagte Marios.

»Findest du?«

Er warf ihr einen langen Blick zu und fasste sie um die Taille.

»Oh ja, sehr!«

»Würde mir ein geblümtes Kleid nicht besser stehen?«

»Bestimmt nicht. Ah, mir scheint, ich höre die Stimme meiner Mutter …«

»Ja, sie ist hier, zusammen mit deiner Großmutter.«

Marios nahm nun auch am Gespräch teil, das immer wieder ins Stocken geriet. Maria hörte ihm zunächst still zu, mischte sich jedoch bald wieder in die Diskussion ein. Herr X hatte geheiratet, Frau Y hatte sich getrennt. Hatten Herr X und Frau Y wohl die richtige Entscheidung getroffen? Damit verging die Zeit bis zum Abend.

»Was hast du heute noch vor, Mutter?«, fragte Frau Parigori kurz vor ihrem Aufbruch Frau Montelandi.

»Ich gehe zu den Soundsos.«

Es verging kein Abend, da sie nicht bis spät aus war.

»Und du?«

»Ich? Du weißt doch, dass ich abends selten ausgehe. Giannis wartet bestimmt schon zu Hause auf mich. Nach dem Essen lege ich mich mit einem Buch ins Bett.«

Sie seufzte, dann verabschiedete sie sich von allen. Frau Montelandi und sie gingen die Verandastufen hinunter und verschwanden zusammen im Dunkel des Gartens.

In der letzten Zeit leuchteten Laura Parigoris Augen heller als sonst. Das und ein neuer, affektierter Tonfall in ihrer Stimme mussten mir bereits früher aufgefallen sein. Doch so richtig erklärlich wurden mir das Leuchten der Augen und der neuartige Tonfall erst, als ich sie Arm in Arm mit David über die Felder spazieren sah.

Wie war es mir bloß gelungen, jeden Laut der Überraschung zu unterdrücken? Und statt aufzuspringen und auf die beiden zuzulaufen, mich bäuchlings auf den Boden zu werfen, wie es die Soldaten im Krieg tun, um sich vor dem Feind zu verbergen?

Nur zwanzig Schritte entfernt gingen sie an mir vorbei. Die Dämmerung war schon fortgeschritten, es war fast dunkel. Sie hatten die Köpfe zusammengesteckt und unterhielten sich. Anfangs konnte ich nichts verstehen, doch dann schnappte ich auf: »Dann reist du im Herbst ab?«

Ich hielt den Atem an.

»Das ist noch nicht sicher.«

»Ruth hat es mir erzählt.«

»Ja, Vater hat geschrieben, dass ich kommen sollte. Gut möglich, dass er übermorgen seine Meinung wieder ändert. Sollte ich fahren, wird es nicht für lange Zeit sein.«

»Was hält dich hier, David?«

Dabei musste sich Frau Parigori mit einem herausfordernden Lächeln auf den Lippen an ihn gewandt haben. Das erriet ich an ihrem Tonfall, sehen konnte ich es nicht. Mir stockte der Atem. Was würde David antworten? »Sie« oder »Katerina«? Mein ganzes Schicksal stand auf dem Spiel.

»Das Klima«, erwiderte David, wie üblich, mit leisem Spott.

Sie waren weitergegangen, ich konnte nichts mehr hören. Ich wand mich auf dem Boden wie ein Wurm und wunderte mich, warum ich nicht losheulte. Ja, ich versuchte es, ich versuchte es angestrengt, aber keine einzige Träne kam. Keine Ahnung, wie lange ich so dalag. Mein Kopf war ganz leer. Das spätsommerlich vertrocknete, strohgelbe Gras stach mir in Nase und Mund. Ich sah nichts, ich hörte nichts, jeder Lebensfunke war aus mir gewichen. Dass das Leben nicht schön war, war mir jetzt klar. Aber mir fehlte die Kraft, mich zu der Erkenntnis durchzuringen, dass das Leben schrecklich war. Erst als mir die Glieder einschliefen, drehte ich mich auf den Rücken und erblickte eine Unzahl von Sternen und die sanft geschwungene Silhouette des jungen Mondes.

Was ging vor zwischen Frau Parigori und David?

Ich verbrachte die schlimmste Nacht meines Lebens. Ich tat kein Auge zu, schon der bloße Gedanke an den kommenden Morgen trieb mich fast zum Wahnsinn. Jede volle Stunde hörte ich das Schlagen der Uhr aus dem Erdgeschoss. David schlief bestimmt tief und fest. Ob sie genauso schlaflos dalag wie ich selbst? Frau Parigori, warum haben Sie sich in David verliebt? Sind Ihnen seine Hexenaugen und seine unangenehme Stimme nicht aufgefallen?

In dieser Nacht erreichte meine Verliebtheit in David ihren Höhepunkt. Es war keine Steigerung mehr möglich. Ich litt, aber es gefiel mir. Es gab kein Zurück mehr.

Ich begann, Frau Parigori zu beobachten, wie sie aß, wie sie sprach, wie sie ging, wie sie ihr Kleid raffte, wenn sie in die Kutsche stieg, während sie so tat, als wäre es bodenlang. Wie sie ihr Haar mit der Hand zurückstrich, wenn ein Windstoß den sanften Schwung zerstörte, den die Haarnadel über der Stirn fixierte.

Sie war eine verblasste, ja selbstvergessene Gestalt. Wenn sie sprach, verlor sich ihr Blick. Es war, als schöpfte sie aus jedem, im Jetzt nicht gelebten Moment ihre künftige Erinnerung. Zugleich war sie immer noch schön.

Ihr Sohn war in ihrer Gegenwart verkrampft, agierte verlegen und förmlich. Selbst Doktor Parigoris schien manchmal zu zögern, ob er seine Frau ansprechen sollte oder nicht. Leda, Marios'

Schwester, hingegen war die Person, die Laura am meisten verunsicherte. Kürzlich erst kündigte sie ihrer Mutter an, eines Tages, und zwar bald, allein nach Amerika zu reisen. Auch würde sie nie heiraten, verkündete sie, was sie aber nicht daran hindern würde zu lieben. Bei solchen Worten röteten sich Frau Parigoris Wangen, und sie wies ihre Tochter zurecht. Gleichzeitig konnte sie ihre Bewunderung nicht unterdrücken, Leda übte eine eigentümliche Faszination auf sie aus.

Eines Nachmittags unternahm ich einen Spaziergang zu Familie Parigoris – nicht ohne Hintergedanken. Leda war im Garten und kämpfte mit den Materialien, aus denen sie eine Schaukel bauen wollte.

»Ich finde es toll, zu Hause zu sein, wenn alle anderen fort sind«, sagte sie. »Dann tue ich, was mir gerade in den Sinn kommt. Glaubst du mir etwa nicht? Komm mit in die Küche, dann zerschlage ich vor deinen Augen einen Teller oder auch zwei oder drei. Wer hindert mich daran? Vorgestern habe ich vier zerbrochen.«

»Ist das der Grund, warum du gern allein bleibst? Um Teller zu zerschlagen?«

»Nein, ich will auf etwas anderes hinaus …«

Ihr Blick wirkte ganz fern.

»Ich wollte nur ausprobieren, ob ich die Kraft hätte, sie zu zerschlagen. Einfach so, grundlos.«

Dann lachte sie auf.

»Sie sind in tausend Stücke zersprungen. Was für ein Krach!«

Bei diesen Worten kräuselten sich ihre Lippen, ihre Augenbrauen zuckten, und die Nasenflügel bebten. Abschließend tänzelte sie in einem Bogen zur Schaukel zurück. Das eine Seil war bereits an einem hohen Kiefernast befestigt, das andere fehlte noch.

»Wäre schön, wenn du mir dabei helfen könntest«, meinte sie. »Ich kann mich nur nicht allzu lang mit dir unterhalten, die Schaukel muss heute noch fertig werden.«

Sie nahm das zweite Stück Seil und kletterte den Baum hoch. Ich folgte ihr.

Leda war in der letzten Zeit in die Höhe geschossen. Sie machte lange, jungenhafte Schritte, ihre Bewegungen waren eckig und unbeholfen. Ihr blondes, glattes Haar hatte sie schulterlang wachsen lassen. Sie trug es offen, oder es stand ihr in zwei straffen Zöpfen ein klein wenig komisch vom Kopf ab. Ihr Gesicht mit dem großen Mund und den grauen Augen hatte sich kaum verändert, wirkte jedoch wesentlich lebhafter. Ihr ganzes Verhalten war nach wie vor anrührend linkisch.

»Nimm den Ast da. Nein, nicht den, den anderen, so ist's gut!«

Sie machte sich daran, das Seil festzubinden.

»Soll ich es lieber festmachen?«

»Nein, ich kenne mich mit Knoten aus. Bist du auch bei den Pfadfindern?«

»Nein«, musste ich kleinlaut zugeben.

Dann kletterten wir hinunter.

»Willst du zuerst probieren?«, rief Leda.

Noch bevor ich Ja oder Nein sagen konnte, war sie schon auf der Schaukel und schwang, aufrecht stehend, hin und her.

»Gib mir etwas Schwung«, sagte sie.

Die Schaukel flog höher und höher.

»Ich will den Wipfel dort erreichen.«

Sie deutete auf den Baum gegenüber. Mit jedem Schwung kam sie einen Ast höher, vor und zurück, dann noch einen Ast höher und wieder zurück. Dabei schrie und lachte sie wie eine Betrunkene.

Nachdem sie den Wipfel erreicht hatte, ließ sie die Schaukel langsam ausschwingen, setzte sich auf den Sitz, bremste mit dem Fuß am Boden ab und kam abrupt zum Anhalten.

»Jetzt bist du dran«, meinte sie.

Wenn man mich als Kind auf eine Schaukel setzte, war das eine Strafe für mich. Mir wurde schwindelig, ich bekam Kopfschmerzen. »Höher!«, rief ich trotzdem »Noch höher!«, bis schließlich alles ringsum verschwamm. Auf dem Weg nach Hause torkelte ich.

»Ich schaukle nicht gern.« Für dieses Bekenntnis musste ich all meinen Mut zusammennehmen.

Dennoch bereute ich es. Es lag nicht an der Enttäuschung, die sich auf Ledas Gesicht abzeichnete. Damit ich meine Angst zugeben konnte, musste sich in mir etwas verändert haben. Und diese Veränderung verwirrte mich.

»Ich schaukle für mein Leben gern«, hörte ich sie kurz darauf sagen.

Sie wurde ernst und setzte sich auf die Bank.

»Und weißt du, warum? Dabei bekommt meine Idee Nahrung und kann wachsen.«

Ich musterte sie.

»Ja, ich habe eine Idee, einen Plan. Und wenn ich hin- und herschaukle und immer höher schwinge ...«

Leda und ich konnten Freundinnen werden, das spürte ich. Ich setzte mich neben sie auf die Bank.

»Und was ist das für eine Idee?«, fragte ich und schaute angestrengt woandershin.

»Ich weiß noch nicht genau«, antwortete sie, und diesmal war sie es, die meinem Blick auswich. »Vielleicht gibt es sie, weil ich im Leben etwas erreichen will.«

Sie war vierzehn Jahre alt.

»Was denn?«, hakte ich nach.

»Das ist es ja, was ich noch nicht weiß«, erwiderte sie.

Stille.

»Du willst doch auch etwas erreichen, oder?«

Ich spürte, wie mein Herz klopfte.

»Ja«, meinte ich.

»Seltsam, dass du dann nicht gern schaukelst.«

»Ich wandere gern über die Felder«, sagte ich.

»Ach so!«

Wir verstanden uns, wie zwei Freundinnen.

Sie machte eine kleine Anspielung auf Petros, und wir lachten darüber. Dann redeten wir auch über die anderen, über Emilios, Stefanos und Eleni. Langsam näherte ich mich Ziel und Zweck meines Besuchs. Scheinbar zufällig ließ ich seinen Namen fallen.

»Ach ja, manchmal begleitet er Mutter abends nach Hause«, erzählte Leda. »In der letzten Zeit rennt sie – keine Ahnung, warum – ständig zu Ruth.«

Wenn zwei Frauen denselben Mann lieben, kann nur eine den Sieg davontragen. Ich musste mit Frau Parigori in den Ring steigen. Deshalb würde ich, genauso wie sie, auch zu Ruth rennen. Dann würden wir ja sehen, wen David nach Hause brachte.

Ruth besaß eine schöne Briefmarkensammlung und einen dazugehörigen Katalog mit Abbildungen, historischen Erläuterungen und einer Schätzung des Wertes. Ich würde Infantas kleine Sammlung zum Vorwand nehmen, um in ihrem Katalog zu recherchieren. Dieser Gedanke beruhigte mich. Als ich auf die Wiese trat und die Straße mit den Brombeersträuchern entlangging, strich ein Wind, der nach Abenteuer roch, von den umliegenden Bergen herab und führte mir vor Augen, wie schön der Morgen war. Nach dem Regen der Nacht schimmerten das Himmelsblau und das Kieferngrün besonders intensiv. Die Erde und die Äste der Bäume dufteten. Die frischen, zarten Triebe der Kiefern waren mit Hunderten im Sonnenlicht blinkenden Wassertropfen geschmückt. Auch die Büsche verströmten ein bitter-würziges Aroma, das ich mit tiefen Atemzügen einsog. Davids Haus sah aus wie frisch gestrichen, das Grau der Fassade wirkte bis auf die bereits getrockneten Stellen dunkler als sonst, und die tiefrot leuchtenden Backsteine um die Fenster traten noch stärker hervor.

Ruth zeigte sich sehr erfreut, mich zu sehen.

»Ich sehne mich so sehr nach Gesellschaft!«, sagte sie. »Ich plaudere doch so gern. Hier ist es sehr einsam.«

Einen Moment lang sah Ruth melancholisch drein, ein ungewohnter Anblick.

»Du hast doch David«, wagte ich einzuwenden.

»Ach, David ist ein Eigenbrötler.«

Sie begann, vom schwierigen Charakter ihres Sohnes zu erzählen. Tag und Nacht schließe er sich im Obergeschoss ein, und das Einzige, was er tue, sei Lesen.

»Er gebraucht nur seinen Verstand«, sagte sie. »Er hat kein Herz.«

Ich schüttelte verständnislos den Kopf, um sie zum Weiterreden zu animieren. Darauf ging sie ein, da sie selbst Lust hatte, darüber zu sprechen.

»Er ist ein Kopfmensch«, meinte sie. »Gerade vorgestern habe ich ein Buch gelesen ... Äh, warum fange ich davon an? Ach, ja, wegen David ... Vorgestern las ich ein Buch, in dem zwischen gefühlsbetonten Menschen und Kopfmenschen unterschieden wird. Darin stand interessanterweise, dass ausgerechnet sinnliche Menschen vom Verstand regiert seien. Ich bringe das immer durcheinander, ich dachte, gefühlsbetont und sinnlich sei dasselbe. Nun, egal, David also ...«

Jetzt lachte sie und redete wie ein Wasserfall. Ihr Haar schwang hin und her, als wäre sie ein kleines Kind, das ungeduldig auf der Stelle trippelt und nicht still stehen mag.

»Wie schön, dass du gekommen bist! Sonst hätte ich nicht gewusst, wie ich den ganzen Vormittag verbringen soll, bis Laura kommt.«

»Kommt Frau Parigori manchmal vorbei?«, fragte ich.

»Ja, in letzter Zeit fast jeden Nachmittag.«

Sie nahm mich an der Hand und führte mich in ihr Zimmer, um mir die neueste Umgestaltung zu zeigen. Diesmal waren die

Gardinen, der Bettüberwurf, das Tuch über dem Tischchen und die Kissen, die auf dem Boden drapiert lagen, vom rötlichen Gelb herbstlicher Platanenblätter. Die Puppe trug ein anderes Kleid, doch ihr Gesicht wirkte gealtert. Auch Ruth hatte graue Strähnen, nur fielen sie in ihrem blonden Haar nicht so auf. Die Falten in ihrem Gesicht konnte man nur ganz aus der Nähe erkennen.

»Diesen Sommer war mein Mann gar nicht hier«, sagte sie, als knüpfte sie an ein begonnenes Gespräch an. »Er hatte sehr viel zu tun.«

Die Fotografien an den Wänden hatten sich geändert, und die diversen Tierfigürchen auf dem Toilettentisch und den Etageren hatten sich vermehrt. Da erwähnte ich die Briefmarkensammlung und meinen Wunsch, einen Blick in ihren Katalog zu werfen. Sie klatschte vor Begeisterung in die Hände.

»Was für eine wunderbare Idee!«, rief sie. »Ein guter Anlass, mich wieder mehr mit meiner Sammlung zu befassen.«

Sie stand auf, lief hin und her, zog Schubladen auf, öffnete Schranktüren und war von unserem Vorhaben ganz angetan.

»Am besten gehen wir ins Esszimmer und breiten die Briefmarken auf dem großen Tisch aus.«

Meinen Einwand, dass es im fensterlosen Esszimmer und bei künstlichem Licht ziemlich ungemütlich sei, während draußen der schönste Sonnenschein herrsche, schluckte ich hinunter.

»Und wir machen alle Lichter an!«, sagte sie voller Freude.

Das leere, hell erleuchtete Esszimmer sah aus, als würden Gäste zu einer Abendgesellschaft erwartet. Ruth und ich setzten uns zwischen Unterlagen und Bücher unter den strahlenden Lüster. Von Zeit zu Zeit nahmen wir ein Vergrößerungsglas zur Hand.

»Da sitzen sie, die beiden Weisen, und weihen ihr Leben der Wissenschaft!«, bemerkte David mit einem leisen Lachen, als er die Treppe herunterkam.

Vermutlich weil es mitten am Tag war, bot er mir nicht an, mich nach Hause zu begleiten. Er verhielt sich so, als wären wir nie zu zweit spazieren gewesen, als hätten wir nie gemeinsam die Schilfrohre betrachtet. Eines Tages, David, zahl ich dir das zurück, schwor ich mir.

Aber vorläufig blieb mir keine andere Wahl, als Ruth zu besuchen und mit ihr zusammen Briefmarken zu betrachten – eine überaus langweilige Tätigkeit, gegen die ich innerlich revoltierte. Während Ruth plauderte, schweiften meine Gedanken ab. Es hielt mich nicht länger auf meinem Stuhl, ich streifte durchs Zimmer und strich mit der Hand über die dunklen, massiv und streng wirkenden Möbel. Über dem Buffet hing ein riesiges Gemälde in verrückten Farben, das verschiedene, aus einem Korb kullernde Früchte zeigte. An der einen Wand hingen zwei geraffte Samtvorhänge herab, die ein nicht vorhandenes Fenster umrahmten. Trotzdem betastete ich die Wand, als könnte ich nicht glauben, dass der Raum fensterlos war. In meiner Vorstellung sah ich dort in roten Leuchtbuchstaben das Wort »Notausgang« blinken, das keinen Ausgang, sondern eine undurchdringliche Wand markierte.

Da diese bedrückende Atmosphäre meine Liebe arg in Mitleidenschaft zog, reagierte ich feindselig und schnippisch auf David. Er war schuld daran, dass ich um den Genuss der Morgensonne kam. Das würde ich ihm nie verzeihen. »Komm doch morgen auch, komm doch morgen auch«, beharrte Ruth. Und ich kam, weil ich David sehen wollte, warf ihm jedoch nur böse Blicke zu, worauf er sich mit einem zurückhaltenden, ja förmlichen Verhalten revanchierte.

Auch zu Hause reagierte ich genervt. Wegen jeder Kleinigkeit fing ich Streit mit Infanta und meiner Mutter an. Tante Tereza gab ich freche Antworten – schon immer stichelte ich gern gegen sie –, und Rodia quälte ich ebenfalls. Keine traute sich mehr, das Wort an mich zu richten. »Schau nur, wie böse ihre Augen funkeln!«, meinte Rodia. »Was für ein Trotz!« Als ich mich eines Tages mit

Infanta stritt, kniff ich sie – ich weiß nicht, wie es mich überkam – in den Arm. Sofort bereute ich meine Tat zutiefst und bat um Entschuldigung, worauf sie mir verzieh.

An allem war natürlich David schuld und die Tatsache, dass es Herbst war und ich mich jeden Vormittag aus freien Stücken in das gruftartige Esszimmer einschloss. »Die schenke ich dir«, sagte Ruth. »Und die hier, und die hier auch.« Sie vermachte mir alle Briefmarken, die sie doppelt hatte, wofür ich mich mit gespielter Begeisterung bedankte. Dabei wünschte ich mir nichts sehnlicher, als sie so schnell wie möglich in Brand zu stecken.

Einmal zeigte mir Ruth – ich weiß nicht mehr, aus welchem Anlass – die Fotografie ihres Vaters. David war ihm wie aus dem Gesicht geschnitten. Nur dass sein Großvater eine Hakennase hatte und David, zum Glück, ein griechisches Profil.

»Auch ihr Sprechstil ist sehr ähnlich«, sagte Ruth. »Und wie sie mit den Händen gestikulieren. Wenn Vater über die Geschichte unseres Volkes erzählte, dann kamen einem schon beim Klang seiner Stimme und beim Anblick seiner Hände die Tränen.«

Ruth war ganz ernst geworden.

»Er war Zionist«, meinte sie mit verträumtem Gesichtsausdruck.

Ich heftete meinen Blick auf sie.

»Er glaubte, alle Juden sollten nach Palästina gehen, um dort eine neue Heimat zu finden. Sie sollten den Boden kultivieren und das Land von Grund auf, Stein für Stein, neu aufbauen.«

Stille.

»Obwohl er schon sechzig war, wollte er mit den jungen Leuten in Palästina selbst den Boden beackern. Das Geschäft, das er in England betrieben hatte, gab er auf. Aber dann verließen ihn die Kräfte, und er starb.«

Das Leben war ein seltsames Spiel.

»Ich bin auch Zionistin«, sagte Ruth.

Der Briefmarkenkatalog lag aufgeschlagen vor uns.

»Ich bin nur nicht dafür gemacht, die Erde zu beackern und solche Dinge. Ich vermisse Stavros sehr«, fuhr sie fort. Sie meinte Davids Vater. »Nachts träume ich oft von ihm.«

Danach hatte ich das Bedürfnis, Ruth ein kleines Geschenk zu machen. Ich dachte, ein Tierjunges würde ihr gefallen, das zu den anderen Figürchen auf ihrem Toilettentisch passen würde. Damals hatten wir unserer Glucke Enteneier untergeschoben, und gerade waren reizende Entchen mit schwarz-gelbem Flaum geschlüpft. Ich setzte eins davon in einen Korb und brachte es ihr. Sie freute sich wie ein kleines Kind.

»Mir war gar nicht bewusst, wie schön lebende Tiere im Vergleich zu Glas- oder Keramikfiguren sind«, meinte sie.

Sie taufte das Entchen Donald in Anspielung auf die Mickymaus-Comics, kaufte noch ein paar Artgenossen und legte sogar einen kleinen Teich an, um ihm das Leben – innerhalb einer eigenen, kleinen Entengemeinschaft – so angenehm wie möglich zu machen. Donald war es, der Davids Haus Leben einhauchte.

VI

Die Sternwarte

Die ziehenden Wolken werfen Schatten auf die Wiese, zuweilen auch auf die Berge gegenüber. Solange sie die Sonne nicht völlig verdecken, bleibt die Landschaft ringsum in Gold getaucht. Schieben sie sich vor die Sonne, verblasst die Erde mit einem Schlag.

Es gibt Tage, die vom ersten Lichtstrahl an Festtage sind: Hahnenschreie, Kinderlärm, Vogelgezwitscher und eine rote Sonne, die sich hinter dem Penteli hervorschiebt. Dann erblickt man über dem Parnitha eine weiße Wolke, höchstens zwei, still und reglos in der Luft, jede über einem anderen Gipfel. Und da, jetzt kommen noch andere in ihrem Gefolge, als stiegen sie im selben Moment aus dem Bauch des Berges. Zehn Wolken, hundert Wolken, die sich hierhin und dorthin verteilen, oder auch nur eine einzige, endlose Wolke, welche die Landschaft umgürtet, zunächst als ein schmaler Streifen, der nach und nach anschwillt, augenblicklich höher und breiter wird, schließlich den ganzen Himmel bewölkt, aber nur manchmal Regen mit sich bringt.

Dann denke ich an die Zugvögel, die in wärmere Länder reisen, und beneide sie. Ihre Heimat ist die ganze Welt. Während sie das Meer überqueren, ruhen sich die jungen Vögel auf den Rücken der älteren aus.

Seltsam, ein Zionist zu sein. Vielleicht genauso seltsam, wie Frau Parigori zu sein und an David zu denken. Besonders wenn sie gleichzeitig meine Schwester Maria zur Schwiegertochter hat und einen Enkelsohn namens Giannis, benannt nach ihrem Ehemann Giannis Parigoris, dem besten Chirurgen Athens, dessen Gewissenhaftigkeit jeder preist.

Vergangene Nacht hörte ich Infanta hinter verschlossener Tür in ihrem Zimmer weinen, bis Tante Tereza zu ihr ging und mit ihr sprach. Das ist auch so etwas Seltsames. Was Mutters Schreibtisch betraf, war ich noch unentschlossen, ob ich ihn öffnen sollte oder nicht. Das sei unanständig, hatte David gemeint, wenn es nicht der Rettung eines Menschenlebens dient. Aber war es nicht ebenso unanständig, »sinnlich« zu sein? Obwohl, das Wort übte einen gewissen Reiz aus. Wenn ich in meinen Büchern darauf stoße, halte ich inne und denke darüber nach. Anscheinend ergeht es mir ähnlich wie Ruth, und ich verwechsle es mit »gefühlsbetont«. Man kann die beiden Wörter nur schwer auseinanderhalten. Was sollte die Verwirrung bedeuten, die ich spürte, als mein Kopf an Davids Brust lag? Und als er mir beim Aufstehen half? Und als ich danach abends in den Spiegel blickte und in Tränen ausbrach? Noch so etwas Seltsames.

Alles ist neu und seltsam, auch das Wetter, das jeden Tag wechselt. Gestern regnete es, heute hat die Sonne die Farbe süßen Honigs, und in der Ferne erklingt der verzweifelte Schrei eines Esels. Gibt es überhaupt glückliche Esel? Das wäre doch eine Lebensaufgabe – sich einen Esel zu kaufen und ihn glücklich zu machen. Das muss ich sofort Leda erzählen. Man müsste ihn jeden Morgen striegeln, gut füttern und ihn einfach nur, ohne Lasten zu tragen, herumspazieren lassen. Vielleicht würde sein Ruf dann glücklicher klingen.

Noch etwas Seltsames: Vater wartet darauf, dass sich die blonde Dame scheiden lässt, damit er sie heiraten kann. Denn – was für ein Zufall! – auch für sie ist es die zweite Ehe. Laut Tante Tereza kann bis dahin aber noch viel passieren …

Vielleicht schaue ich am Nachmittag bei Leda vorbei, um ihr meine Idee mit dem Esel zu erzählen. Auf dem Nachhauseweg könnte ich Frau Parigori und David auflauern und vielleicht etwas von ihrem Gespräch erhaschen. Eines ist sicher: Frau Parigori sah mich anders an als sonst, als wir uns bei Ruth begegneten. Wenn ich mich von ihr abwandte, musterte sie mich verstohlen. Sie musste Verdacht geschöpft haben. Wer weiß, vielleicht hat sie erfahren, dass ich mich zweimal mit David getroffen hatte. Ich musterte sie genauso verstohlen. Einen eindringlichen Moment lang verharrten wir Auge in Auge, und ich sagte: »Sie sehen gut aus, Frau Parigori. Sie haben zugenommen, aber es steht Ihnen.« Ihre größte Sorge war zuzunehmen, sie hatte die Veranlagung dazu.

David, der zwischen uns saß, wandte sich mit seiner hohen Stimme und seinem scharfen Auflachen mal zur einen, mal zur anderen, während er mit seinen Händen, die er faltete und dann wieder spreizte, den ganzen Tisch beherrschte. Zweimal ertappte ich sie, wie sie auf seine Hände starrte.

Doch dann passierte etwas Unerwartetes. Nachdem ich mich auf den Heimweg gemacht hatte, lief er mir plötzlich hinterher und fragte mich genau an der Stelle, wo der Kartoffelacker endet und die Straße mit den Brombeerbüschen anfängt, ob ich nicht neugierig wäre, den Himmel durchs Teleskop zu betrachten. Dann könnte ich Sonntagabend, wenn es dunkel wäre, zu ihm kommen. Aber nach Hause, so wie Frau Parigori, begleitete er mich nicht.

Und jetzt war es erst Montag.

Am Dienstagmorgen zogen sich Wolken zusammen, die sich nachmittags wieder auflösten, am Mittwoch bewölkte es sich erneut, und es regnete, am Donnerstag wurde es sonnig. Es waren schwierige Tage, ziellos und verloren wanderte ich umher. Wenn ich an der Küche vorbei in den Garten wollte, blieb mein zerstreuter Blick an Rodias Händen hängen, die Kartoffeln schälten.

Ich setzte mich hin, sprang aber gleich wieder auf, pflückte einen Verbenenzweig und nahm wieder Platz. »Der Wandernde Jude«, so lautete Rodias Kommentar. Bei ihren Worten lief es mir kalt den Rücken hinunter. Abgesehen von der Nase war David seinem Großvater zwar wie aus dem Gesicht geschnitten, aber es stand fest, dass er nie in Palästina den Boden beackern oder auch als Christ, der er war, zu einem neuen Kreuzzug aufbrechen würde.

Letztes Jahr zur selben Zeit hatte ich mich so frei gefühlt! Über die Wiese rennend hatte ich mit meiner Gerte die Büsche gepeitscht, und die Helden der Bücher, die ich gerade las, leisteten mir Gesellschaft. Dieses Jahr würde Aljoscha, auch wenn ich ihn rief, nicht kommen. Überall blickten mir Davids schwarze, glänzende Hexenaugen entgegen – von der Wiese, von den umliegenden Bergen, selbst vom Teller, von dem ich aß. Wenn er sie am Sonntagabend auf mich richtete und »Spring aus dem Fenster!« sagte, hätte ich da eine andere Wahl? Mich überkam die Angst, der Sonntag könnte der letzte Tag meines Lebens sein. Trotzdem erwartete ich ihn mit heimlicher Sehnsucht und mit einer Ehrfurcht, die dem Tod gebührt.

So wusch ich mein Haar, zog ein weißes Kleid an und machte mich nach dieser aufwühlenden Woche trotzdem heiter und gelassen auf den Weg. Heimlich, natürlich. Im Haus hatten sich alle schlafen gelegt. Ich hörte Tante Terezas leises Schnarchen, während ich an ihrer Tür lauschte. Als ich in den Garten trat, sah ich Licht in Marias Haus. Das Kind musste aufgewacht sein.

Die Nacht war herzergreifend schön und still. Plötzlich spürte ich eine Hundeschnauze an meinen Beinen und eine leckende Zunge. »Pssst, Giagoulas, leise!«, flüsterte ich. »Lauf nach Hause!« Doch statt Mavroukos kam mir Dick in den Sinn, obwohl ich von ihm nur noch wusste, dass er ein weißes und ein schwarzes Ohr hatte. Ich wunderte mich über meine heitere Gelassenheit und fragte mich, ob ich nicht etwa eingeschlafen war und das alles nur träumte. Dann wäre es jetzt an der Zeit, aufzuwachen und zu David zu gehen, um durchs Teleskop den Himmel zu betrachten.

Die Nacht war mondlos und sternenklar und jeder Stern eine eigene Welt. Der Gedanke konnte einen schier verrückt machen, dass die Menschen die Umlaufbahn der Planeten um die Sonne beobachteten und erforschten. Amalia hält das alles gewiss für Unsinn, da wir ihrer Meinung nach nicht einmal imstande sind, allen Menschen auf der Erde ein erträgliches Leben zu bieten. Irgendwann muss ich einmal ganz in Ruhe über Amalias Worte nachdenken.

Aber was war, wenn David seine Einladung vergessen hatte? Wenn er sie gar nicht ernst gemeint hatte?

Am liebsten wäre ich zurückgelaufen, hätte mich wieder ausgezogen und ins Bett gelegt. In meinem Zimmer weiß ich genau, was für ein Spiel das Licht, das jeden Morgen durch die Fensterläden fällt, an der gegenüberliegenden Wand treibt, wie hoch die Zimmerdecke ist und wo sie Risse hat, die sich zu Gesichtern und tausend anderen Dingen formen.

Doch die Wiese lag schon hinter mir, ich hatte die Straße mit den Brombeersträuchern erreicht. Als ich mit dem einen Schuh in eine Wasserlache tappte, schüttelte ich ihn kurz trocken und wischte ihn im Gras ab. Bis auf einen Frosch, der vor mir über den Weg hüpfte, und eine Fledermaus, die mich umflatterte, verlief meine Wanderung ohne Zwischenfälle.

Oben in der Sternwarte leuchtete ein kleines Licht, das übrige Haus lag in Dunkel getaucht. David wartete rauchend am Rand des Kartoffelackers. Ich lächelte verlegen. Über dem weißen Kleid hatte ich mir – unschlüssig, ob ich ganz hineinschlüpfen sollte oder nicht – ein hellgelbes Sommerjäckchen um die Schultern gezogen. Auch er lächelte verlegen, seine Bewegungen waren fahrig, und er wirkte ratlos, ob er mir in die Jacke hinein oder aus der Jacke heraus helfen sollte.

»Ich lege sie mir lieber um die Schultern.«

Erst dann wünschten wir einander Guten Abend, und er lud mich ein, am Feldrand neben ihm Platz zu nehmen.

»Wir haben noch ein Weilchen Zeit«, sagte er und deutete vage zum Licht hin, das aus der Sternwarte herüberleuchtete.

Gleich darauf ließ er seine Hand in der für ihn typischen Weise fallen, die so viel zärtliche Hoffnungslosigkeit ausdrückte.

»David …«, hob ich an.

Wie ich ihn in diesem Moment liebte!

»Was ist in der letzten Zeit nur mit dir los?«, wandte er sich plötzlich an mich.

»Was soll los sein?«

»Tja, das weißt nur du allein.«

Ich schwieg.

»Willst du es mir nicht sagen, Katerina?«

Ich wollte reden, ihm von Frau Parigori erzählen, vom düsteren Esszimmer, einfach alles. Aber mit welchem Recht, könnte David sagen, wollte ich ihn daran hindern, mit Frau Parigori spazieren zu gehen? Daher biss ich die Zähne zusammen und sagte nichts. Ich streckte bloß meinen Hals in die Höhe, hob den Blick und schaute in die Ferne.

»Du bist wirklich ein Trotzkopf!«, flüsterte David. Nach einem letzten Zug an seiner Zigarette schleuderte er sie zu Boden, wo sie noch eine kleine Weile vor sich hin glomm. Dann meinte ich: »Und mit dir, David? Was ist mit dir los?«

Mir war, als suchte er im Dunkeln meinen Blick. Mir war, als berührte er ganz sacht, kaum fühlbar meine Hand.

»Wie alt bist du?«, fragte er.

»Bald achtzehn.«

»Ich bin sechsundzwanzig«, meinte er.

»Schläft Ruth schon?«, fragte ich unvermutet.

»Nein, sie ist seit gestern in Athen.«

»Ach so …«

Ich war allein mit David, auf diesem verlassenen Acker, in diesem verlassenen Haus, auf dieser Welt. Nur David und ich. Das machte mir ein wenig Angst. Und wenn er mich aufforderte, aus dem Fenster der Sternwarte zu springen?

»Es ist so weit«, hörte ich ihn sagen.

Ich stand auf. Unter dem Vorwand, mir über die Unebenheiten des Weges zu helfen, reichte er mir die Hand. Dass mir die Jacke dabei ständig von den Schultern glitt, irritierte mich.

»Du weißt nicht, was du willst«, sagte David mit einem kleinen Auflachen.

»Wieso? Woran merkst du das?«

»Du weißt nicht, ob du die Jacke an- oder ausziehen sollst.«

Erneut lachte er auf.

Das stimmte. Es fiel mir immer schwer, Entscheidungen zu treffen. Aber wenn ich sie einmal traf …

»Ja, ich bin unentschlossen«, gab ich zu. »Und weißt du, was noch?«

Wir waren an der Wendeltreppe angelangt.

»Ich mag solche Treppen nicht, darauf wird mir schwindelig.«

Ich hob den Kopf. Die Wendeltreppe schien sich endlos hochzuschrauben.

»Du wirst sehen, wie schön es oben ist«, meinte David.

Es war ein kreisrunder Raum, und nur die Fenster, die in alle vier Himmelsrichtungen hinausgingen, waren viereckig. Darüber spannte sich anstelle einer normalen Zimmerdecke eine schwere, eiserne Kuppel. Als wir eintraten, roch die Luft abgestanden. Unter der Leselampe lag ein Band, der auf Seite vierhundertzwanzig geöffnet war. Ringsum stapelten sich noch mehr Bücher. Mein Blick fiel auf das Teleskop und weitere, zugehörige Instrumente.

»Das hier ist mein Zuhause«, sagte David mit einer Stimme, die mit Rührung zu kämpfen schien.

Ich musste an mein Versteck denken und an all die schönen Momente, die ich dort verbracht hatte. Aber sprechen konnte ich darüber nicht. Wie sollte ich zum Ausdruck bringen, was für Schatten die Blätter warfen, wie sie rauschten und wie zutraulich die Vögel wurden? Die meisten waren rot und blau gefiedert, andere schwarz mit weißen Bäuchen. Ich verspüre schnell Heimweh, selbst nach Orten und Dingen, die ich tagtäglich sehe und erlebe. Wie soll ich da bloß auf Weltreise gehen? Ich seufzte.

»Dir ist bestimmt warm, ich mache mal ein bisschen auf.«

Bevor ich richtig begriff, was David damit meinte, ging das Licht aus, und ich hörte ein dumpfes Grollen, während die eiserne Kuppel sich öffnete. Als ich die Augen hob, blickte ich in den Himmel. Die glatte Wand der Kuppel hatte weder Anfang noch Ende. Etwas Derartiges hatte ich nicht erwartet. Und auch nicht, dass David mich im selben Moment küsste, auf den Mund. Eine süße Beklommenheit raubte mir die Sprache. Ich dachte, für den Rest meines Lebens würde ich stumm bleiben, keinen Schritt mehr gehen, keinen klaren Gedanken mehr fassen können. Doch das spielte alles keine Rolle mehr. Nur die süße Beklommenheit sollte nicht mehr weggehen, nie wieder. Erneut suchte ich seine Lippen. Als er mich ganz fest an sich presste, sagte ich mir: So muss sich der Tod anfühlen, Katerina. Der Tod, den du mit heimlicher Sehnsucht erwartet hast. Stattdessen schlug er mir vor, den Himmel durchs Teleskop zu betrachten.

Nachdem wir uns an der unvergleichlichen Weite des Alls sattgesehen hatten, wollte David wissen, ob ich die Jacke anziehen wollte oder nicht. Dann gingen wir, obwohl es noch nicht spät war, die Treppe wieder hinunter.

»Ich möchte lieber allein zurückgehen«, sagte ich, als er mich, ganz wie Frau Parigori, auf der Straße mit den Brombeerbüschen nach Hause begleiten wollte. »Aber ich komme wieder. Das alles hat mir sehr gefallen, David.«

Ich wollte lachen, singen, weinen und schreien, alles gleichzeitig. Der Wind hatte aufgefrischt, die Böen packten und bogen mich, als wäre ich ein Schilfrohr. Trotz der Dunkelheit konnte ich die Schemen der Bäume erkennen, die noch schwärzer waren. Auch ich war nur ein schwarzes Schattenbild unter dem starrenden Blick der Bäume. In meinen Adern floss, das fühlte ich, schwarzes Blut. Der Geschmack von Davids Kuss blieb auf meinen Lippen zurück, die süße Beklommenheit war ein Teil von mir geworden. Wie der Wind durch die Kiefern brauste, mein Gott, gleich würde ich davonfliegen! Ich löste mein Haarband und ließ es flattern, bis es sirrte wie Kiefernnadeln im Wind. Ich war bereit für den Elfentanz.

Beim Gehen wurde mein Körper, statt zu ermüden, immer leichter. Vom Weg trat ich in den Wald. Bald waren meine Füße von Dornen blutig gekratzt. Ein rundes, regloses Eulenauge blickte mir entgegen. Ich ging weiter. Schwerer Flügelschlag war zu hören, den ich aber mehr fühlte als hörte. Der Wind brauste noch stärker. Die Schatten der Kiefern neigten sich zur Seite, versuchten sich aufzurichten und wurden wieder nach unten gedrückt.

Meine Stimme war, wenn ich jetzt »Aaaah!« rief, gewiss lauter als je zuvor. Sie reichte bis zum Parnitha und zum Penteli und wurde als tausendfaches Echo zurückgeworfen. Aber ich schloss sie in mir ein, bis sie so fest und klar war wie nie zuvor. Wenn ich jetzt loslief, war ich gewiss schneller als die Hirsche. Ich war bereit für den Elfentanz.

Sie erwarteten mich auf der Lichtung, und fortgerissen von ihrem Rhythmus fühlte ich mich beinah als eine von ihnen.

Kurz vor Sonnenaufgang wurde ich wach und fragte mich, wieso ich schlafend im Wald lag. Dann fiel es mir wieder ein. Mit den Fingerspitzen betastete ich meine Lippen, ganz in Gedanken verloren. Mein Gesicht war, wie alles andere ringsum, in ein milchiges Licht getaucht.

Dann schlief ich, so schien es mir, erneut für ein paar Minuten ein, vielleicht war's auch eine halbe Stunde. Kaum schlug ich die Augen wieder auf, sprang ich hoch. Über der Heidekrautlandschaft ging gerade die Sonne auf. Der Penteli mit seinen Marmorfelsen und das Heidekraut schimmerten im gleichen Farbton.

Ich wusste nicht, wo ich mich befand. Zur Orientierung kletterte ich eine Kiefer hoch. Über dem Flugfeld von Tatoi im Hintergrund lag eine Staubwolke, soeben musste ein Flugzeug abgehoben haben. Weiter drüben erkannte ich den Olivenhain. Ich hatte mich ein ganzes Stück von der Straße mit den Brombeerbüschen entfernt.

Der Wald erwachte mit einem leisen Zittern. Ich breitete die Arme aus und holte tief Luft. Heidekraut, wohin ich auch blickte. Ich hüpfte darüber hinweg, um es nicht zu zertreten. Im Olivenhain mit seiner roten, nackten Erde und seinem spärlichen Schatten war alles ganz anders. Dort herrschte reglose, gleichförmige und Respekt einflößende Stille.

Es folgte das steile Stück an der Straße der Olivenhaine. Ich ging rascher, für mich war der Höhenunterschied ein Kinderspiel. Manchmal, vor allem morgens, zog ich den steilen Anstieg der ebenen Strecke sogar vor. Maria, so hatte sie mir erzählt, fand den Weg oberhalb der Olivenhaine mühsam.

Ich beschleunigte den Schritt. Es war schon spät, die anderen durften nicht merken, dass ich die ganze Nacht nicht zu Hause gewesen war. Außerdem war ich hungrig. Die Ziegen standen schon auf der Weide, die Hühner pickten nach Würmern. Kalomiras Schwein quiekte so verzweifelt, als wollte man es gerade ertränken. Dabei war es nur hungrig. In der großen Wasserrinne gluckerte es, der Duft von Minze lag in der Luft. Das Röhricht war in die Höhe geschossen, an seinen Spitzen hingen goldsilbrige Blütenrispen. Fuhr der Wind durch die Rispen, begleitete ihr heiteres Tuscheln das wehmütige Summen des sich neigenden Schilfrohrs.

Welche Farbe das Meer jetzt wohl hatte? Gerade gingen die Fensterläden der Inselhäuser auf und ließen die morgendliche Brise ein, die Kiesel glänzten, und die Möwen tauchten in Scharen nach Fischen.

Da unsere Gartenpforte knarrte, musste ich über den Zaun klettern und rasch ins Haus schlüpfen. Sonst würden mich Herr Giorgis und Tasia bemerken, vielleicht auch Rodia und Großpapa, die Frühaufsteher waren. Kurz überlegte ich, ob ich durch die Vordertür ins Esszimmer oder besser durch die Küche und dann über die Treppe in mein Zimmer schleichen sollte. Gerade als ich mich für die zweite Lösung entschieden hatte, lief mir Rodia über den Weg. Ich wurde abwechselnd rot und blass.

»So früh schon auf den Beinen?«, wunderte sich Rodia.

»Die laute Stimme von Mutter Kapatos hat mich geweckt«, erläuterte ich. »Sie hat nach ihren Kindern gerufen.«

Ich rannte die Treppe hoch, endlich war ich in meinem Zimmer. Als ich mein frisch gemachtes, unberührtes Bett erblickte, überkam mich ein seltsames Gefühl. Als hätte ich einen Verrat an ihm begangen. Meine Stirn berührte die weißen Laken. »David hat mich nur geküsst«, wisperte ich. Danach zog ich das Deckbett herunter und hängte es über die Fensterbank in die Sonne. Ich beugte mich hinaus, und die milde Morgensonne strich mir über Brauen, Haar und Lippen. Alles war Licht, auch mein Blut war jetzt leuchtend hellrot. Der Tag stieg empor. Während ich über die Wiese blickte, wurde mir schlagartig bewusst, dass David kein »Ich liebe dich« gesagt hatte, wie man es in solchen Situationen erwarten durfte.

Unten im Garten begegnete ich Infanta.

»Wo bist du heute Nacht gewesen?«, fragte sie, ohne mich anzublicken.

Stille.

»Ich habe bei dir angeklopft. Als du nicht geantwortet hast, habe ich die Tür aufgemacht. Dein Zimmer war leer.«

»Wann denn?« Meine Stimme klang auf alberne Weise herausfordernd.

»Nach Mitternacht.«

Stille.

»Ich wollte dich etwas fragen.«

Sie blickte in die Ferne.

»Aber meine Frage ist eigentlich beantwortet. Ich meine, durch deine Abwesenheit hast du mir die Antwort gegeben, verstehst du? Kann sein, dass ...«

Sie straffte sich plötzlich. Ihre Augen verengten sich zu Schlitzen.

»Ich weiß aber nicht, ob ... Noch nicht ...« Und kurz darauf fuhr sie fort: »Hat David dich geküsst?«

»Ja, er hat mich geküsst.«

Wir waren in der Laube. Ich lag auf der Bank, mit halb geschlossenen Augen. Langsam stieg Ärger in mir hoch. Ich richtete mich auf und blickte sie an.

»Na, und wenn schon?«, rief ich. »Wieso sollte er mich nicht küssen? Ich bin doch fast achtzehn.«

»Ja, und ich neunzehn«, sagte sie mit abwesendem Blick.

Sie lehnte ihren Kopf an den Stamm der Kiefer.

»Ich fühle mich wie eine Gefangene, Katerina«, sagte sie.

Mir saß ein Kloß im Hals. Mit einem Lachen erhob ich mich.

»Komm mit zu den Feigenbäumen«, sagte ich.

Ganz oben hingen die letzten, süßen Früchte. Ich pflückte ein paar für Rodia, da ich wusste, wie gern sie Feigen aß, auch wenn sie sich jedes Mal beschwerte: »Die schmecken ja nach gar nichts. Wenn ich da an die Feigen aus Ikaria denke!«

Als ich sie auf den Küchentisch stellte, warf mir Rodia einen scharfen Blick zu.

»Irgendetwas stimmt nicht mit dir«, stieß sie zwischen den Zähnen hervor. »Du hast so feurige Augen.«

»Ach, Rodia, Rodoula und Roditsa! Ich hab die ganze Nacht mit den Elfen getanzt.«

Ich fasste sie um die Taille, um mich mit ihr im Kreis zu drehen.

»Lass mich in Ruhe«, sagte sie streng. »Du erzählst schon wieder Lügengeschichten, wie damals als kleines Mädchen.«

Dritter Sommer

I

Mai und Juni

Vater und Onkel Agesilaos können jetzt alle Unartigkeiten begehen – das Essen vergessen oder mehr essen, als ihnen guttut, oder in einem Jackett ohne einen einzigen Knopf auf die Straße gehen. Es gibt niemanden mehr, der auf sie aufpasst. In diesem Winter starb Großmama. Ich weiß noch, dass es am Tag des Begräbnisses regnete und ich bis auf die Knochen fror. Obwohl Vater sehr traurig war, weinte er nicht und blieb genauso stumm wie Onkel Agesilaos. Als sich die beiden irgendwann einen Blick zuwarfen, lag darin die Verständnislosigkeit und Verlassenheit von Waisenkindern.

Ich erinnere mich noch an den Moment, als ich davon erfuhr. Es war frühmorgens, ich stand gerade singend im Bad und schrubbte mich unter dem kaltem Wasserstrahl. »Elmina hat angerufen«, hörte ich Mutter zu Tante Tereza unter dem Badezimmerfenster sagen. Elmina war die verheiratete Schwester von Vater und Onkel Agesilaos, die Mutter unserer Cousins Antrikos und Elli. »Sie fragte, ob wir ihr ein schwarzes Kleid fürs Begräbnis leihen können. Ja, es ging ganz schnell, ein Herzinfarkt.«

Obwohl ich begriff, dass von Großmama die Rede war und dass sie nicht mehr unter uns war, ließ ich den Wasserhahn laufen, schrubbte weiter und bemühte mich, an etwas ganz anderes zu denken. Als wäre nichts geschehen, trocknete ich mich ab und kämmte mich. Beim Ankleiden wurden meine Bewegungen immer langsamer, bis ich es nicht mehr aushielt, zu Mutter eilte und sie dabei fast über den Haufen lief. »Sag schnell!«, rief ich. »Was ist passiert? Über wen hast du mit Tante Tereza gesprochen?«

»Deine Großmama …«, begann Mutter.

Ich brach in Tränen aus. Nachdem Infanta und Maria dazugestoßen waren, konnten wir uns alle drei bis zum Nachmittag nicht beruhigen.

Durch einen seltsamen Zufall verlor Marios fast zur gleichen Zeit seine Großmutter. Die arme Frau Montelandi hatte, wie sich herausstellte, schon seit Jahren an einer Krankheit gelitten, die sie langsam aufzehrte. So trug Frau Parigori ab sofort Schwarz, was ihr nach einhelliger Meinung ausgezeichnet stand.

Nur David bekam es nicht mit, da er in England weilte. Am zweiten Sonntag nach unserem Treffen und unserem ersten Kuss war er abgereist. Der Gedanke, dass auch Frau Parigori ihn nicht mehr sah, milderte meine Betrübnis über seine Abwesenheit und steigerte sich zuweilen sogar bis zu einer freudigen Stimmung. Das alltägliche Leben zählte für mich weniger als die Traumwelt, in der ich lebte. Nur die Spaziergänge im Wald nach dem Regen und im verschneiten Park machten mir Spaß. Manchmal traf ich Eleni, Emilios, Margarita oder Petros. Margarita konnte ihre Feindseligkeit mir gegenüber nicht unterdrücken, obwohl ich Petros klar signalisiert hatte, dass er nichts zu erwarten hatte. Nikitas sahen wir nur selten. Seiner Mutter war es im kalten Kifissia zu langweilig geworden, und die Familie war in ihr Athener Domizil gezogen. Nikitas war jetzt mit seriösen Dingen beschäftigt, er absolvierte sein erstes Studienjahr am Athener Polytechnikum. Er wollte Ingenieur werden und hatte vor, erst nach dem Winter zurückzukehren. Uns kam zu Ohren, dass seine Familie das Haus für ihre Rückkehr herrichten ließ und veranlasst hatte, alle im letzten Sommer kaputtgegangenen Lampions im Hortensienbeet zu ersetzen. Auch die rissig gewordenen Zementwege im Garten wurden ausgebessert.

Da sich Infanta ein neues Kleid wünschte, fuhren wir gemeinsam zum Einkaufen nach Athen. Sie suchte sich ein blaugrünes aus, das zu ihren Augen passte. Meines war hellrot mit einem weißen Muster, das aussah wie im Sonnenlicht verstreute Granatapfelkerne. Die Läden waren gut besucht, Leute drängelten sich vor den Schaufenstern, Absätze klapperten über die gepflasterten Bürgersteige. In einer Ecke saßen ein paar Blinde, die Gitarre spielten und in die Sonne lächelten, zu ihren Füßen eine Blechbüchse. Infanta und ich spazieren gern in Athen Arm in Arm und geraten dabei ins Schwatzen.

Bei diesem Athenbesuch hatte ich jedoch etwas ganz Bestimmtes im Sinn. Die Idee war mir in der Nacht gekommen und ließ mich nicht mehr los. Zwar schlummerte ich immer wieder ein, lag aber zwischendurch lange wach. Zu meiner Verwunderung hatte ich in diesen kurzen Schlafphasen so viele Träume, dass ich ewig davon erzählen könnte. Trotz der schlechten Nacht, vielleicht aber auch durch die frische Frühlingsbrise wachte ich besonders gut gelaunt auf und frühstückte mit großem Appetit. Nur Mutters Blick wich ich aus, weil sie einen immer fixierte, um zu erraten, was man dachte. Und mein Plan würde ihr vermutlich nicht zusagen. Noch vor zwei Jahren hätte ich ihn auch kaum umgesetzt, aber jetzt lagen die Dinge anders.

Nach dem Kleiderkauf sagte ich zu Infanta:

»Was hältst du davon, Vater zu besuchen?«

»Wo? In der Bank?«

»Ja, in der Bank.«

In der Zwischenzeit hatte mein Plan ein wenig von seinem Zauber eingebüßt, als würde sich ein faszinierender nächtlicher Traum im Tageslicht auflösen wie Morgennebel. Versucht man, noch etwas davon zu erhaschen, verflüchtigt sich alles. Der Gedanke kam mir jetzt albern vor, und ich getraute mich kaum, ihn anzusprechen. Andererseits wollte ich auf mein Vorhaben nicht verzichten. Je länger ich wartete, desto schwerer würde es mir fallen. Daher sagte ich, kaum hatten wir Vater begrüßt und uns ihm gegenüber hingesetzt, mit großem Ernst:

»Vater, du solltest wieder heiraten. Wir haben jedenfalls keine Einwände.«

Er schaute mich unglaublich liebevoll an, und ich erwiderte seinen Blick, ein unvergesslicher Moment.

»Eine Unterschrift, bitte.«

Ein Angestellter stand vor seinem Schreibtisch. Vater nahm das Schriftstück, las es aufmerksam durch, drückte einen Stempel darauf und unterzeichnete es. Infanta rutschte, von der ganzen Situation überrascht, unruhig auf ihrem Stuhl hin und her.

Als der Angestellte ging, war der Zauber des Augenblicks verflogen und wir alle drei verstummt. Ich griff nach einem Löschblatt und begann, es in Fitzelchen zu zerreißen, während ich meinen ganzen Mut zusammennahm.

»Wir wollten, dass du weißt, dass wir nichts dagegen haben. Deshalb sind wir hier. Nicht wahr, Infanta?«

Infanta hatte ich vorab nichts gesagt, weil ich ihren Widerspruch fürchtete.

»Ja, natürlich«, wisperte sie.

»Maria hat auch keinen Einwand.«

Ein Lächeln huschte über Vaters Gesicht.

»Was heißt Einwand ... Ich will nur sagen, dass es uns nicht stört. Wer sind wir denn, dass wir Einwände haben könnten!«

Er wirkte zufrieden.

»Ich wollte es euch auch schon mitteilen«, meinte er. »Aber das macht alles einfacher. Katerina und ich haben vor, diesen Sommer zu heiraten.«

Dass sie Katerina hieß, konnte ich nicht vorhersehen.

»Ich habt den gleichen Namen«, sagte Vater und tat so, als läse er ein anderes Papier, das die ganze Zeit unberührt vor ihm gelegen hatte.

Beim Weggehen fühlte ich mich erleichtert, und auf der Straße pfiff ich leise vor mich hin. So wie bei jedem Plan, der konkrete Gestalt annimmt, unterschied sich die Umsetzung vom Gedanken. Ich hatte mir die Szene irgendwie eindrucksvoller ausgemalt, aber Hauptsache, Vater war zufrieden.

»Was ist bloß in dich gefahren?«, sagte Infanta, sobald wir auf der Straße standen.

»Begreifst du denn nicht, dass Vater nach Großmamas Tod ganz allein ist? Und dass es nicht schön ist, allein zu sein?«, schrie ich gegen den Autolärm an.

»Findest du?«, erwiderte sie traumverloren, um gleich darauf fortzufahren: »Ich meine gar nicht so sehr, *was* du gesagt hast, sondern *wie* du es gesagt hast.« Sie lachte auf. »Hochoffiziell und gleichzeitig komisch ...«

Sie ahmte meine Stimme nach: »Vater, du solltest wieder heiraten. Wir haben jedenfalls keine Einwände.«

Oh, das klang in der Tat komisch, im Grunde lächerlich, das merkte ich erst jetzt.

»Was hältst du davon, dass sie Katerina heißt?«, wollte ich wissen.

»Na ja, der Name ist nicht gerade selten«, meinte Infanta.

Dann kehrten wir, jede mit ihrem Paket unterm Arm, nach Hause zurück. Mutter bemängelte, wir hätten etwas weniger auffällige Farben wählen können, da wir die Trauerkleidung nach Großmamas Tod gerade erst abgelegt hatten. Dabei dachte sie nicht an das Blau des Himmels, das Rotbraun der Erde und das Grün der Bäume nach dem Winter.

Die Landschaft war mit Feldblumen übersät. An manchen Tagen musste ich bei ihrem Anblick an David denken, an anderen Tagen nicht. Dass sein Gesicht in meiner Erinnerung zunehmend erlosch, erfüllte mich mit Angst, während ich darum rang, es mir wieder ins Gedächtnis zu rufen. Dann lief ich zu Ruth und bat sie, mir die Fotografie ihres Vaters zu zeigen. Viel half sie mir auch nicht weiter, da seine Hakennase nichts mit David zu tun hatte. Den ganzen Winter über hatte er mir nicht geschrieben. Er sei, so behauptete er, kein großer Briefeschreiber, darüber hinaus war er in seine Doktorarbeit vertieft. Nur sein Vater notierte in seinen Briefen an Ruth: »David lässt alle grüßen.« Ein paarmal hieß es auch: »David lässt alle und Katerina grüßen.«

Das war zwar schon etwas, aber er hätte ruhig selbst noch ein paar Worte hinzufügen können. Nicht zuletzt deshalb, da ein paar junge Männer aus Nikitas' Freundeskreis, wenn ich es zugelassen hätte, überaus gern mit mir spazieren gegangen wären und mich geküsst hätten. An der Tatsache, dass ich – obwohl mir das schon gefallen hätte – nicht mit ihnen spazieren ging, merkte ich, dass ich David liebte.

Als uns kurz vor Neujahr Nikitas nach Athen einlud, lernte ich dort einen seiner Kommilitonen kennen, der eine sehr schöne Stirn hatte. Als wir voreinander standen, verschlug es uns beiden die Sprache. Obwohl er mit den anderen Mädchen tanzte und ich mit den anderen Jungen, war ich mir sicher, dass er den ganzen Nachmittag an mich dachte, und auch mir ging er nicht aus dem Kopf. Ich sagte mir: »Gleich kommt er und fordert mich auf.« Und dann: »Am besten stelle ich mich ans Fenster, vielleicht nähert er sich dann, und wir kommen ins Gespräch.« Womöglich lag es daran, dass ich ein Samtkleid trug und meine Wangen vom Tanz gerötet waren. Es gibt Momente, in denen ich schön bin – ich bin nicht immer schön wie Infanta –, und dann möchte ich, dass jemand es bemerkt und sogar ausspricht. Er warf mir einen Blick zu, und als er merkte, dass ich es bemerkt hatte, tat er ganz gleichgültig.

Er tanzte mit einer Blondine, die einen riesigen Mund hatte. Ihr Haar war mit Sicherheit nicht von Natur aus blond. Ich lachte und drehte mich im Kreis. Trotzdem kam er nicht auf mich zu, und ich ging mit dem Gefühl, dass ich die feurige, glühende Kraft, die ich an diesem Abend verspürte, verschenkt hatte.

Am nächsten Tag war alles vergessen. Ich weiß gar nicht, warum ich jetzt darauf komme. Ach ja, wegen David, der mir den ganzen Winter über nicht geschrieben hatte.

Es gab Stunden, da mich seine Abwesenheit ganz erfüllte. Obwohl seine Abwesenheit natürlich nicht dasselbe war wie er selbst, war sie ihm doch ähnlich, war an meiner Seite, während ich am Tisch saß, und begleitete mich auf meinen nachmittäglichen Winterwanderungen. Ich begann, Davids Abwesenheit zu lieben.

Alles war so ungewiss und wie verborgen hinter einem Regenschleier, wo man nur zitternde Schemen erriet. Allein der Sturzregen, der die Leoforos Anixeos in ein Flussbett verwandelte, brachte wie jeden November und Januar die strömende Flut, die in nur wenigen Tagen Zäune einriss und Äcker überflutete. Auch unser Hühnerstall stand unter Wasser, fast wären die Hennen ertrunken. Die Ärmsten hatten sich mit eingezogenen Köpfen auf die höchsten Stangen geflüchtet, auf denen sie sonst immer nachts kauerten, und starrten auf den Boden, der zu einem See geworden war.

Obwohl die Wintertage milchig trüb dahinglitten, ist meine Erinnerung daran deutlich und so frisch wie feucht dampfende Erde, die noch keine Zeit zum Trocknen fand.

Infanta war es, der die erste Mohnblume auffiel. Bald war die Wiese übersät davon. Margeriten schossen in die Höhe, besonders entlang der Zäune, überall duftete es nach Kamille. Die Zicklein spielten verrückt, sie senkten den Kopf und hüpften seitwärts, und wenn ihr Körper in Schräglage geriet, hüpften sie in die entgegengesetzte Richtung. Sie torkelten hin und her, Bauch und Beine schienen nicht mehr zusammenzugehören, sie sprangen in die Luft, dann blieben sie plötzlich wie versteinert stehen, als lauschten sie gebannt, verfielen aber gleich wieder in Bocksprünge.

Wenn ich mit ihnen spielte, verhielt ich mich ähnlich, blieb spontan stehen und lauschte mit starrem Blick, als wäre mir das Leben niemals genug, gleichzeitig aber zu viel.

»Am liebsten hättest du wohl zwei Leben«, sagte Maria irgendwann zu mir. »Das steht dir auf der Stirn geschrieben.«

»Nicht nur zwei, Maria, sondern tausend! Oder eins, das so ist wie tausend!«

Im Frühling spielt jeder so verrückt wie die jungen Zicklein.

Als Infanta mit der ersten Mohnblume in der Hand loslief, um sie mir zu zeigen, lösten sich beim Laufen die Blütenblätter, sodass nur noch der Stängel und der dunkle Fruchtknoten übrig blieben.

»Mohnblumen soll man nicht pflücken«, sagte ich. »Geschieht dir recht!«

Scheinbar verärgert wandte sie mir den Rücken zu, doch im Grunde wollte sie nur ihre Traurigkeit verbergen. In ihrem tiefsten Inneren dachte sie vielleicht, ihr fehlte der Mut, eine Mohnblume zu pflücken. Ich ging auf sie zu und legte ihr meine Hand auf die Schulter.

»Hast du die giftige Schlange vergessen, die du bei den Lavendelbüschen erschlagen hast?«, sagte ich.

»Das war doch einfach«, antwortete sie. »Man musste nur den Stock heben und ihn mit angehaltenem Atem auf ihren Kopf niedersausen lassen.«

»Alles ist einfach«, erwiderte ich.

Sie wirkte nachdenklich.

»Kann sein. Aber jemand muss mir das Gefühl der Einfachheit geben.«

Es war, als spräche jemand anderer aus mir, als ich ihr eilig antwortete: »Ja, du musst es ganz spontan spüren, noch bevor du einen Gedanken fasst. Wie bei einem Blitz, nicht wahr, Infanta? Zuerst siehst du ihn, dann sagst du, das war ein Blitz, und erst danach begreifst du, dass es geblitzt hat.«

»Ja, so etwas wie ein Blitz«, flüsterte sie.

Dabei kam uns Nikitas in den Sinn.

Nikitas war im Anschluss an seine Prüfungen nach Kifissia gekommen – dünner, blasser und vielleicht sogar ein wenig größer als letztes Jahr. Sein blondes Haar stand nicht mehr kurz geschnitten in die Höhe, sondern war gut gebürstet, sorgfältig nach hinten gekämmt, seitlich gescheitelt und glänzte in der Sonne. Nach wie vor trug er die farblich passenden Hemden zu seinen blauen Augen.

Er hatte sich gut geschlagen im ersten Studienjahr. Obwohl ihn sein Vater zum Studium am Polytechnikum gedrängt hatte, fand er jetzt selbst Gefallen daran, verpasste keine Vorlesung, lernte mit System und Ausdauer. Er würde einen guten Ingenieur abgeben. Mit dem Gedichteschreiben hatte er aufgehört, den ganzen Winter über hatte er kein einziges verfasst. Das Gedicht *Der Schiffsuntergang*, das er uns zum Sommerende an einem bewölkten Tag in der Laube vorgelesen hatte, blieb sein letztes. Immer noch sehe ich Infantas zitternde Finger vor mir, wie sie dort die Pfauenstickerei auf ihren Knien ausbreitete, und die eigentümliche Gelassenheit, mit der sie ihre Stickerei aufnahm. Ihre Hände wirkten wie die einer Aufziehpuppe, welche unzählige Male immer dieselbe Bewegung vollführt.

Die Erinnerung an diesen Anblick quälte ihn. Er dachte daran, dass es ihm nicht reichte, nur befreundet mit ihr zu sein. Er wollte sie fest in seinen Armen halten, er wollte sie küssen. Das wollte er. Aber da war ihr Kopf, den sie so hoch trug … Er musste sie dazu bringen, ihn zu senken, sie sollte sich beugen. Ja, er wünschte sich, dass sie ihren Kopf gesenkt hielt und ihr gelöstes Haar zu beiden Seiten willenlos herabhing. Dann würde er es fassen, anheben und vorsichtig flechten. Bei dem Gedanken daran wurde ihm ganz weich ums Herz. Ah, in diesem Sommer würde er sich anders verhalten. Nicht wie damals, als er bei jeder ihrer Berührungen nervös wurde, brüsk mit ihr sprach und tagelang nicht auftauchte. Er würde tun, was Emilios mit Eleni tat und alle anderen jungen Männer, wenn sie mit Mädchen in den Wald gingen. Aber ganz allmählich und nicht aus heiterem Himmel, er wollte sie nicht überrumpeln. Zuallererst musste sich der freundschaftliche Ton zwischen ihnen ändern. Er würde nicht mehr auf Vicky hinüberreiten wie sonst, sondern ihr eine Nachricht schicken und ihr mitteilen, dass er sie allein treffen wollte, dass er sie um die und die Uhrzeit voller Ungeduld am verlassenen Brunnen erwartete, wo sie früher immer eine Pause einlegten, um sich zu erfrischen und die Pferde zu tränken.

Es war Nachmittag, und die Sonne stand schon tief, als Infanta seine Nachricht erhielt. Sie war vor der Pforte auf der Wiese ziellos hin und her gewandert, als würde sie auf etwas warten, sie verfolgte eine dunkle Wolke, die sich vor die Sonne schob, bevor sie weitertrieb, und andere, die sich teils dunkel, teils golden um die Berge zusammenzogen und so tief hingen, dass sie Hausdächer und Bäume berührten, während der Himmel darüber nackt und blau blieb.

Da fuhr eine Kutsche über die Leoforos Anixeos, verschwand jedoch wieder. War sie rechts abgebogen? Der Wald schob sich an diesem Punkt vor die Straße. Sie hörte das Klappern der Pferdehufe, das Knirschen der Räder, die über die Steine rollten, und das Glöckchen. Das Fahrzeug näherte sich. Infanta hielt den Atem an. Die Kutsche machte an der Gartenpforte halt. Sie war leer. Der alte Kutscher stieg von seinem hohen Bock herunter und rief ihren Namen.

»Können Sie ihr Bescheid sagen? Ich habe eine Nachricht für sie.«

»Ich bin es selbst«, sagte Infanta.

Während sie die Notiz las, drangen erneut das Trippeln des Pferdes, das Knirschen der Räder und das Glöckchen an ihr Ohr. Als sie den Zettel in ihrer Handtasche verschwinden ließ, fuhr die Kutsche gerade die Leoforos Anixeos zurück, die Sonne war verschwunden, und die Wolken hingen grau und glanzlos am Himmel. Sie machte sich auf zu einem langen Spaziergang bis nach Kifissia, um ein weißes Haarband zu kaufen, und folgte auf ihrem Rückweg dem Lauf der Bewässerungsrinne entlang der Gemüsegärten. Sie aß eilig zu Abend und ging früh zu Bett.

Am nächsten Morgen schien Romeo zu fliegen. Sie presste ihm die Knie in den Bauch und lockerte die Zügel. Ihr Haar flatterte im Wind. Sie war wie trunken. Beim Reiten eroberte sie sich das Leben ganz und gar. Sie fühlte den Herzschlag des jungen Tieres, auch in ihr pochte es: »Bravo, Romeo! Lauf, Romeo!«

Es war wie eine Sehnsucht. Ihr Blick schweifte in die Ferne, verloren, aber beharrlich, als wollte er das nicht vorhandene Dunkel durchdringen. Es lohnte, sich das Leben zu erobern – ohne Furcht, frei und im Galopp. Ihre Glieder passten sich so biegsam und geschmeidig jeder Bewegung des Tieres an, dass ihr auch bei einem Sturz nichts passiert wäre, selbst wenn sie in einen Abgrund gestürzt wäre. Dann hätte sie sich – zusammengerollt wie ein Kätzchen – ein paarmal überschlagen, danach Arme und Beine ausgestreckt, sich aufgesetzt und verwundert umhergeblickt.

Der Wind peitschte ihr Gesicht. Sie wollte vor ihm eintreffen, auf ihn warten und sich in der Zwischenzeit bei den Thymianbüschen auf dem Boden ausstrecken.

Doch er war schon da, saß mit gebeugtem Rücken auf dem Brunnenrand, sein blaues Hemd blähte sich im Wind. Er hielt die Finger verschränkt und starrte zu Boden. Seine Haltung strahlte unendliche Verlassenheit aus. Irritiert registrierte sie, dass er nicht einmal den Hufschlag ihres Pferdes wahrnahm.

»Nikitas!«, rief sie.

Er seinerseits war irritiert, wie harsch ihre Stimme klang.

Erneut stand etwas zwischen ihnen. Sie begannen, sich über die vertrauten Themen zu unterhalten. Neu war, dass sie sich darauf einigten, er würde sie nicht von zu Hause abholen, sondern sie würden sich heimlich hier treffen. Infanta würde ein Geheimnis hüten müssen – und er ebenso.

»Möchtest du das?«, wollte er von ihr wissen.

»Ja.«

»Warum?«

Er blickte sie an. Sie wandte den Blick ab. Es ist schwierig, dieselbe Freiheit zu fühlen wie im Galopp. Sie schwieg.

»Warum?«, wiederholte Nikitas.

»Ich weiß nicht, es gibt kein Warum.«

Ihre Stimme war jetzt kühl und ihr Blick betrübt. Ach, wenn sie nur ihre Arme um seinen Hals schlingen und sagen könnte: »Nikitas, ich will nicht, dass du so traurig dreinblickst. Nie wieder will ich dich so traurig sehen.«

»Es gibt kein Warum«, fuhr sie fort. »Was meinst du denn? Ich versteh's nicht.«

Und Katerina hatte gesagt, alles wäre einfach …

Wenn sie mit Nikitas zusammen war, trat sie manchmal auf Romeo zu und streichelte seinen Kopf. Ihre Hand glitt über seine Ohren, nach unten bis zu den Nüstern und strich danach ganz sacht um seine Augen. Wenn Romeo wieherte, lehnte sie sich nach vorn, berührte mit ihrer Nase seine Nüstern und senkte ihren Blick in seine Augen.

Nikitas reagierte verärgert.

»Wie sehr du an diesem Pferd hängst!«, sagte er bitter.

»Romeo hilft mir zu siegen«, erwiderte sie lachend.

»Zu siegen? Gegen wen?«

»Gegen das Leben, gegen die Bäume, gegen die Distanz, ich weiß nicht. Wenn ich galoppiere, bin ich Siegerin.«

Sie lachte auf und erzählte ihm von dem Tag, als Romeo gegen ihren Willen bergauf in einen nicht enden wollenden Galopp verfallen war.

»Darum hänge ich so sehr an ihm«, sagte sie.

Als Maria sie damals auf dem Pferd über die Wiese preschen sah, allein und frei, tönte ihre versonnene, aber klare Stimme in ihren eigenen Ohren ganz eigentümlich: »Wie kann man nur so unantastbar bleiben wie Infanta?«

Maria seufzte. Jetzt erwartete sie ihr zweites Kind, ihr Körper wurde wieder schwer. Der kleine Giannis robbte bereits durch die Gegend und brabbelte vor sich hin. Sie konnte ihn nicht mehr »Dubdidu« rufen. Den Kosenamen hob sie sich für das neue Baby auf. Sie wünschte sich das Kind, besonders aber die Augenblicke, da es an ihrer Brust liegen und mit geschlossenen Augen daran saugen würde.

Mich beschäftigten derweil die verschiedensten Dinge: Davids Rückkehr, meine Romanhelden und Mutter. Die ganze Zeit hatte sie ausgeglichen gewirkt, und ihre einzige Sorge schien die saisonale Marmelade zu sein. Plötzlich schloss sie sich jedoch gleich zwei Tage hintereinander im Wohnzimmer ein und verbrachte lange Zeit an ihrem kleinen Schreibtisch. Danach ging sie aus dem Haus und kehrte erst nach Stunden wieder zurück.

Eigentlich war bereits vor dem 21. Juni, dem aufregendsten Tag meines Lebens, eine Menge passiert. Als Erstes kam David zurück. Mein Herz wollte zerspringen, als ich es erfuhr. Ich nahm zwei Stufen auf einmal die Treppe hinunter, dann rannte ich wieder hinauf. Ich wusste nicht, wohin mit mir. Ich zog mich um, frisierte mich, wollte sprechen, wollte schreien, aber ich konnte nicht. Irgendwann drang ein so mächtiger Schrei aus meinem Mund, dass Mutter und Rodia herbeistürzten, um zu sehen, was mit mir vorging.

»Was ist los? Was gibt's?«, riefen sie, als sie mich reglos in meinem neuen Kleid vor dem Spiegel stehen sahen, ganz verdattert über die Macht meiner Stimme.

»Was los ist? Gar nichts ist los«, erwiderte ich ungerührt. »Ich habe Stimmübungen gemacht.«

Mutter warf mir einen scharfen Blick zu, und Rodia murmelte beim Hinausgehen, ich sollte die Geschichte vom Hirten im Hinterkopf behalten, der immer wieder zum Spaß »Achtung, Wolf!« gerufen hatte, und als der Wolf dann tatsächlich kam und seine Schafe auffraß, nahm keiner seinen Hilferuf ernst.

David war wieder da. Einen Augenblick lang stand ich so traumverloren vor dem Spiegel, dass ich nicht mehr wusste, wer ich war und wer David war, und mein eigenes Gesicht verschwamm mir vor den Augen. Meine Lippen waren ganz blass. Ich wollte ihn sehen, und zwar sofort. Noch einmal ging ich die Treppe hinunter und lief durch den Garten auf die Wiese hinaus. Es war Sonntagmorgen. Ich achtete nicht darauf, ob der Tag schön war oder nicht, fühlte aber auf Schultern und Kopf das Sonnenlicht und roch den Thymian. Dann hörte ich die Glocke der Marienkirche, die zweite Messe hatte gerade begonnen.

Jeder wusste, dass Frau Parigori um diese Tageszeit in Nachthemd und Morgenmantel vom Fenster aus die Passanten beobachtete. Ich wünschte mir, David wäre nicht zurückgekommen. Nur damit sie ihn nicht wiedersah. Wie lächerlich, sich aus dem Fenster zu lehnen und die Leute anzustarren, und wie taktlos! Sie sah doch kein Theaterstück, das ihr zu Ehren aufgeführt wurde. Es liefen doch nur die Kirchgänger an den hoch aufgeschossenen Heckenrosen vorbei, die sich vor die Häuser der Leoforos Anixeos schoben. Kann sein, dass sich einige Frauen tatsächlich als Darstellerinnen fühlten und vor Frau Parigoris Fenster eine gespielt sorglose oder feindselige Miene aufsetzten, während sie einander insgeheim eifersüchtig beobachteten, welche von Frau Parigori am meisten beachtet wurde.

Ich hatte vor, David direkt vor die Wahl zu stellen: sie oder ich. Gleich heute wollte ich es tun. Womöglich würde er sich für mich entscheiden, wenn ich als Erste bei ihm auftauchte.

Aber wer war der erste Mensch, den ich sah, als die Tür aufging? Frau Parigori! Ich zuckte zusammen. Um diese Zeit sollte sie eigentlich an ihrem Fenster stehen. Ich war so verwirrt, dass ich sie gleich doppelt vor mir sah: zum einen aus ihrem Fenster gebeugt, die Sonne auf ihrem Haar, zum anderen stand sie lächelnd vor mir im Schein des künstlichen Lichts, die Hand an der Spieluhr mit den zwei Melodien.

»Katerina, na so etwas! Was machst du denn hier?«, sagte sie gleichgültig, während sie so tat, als suchte sie etwas in ihrer Handtasche.

Kurz blieb ich vor dem Hirschgeweih stehen und begann, die Enden zu zählen. Dann trat ich auf sie zu.

»Ich wollte David besuchen«, sagte ich.

»Er ist gestern Abend angekommen«, antwortete sie. »Ganz unerwartet. Ich war zufällig hier bei Ruth. Wir haben zu dritt zu Abend gegessen, es war sehr gemütlich.«

Jetzt waren seine Schritte auf der Treppe zu hören. Innerlich war ich ganz gelassen, auch von außen merkte man mir nichts an. Er lächelte, als er mich sah, und drückte mir die Hand. Es war eine überaus herzliche Begrüßung.

»So früh heute, Laura?«, sagte er zu Frau Parigori.

Er nannte sie Laura, seit Neuestem waren sie also auf Du und Du.

»Ich konnte nicht schlafen und war schon im Morgengrauen

wach. Dann noch das Gebimmel der Marienkirche … Außerdem hatte ich Ruth versprochen, ihr beim Auspacken deiner Koffer zu helfen.«

»Ah, vielen Dank!«, sagte David. »Aber du solltest dir meinetwegen nicht zu viel zumuten.«

Bei seinen Worten tastete er hektisch nach seinem Feuerzeug und beeilte sich, die Zigarette anzuzünden, die sie gerade an die Lippen geführt hatte. Sie hatte im Sitzen den Kopf erhoben und ihn mit einem Augenaufschlag um Feuer gebeten.

»Einen schönen Tag noch«, sagte ich, bevor ich den beiden einen letzten Blick zuwarf.

Am Ende der Leoforos Anixeos, nah am Ausgangspunkt der Straße der Olivenhaine, standen lebhaft diskutierende Grüppchen. Frau Geka drängelte sich in den Vordergrund und übertönte alle anderen. Sie hatte zugenommen, und an ihren gut gepolsterten Handgelenken baumelten goldene Armreifen. Ihr Mann hatte das begehrte Grundstück gekauft und fuhr jetzt seltener nach Piräus, während Frantzeskakis, der arme Schlucker, immer noch donnerstags und am Wochenende in Hafenlokalen die Santur spielte. Auch Frau Kritikou und Kalomira waren darunter, standen jedoch etwas abseits – Frau Kritikou, weil sie die Reichste, Kalomira, weil sie die Ärmste war.

Alle gestikulierten beim Reden, auf ihren Gesichtern zeichnete sich neben Aufregung auch eine Spur von Befriedigung ab, wie sie sich bei Menschen zeigt, die über ein Unglück sprechen, das jemand anderen getroffen hat. Als ich näher kam, erfuhr ich, was geschehen war. Am Morgen hatte einer von Mutter Kapatos' Söhnen mit Kouvelis' Sohn Würfel gespielt, sie waren in Streit geraten, der junge Kouvelis hatte sein Jagdgewehr gezogen und den anderen tödlich getroffen. Alle verurteilten die Tat, nur Frau Kritikou äußerte leise Zweifel – trotz des Konkurrenzkampfes zwischen den Familien Kritikos und Kouvelis um die größte Schaf- und

Ziegenherde im Landkreis, vielleicht auch zur Verteidigung ihres gesellschaftlichen Standes. Der jüngste, nunmehr verstorbene Kapatos-Sohn sei großmäulig und streitsüchtig gewesen. Die anderen warfen ihr kritische Blicke zu, nur Frau Geka, die sich nicht leicht einschüchtern ließ und ihre Solidarität mit Frau Kritikou und Frau Kouveli bekunden wollte, wagte einen Einwurf: »Ja, sicher, der junge Kapatos konnte einen mit seinem harschen Charakter bis zum Äußersten reizen.«

Sie ertrug die düsteren Blicke der anderen, wandte die Augen ab und klimperte mit ihren goldenen Armreifen.

»Wehe den Armen«, ergänzte Kalomira mit gedämpfter Stimme.

Ich rannte zum Haus von Mutter Kapatos. Ganz außer Atem kam ich an. Es war Michalis, den das Zusammentreffen das Leben gekostet hatte, der groß gewachsene Junge, der tagein, tagaus im Hirtenmantel unterwegs war, um die drei Ziegen und das Schaf zu weiden. Immer wieder hatte ich ihn getroffen – auf einem Stein sitzend, den Wolken hinterherschauend, leise vor sich hin pfeifend oder Melodien summend ohne Anfang und Ende.

Von Weitem schon erkannte ich die Barke und das aufgehäufte Alteisen. Die Tür stand offen, das Haus war verlassen. Giagoulas, der mit der Schnauze zwischen den Vorderpfoten in einer Ecke lag, zog ein Augenlid halb hoch und blickte mich an. Alle mussten zum Unglücksort geeilt sein.

Am nächsten Tag genierte ich mich, nochmals hinzugehen. Als ich Mutter Kapatos eine Woche später begegnete, meinte sie mit nachdenklicher, ergebener Miene: Vielleicht hätte einer aus der Familie sterben müssen, damit die anderen leben konnten.

»Wir werden mit einer größeren Summe entschädigt«, erläuterte sie mir.

Ich musste an die Havarie eines Bootes denken. Wenn es leckt und zu schwer wird, muss einer über Bord. Und an ein Lied, das von einem Schiff erzählt, dem bei seiner ersten Ozeanüberquerung der Proviant ausging. Das Los entschied, wer getötet und aufgegessen werden sollte. Den Jüngsten traf's, der zum ersten Mal auf See war.

II

Neue Gesichter

Eines Tages zirpte eine Zikade, nur ganz kurz. Danach hob ihr Lied wieder an, verstummte, ertönte erneut und wurde immer lauter. Mittlerweile liegt ein unaufhörliches Zirpen in der Luft, das ebenso durchdringend ist wie die vollkommene Stille.

An diesem 21. Juni war es wirklich heiß. Ich ging mit David auf der Leoforos Anixeos nach Kifissia. Seit seiner Rückkehr hatte er mich zweimal geküsst, das eine Mal im Olivenhain, das andere Mal im Wald. Dabei war seine Hand durch mein langes, sich an den Enden kräuselndes Haar gestrichen, als wollte er mich in den Schlaf wiegen. Mir gefiel es und ihm offensichtlich auch, obwohl er mit seinen Gedanken ganz woanders zu sein schien. Als sich seine Hand kurz in meinem Haar verfing, schrie ich auf. Jäh ließ er seine Hand sinken und blickte mich verblüfft an.

In Kifissia besuchte David die Papierhandlung, und ich blieb draußen und betrachtete das Schaufenster. Plötzlich fiel mein Blick auf Mutter, die – ohne auf die Kundschaft der Konditorei zu achten – eilig die Hauptstraße überquert hatte und nun mit federnden, geschmeidigen Schritten die Othonos-Straße hochging. An beiden Straßenseiten lief das Wasser durch die Bewässerungskanäle, und ihr Kleid schwang beim Gehen rhythmisch hin und her.

Noch nie habe ich sie so gedankenverloren gesehen. Sie blickte starr geradeaus. Ihr glänzendes Haar war zu einem so strengen

Knoten zusammengebunden, dass selbst die Haut auf ihrer Stirn und um die Augen spannte.

Während sie sich auf dem Weg bergan immer weiter entfernte, hörte ich mein Herz pochen. Und David kam und kam nicht aus dem Geschäft! Er brauchte immer lang beim Einkaufen, besonders bei Schreibwaren. Dutzende Male legte er das Papier von der einen Hand in die andere und prüfte sein Gewicht, als hätte jede Hand ein anderes Gespür, auch die Schreibfedern untersuchte er sorgfältig, ob ihre Spitzen nicht verbogen oder verrostet waren.

Mutter war am oberen Ende der Othonos-Straße angelangt, gleich würde sie nach rechts abbiegen. Ich trabte los, jetzt bekam ich richtig Herzklopfen. Dann bog ich nach rechts ein, aber sie war verschwunden. Welche Straße hatte sie genommen? Ich entschied mich auf gut Glück. Mein Herz schlug noch heftiger. Da war sie, auf der Straße mit den Birken, die nach Kefalari führt. Ich verlangsamte meinen Schritt, machte immer wieder hinter einer Birke halt, damit Mutter mich nicht sah, wenn sie sich umwandte. Doch sie schien nicht auf die Umgebung zu achten. Nur knapp vor der nächsten Straßenecke hielt sie an, blickte sich aufmerksam um und ging noch rascher weiter. Kurz wartete ich am Eckhaus ab, denn an dieser Stelle bot die Straße kein Versteck. Noch bevor ich mir meinen nächsten Schritt überlegen konnte, blieb sie an der vierten oder fünften Tür auf der linken Straßenseite stehen, schob den Riegel der schmiedeeisernen Tür mit einer geübten Handbewegung hoch und trat ein, ohne zu läuten oder sich anderweitig bemerkbar zu machen.

Zunächst blieb ich wie versteinert an der Ecke stehen. Dann versuchte ich, mich zu orientieren. Ich befand mich rechter Hand von Kefalari, oberhalb von Alonia und konnte die jungen Birken am Fuß des Penteli erkennen. Die Straße, die Mutter genommen hatte, führte noch weiter bergan bis zu einem Punkt, wo keine

Häuser mehr standen und man das Meer sehen konnte. Kein einziger unserer Bekannten wohnte hier.

Ich setzte mich auf den Bordstein. Die Sonne brannte. Es musste fast Mittag sein. Tausend Gedanken wirbelten mir durch den Kopf, einer seltsamer als der andere. Mal beugte ich mich nach vorn, mal blickte ich hoch und rieb mir die Stirn, um die Lösung zu finden. Was suchte Mutter in diesem Haus? Wieso hatte sie es nie erwähnt? Die Selbstverständlichkeit, mit der sie vor der Tür angehalten und sie geöffnet hatte, deutete darauf hin, dass sie nicht zum ersten Mal hier war.

Es musste eine Dreiviertelstunde oder mehr Zeit vergangen sein, als sie von der anderen Seite den Riegel hochschob, wieder heraustrat und sich mit etwas langsameren Schritten auf den Rückweg machte. Ich wusste nicht, was tun. Ich schaffte es weder vorauszulaufen, da würde sie mich sehen, noch in eine Seitengasse einzubiegen. Daher presste ich mich – ganz wie es die Zikaden bei den Kiefern tun – an die erstbeste Birke und trippelte hinter dem Stamm rechtsherum, damit Mutter mich im Vorbeigehen nicht sah. Sie ging ganz knapp an mir vorüber, ich konnte ihren Atem hören, während ich meinen anhielt. Zum Glück fuhr gerade kein Auto vorbei, dann wäre sie nach links ausgewichen, und wir hätten uns Auge in Auge gegenübergestanden.

Für eine Viertelstunde nahm ich wieder auf dem Bordstein Platz. Als ich danach gemächlich im Zentrum von Kifissia anlangte, saßen Mutter, Herr Louzis und David vor der Konditorei. David warf mir einen erbosten Blick zu, während er mich sehr zuvorkommend fragte: »Was hättest du gern?«

Mutter und David tranken Limonade, Herr Louzis saß vor einem Ouzo.

»Sauerkirschlimonade«, sagte ich. »Uff, ist mir heiß!«

»Wo warst du?«, wandte sich Mutter an mich.

Ich blickte ihr bei meiner Antwort in die Augen: »Ah, ich habe einen wundervollen Spaziergang zum Friedhof oberhalb von Alonia gemacht.«

Eine leise Unruhe zuckte über ihr Gesicht.

»Was hattest du dort zu suchen?« Ihre Stimme zitterte leicht.

»Katerina, du bist ein fantasiebegabtes Mädchen!«, warf Herr Louzis aus heiterem Himmel ein.

Ich musste rot geworden sein. Trotzdem gelang es mir, mit einem würdevollen Lächeln zu sagen: »Wie kommen Sie darauf, Herr Louzis?«

Er fing zu lachen an. »Ich erinnere mich da an eine Vollmondnacht ... Hahaha! Unten bei der Wiese ... Hahaha! Aber natürlich war der Vollmond schuld. Denn wir wissen ja, immer, wenn Vollmond ist ...«

Das Lachen hinderte ihn am Weitersprechen. Sein Gesicht war dunkelrot angelaufen, als wollte es gleich explodieren.

David begann, diverse Beispiele zum Einfluss des Mondes auf Tiere und Menschen zu erläutern.

»Möglicherweise wollten Sie das damit sagen«, sagte er freundlich und gelassen zu Herrn Louzis.

»Du drückst es wissenschaftlich aus, mein Freund. Ich würde es so ausdrücken: Bei Vollmond werden die Weisen verrückt und die Verrückten noch verrückter.«

Das Wort »Vollmond« schien ihm zu gefallen. Er sprach es lauter und deutlicher als alle anderen Wörter aus und machte zwischen erster und zweiter Silbe eine kleine Pause: »Voll-Mond«. Aufgrund seines Gelächters blickten die Gäste von den Nebentischen bereits zu uns herüber.

»Hunde reagieren darauf, das ist mir aufgefallen«, meinte Mutter mit leiser, zurückhaltender Stimme, als wollte sie einen Gegenpol zu Herrn Louzis' extrovertiertem Verhalten bilden. »Ihr Gebell klingt anders in diesen Nächten und ...«

»Und sie heulen. Ja, warum sollte man sich vor diesem Ausdruck scheuen?« Ich hatte das Wort ergriffen, noch dazu auf eine unangemessen selbstgerechte Weise.

»Du hast mich unterbrochen, Katerina. Beim nächsten Mal lass mich bitte ausreden.«

Ich schämte mich, dass sie mich vor David dermaßen abkanzelte. Ich könnte mich an ihr rächen und sagen, wo ich sie vorhin verschwinden sah. Stattdessen äußerte ich in einem Ton, bei dem nicht genau herauszuhören war, ob Achtung oder Aufmüpfigkeit darin lag: »Du hättest den Satz ohnehin nicht zu Ende gesprochen, Mutter.«

David schaute mich an. Gleichzeitig schienen sich Herr Louzis und Mutter mit Blicken zu verständigen.

»Zeit zu gehen«, meinten sie.

Als sie sich erhoben, taten David und ich es ihnen nach. Aber ich zupfte ihn am Ärmel und gab ihm zu verstehen, dass wir etwas zurückbleiben sollten.

»Sag mal, wann genau ist Herr Louzis in die Konditorei gekommen?«, meinte ich.

»Zwischen zwölf und halb eins, ich weiß nicht mehr genau.«

»Versuch dich zu erinnern«, bat ich ihn. »Es ist überaus wichtig.«

»Circa zehn Minuten bevor du gekommen bist. Ja, so muss es gewesen sein.«

Vielleicht war auch er in dem Haus gewesen, schon vor Mutter, und hatte es erst nach ihr verlassen, während ich auf der Bordsteinkante grübelte. Und wenn er mich gesehen hatte? Womöglich war das der Grund für den Ausspruch: »Katerina, du bist ein fantasiebegabtes Mädchen!«

»Und Mutter?«

»Sie ist kurz davor gekommen.«

Mehr konnte ich ihm nicht entlocken. Er hielt den Kopf gesenkt und runzelte die Stirn. Aus lauter Eigensinn erklärte ich mit keinem Wort mein plötzliches Verschwinden vor dem Schreibwarengeschäft. Nur am Ende der Leoforos Anixeos, bevor ich und Mutter nach rechts abbogen und Herr Louzis und David nach links, reichte er mir die Hand, da ihm nichts anderes übrig blieb, und statt mir »Adieu« oder »Wann sehen wir uns wieder?« zu sagen, meinte er leise und mit ausdrucklosem Gesicht: »Du bist unmöglich.«

Auf dem kurzen Wegstück, das Mutter und ich allein gingen, redeten wir nicht viel. Ich verspürte den Drang, sie zu ärgern und wütend zu machen. Am liebsten hätte ich ihre Lippen zum Zittern gebracht und ihre Augen zum Flackern. Gleichzeitig liebte ich sie mehr als je zuvor.

Vielleicht empfand sie ähnlich, da sie brüsk zu mir sagte, ich sollte mehr auf mein Äußeres achten, wenn ich nach Kifissia ging, und mich nicht in einem verwaschenen Kleid und staubigen Sandalen auf den Weg machen. Dann meinte sie: »David ist ein netter junger Mann, oder?«

»Absolut nicht«, erwiderte ich.

Beim Mittagessen fand sie einen weiteren Anlass, mich zu tadeln. Da sich in mir der Gedanke, noch am selben Nachmittag zu jenem Haus zurückzukehren, langsam zu einem Entschluss verdichtete, maß ich ihren Worten keine Bedeutung bei. Ich reagierte gar nicht, was sie nur noch mehr verärgerte.

»Deine Unverschämtheit ist grenzenlos!«, rief sie, sprang auf und ließ ihr Essen stehen.

Verständlich, wenn sich jemand bei einem Streit über dein Geschrei ärgert, aber was ist, wenn er sich über dein Schweigen ärgert? Ich konnte ein gewisses Triumphgefühl nicht unterdrücken, blickte aber stur geradeaus. Die Aufmerksamkeit aller war auf mich gerichtet.

»Katerina hat doch gar nichts gemacht«, wagte Infanta einzuwenden.

Großpapa nahm wie stets nicht an unserem Gespräch teil. Von Tag zu Tag entfernt er sich mehr von uns, als hätte er angefangen, langsam zu sterben.

»Ja, aber ihre Miene …«, rief Tante Tereza. »Sieh sie dir nur an!«

Mutter stand draußen auf der Veranda, ich starrte immer noch mit glühenden Wangen vor mich hin.

»Sie ist darauf aus, die ganze Welt zu provozieren!«

Verärgert folgte Tante Tereza Mutter nach draußen.

Da blickten Infanta und ich uns an und prusteten auf einmal ohne Veranlassung los. Wir lachten, bis uns die Tränen aus den Augen liefen. Daneben hatten wir Großpapa ganz vergessen, der ungerührt seine Pfeife angezündet hatte und uns durch den Rauch betrachtete. Sein Gesicht, das anfänglich ganz ernst war, hellte sich auf, um dann gleich wieder ernst zu werden. So war Großpapa. Von tiefster Melancholie konnte er, schlagartig und ohne erkennbaren Grund, in übertriebene Fröhlichkeit verfallen und umgekehrt. Vielleicht lag dieser Eindruck aber auch daran, dass sich jede Menge Falten um die Augen bildeten, wenn er seine dichten Brauen zusammenzog. Sobald die Brauen nach oben rutschten und die Falten sich glätteten, wirkte seine Stirn wieder hell und klar, und die Ausstrahlung seines Gesichts änderte sich vollkommen. Man könnte sagen, dass Großpapas Physiognomie etwas Unentschlossenes, Unvollendetes und Unbestimmtes hat. Das verbindet ihn und Tante Tereza.

Ich hielt es nicht mehr länger aus, packte Infantas Hand und lief mit ihr hinunter in den hinteren Teil des Gartens, damit man unser Lachen nicht mehr hörte. Kaum blickten wir uns an, folgte der nächste Heiterkeitsausbruch.

»Schau mich nicht mehr an! Schau mich nicht mehr an!«, rief Infanta.

»Aber du schaust mich doch auch an«, entgegnete ich und fixierte sie.

Und wieder ging das Gekicher los. In den Augenblicken der Heiterkeit liebten wir uns am meisten, als entstünde dadurch zwischen uns ein irrationales, aber tiefes Einverständnis. Mit Maria war es genauso. Außerdem sprachen wir über die ernstesten Dinge, wenn wir zu Ende gelacht hatten, und im auf das Lachen folgenden, plötzlichen Schweigen empfanden wir uns Gott nahe.

Mutter jedoch fühlte sich durch unser Gelächter angegriffen. Vielleicht hatte sie den Eindruck, ausgeschlossen zu sein, obwohl sie uns doch geboren hatte. Trotzdem liebten wir sie, nur auf eine andere Weise. Das hätte sie doch wissen müssen.

Die Zikaden zirpten ohne Unterlass, die Pinienzapfen platzten auf, es herrschte Südwind, und vom Zaun hingen frisch gewebte Spinnennetze, glänzend wie kostbarer Stoff. Die Sonne brannte, meine Lider wurden schwer.

»Ich muss mich hinlegen«, sagte ich plötzlich. »Um Kraft zu schöpfen für den Abend.«

»Welchen Abend?«, meinte Infanta.

»Na, welchen schon? Den heutigen!«, antwortete ich ungeduldig.

Wieder fühlte ich mich trunken von einem Triumphgefühl, das sich diesmal jedoch gegen Infanta richtete. Unser Lachen war verstummt.

Es war schon später Nachmittag, als ich in der stillen Kühle meines Zimmers ankam. Ich schlief sofort ein und träumte, ich sei mit geblähten Segeln auf See unterwegs. Vielleicht war das der Grund, dass ich mich ein paar Stunden später auf dem Weg nach Kifissia kurz umdrehte und zum allerersten Mal in der Ferne ein Stück Meer erblickte. So viele Jahre lang hatte ich nicht gewusst, dass man von dieser Stelle der Wiese aus das Meer sehen konnte. Im Leben gab es so viel Unvorhergesehenes!

Ich schiebe meine Hand zwischen den schmiedeeisernen Stäben durch und den Riegel in die Höhe. Meine Knie zittern ein wenig, als ich zur Veranda gehe. Der ältere Mann und die Frau, die über den Tisch gebeugt saßen, bevor sie das Quietschen der Gartentür hörten, starren mich mit großen Augen an. Aber ich bin vorbereitet. Ich werde so tun, als hätte ich eine Nachricht von Mutter zu überbringen.

»Guten Abend.«

Der ältere Herr wirkt nicht überrascht. Die Frau erhebt sich, überlässt mir ihren Stuhl, und auf dem Weg ins Haus meint sie zu ihm: »Mach doch ein Spielchen mit der jungen Frau, ich bin gleich wieder da.«

Das alles ist wirklich seltsam.

»Nehmen Sie Platz«, sagt der ältere Herr.

»Ich wollte Ihnen nur sagen, dass …«

»Bitte, setzen Sie sich doch. Welche Zahl hätten Sie gern?«

Sein Tonfall ist zuvorkommend, aber bestimmt. Die Frau ist im Haus verschwunden. Ich blicke auf den Tisch. Er ist mit grünem Filz bespannt, der mit Zahlen bedruckt ist, und am oberen Ende steht ein kleines Roulette.

»Welche Zahl hätten Sie gern?«, wiederholt er, diesmal etwas ungeduldiger.

»Die Fünf«, sage ich, leicht verunsichert.

»Ich setze auf die Achtundzwanzig.«

Er spricht diesen Satz langsam und Silbe für Silbe aus, den Blick auf das Roulette geheftet. Im selben Moment umschließt er mit der Hand eine Anzahl vor ihm liegender farbiger Jetons und lässt sie mit einer nachdenklichen Geste einzeln auf den Tisch fallen, wobei er den letzten Jeton länger als die anderen in der Hand behält und schließlich alles auf die Zahl Achtundzwanzig setzt. Er erhebt sich und wirft die Roulettekugel. Wir warten.

»Die Fünf!«, ruft er aus.

Er wendet sich zu mir. Ich kauere mich auf dem Stuhl zusammen. Doch sein Blick ist freundlich und voller Hochachtung.

»Mit der Fünf habe ich schon einmal die Bank gesprengt«, meint er. »Sie kam dreimal hintereinander.«

»Er ist verrückt«, flüstert mir die Frau zu, die sich inzwischen wieder genähert hat.

Sein Blick ist ungerührt, seine Gliedmaßen hängen wie leblos herab. Abwesend streichelt er die Knöpfe seiner Pyjamajacke, vielleicht erinnern sie ihn an die Jetons. Immer wieder seufzt er tief auf. Er trägt viel zu große Pantoffeln, die ein ganzes Stück über seine Fersen hinausreichen. Seine nebeneinanderstehenden Füße haben etwas Verletzliches, fast Anrührendes.

Schlagartig kommt wieder Leben in ihn.

»Euer Einsatz!«, sagt er gebieterisch zu mir und der zurückgekehrten Frau.

Ich nehme einen Jeton und lege ihn, ganz gedankenlos, auf die Fünf. Dann wende ich mich an die Frau. Der Moment ist gekommen, die Wahrheit zu erfahren. Mit bebenden Lippen nenne ich den Namen meiner Mutter und fange an, ihre angebliche Nachricht herzusagen.

»Die Fünf!«, ruft der ältere Herr.

Er ist ganz aus dem Häuschen. Kurz lasse ich mich von seiner Aufregung anstecken und vergesse ganz den Grund meines Besuchs.

»Die Chance, dass Ihre Zahl kommt, stand eins zu sechsunddreißig«, bemerkt er mit lauter, aber schwankender Stimme. »Und hier ist sie, schon zum zweiten Mal!«

Das Gesicht der Frau war ausdruckslos geblieben, als sie Mutters Namen hörte. Ich spreche ihn noch einmal ganz langsam aus, für den Fall, dass sie ihn nicht gut verstanden hat, und überbringe die angebliche Nachricht. Ich erwarte, dass etwas passiert, dass der ältere Herr aufschreit, dass die Frau ohnmächtig wird – irgendetwas. Ein paar Sekunden verstreichen.

»Diese Dame kennen wir nicht«, sagt die Frau. Ihre Stimme klingt unaufrichtig in meinen Ohren.

»Sie kommt regelmäßig her«, sage ich laut. »Ich habe es mit eigenen Augen gesehen.«

»Wenn wir doch sagen, dass wir sie nicht kennen!«, wiederholt sie pikiert und mit erhobener Stimme.

»Wie kann das sein, vorhin war sie doch noch hier …«

»Ah, das wird die Dame sein, die immer zum Häuschen nach hinten geht!«, ruft sie aus, und ihre Miene wird wieder freundlich. »Ist es Ihre Mutter? Gehen Sie an der Weinlaube vorbei und folgen Sie dem kleinen Pfad …«

Ich höre ihr nicht mehr zu, bin schon ein Stück entfernt, und das Häuschen weiter hinten verschmilzt in meiner Vorstellung mit dem Bild des älteren Mannes, dessen Füße in den riesigen Pantoffeln so verletzlich aussehen. Die Fünf ist zweimal gekommen, die Roulettekugel rollt, in meinem Kopf dreht sich alles, David, Mutter, Frau Parigori, meine Schwester Maria, die ihr zweites Kind erwartet, fast verfalle ich in Trab. Plötzlich hebe ich den Kopf, und vor mir steht ein alter Mann, lang und schmal wie eine Zypresse mit dichtem schneeweißem Haar. Sein Gesicht strahlt unendlichen Frieden und Weisheit aus, als wäre er zweimal geboren und zweimal gestorben.

»Schön, dass du da bist! Du bist Annas Tochter, oder?«, sagt er.

Er reicht mir die Hand, und wir gehen zusammen die Treppe hoch in ein hell erleuchtetes Zimmer voller Bücher. Die Sonne ist schon untergegangen.

»Du bist Katerina, die Jüngste, nicht wahr?«

Meine Lippen zittern. Alles, was sich den ganzen Tag über in mir angestaut hat, wird gleich hervorbrechen. Obwohl meine Beine einzuknicken drohen, sind sie jederzeit bereit loszupreschen. Ich versuche, meinen Kopf zu heben und meinen Hals zu strecken. Im selben Moment trifft mich sein Blick aus den tief liegenden, himmelblauen Augen, die unter den dicken, strubbeligen Brauen kaum zu erkennen sind.

»Ich wollte Mutter hinterherspionieren«, sage ich leise.

Er lächelt.

»Das macht nichts«, meint er. »Das ist keine schlimme Sünde. Das kommt davon, weil du das Leben liebst.«

Stille.

»Manchmal fühlt man den Drang, über ein einziges Leben hinauszugehen, nicht wahr?«

»Meinen Sie damit, aus einem Leben tausend zu machen?«

»Vielleicht. Ja, so ähnlich. Deswegen geht der eine auf Reisen, der andere liest Bücher, und ein Dritter spioniert.«

Aus seiner Stimme ist keinerlei Spott herauszuhören. »Spionieren« hat bei ihm denselben Stellenwert wie die anderen Wörter.

»Und was tun Sie?«, frage ich leise.

Er überfliegt ein Bündel Papiere, das vor ihm liegt. Erst blättert er eine Seite um, dann die nächste und wieder eine.

»Das ist das Tagebuch meines Sohnes Andreas«, sagt er versunken. »Er ist unterwegs.«

Ganz so, als hätte er meine Anwesenheit vergessen, wendet er eine Seite nach der anderen um, liest hier und dort ein paar Zeilen, hält inne und beginnt wieder von vorn.

ALGIER, 25. JUNI. *Heute feiert man in Algier die Rückkehr der Pilger aus Mekka. Das Leben ist schön, wir werden an Bord einen Ball geben. Nur die Hitze ist unerträglich, der Schirokko lässt nicht nach. Morgen laufen wir aus nach Gibraltar.*

AUF DEM WEG NACH GIBRALTAR, 28. JUNI. *Meine Wache dauert zehn Stunden pro Tag. Am 3. Juli erreichen wir den Atlantik und kehren am 27. August ins Mittelmeer zurück.*

Madeira, 7. Juli. *Das ist die schönste Insel der Welt, die Zierde des Atlantiks, schöner noch als Skiathos. Da sie keinen Hafen hat, liegen wir in einer kleinen Bucht vor Anker, wo uns Tag und Nacht die Ozeanbrandung peitscht. Von hier legen wir ab zu den Azoren, genauer gesagt nach São Miguel. Madeira ist über und über grün. Wie steht es mit unserem kleinen Garten? Ich vermisse Kifissia.*

Unterwegs zu den Azoren, 9. Juli. *Es ist zwei Uhr nachts, und meine Wache ist zur Segelführung eingeteilt. Da es heftig schüttet, habe ich mich kurz davongestohlen und schreibe Dir aus dem Kartenraum. In diesen Tagen spielt uns die See schlimme Streiche. Ich komme Ende September zurück und hoffe, Ihr habt die Teppiche dann im Haus ausgelegt.*

São Miguel, 13. Juli. *Jetzt ist es elf Uhr nachts, bei Euch vier Uhr morgens. Die Landschaft ist eigenwillig und großartig, mit zahlreichen Vulkanen und Ananasplantagen. Von hier geht es weiter nach Portsmouth.*

Portsmouth, 9. August. *Gestern haben wir den nördlichsten Punkt unserer Sommerfahrt erreicht. Aber besser der Reihe nach: Zuerst liefen wir Le Havre an, wo wir wegen Unwettern fünf Tage vor Anker lagen, damit ist hier nicht zu spaßen. Außerdem brauchten wir Heizöl. So kam ich sogar bis nach Paris. Ich habe den Eiffelturm besucht, den Louvre und Versailles und konnte mich abends heimlich in ein Cabaret schleichen. Als ich nachts dort wegmusste, war ich ganz traurig. London liegt drei Autostunden entfernt. Dort waren wir beim Botschafter eingeladen. Ich war im Buckingham Palast, in der St. Paul's Cathedral, in der Albert Hall, im Zoo und im British Museum. Am Grab von Admiral Codrington haben wir einen Kranz niedergelegt. Zufällig war gerade Navy Week, da feiern die Briten ihre berühmten Seeschlachten. Admiral Nelsons Fregatte liegt in einem eigenen Dock. Die Kälte treibt uns noch zum Wahnsinn, ständig regnet es. Das Essen ist scheußlich. Die Leute sind sehr höflich, und die Straßen sind so blank wie Fußböden. Wenn ich nach Hause komme, sollten die Teppiche ausgelegt sein, dann ist es viel gemütlicher. Die Engländerinnen blicken immer so ernst drein, als wollten sie verhindern, dass man ihnen in die Augen schaut.*

LISSABON, 17. AUGUST. *Die Reise von Portsmouth hierher lässt sich kaum beschreiben. Wir passierten den Golf von Biskaya, den man Schiffsfriedhof nennt. Dabei haben wir ein paar kleinere Havarien erlitten, und ein Segel ist uns gerissen. Auf dem Atlantik gab's keinen einzigen guten Tag, nur Stürme, Kälte, Regen und heftigen Wind. Lissabon ist sehr schön, heute Abend gehe ich zum Stierkampf. Nach dem Auslaufen bleiben uns nur noch zwei Halte, in Bizerta oder Oran und Palermo oder Neapel.*

GIBRALTAR, 27. AUGUST. *Vor einer Stunde haben wir den Atlantik hinter uns gelassen und sind wieder im friedlichen Mittelmeer. Wir lagen vor Anker, um Heizöl zu tanken, um sechs Uhr geht es nach Bizerta. Von dort legen wir am 9. September ab und erreichen am 11. Neapel. Am 22. bin ich dann auf Poros und am 23. in Kifissia. Es wäre schön, wenn die Teppiche dann im Haus liegen. Wir nehmen die Route über Malea und nicht durch den Isthmus von Korinth.*

Stille. Zwei Minuten vergehen, vielleicht mehr. Das Licht flackert, droht zu erlöschen, fängt sich jedoch wieder. Ein kurzer Stromausfall vermutlich.

»Das war von seiner ersten Reise«, höre ich ihn sagen. »Auf dem Ausbildungsschiff *Aris*. Seither ist er an unglaublich vielen Orten gewesen. Alle Reisen bilden natürlich eine einzige Reise, *die* Reise. Ein paar Tage seines Lebens lässt er in Barcelona zurück, ein paar in Le Havre, ein paar in Athen, daraus entsteht eine kontinuierliche, gleichförmige Linie. Diese Linie will ich finden und zum Ausdruck bringen, denn sie birgt die Essenz seines Lebens, von der er selbst womöglich gar nichts ahnt. Ich will wie der Maler sein, der in einem Moment der Inspiration den Menschen in verdichteter Form, den Menschen in seiner Gesamtheit zum Ausdruck bringt. Einmal habe ich so ein Bild gesehen. Es zeigte eine Frau, gleichzeitig könnte man es ein Abbild der Demut nennen. Demut war ein besonderes Merkmal dieser Frau, aber in ihrem Leben trat es sonst nicht so deutlich zutage, da es sich in unterschiedlichen, zeitlich auseinanderliegenden Gesten äußerte und in verschiedenen, unauffälligen Erscheinungsformen. Die Demut in ihrem Leben war auf viele Augenblicke verteilt und nicht zu dem einen, einzigen Moment verdichtet wie in dem Porträt, wo sich der demütige Blick des einen Tages mit der demütigen Handbewegung des anderen Tages verband.«

Er blickt mich so aufmerksam an, als sähe er mich gerade zum ersten Mal. Sein Gesichtsausdruck ändert sich. Er lächelt, lacht sogar leise mit der unbewussten Listigkeit eines Kindes.

»Das Geheimnis deiner Mutter, das sage ich dir gleich, werde ich nicht verraten.«

»Das finde ich allein heraus.«

»Alle Geheimnisse sind einfach, und alle einfachen Dinge sind Geheimnisse. Wenn du es wirklich herausfinden willst … Anna … Wovon sprachen wir gerade? Ach ja, vom Porträt der demütigen Frau und von der kontinuierlichen, gleichförmigen Linie im Leben jedes Menschen. Im Grunde gibt es im Leben eines jeden Menschen Gleichförmigkeit. Diejenigen, die wie Andreas auf Reisen gehen, täuschen sich. Seit vierzig Jahren blicke ich jeden Tag durchs Fenster auf dieses Stückchen Garten, hell am Tag und dunkel in der Nacht, und ich kenne es gut. Der Unterschied ist, dass die einen Sklaven dieser Gleichförmigkeit werden, während die anderen Harmonie darin erkennen. Immer geht es um einen Zyklus, um eine Linie, die sich zu einem Kreis schließt. Vorhin hast du mich gefragt, was ich tue, um über das eine Leben hinauszugehen. Tja, ich erfinde Figuren, ich schreibe über verschiedene Leben, die miteinander verwoben sind. Diesmal aber will ich eine Figur schaffen, die wie mein Sohn ist, die ihm ähnelt wie das Bild der demütigen Frau der realen Frau. Das heißt, diese Figur wird wirklicher sein als er selbst. Auf dem Papier muss sich seine großartige Gewissenlosigkeit in Harmonie und Kraft verwandeln, genauso wie das Gefühl der Verantwortungslosigkeit in seinen Augen, die das Leben widerspiegeln wie das offen daliegende Meer. Andreas kennt keine Grenzen, er ist wahrhaft frei. Er fühlt keine Verantwortung und kein Hindernis, noch weiß er, was innere Sammlung heißt. Das ist grausam, aber zugleich auch schön, nicht? Wenn ihm nach einer Reise sein Herz nicht rät, mich zu besuchen, kommt er nicht. Dann ist er wieder ein bis zwei Jahre unterwegs. Aber er schreibt mir jeden Tag. Er schickt mir sein Tagebuch zu, dessen Worte manchmal zärtlich und kindlich sind. Er erzählt, wann ihm kalt ist, wann er Hunger hat oder von einem seltsamen Traum. Auch von den Orten erzählt er mir, die er bereist, wie ein Vogel, der mit seinen Schwingen im Zickzackflug kurz die Erdoberfläche streift, sobald sich Regen ankündigt. An den Orten achtet er nur darauf, ob es Ananasplantagen gibt oder Vulkane und ob die Menschen auf den Straßen weiß sind oder schwarz. Mir wäre das nicht genug, mich würde die Frage quälen, was hinter alledem verborgen liegt. Aber, tja, ich habe diesen Drang des ewigen Suchens satt. Am liebsten würde ich nur noch Formen betrachten. Formen sind so schön, die Äste eines Baums etwa, die sich erst in zwei Teile gabeln, dann in vier und so weiter und so fort. Alles beginnt bei dem einen, das darf man nicht vergessen, denn sonst ist es, als vergäße man Gott. Der eine Ast teilt sich in zwei, die zwei teilen sich in vier, und wenn du den umgekehrten Weg gehst, dann siehst du zuerst nur die Fülle der Äste und Zweige, bis du zum einen zurückkehrst.«

Ein paar Tage später lernte ich Nina kennen. Ihre Augen, die weiter auseinanderstanden als bei anderen Menschen, beeindruckten mich, genauso wie ihr großer, geschminkter Mund, der so rot war wie das Siegel eines Briefs. Er war das Auffälligste an ihr, sonst waren Haut, Augen und Haar vom gleichen, erdfarbenen Hellbraun. Sie kleidete sich auch ganz in diesem Farbton.

Als sie eintraf, setzte sie sich, schlug die Beine übereinander, öffnete ganz langsam ihre Handtasche, holte ein hölzernes Zigarettenetui heraus, aus dem sie eine Zigarette zog und anzündete. Danach betrachtete sie das Etui unverwandt, als sähe sie es zum ersten Mal. In sein Holz waren zwei Köpfe geritzt, zwei Frauen oder eine Frau und ein Mann, schwer zu sagen. Auf ihren Gesichtern lagen die tragische, sinnliche Ungerührtheit der Afrikaner und ein Hauch von Melancholie.

Nina selbst war sehr lebhaft. Sie sprach über tausend verschiedene Dinge, sprang vom einen Thema zum nächsten und zog aus jedem eine Schlussfolgerung in Form eines philosophischen Diktums, was mich zunächst faszinierte, mir aber bald schon auf die Nerven fiel. Immer wieder nahm sie den Begriff »intensiv« in den Mund. Der alte Mann hörte ihr, so wie ich, schweigend zu.

Den intensivsten Moment ihres Lebens habe sie erlebt, als Andreas ihr seinen ersten Liebesbrief aus einem Flugzeug zuwarf.

Damals hatte Andreas gerade von der Seefahrt zur Luftfahrt gewechselt. Aber auch bei der Luftfahrt sei er mit seinem rebellischen Charakter nicht lang geblieben, erzählte Nina. Bei jedem Aufstand stand er an vorderster Front. Nach dem Putsch von 1935 saß er ein Jahr lang in Oropos im Gefängnis. Danach kehrte er zur Seefahrt zurück und wurde Kapitän der Handelsmarine.

Nun, an dem damaligen Tag sei sie in ihren Garten gegangen, sie lebte damals in Phaliro – nicht am Meer, sondern landeinwärts in einem wunderschönen Haus mit einer Windmühle und Pistazienbäumen. Da habe sie das Flugzeug erblickt, das über ihr kreiste, bis zum Meer flog und wieder zurück – so tief, dass man meinen konnte, es würde gleich ihr Haar berühren. Der Brief sei herabgefallen und in einem Pistazienbaum hängen geblieben, den Anblick habe sie immer noch vor Augen. Dabei kannten Andreas und sie sich erst seit einer Woche. Wann sie dann genau heirateten, wann sie ein Kind bekamen, wann sie sich trennten, konnte sie nicht mehr sagen. Alles geschah irgendwie plötzlich und schnell. Bei Andreas wusste man nie, was auf einen zukam. Tagelang, ja wochenlang konnte er vergessen, so gab er selbst lachend zu, dass er ein Zuhause hatte. Und seit er Kapitän war, erst recht. Doch Geschenke brachte er ihr und ihrem Sohn – mal ein viel zu großes Kleid, obwohl er wusste, wie schmal und zart sie war, mal dem Jungen Geschenke, die seinem Alter gar nicht entsprachen, ein Fahrrad, als er noch kein Jahr alt war, oder einen Kasperle, der quietschte, wenn man ihm auf die Brust drückte, als er schon zu groß dafür war.

»Am besten ist, nicht zu heiraten«, schloss Nina. »Die Ehe passt ohnehin nicht mehr in unsere Zeit. Stimmt doch, oder?«

Sie blickte uns mit Nachdruck an und erwartete, dass wir unsere Meinung äußerten.

»Wie geht's dem Kleinen?«, meinte der alte Mann. »Du hast ihn schon lang nicht mehr mitgebracht.«

»Vorgestern hat er sich ganz plötzlich an seinen Vater erinnert. Er war mit seinen Freunden im Garten, er spielte den Kapitän und die anderen die Mannschaft. Und während er mit starrem Blick am Steuerrad des imaginären Schiffs stand, brach er auf einmal in Tränen aus und rief, dass er ihn wiedersehen wollte. Zwei Jahre lang hat er seinen Namen nicht mehr erwähnt, bei Andreas' letztem Besuch war er sechs.«

»Die Empfindsamkeit hat er von mir«, sagte Nina nach einer kurzen Stille. Und nach einer weiteren Pause fuhr sie fort: »In den letzten drei Monaten ist er zwei Fingerbreit gewachsen. Und wie ähnlich er Andreas ist – abgesehen von der Empfindsamkeit. Hoffentlich wird er nicht zu empfindsam, aber ich fände es schön, wenn ein Künstler aus ihm wird. Vielleicht schreibt er Bücher wie Sie. Das könnte doch sein, der Apfel fällt nicht weit vom Stamm. Und das ist auch sicherer als das viele Reisen. Er ist der Einzige unter seinen Freunden, der keine Fliegen in diesen grässlichen Nadeldöschen gefangen hält und der keine Schmetterlinge aufspießt. Nur kürzlich habe ich ihn erwischt, wie er das Kaninchenjunge meiner Mutter jagte und um jeden Preis erschrecken wollte. Zum Glück versteht meine Mutter etwas von Kindern. Manchmal weiß ich mir gar nicht mehr zu helfen.«

Nina gebrauchte das Wort »empfindsam« mit derselben Leichtigkeit wie das Wort »intensiv«. Sie war in der Zwischenzeit aufgestanden, ging hin und her, blieb mal vor einer Fotografie stehen, mal vor einem Buch im Bücherregal, das sie gerade so weit herauszog, bis sie den Titel lesen konnte. Kurz beugte sie sich hinunter, um an einer Rose zu riechen. Ihr Atem ging dabei laut, übertrieben laut. Vermutlich, um ihre kurzen Beine zu kaschieren, machte sie größere Schritte als üblich. Selbst die kleinsten Bewegungen zeigten eine einstudierte Naivität, eine affektierte Direktheit. Die Enden ihres langen, glänzenden, aber recht dünnen Haars waren nach innen gedreht und verliehen ihrem Gesicht klare Konturen.

Nur an den Schläfen wuchs es dichter, reichte bis zu den Augenwinkeln und den Brauen und schmälerte ihre Stirn.

»In der letzten Zeit gehe ich oft tanzen«, wechselte sie plötzlich das Thema. »Und dabei finde ich Tanzen langweilig!« Während sie ein bestimmtes Buch aus dem Regal zog, meinte sie: »Ah, *Vita nuova*! Ich verstehe nicht, warum Dante so etwas geschrieben hat: wie er seine Geliebte getroffen hat, was er bei jedem Treffen fühlt, von der ersten bis zur letzten Seite ist es immer dasselbe. Das einzig Originelle ist die schicksalhafte Zahl in Beatrice' Leben, die Neun ...«

Ninas Blick wirkte für einen Augenblick ganz verloren.

»Neun ist ein Vielfaches von Drei«, meinte der alte Mann.

»Dabei habe ich gar keine Lust, tanzen zu gehen«, fuhr Nina fort, nachdem sie das Buch wieder zurückgestellt hatte. »Verschiedene Freunde verführen mich immer wieder dazu. Es gibt Momente, da fühle ich mich zu wichtigeren Dingen berufen.«

»Aber der Tanz kann etwas sehr Wichtiges sein«, wandte der alte Mann mit einem Lächeln ein. »Als ich in Wien Medizin studierte, war ich in eine Frau verliebt. Es waren die bedeutsamsten Augenblicke meines Lebens, wenn ich mit ihr tanzte.«

Er hielt kurz inne, dann fuhr er immer noch lächelnd fort: »Sie war schön, mit sehr heller Haut und leuchtend grünen Augen. Als ich eines Abends in der Klinik Nachtdienst hatte und unter einem blauen Lämpchen im Krankensaal saß, las ich die Einladung in die Oper für denselben Abend, die sie mir geschickt hatte. Darin hieß es, sie würde neben mir sitzen. Ich glaubte zu träumen, denn meine Einladungen hatte sie bis dahin immer abgelehnt. Ich erhob mich von meinem Platz, drehte eine Runde, und an einem Krankenbett fragte ich: *Sind Sie nicht Herr Soundso?*, nur um eine menschliche Stimme zu hören. Es war die Stunde, da die Patienten im Halbschlaf liegen. *Ich bin's, ich bin's*, antwortete er, etwas beunruhigt. Übrigens, es war eine neurologische Klinik, das vergaß ich zu erwähnen. Obwohl ich Nachtdienst hatte, kleidete ich mich um, fuhr zur Oper und wartete und wartete … Sie wird wohl schon drinnen sein, sagte ich mir. Also setzte ich mich auf meinen Platz. Der erste Akt verging, ohne dass sie kam, der zweite genauso. Da beschloss ich zu gehen, durchquerte zu Fuß die ganze Stadt und erreichte die Klinik erst im Morgengrauen. *Ich bin am Anfang des dritten Aktes gekommen,* schrieb sie mir am nächsten Tag. *Du hättest warten sollen.*«

Die Worte der beiden erreichten meine Ohren so milde und gedämpft wie die Geräusche, die man in den letzten Minuten vor dem Einschlafen vernimmt. Mir blieb weniger ihr Sinn in Erinnerung als das Gefühl, das sie hinterließen, genauso wie die Haltung der beiden, jede kleinste Geste im Gespräch, ihr Blick und Tonfall.

Die rätselhafte Gereiztheit, die mich bei Ninas Anblick überkam, verstärkte meine Neugier und mein Interesse. Sie spielte Theater, das war offensichtlich. Selbst ihr Wimpernschlag oder ihr Atmen waren Theaterspiel. Mit ihrem großen Mund und den weit auseinanderstehenden Augen konnte sie nicht als besonders hübsch gelten. Trotz der thematischen Vielfalt hatte ihr Geplauder etwas Monotones und Nichtssagendes. Mitten im Sprechen verlangsamte sie plötzlich ihr Tempo und schlug einen lang gezogenen, wehleidigen Ton an. Dafür hätte ich sie ohrfeigen können. Ich fragte mich, worauf ihr Charme eigentlich beruhte – mit ihren kurzen Beinen, dem knochigen Körper, dem nicht sehr anziehenden Gesicht und der lang gezogenen, wehleidigen Stimme. Dennoch: Nina war in der Tat eine attraktive Frau. Ich versuchte mich selbst davon zu überzeugen, dass ich mir diese Attraktivität bloß einbildete. Trotzdem konnte ich meine Augen nicht von ihr lösen, wenn sie ihr Haar glatt strich oder Gegenstände mit der ihr eigenen affektierten Direktheit berührte, und hing an ihren Lippen, wenn sie in ihrem unsympathischen Tonfall plauderte. Die einzige Frage, die ich mir dabei stellte und die wohl für immer unbeantwortet bleiben wird, war: Hätte sie diesen Zauber auch auf mich ausgeübt, wenn sie Andreas nicht getroffen hätte? Vielleicht hatte sie seine Berührungen, die Blicke, die er ihr zugeworfen, die Worte, die er ihr gesagt hatte, einfach in sich aufgesogen, und ihr ganzer Charme beruhte auf dem Abglanz dieser Erfahrungen.

Ich sah vor mir, wie er an Deck seines Schiffs stand und Kommandos gab, während sich im heftigsten Orkan Wellengebirge auftürmten. Gewiss blickte er geradeaus, hatte den Kragen hochgestellt, die Hände vor der Brust verschränkt und die Beine auseinandergestellt, um das Gleichgewicht zu wahren, wie ein Mast, hoch aufragend und mit stabiler Basis, der, ohne seine Position zu verändern, dem Rhythmus des Unwetters folgend, sich mal auf die eine, mal auf die andere Seite neigte, unlösbar mit dem Schiff verbunden.

Ich sah vor mir, wie er an Deck die feindlichen Flugzeuge bekämpfte, mitten in einem irren Tanz der Flammen. Das war tatsächlich passiert – damals, als Andreas im Spanischen Bürgerkrieg Munition von Bordeaux nach Barcelona transportierte. Der alte Mann hatte es mir aus dem Tagebuch vorgelesen. »Die Hölle könnte nicht schlimmer sein«, schrieb Andreas über den spanischen Hafen. »Hier herrschen grenzenlose Armut und Elend. Die Menschen sind zerlumpt und ausgehungert. Am Kai warten Frauen mit Babys im Arm darauf, sich den Matrosen für einen Kanten Brot hinzugeben. *Wer diese Frauen ausnützt, ist ein Arschloch,* habe ich zu meinen Männern gesagt. Anscheinend haben sie verstanden, und einige gaben, ohne eine Gegenleistung zu fordern, etwas von ihrer Essensration ab.« Weiter schrieb er: »Ich habe Pilar getroffen. Sie hat die schwärzesten Augen und die schönsten Beine, nur keine Schuhe. Ich habe versprochen, ihr von der nächsten Reise ein Paar aus Frankreich mitzubringen.«

Auf dieser nächsten Reise erfolgte der Bombenangriff. Fünf Flieger attackierten die *Ilona*, es war ein grausamer Kampf. Das

Schiff brach entzwei, der Bug wurde mitsamt dem Steuer abgetrennt. Nicht nur Andreas, sondern die ganze Mannschaft agierte wie im Rausch. Sie sprangen zwischen den Flammen hindurch wie wild gewordene Teufel, ihre Stimmen überschlugen sich, die feindlichen Flugzeuge waren »Moskitos«. Mit irrwitziger Courage gelang es ihnen, sie in die Flucht zu schlagen, eins brachten sie sogar zum Absturz. Nachdem sie das Steuer und die Motoren notdürftig repariert hatten, liefen sie mit dem auseinandergebrochenen Schiff in den spanischen Hafen ein. Man bereitete ihnen einen begeisterten Empfang, die verwundete *Ilona* wurde zur Legende und Andreas hoch dekoriert.

»Pilars Schuhe waren gerettet«, notierte er in seinem Tagebuch. »Bloß konnte Pilar sie nicht mehr tragen, beim Bombardement hatte sie beide Beine verloren. Wie schade um ihre schönen Beine! Als ich sie im Hospital besuchte …« An dieser Stelle brach sein Bericht über Pilar ab, und er beschrieb, wenn ich mich recht erinnere, ganz aus dem Zusammenhang gerissen eine neue Landungsmethode.

In diesen Tagen sagte ich zu David: »Würdest du mit einem Flugzeug über meinem Haus kreisen und mir Liebesbriefe zuwerfen?«

Er lachte von Herzen.

»Wenn dein Schiff mitten auf dem Ozean auseinanderbräche, würdest du trotzdem weiterfahren?«

Er lachte noch lauter.

»Was für Märchen sind das schon wieder!«, rief er.

Aber ich blieb ernst. Anders als im letzten Jahr kommt es jetzt vor, dass ich ernst bleibe, wenn er lacht, und ich lache, wenn er ernst bleibt. David will mich sehen, immer wieder kommt er zu uns. Wenn ich jetzt an die dummen Spaziergänge mit Petros denke, die ihn eifersüchtig machen sollten! Manchmal packt mich eine so große Sehnsucht, ihn zu sehen, dass mir die Tränen kommen.

Ich glaube nicht, dass Nina recht hat, wenn sie sagt, dass die Liebe vergeht, und rasch noch dazu. »Sie hält so lange an, bis man sich näher kennengelernt hat«, meint sie. »Wenn du ohne Ungeduld auf ihn wartest und du kein Herzklopfen mehr bekommst, wenn du ihn siehst, dann ist die Liebe dahin und ihr Geheimnis verflogen. Allerdings ist es auch ein Ding der Unmöglichkeit, jedes Mal Herzklopfen zu bekommen.«

Andererseits habe ich Marios und Maria vor Augen. Sie kennen sich von Kindesbeinen an, und sie bekommen kein Herzklopfen, wenn sie sich sehen. Sie lieben sich auf eine andere Art, die auch ihre Gefahren birgt. Die Macht ihrer Bindung reizt beide dazu, sich dagegen zu wehren, sie führt zu Kampf und Rachegelüsten. Dann verletzen sie einander und leiden. Aber es ist Liebe. Darüber hinaus ist da auch noch der kleine Giannis.

Ich versuchte, es Nina zu erklären, aber sie beharrte darauf, dass die Liebe nur existiert, wenn man Herzklopfen bekommt und vor Aufregung wie Espenlaub zittert.

»Was hältst du von Nikitas?«, meinte sie dann zu mir. Auf meinen verwunderten Blick hin sagte sie: »Tja, ich habe ihn diesen Sommer kennengelernt und weiß, dass er dich und deine Schwestern schon lange kennt. Interessanter Typ, oder? Besser gesagt ist sein Alter das, was ihn interessant macht, diese Übergangsphase, wenn Jungen zu Männern werden.«

Während sie dem alten Mann mit heimlicher Bitterkeit zulächelte, fügte sie hinzu: »Dass ich mich mit ganz jungen Leuten umgebe, ist vielleicht ein Anzeichen dafür, dass ich alt und kindisch werde. Aber die letzten Jahre haben mich seelisch zermürbt ... Andreas ...«

Hier verfiel sie wieder in ihren gewohnt lang gezogenen, wehleidigen Tonfall, ihre Stimme klang fern und melancholisch. Fast tat sie mir leid. Der alte Mann hingegen schmunzelte.

III

Das Kirchweihfest des Propheten Elias

»Hereinspaziert, meine Damen und Herren, hereinspaziert! Besuchen Sie das einzigartige Schauspiel, das große Wunder der Wissenschaft, den sprechenden Kopf ohne Körper, der auf alle Fragen eine Antwort weiß!«

»Das Haar der Verrückten, das Haar der Verrückten …«

»Treten Sie ein, meine Damen und Herren, hier bekommen Sie die Ziege mit den zwei Köpfen und den vier Beinen zu Gesicht! Nein, nicht vier Beine, meine Damen und Herren, sondern neun, nicht acht, nicht sieben, sondern neun Beine!«

»Das Haar der Verrückten, das Haar der Verrückten …«

»Meine Damen, ob ledig, verwitwet oder verheiratet, hier ist Kostakis, der australische Vogel, der Ihnen das Schicksal voraussagt …«

Ob David wohl kommt?

Die Luft ist, ganz wie jedes Jahr beim Kirchweihfest des Propheten Elias, mit dem Geknatter von Feuerwerkskörpern, dem Gelärm von Holzrasseln und dem Geschrei der Leute erfüllt. In der Kirche liest der Pope gerade die Messe. Die Gläubigen drängeln sich bis hinaus in den Hof. Bewegen sie sich im Kirchenraum, dringt ein warmer Luftstrom aus der Tür, der nach Weihrauch, menschlichem Atem und geschmolzenem Kerzenwachs riecht.

Da Ruth christliche Feste faszinierend fand, versäumte sie kein einziges. Die Kirche betritt sie zwar nie, aber sie bringt Feuerwerkskörper mit, welche die Nacht taghell erleuchten und die Kinder begeistern. Die christlichen Feste seien, so behauptet sie, weniger strikt als die ihrer eigenen Religion. Letzte Woche musste die Ärmste einen Berg besteigen und vierundzwanzig Stunden lang oben auf dem Parnitha ausharren, ohne einen Bissen Essen oder einen Tropfen Wasser zu sich zu nehmen. Dabei müssen sich die Gläubigen voller Andacht auf den Festtag konzentrieren, sonst gilt es nicht. Frau Parigori hingegen kommt nie zu Kirchweihfesten.

Unsere Geiß Fellaha ist krank und liegt mit aufgeblähtem Bauch stöhnend im Stroh. Amalia, die mir von Weitem zuwinkt, hat die Lehrerbildungsanstalt bald abgeschlossen. Koula, die jüngere Kapatos-Tochter, hat sich für den Beruf der Schneiderin entschieden und wiegt sich beim Gehen in den Hüften, aber anders als Frau Geka, deren Hüften wie die Flanken einer Stute wippen, die an einem Frühlingstag die offene Weide vor sich sieht. Immer wieder stößt unsere Fellaha einen traurigen Hilfeschrei aus. Großpapa ordnete an, sie mit warmem Olivenöl einzureiben, und gab ihr Kamillentee zu trinken. Daraufhin beruhigte sich ihr Stöhnen. Auch Mavroukos stöhnte so, wenn ihm von einem schädlichen Kraut, das er gefressen hatte, das Maul schmerzte. Wenn er Gras fraß wie eine Ziege, machte ich mich lustig über ihn, aber er ließ sich nicht stören und malmte die zarten, geschmeidigen Kräuter vor sich hin. Am Schluss schob er einen Zahn, spitzer und größer als die anderen, über seine weiche, schwärzliche Lippe, als wollte er sich seinerseits über mich lustig machen.

Petros zieht mich am Arm: »Komm, gehen wir zur Tombola!«

Da sehe ich, wie David mit Frau Parigori am Arm eintrifft. Den hat er ihr wohl angeboten, damit der Anstieg sie nicht allzu sehr ermüdet.

»Ach, Margarita, wenn Blicke töten könnten …«, sage ich belustigt und überlasse Petros meine Hand.

»Das kommt davon, weil sie in mich verliebt ist«, meint Petros.

Das alles ist wirklich amüsant: der Psalmengesang des Popen, der nach Weihrauch riecht, die Kleinhändler, die einem falsche Armreifen, Broschen und Ringe mit roten und grünen Steinen andrehen wollen, und Amalia, die voller Verlangen daraufstarrt, obwohl sie diese russischen Romane liest. Für die Kleinsten haben die Verkäufer Mühlen aus Glanzpapier im Angebot, das genauso rosenfarben ist wie die Kirche des Propheten Elias, und kleine, kiefernnadelgrüne Frösche aus Metall, die hüpfen, wenn man sie aufzieht. Wäre es nicht schön, wenn sich die Kirche und die Bäume im selben Rhythmus wiegten wie die Leute, die sich laut plaudernd hin und her wenden? Was für ein Spaß wäre das! Aber so etwas passiert nicht in Wirklichkeit, wie schade!

»Kommt, Leute, zu Kostakis, dem Vogel aus Australien. Auch der Dame aus England sagt er die Zukunft voraus.«

Jemand hatte dem Schausteller zugesteckt, dass Ruth Engländerin ist. Alle kennen »Miss Ruth« und ihr Haus, und für alle bleibt sie »Miss Ruth«, auch wenn sie einen erwachsenen Sohn wie David hat.

»Laura, Laura, komm her, lass dir vom Vogel aus Australien auch dein Schicksal voraussagen! Mir hat er kein langes Leben prophezeit, ist das nicht lustig?«, ruft Ruth amüsiert.

Frau Parigori winkt, im kleinen Eckcafé sitzend, ab. Wahrscheinlich befürchtet sie, Kostakis könnte ihre Geheimnisse ausplaudern. Vor ihr steht ein Ouzoglas, aus dem sie schlückchenweise trinkt, mal zu David, mal ins Leere blickend, um den Anblick des Festgeländes zu meiden. Obwohl es ein lauer Abend ist, trägt sie einen schwarzen Rock und eine hochgeschlossene weiße Bluse mit einem schwarzen Bändchen, da sie noch um Frau Montelandi, ihre Mutter, trauert. Ihre etwas durcheinandergeratene Frisur verleiht ihr ein jugendliches Aussehen, mehr noch als das Rot des Lippenstifts, den sie seit Kurzem auflegt, ganz wie Frau Montelandi, die erst nach ihrem Umzug aus Korfu und dem Tod ihres Mannes begann, sich zu schminken.

»Was ist los, Laura? Träumst du wieder?«, sagt David lächelnd.

Er blickt sie aufmerksam an, während seine Hände mit seinem leeren Glas spielen. Fast sieht es so aus, als wollte er es mit Schwung auf den Kopf stellen, doch schließlich tasten sich seine Finger nur den Rand entlang.

»David, kommst du mit zur Geisterbahn?«, rufe ich ihm im Vorübergehen zu.

Petros und Nikitas prusten los.

»Diese Katerina benimmt sich immer, als wäre sie betrunken«, sagt Frau Parigori.

Petros und ich kaufen jeder eine Holzrassel und schlagen ordentlich Krawall. Das Leben ist schön. Margarita kommt zu uns herüber.

»Du hast einfach kein Benehmen«, sagt sie.

David wirft mir von Weitem heimliche Blicke zu. Wenn ich zu ihm hinschaue, lächelt er, doch ich weiß, wie düster seine Augen in Wahrheit sind. Vor Kurzem im Olivenhain haben sie mir Angst eingejagt, doch danach musste ich noch öfter an ihn denken als zuvor. Vielleicht gehen wir eines Mittags wieder hin, wenn alle anderen Siesta halten.

»Was heißt, kein Benehmen?«, frage ich Margarita und lache, mein Gott, wie ich lache!

Da kommt Infanta. Vorsichtig bahnt sie sich mit ausgestreckten Armen ihren Weg durch die Menge. Sie trägt das blaugrüne Kleid, das wir in Athen gekauft haben. In ihren Augen liegt ein ungewöhnliches Leuchten. Nikitas zuckt unmerklich zusammen, als sie mit einem Gruß unbefangen auf ihn zutritt.

Maria sitzt auf der Steinbank vor der Kirche. Nikos und Stefanos gehen zu ihr hinüber.

»Wie geht's, Maria?«

Nach ein paar Scherzworten fragen sie nach dem Kind.
»Wir haben uns ganz schön verändert«, meint Stefanos.
»Ja, wir haben uns verändert«, bestätigt Maria.
»Wie man hört, wollen Emilios und Eleni heiraten«, fügt Nikos hinzu.
»Ah …«
»Deine Augen, Maria, sind schöner als je zuvor«, sagt Stefanos nach einer kurzen Pause.
Sie lächelt. Was für ein Glück, dass der kleine Giannis ihre Augen geerbt hat und nicht die schmalen und weniger ausdrucksvollen von Marios.
»Nach der Hochzeit wollen sie weggehen«, fährt Nikos fort.
»Weggehen?«
»Ja, nach Amerika.«
»Nein, nach Australien«, fällt ihm Stefanos ins Wort.
»Keine Widerrede, nach Amerika, das weiß ich genau.«
Warum weicht Nikitas dem Blick von Infanta aus?
»Wollen wir zur Schießbude gehen?«, fragt sie ihn.
Er wirft ihr einen erstaunten Blick zu und bringt kein Wort hervor, als säße ihm ein Kloß im Hals.

Am selben Morgen hatten sich wirklich seltsame Dinge zugetragen. Zunächst war an der Stelle, wo sich die beiden immer trafen, zwischen zwei Brunnensteinen eine Blume gesprossen, die aussah wie eine Sonne mit einem Kranz dorniger Blätter. Als sie sich zu ihr hinunterbeugten, kamen sich ihre Köpfe ganz nah, und sie fühlten sich so schwindelig, als wäre ihnen plötzlich das Blut aus dem Gesicht gewichen. Infanta trat einen Schritt zurück. Nikitas machte einen kleinen Scherz, vielleicht über ihr Haar, das sie in der letzten Zeit mit einer weißen Schleife im Nacken zusammenband. Diese Frisur ließ ihren Hals noch freier und ihren Kopf noch stolzer erscheinen. Das ärgerte ihn mehr, als wenn sie allein und ohne seine

Hilfe über Gräben sprang, über Zäune kletterte und auf Romeo, den sie mit einem ganz leichten Druck auf den Bauch antrieb, über Regenwasserlachen setzte. Dann flogen die beiden lachend durch die Luft, ja, selbst das Pferd schien zu lachen.

Nikitas seinerseits tat einen Schritt nach vorn, und sie standen sich auf Augenhöhe gegenüber. Er legte seine Hand mit ungewöhnlichem Nachdruck auf ihren Kopf, an der Stelle, wo das Band ihr Haar zusammenhielt, als wollte er sie in die Knie zwingen. Seine Augen flackerten, und er brachte seine Lippen so nah an ihre, dass sie sich berührten …

Mit demselben unbändigen Aufbegehren, das Pferde zeigen, wenn man ihnen die Zügel zu sehr anzieht, beugte sie den Kopf nach unten und drehte ihn abrupt zur Seite. Sie lief und lief, ihre Beine hüpften über Dornengestrüpp, ihr Herz tanzte, ihre Lippen waren blass geworden und die Haut um Stirn und Schläfen so angespannt, dass ihre Augen schräg wirkten. Einen Moment lang verschwand sie hinter einem Baum, dann tauchte sie wieder auf, verschwand, und bei jedem neuen Auftauchen war sie ein Stück weiter entfernt.

Als sie spürte, dass sie dort, wo die Wiese beginnt und die Bewaldung endet, allein war und keiner sie beobachtete, ließ sie sich unter einer Kiefer mit breiten Ästen und dichtem Schatten auf den Boden gleiten. Schon als Kind hatte sie diesen Baum besonders geliebt. Wenn sie mit Mutter oder uns Schwestern daran vorüberging, blieb sie ein wenig zurück und umarmte seinen rauen dunkelbraunen Stamm. Im Sommer suchte sie auf seinen Zweigen nach Zikaden, tat ihnen jedoch nichts zuleide, anders als Katerina, die gern Rosenkäfer vom Mispelbaum im Garten sammelte, ihnen einen Faden an den Fuß band und sie brummend herumschwirren ließ, um sich an ihren schillernden Farben zu erfreuen. Infanta hingegen fasste die Zikaden nicht an, versuchte sie bloß vor dem Hintergrund des Baumstamms zu erkennen und zählte nach, wie viele sie jedes Mal gefunden hatte. Dieses Spiel machte ihr großen Spaß.

Unter derselben Kiefer liegend hatte sie einmal einen herrlichen Traum, konnte sich aber nicht genau erinnern, worum es ging und ob Personen, Dinge oder Wolken darin vorkamen. Doch im Augenblick des Erwachens, daran erinnert sie sich gut, fiel ihr Jakobs Traum ein von der Himmelsleiter, auf der die Engel auf- und niedersteigen. Ihr Atem duftete ungewöhnlich süß, das Säuseln des Windes und die Stimmen der Vögel klangen so zauberhaft, dass sie dachte, gewiss sei Gott in ihrer Nähe gewesen.

So wurde der Baum zu ihrem Geheimort. Als sie Miranda davon zum ersten Mal erzählte, zitterte sie leicht. Es war Frühling, und vom Klassenzimmerfenster her wehte ihr eine Brise ins Gesicht. Als sie keine Freundinnen mehr waren und Infanta im nächsten Frühling sah, wie die andere mit Lia in derselben Schulbank saß, stieg ein bitteres Gefühl in ihr hoch, weil sie nicht mehr zurücknehmen konnte, was sie über den Baum erzählt hatte.

Nikitas hatte sie noch nichts davon gesagt, ihm den Ort auch nicht gezeigt: »Schau, was für ein schöner Baum!« Morgen aber, ja, morgen …

Sie schloss die Augen und spürte, wie unter ihren Lidern Tränen hervorquollen und ihr über die Wangen liefen. Morgen … Sie war jetzt sicher, dass sie ihn wollte – genauso, wie sie an heißen Tagen in die Zisterne springen oder wie sie Wasser trinken wollte, wenn sie, vom Spaziergang durstig, dem Knirschen der Brunnenkurbel lauschte und auf das Auftauchen des Eimers wartete. Sie würde den Kopf in den Nacken legen und die Augen schließen. Dann würde er sie küssen, auf den Mund, aufs Haar, aber besonders auf den Mund. Sie wollte sehr, dass er sie auf den Mund küsste. Das aber würde sie Tante Tereza nie erzählen.

»Gehen wir zusammen zur Schießbude?«

Zum ersten Mal klingt Infantas Stimme sanft und geduldig. Sie verschwinden in der Menge.

Ich gehe auf Maria zu, sie ist jetzt allein. Auch ich bin allein. Ich liebe weder David noch irgendjemanden, nur Maria. Scheinbar unbeteiligt setze ich mich neben sie und sage mit ganz gleichgültiger Stimme: »Hast du genug von all den Leuten?«

»Nein, ich mag das«, sagt sie. »Es gefällt mir.«

»War dir der Weg hierher nicht zu anstrengend?«

»Überhaupt nicht. Beim Gehen fühlt sich mein Körper leichter an.«

Ihre Augen und Wangen wirken ein wenig geschwollen.

»Denkst du an die Geburt?«, frage ich, rücke näher und lege ihr den Arm um den Nacken.

»Ich denke daran«, sagt sie mit abgewandtem Blick. »Ich kann das nicht erklären, Katerina, du wirst mir nicht glauben. Irgendwie freue ich mich sogar auf diesen Schmerz, wie soll ich es ausdrücken, auf diesen Moment ...«

Ihre Augen funkeln jetzt. Die Leute kommen aus der Kirche, ein Feuerwerkskörper nach dem anderen explodiert.

»Ich bin glücklich«, wispert sie.

In ihrer Stimme liegt eine kaum spürbare Melancholie.

Wenn man im Frühling das Gras sieht, denkt man nicht daran, wie lange es schon unterirdisch wächst, auch nicht an die Qual und Mühe der Erde. Ich erzähle Maria von meinem Gedanken.

»Ist es nicht genauso, wenn du schwanger bist?«

»Ja, so ähnlich«, sagt sie ernst, dann lacht sie auf.

Ihr Lachen ist so laut und herzlich wie damals, als wir im Stroh lagen und sie uns erklärte, dass es nicht der Storch sei, der die Kinder bringe. Aber jetzt lacht sie anders, wärmer.

»Ich muss gehen. Marios wird schon aus Athen zurück sein.«

Ich werfe einen Blick auf das kleine Café.

»Warum fragst du nicht Frau Parigori, ob sie mit dir geht? Marios kommt immer mit seinem Vater zusammen zurück.«

»Ich glaube nicht, dass sie mitkommen will.«

Auch sie wirft einen Blick hinüber.

»Eine seltsame Frau.«

»Was meinst du damit, Maria?«

»Tja, manchmal kommt sie mir vor wie eine Sechzehnjährige, die noch nicht entschieden hat, was sie eigentlich will im Leben, die immer unruhig und wartend an irgendeiner Schwelle steht, sie aber nie überschreitet. Meinst du nicht auch? Schau dir ihren Blick an.«

Mir liegt auf der Zunge, ihr alles zu erzählen und meinem angestauten Ärger Luft zu machen. Aber besser nicht, Frau Parigori ist schließlich Marias Schwiegermutter.

»Ich weiß nicht, ob sie den Charakter einer Sechzehnjährigen hat, ihr Gesicht jedenfalls sieht ganz schön alt aus.«

Auf Marias Gesicht zeichnet sich ein Lächeln ab.

»Ich muss gehen«, sagt sie. »Marios ist bestimmt schon zu Hause.«

Die Lichter in der Kirche gehen nach und nach aus, eine schwarz gekleidete Frau sammelt die Kerzen ein und löscht sie. Die Kleinhändler draußen haben Azetylenlampen entzündet, in deren Licht die unechten Armreifen anziehend wirken.

Als wir noch mit Vater im selben Haus zusammenlebten, kratzte Dick jeden Morgen an der Schlafzimmertür und weckte ihn, indem er ihm die Wange leckte. »Da schau her, unser Dick! Guter Hund!«, sagte Vater, und Mutter war genervt, weil sich Vater mehr um Dicks Wohlergehen kümmerte als um ihres. Vater liebte Mutter bestimmt mehr als Dick, aber einem Hund kann man leichter Zärtlichkeiten sagen, man kann ihm offen und ohne Scham seine Zuneigung zeigen. Sobald Vater aufstand, sprang Dick an seiner

Schulter hoch und tat so, als wollte er ihn beißen. Wie ein kleiner Junge tollte Vater den Flur entlang und Dick hinterher, und dabei sagte er ihm ein Kosewort nach dem anderen. Uns gegenüber hat er sich nie so geäußert. Einmal wollte Mutter Dick hergeben, weil er im Haus zu viel Arbeit machte. Ohne Widerrede brachte ihn Vater mit der Bahn zu einem Bekannten in Kiourka. Aber keine Woche war vergangen, und Dick war wieder da. Einige behaupteten sogar, er sei wie ein menschlicher Passagier mit der Eisenbahn zurückgekehrt. Da erklärte sich Mutter einverstanden, ihn zu behalten. Das alles weiß ich von Maria, kann mich selber aber auch sehr genau erinnern, wie Dick an Vater hochsprang, der ihn »Dickie, mein lieber Hund Dickie!« nannte.

»Denkst du gerade an die mysteriöse, versperrte Schublade?«

Wie immer hat sich David lautlos und hinterrücks angeschlichen. Ich springe hoch.

»Du hast eine sehr unangenehme Art, auf Menschen zuzugehen«, sage ich scharf.

Am liebsten wäre ich ganz allein auf der Welt und würde weiter an Vater und Dick denken. Doch David rückt auf der Steinbank immer näher und greift nach meiner Hand, erst tippt er sie nur so zart an wie ein Windhauch oder wie ein Blatt, dann drückt er sie so fest, bis es schmerzt, danach lässt er wieder locker und spielt mit meinen Fingern, wie es der Wind mit Blättern tut. Am liebsten hätte ich David immer so nah bei mir, sogar noch näher als jetzt.

»Ich weiß gar nicht, ob ich dir je gesagt habe, dass ich dich liebe, Katerina.«

»Das höre ich zum ersten Mal.«

»Also: Ich liebe dich.«

»Ich dich auch.«

Da nimmt er meine Hand und küsst jeden Finger einzeln an der Spitze, wo er am empfindlichsten ist.

»Du weißt, dass ich das nicht mag.«

»Ich könnte es so oft tun, bis es dir gefällt«, sagt er mit einem leisen Auflachen.

Daraufhin werden meine Glieder ganz fühllos, und als Gegenmittel schüttele ich die Beine, stampfe damit auf den Boden und beginne, über dieses und jenes zu schwatzen. David lacht immer noch, die Lichter tanzen auf seinem Gesicht. Ich rücke ein wenig von ihm ab.

»Die Leute müssen uns nicht unbedingt sehen.« Kurz darauf fahre ich fort: »Wie hast du dich von Frau Parigori losgeeist?«

»Ruth ist vorbeigekommen und hat sie zu einem Rundgang mitgenommen.«

Er nannte seine Mutter immer Ruth, was mir affektiert und unnatürlich vorkam.

»Ist dir ihre Gesellschaft angenehm?«

»Ich mag Frauen wie dich, die in ihrer eigenen Welt leben.«

Er rückt näher und will wieder meine Hand nehmen.

»Also, ich gehe zur Schießbude.«

Ich stehe auf, er tut es mir nach. Den ganzen Abend wird er mir so lange auf den Fersen bleiben, bis er mich geküsst hat. Jedes Mal wenn er meine Hand berührt, will er mich küssen. Im Olivenhain hat er mich damit erschreckt. Die Azetylenlampen lassen die Sterne verblassen, nur der Mond ist zu sehen. Die Leute drängeln sich vor der Geisterbahn, einem grünen Zelt mit roten Krokodilen drauf.

»Wie heißt du?«

»Gorilla.«

»Wo bist du geboren?«

»In Afrika.«

»Was frisst du?«

»Alles.«

Der Kopf ohne Körper ist imstande, diese Auskünfte zu erteilen.

Infanta hat alle an der Schießbude besiegt. Sie legt die Waffe an, schließt ein Auge und zielt: Stets trifft die Kugel ins Schwarze, mitten ins Herz einer Puppe aus Pappmaschee, die bei jedem Treffer Arme und Beine bewegt. Infanta beginnt zu lachen, ihre Augen glühen. Warum rannte sie heute Morgen davon wie ein scheues Reh? Sie muss Nikitas erklären, dass sie es nicht so meinte und dass ihre Beine ganz von allein losrannten. Sie legt wieder an, eine weitere Kugel löst sich.

»Bravo! Bravo!«, rufen alle.

Es ist schön, zu gewinnen. Nikitas raucht schweigend.

»Bravo! Bravo!«

Diesmal ist es eine hohe Frauenstimme, die das rollende R nicht aussprechen kann. Sie gehört Nina. Ich blicke zu ihr hinüber.

»Guten Abend.«

Sie tritt auf mich zu und gibt mir die Hand, dann schaut sie Nikitas an. Nikitas windet sich und weiß nicht, wie er sich verhalten soll. Nina lächelt. Ihr Mund ist röter als je zuvor und hebt sich von ihrer Haut und ihrem Kleid ab, beides ockerfarben.

»Kennt ihr euch?«, sagt Nikitas zu mir, um seine Verlegenheit zu überspielen.

»Ja. Das heißt, wir haben uns in der Konditorei getroffen, wenn ich mich nicht täusche.«

»Sie täuschen sich nicht«, meint Nina. Die Schauspielerei liegt ihr im Blut. »Ihre Schwester?«, bemerkt sie daraufhin in einem höflich-fragenden, vorsichtigen Ton.

Infanta steht am Rand und betrachtet die Szene. Sie hält immer noch die Waffe in der Hand. Nikitas übernimmt die Vorstellungsrunde. Infanta lächelt kühl und Nina herzlicher als normal, nur David setzt seinen spöttischen, abweisenden Gesichtsausdruck auf.

»Was für eine bewundernswerte Leistung!«, sagt Nina und macht einen Schritt auf Infanta zu. »Genauso wie beim Reiten, wie ich höre. Sogar Nikitas haben Sie besiegt, nicht wahr?«

Ohne auf eine Antwort zu warten, fährt sie fort: »Weißt du, Nikitas, der schwedische Professor ist hier, und ich habe ihm von dir erzählt. Ich habe ihm ein paar deiner Gedichte vorgelesen. Er erwartet uns. Guten Abend!«

Mit Blick auf David und Infanta sagt sie: »Schön, Sie kennenzulernen.«

Mit der ihr eigenen einstudierten Naivität nimmt Sie Nikitas' Arm, und bevor wir einen klaren Gedanken fassen können, sind die beiden im Gewühl verschwunden.

»Du brauchst nicht auf mich zu warten«, sage ich zu David. »Ich gehe mit Infanta.«

Sein Gesicht verfinstert sich, da er mich nicht küssen kann. Was für eine schöne Rache dafür, dass er den halben Nachmittag mit Frau Parigori verbracht hat.

Meine Hand stiehlt sich in Infantas Hand, gemeinsam gehen wir den Hügel hinunter. Das Fest strebt seinem Höhepunkt zu, im Kafenion werden schon doppelte Ouzos bestellt, die Lieder immer grölender und der besungene Weltschmerz immer größer.

Als sich Nikitas auf den Heimweg machte, war die Nacht schon fortgeschritten, der Mond jedoch noch nicht untergegangen. Die Schatten der Birken tanzten. In seinen Ohren klangen immer noch Ninas Lachen und ihre lang gezogene Stimme.

»Hast du das wirklich geglaubt mit dem schwedischen Professor? Ich wollte doch nur mit dir allein sein, dummer Junge!«

Aus Verlegenheit hatte er ihr eine Zigarette angeboten, und sie begann zu lachen und hörte den ganzen Abend nicht mehr auf. Als sie auf dem dunklen Heimweg neben ihm ging, schlang er seine Hand um ihre Taille.

»Im Dunkeln bist du mutiger, wie ich sehe«, meinte sie.

Und sie begann, die finstersten Wege zu wählen, wo das Mondlicht kaum noch durch die dichten Zweige drang.

An einem Zaun küsste er sie, er war wie von Sinnen. Seine

Lippen wollten ihre gar nicht mehr freigeben, mit beiden Händen packte er sie so fest um den Hals, dass sie nicht entkommen konnte.

»Ich dachte schon, du erwürgst mich«, sagte sie mit leiser, ernster und veränderter Stimme, als sie wieder zu Atem kam.

»Du hast die Augen eines Wiesels«, erwiderte er und wollte sie weiterküssen.

Doch sie entzog sich.

»Ich mache gern Morgenspaziergänge«, meinte sie. »Du kannst mich morgen früh abholen.«

Nina war eine Frau, eine richtige Frau. Ihre Taille war biegsam, ihr schmaler Körper passte sich seinen Bewegungen an, ihr Mund schmeckte nach Nelken und Rauch, bittersüß und gefährlich.

Der Gedanke an Infanta rief Schmerz hervor. So oft hatte er von ihr geträumt und jetzt ... Wie war sie ihm heute Morgen nur entwischt, kaum hatte er ihre Lippen berührt! Sie war ein seltsames, wildes Mädchen. Ja, aber sie konnten nicht ewig nur Freunde sein, sie waren erwachsen, und er ertrug es nicht länger, dass er Infanta mit ihren wunderschönen Augen und ihrem wunderschönen Mund einfach nicht näherkam, wenn sie während ihrer Ausritte auf dem Waldboden rasteten.

Der Schmerz verstärkte sich. »Ich muss sie vergessen«, flüsterte er. Ihr Gesicht rief eine seltsame Unruhe in ihm hervor, die ihm kostbar war. Es war die gleiche Unruhe, die er früher beim Schreiben eines Gedichts verspürte oder wenn er vor dem Morgengrauen hochschreckte, sich wie ein Schlafwandler anzog und, ohne zu frühstücken, auf die Weide galoppierte. Wahrscheinlich hatte ihn ein Vogelruf geweckt, und der Gedanke gefiel ihm, dass er ihn als Einziger unter all den Schlafenden gehört hatte und dass ihn und den Vogel ein höheres Geheimnis verband. Lautlos schlich er die Treppenstufen nach unten, mit leisen Tritten ging er den Zementpfad des Gartens entlang und öffnete schließlich die schmiedeeiserne Pforte, wie ein Ausbrecher, der sich plötzlich, den engen Mauern des Gefängnisses entkommen, unter dem endlosen Himmel wiederfindet. Dann begann er zu laufen, trunken vor Freude, er hüpfte und sang. Im Osten erhellte sich der Himmel. Bald verfärbte er sich rot, und die Sonne ging auf. Lange hielt er den Blick dorthin gerichtet, als verspräche er sich davon die Lösung eines Rätsels.

Solche Empfindungen hatte er nicht nur am frühen Morgen. Sein Herz schlug auch zwischendurch schneller, wenn er etwas Schönes sah. Dann lag ihm ein Ausruf auf der Zunge, und heiße Tränen stiegen ihm in die Augen, als wäre er mit einem verborgenen Teil seines Selbst in Kontakt gekommen.

Jetzt aber, da er nicht länger vor dem Morgengrauen aufwachte und Gedichte schrieb, entglitt ihm dieser Teil seines Selbst immer mehr und rückte in unerreichbare Ferne. Er hatte sich voll und ganz dem Studium verschrieben, darauf konzentrierte er seine ganze Kraft, das vage Suchen war vorbei. Zum einen erleichterte es ihn, denn sein Leben hatte eine bestimmte Richtung eingeschlagen. Zum anderen sehnte er sich immer wieder nach genau diesen Augenblicken zurück. Bedeutete es vielleicht, dass seine Jugend endgültig vorbei war?

Eine derartige Unruhe erfasste ihn auch bei Infantas Anblick. In ihrer Nähe rang er stets darum, irgendein Geheimnis zu lüften. Wenn ihre Augen die blässliche Farbe des ersten Tageslichts annahmen, wagte er nicht, sie zu berühren und zu erfahren. Sie war, genauso wie der verborgene Teil seines Selbst, in weite Ferne gerückt.

Jetzt stand seine Wissenschaft im Mittelpunkt, die er mit System und Ausdauer studieren würde. Und Nina war eine sehr charmante Frau. Morgen früh würde er nicht zum Treffpunkt am Brunnen reiten, sondern Nina zu einem Spaziergang nach Ekali und Kokkinaras abholen. In Kokkinaras gab es eine dicht bewachsene Schlucht, dort konnte man angenehme Stunden verbringen.

Als er nach Hause kam, war der Garten hell erleuchtet. Man hatte ein paar Spieltische auf den Rasen gestellt und widmete sich dem Kartenspiel. Seine immer noch junge und schöne Mutter trug ein pastellgrünes Kleid und ging elegant und lässig unter den Gästen hin und her.

»Es wird Zeit, dass ich auch eine Partie spiele«, sagte sie zu ihrem Mann, als Nikitas die Gartentür öffnete. »Schön, dass du kommst, mein Junge!«, meinte sie bei seinem Anblick. Als er sich zu ihr beugte, um ihr einen Kuss zu geben, wisperte sie ihm amüsiert zu: »Beim nächsten Mal solltest du besser aufpassen. An deinen Mundwinkeln kleben Reste von Lippenstift.«

Nikitas lächelte. Er war froh, eine ganze Gesellschaft von Leuten anzutreffen, und fragte seine Mutter, ob sie ihn – nur für eine Runde – an ihrer Stelle spielen ließ.

Als er in sein Zimmer trat, stieg im Osten die Dämmerung hoch. Er warf einen Blick aus dem Fenster, dann schloss er die Fensterläden, fiel auf sein Bett und schluchzte. Kurz darauf war er eingeschlafen.

IV

Das Paar

Nach dem Regen hat die Wiese eine ähnlich machtvolle und intensive Farbe wie die Büffel mit ihren gewundenen Hörnern, die vor Kurzem in einer riesigen Herde vorübergezogen waren, die vom einen Ende der Wiese bis zum anderen reichte. Einige Tiere hatten glänzendes zimtbraunes oder weiß-braun geflecktes Fell, andere waren so alt und dürr, dass sie mit ihren weit in die Höhe ragenden, spitzen Beckenknochen fast den Himmel ritzten. Die Euter der alten Kühe hingen schlaff herab. Man trieb sie ins Schlachthaus. Dort stößt man ihnen, so heißt es, ein Messer genau zwischen die Augen, und alles ist vorbei, es dauert keine Minute, den Todeszeitpunkt bemerken sie gar nicht. Nur Schweine leiden sehr beim Schlachten, weil man sie ins Herz treffen muss.

Unsere Fellaha war mit Gottes Hilfe genesen. Ihr Bauch war abgeschwollen und sie graste schon wieder draußen auf der Weide. Auch sie blickte der Büffelherde hinterher, bis sie verschwand. Dieses Jahr hat sie eines ihrer Jungen als Gesellschaft beim Grasen. Anfangs wollte es noch an ihre Zitzen, kam ständig zu ihr zurückgerannt, sprang an ihr hoch oder trat sie. Jetzt frisst es bereits selbstständig und in einigem Abstand, wenn das Gras dort würziger ist.

Der kleine Giannis krabbelt gern übers Gras, und dabei hat er sich mit dem Zicklein angefreundet. Sobald es das kleine Menschenkind erblickt, macht es Bocksprünge und läuft hin und her, als wollte es ihm zeigen, wie viel besser es rennen und springen kann, auch wenn es erst in diesem Frühjahr zur Welt kam und nicht letzten Sommer wie der Junge. Bei jeder ihrer Begegnungen reißt der kleine Giannis die Augen weit auf, lächelt zunächst und lacht schließlich so breit, als würde ihm Maria beim Anziehen die Fußsohlen kitzeln.

Das führt auch bei Maria zu Heiterkeit. Sein nacktes, rosiges, kugelrundes Körperchen ist ein lustiger Anblick mit den Fingerchen und den Fingernägeln, so klein wie Stecknadelköpfe. Wenn er zu sprechen versucht, artikuliert er eine Silbe, wiederholt sie mehrmals und ruft sie zuletzt laut und nahezu verärgert aus. Auch das bringt Maria zum Lachen. Manchmal tastet seine Hand aus alter Gewohnheit am Ausschnitt ihres Kleides nach ihrer Brust. In der ersten Zeit nach dem Abstillen langte seine Hand jedes Mal dorthin, sobald sie ihn auf den Arm nahm. Das machte Maria traurig. Vielleicht glaubt er, er hätte gar keine Mutter mehr, dachte sie, beugte sich zu seinem Ohr und erklärte ihm, sie könne ihm keine Milch mehr geben, da bald ein Geschwisterchen auf die Welt kommen würde. Das Ende der Stillzeit war die erste Trennung, die beide erlebten. Nie wieder würden sie einander so nahe sein. Der Tag würde kommen, dachte sie, da sie ihn auch nicht mehr im Arm und später nicht mehr auf den Knien halten würde. Was war, wenn er auf Reisen ging, sobald er groß war? Mein Gott, hoffentlich reist er nicht fort, sagte sie sich und musste lachen. Wie unvernünftig sie doch war, der kleine Giannis war kaum ein Jahr alt!

Jetzt, da sie mit dem zweiten Kind schwanger war, trat sie im Abendlicht, wenn die Arbeiten im Haus getan waren und der kleine Giannis im Nebenzimmer im Schlaf regelmäßig atmete, manchmal hinaus auf die Veranda und weinte leise und ohne Grund. Danach überkam sie eine süße, fast apathische Gelassenheit, und sie begann zu träumen. Aber es war, als träumte ein anderer Mensch und nicht sie, Maria.

Als sie klein war, hatte ihr Vater zu Neujahr eine hübsche Puppe mitgebracht, welche die Augen auf- und zumachen konnte und »Mama« sagte, wenn man sie nach vorn kippte. Damals stockte ihr der Atem vor Staunen, sehnsüchtig streckte sie die Arme nach ihr aus, umarmte sie und begann, ihr ein Schlaflied zu singen. Doch urplötzlich legte sie sie in ihre Schachtel zurück und holte ihre alte Puppe wieder hervor, deren Kopf halb kahl war und deren Wangen jede Farbe verloren hatten. Sie drückte sie ganz fest an sich, um ihr zu zeigen, dass sie sie immer lieb haben würde, auch wenn die andere Puppe hübscher und neuer war.

Wenn sie sich früher sonntags am Meer nach dem Schwimmen an den Strand legte, wurde ihr Körper ein Teil davon, ein kleiner Kieselstein. Sie beobachtete, wie Katerina und Elli im Schneidersitz Birnen aßen, wie Infanta mit ganz verändertem Gesichtsausdruck dumme Witze und linkische Bewegungen machte und wie Onkel Agesilaos seine Geschichten erzählte. Woher kannte sie all diese Leute, und wie konnte sie Birnen essen, wenn sie ein kleiner Kieselstein war?

Im vergangenen Winter hatte die Glocke der Marienkirche sie gelegentlich geweckt, wenn sie zur Frühmesse läutete. Es gibt Frauen, hatte sie damals gedacht, die um diese Uhrzeit aufstehen, mit schwarzen Kopftüchern in die Kirche gehen und Buße tun. Wie müssen ihre Knie auf dem Steinboden frieren! Eines Morgens – es war noch finster – verließ sie das warme Bett, überquerte die feuchte Wiese, fand sich in der Kirche wieder und kniete sich neben die Frauen mit den schwarzen Kopftüchern. Sie wusste nicht, ob ihr Gemurmel ein Gebet war, sie begriff auch die Worte des Popen nicht, nur den Kopf beugte sie ganz tief. Auf dem Rückweg musste sie an ihr Gemüsebeet denken, an Herrn Louzis, der auf der Veranda gesessen hatte, an Marios, der montags immer vorbeigekommen war, um zu hören, was sie am Sonntag erlebt hatten, und sie erinnerte sich an den Tag, als sie zum letzten Mal »Burgfräulein« gespielt hatten, und an den Tod von Mavroukos. Eine jede Erinnerung zog andere nach sich, wie Mutters Gesicht ausgesehen hatte etwa, als sie von Mavroukos' Tod erfuhr, und wie Katerinas Schreie »Mavroukos! Mavroukos ist gestorben!« geklungen hatten. Sie erinnerte sich auch an völlig unbekannte Personen, denen sie am selben Tag begegnet war. Und an den Geschmack der Erbsen aus ihrem Beet. »Mit ein bisschen Dill wären sie noch schmackhafter«, hatte Tante Tereza bemerkt, bevor sie die Gabel überhaupt zum Mund geführt hatte. Und an Herrn Louzis' Blick, der auf Mutter geheftet war, die sich durch Infantas dringliche Sehnsucht nach Herrn Louzis' Pferd in einer äußerst delikaten Situation befand – Katerina war damals vor lauter Scham unter dem Tisch verschwunden. Und an das Kleid, das sie am Tag ihrer Hochzeit getragen hatte: »Darin sehe ich so rein wie eine Lilie aus. Es ist doch schön, rein zu sein. Oder, Katerina?« Und an die Schneiderin, die so dunkel wie eine Zigeunerin war und liebend gern von ihren unglücklichen Amouren erzählte. Doch kaum brach die Nacht herein, ertönten draußen Pfiffe, und ein junger Mann mit Filzhut in der Hand wartete im Garten auf sie. Was Maria im Halbdunkel erkennen konnte, ähnelte dem Kartenabreißer im Kino oder dem Kellner in der Konditorei. Wie viele Gesichter sah man im Verlauf seines Lebens? Unmöglich, sie zu zählen; erinnert man sich an den einen, taucht daneben ein anderer und ein Dritter auf, ein Vierter, schließlich bildet sich eine ganze Kette. Ihr kam Frau Parigori in den Sinn, die an ihrem Hochzeitstag, ganz in Weiß und mit ihrer verträumten Miene, sehr jugendlich gewirkt hatte. Sie war damals auf sie zugegangen, um sie zu umarmen, änderte im letzten Moment aber ihre Meinung. Warum wohl? Vielleicht weil ihr eingefallen war, dass sie noch schnell das künstliche Blumenbukett arrangieren musste, das sie an ihrer Taille trug.

Ja, das hatte sie getan, die Bewegungen ihrer Finger wirkten dabei besonders grazil.

Marias Füße versanken bis zu den Knöcheln in der feuchten Wiese, während die Sonne aufging. Sie beeilte sich, denn sie wollte im Bett an Marios' Seite sein, wenn er aufwachte. Seltsam, wie jedes Detail aus der Vergangenheit jetzt so klar und deutlich vor ihr stand, dass sie Einzelheiten bemerkte, die sie damals beim Erleben der Szene gar nicht beachtet hatte. Ja, sie erinnerte sich sogar an einzelne Gesten, an bedeutungslose Worte, und ihr wurden Dinge klar, die sie sonst nie verstanden hätte.

Als sie an der hölzernen Pforte angelangt war, rang sie kurz nach Atem, bevor sie sie aufstieß. Ihr Gesicht war trotz der Kühle verschwitzt. Ich bin wieder schwanger, kam ihr in den Sinn. Dabei war der kleine Giannis gerade erst vier Monate alt.

Am besten sollte niemand von ihrem Kirchenbesuch erfahren, das musste – möge ihr Gott den Frevel verzeihen – ein Geheimnis bleiben, genauso geheim wie ihre sonderbaren Kinderträume, die sie mit Scham und Schauder erfüllt hatten. All diese Dinge hatten etwas Mystisches, so wie das Sakrament der Buße, bei dem man seinen Kopf bis ganz nach unten neigte und sich höchst merkwürdig fühlte.

Wie schön es doch ist, wenn ein Kind im Nebenzimmer schläft. Nur ganz selten schreit es im Schlaf – erschreckt von einem Traum vielleicht – auf. Marios meint, es sei ihre Schuld, da sie tagsüber zu viel mit ihm rede. Kinder seien durch zu viel Ansprache überfordert. Außerdem würde das Spielen mit dem Zicklein sein Nervensystem reizen. »Ein anderes Kind wäre eine bessere Gesellschaft für ihn«, meinte er. So brachte Maria den Kleinen zu Tasia. Nur dass deren Kind noch gar nicht laufen und springen wollte. Aus diesem Grund zeigte der kleine Giannis nicht das geringste Interesse an seiner Gesellschaft. »Ihm ist das Zicklein lieber«, erläuterte Maria ihrem Mann. »Wir können nicht immer das tun, was ihm lieber ist«, hielt er ihr mit ernster Miene entgegen.

Marios war überhaupt ganz seriös geworden. Er wog seine Worte jetzt sorgfältig ab, selbst mit der Freundesgruppe um Nikitas und Emilios traf er sich nicht mehr. Er hatte kaum Zeit, den ganzen Tag verbrachte er im Krankenhaus. Frühmorgens brach er mit seinem Vater auf, und beide kehrten erst am Abend wieder zurück. Gut, dass sein Vater einen Wagen besaß, das ersparte ihnen die anstrengende Busfahrt.

Jeden Tag läutete Marios zur selben Uhrzeit an seinem Elternhaus. Herr Parigoris erwartete ihn bereits und fragte, ob das Wetter kühl oder warm sei. Hatte Marios einen Blick aufs Thermometer geworfen?

»Es hat zwölf Grad Celsius«, antwortete Marios, oder: »Es ist windig bei sieben Grad Celsius.« Je nachdem wählte Herr Parigoris dann seinen Mantel aus. Für jede Temperatur hatte er das geeignete Kleidungsstück. Auf seinen Auslandsreisen kümmerte er sich nicht nur um wissenschaftliche Fragen, sondern auch um die Erneuerung seiner Garderobe. Eine Rippenfellentzündung als Student hatte zur fixen Idee geführt, dass er Erkältungen unbedingt meiden musste. Man durfte sich nicht zu leicht, aber auch nicht zu warm anziehen, wenn das Wetter schön war. Denn sonst erkältete man sich, wenn man verschwitzt im Luftzug saß.

Als sie im Wagen Platz nahmen, fragte Herr Parigoris zuallererst nach dem kleinen Giannis. »Was für ein bezaubernder Junge«, sagte er. »Und stark! Stärker als du und ich.« Marios hatte eine sehr gute Wahl getroffen. Alle Männer sollten sich daran halten, kräftige und gut gebaute Frauen wie Maria zu heiraten.

Herr Parigoris sah die lange Reihe der Patienten mit ihren teils bizarren Gesichtern und Körpern vor sich, denen er bei der Visite begegnen würde. Darüber hinaus dachte er an die weiteren, denen er auf dem Operationstisch zum ersten Mal begegnen würde.

An der Spitze all dieser vollkommen logisch aufeinanderfolgenden Gedanken – die Frau mit der Blinddarmentzündung hatte Nierenschmerzen, hier war Vorsicht angesagt, das konnte zu einer Embolie führen, die gestrige Hirnoperation war ein großer Erfolg, alle hatten ihm gratuliert, er durfte nicht vergessen, einen Blick auf die medizinischen Journale zu werfen, die aus Frankreich eingetroffen waren, dort war ein wichtiges Referat veröffentlicht –, an der Spitze, wie gesagt, all dieser Gedanken stand die diffuse Sehnsucht nach dem kleinen Giannis.

Dabei sah er ihn nur jeden Sonntag. Der Junge zeigte eine Vorliebe für den Großpapa, das hatten alle bemerkt, er selbst auch, obwohl er abwinkte: »Woran seht ihr das? Aber woher denn!« Nur um immer wieder bestätigt zu bekommen, dass er ihm auf ganz besondere Weise zulächelte und selbst auf Marias Arm die Händchen nach ihm ausstreckte. Er schmolz innerlich dahin. Der Kleine zog ihn den anderen vor, das war offensichtlich, sogar dem Zicklein hatte der Großpapa den Rang abgelaufen. In der Familie wurde er wegen dieser Vorzugsbehandlung von Laura geneckt und auch von der ein bisschen neidischen Anna. Nach außen hin wies er es von sich, während er jeden Sonntag mit großer Anspannung auf den ersten Blick des kleinen Giannis wartete. Würde er ihn so anschauen wie beim letzten Mal? Würde er ihm zulächeln?

Als er ihn eines Tages im Arm hielt und sie im Schatten des Nussbaums Platz genommen hatten, ertasteten seine nach einem Taschentuch suchenden Finger plötzlich sein raues Lederportemonnaie. Da kam ihm die Idee, die Fotografie seines Vaters hervorzuholen. »Schau, Vater«, sagte er, nachdem er sie ausführlich gemustert hatte. »Beide haben wir in unserem Leben gekämpft, aber beide haben wir, du und ich, etwas erreicht.« Und es war, als machte er seinen toten Vater mit dem kleinen Giannis bekannt, wie man es sonst nur unter Lebenden tut.

Er war Marios sehr dankbar, dass er ihm einen solchen Enkel

geschenkt hatte. Dadurch hatte er seinen Sohn noch lieber gewonnen. Der Hinweis auf die charakterliche Ähnlichkeit zwischen ihnen beiden, die ihn früher genervt hatte – Laura führte sie bei jeder Gelegenheit im Mund, schon seit Marios' Kindertagen sei sie deutlich gewesen: die gleiche Scheu vor großen Menschenansammlungen, die gleiche Liebe zum Studium und die Begabung zum Arztberuf –, schenkte ihm jetzt eine heimliche Befriedigung. Marios war ihm ein wertvoller Assistent geworden. Im Operationssaal verständigten sie sich durch kleinste Gesten. Es war, als würde er ihm seine Gedanken von der Stirn ablesen. Marios war stets ordentlich und umsichtig, mit einer sicheren Hand und einer für sein Alter und seine geringe Erfahrung erstaunlichen Diagnosefähigkeit. Er hatte alle Anlagen zu einem erfolgreichen Arzt und würde ihm ein würdiger Nachfolger sein. Wenn er nicht mehr war, würden die Leute immer noch von Doktor Parigoris reden, es war wie ein Weiterleben über den Tod hinaus. Und wer weiß, was aus dem kleinen Giannis wurde … Doktor Parigoris, was für ein witziger Gedanke, auch der kleine Giannis ein Doktor Parigoris!

Marios seinerseits hegte große Bewunderung für seinen Vater. Schon damals als kleiner Junge, wenn er mit seiner Mutter vom Spaziergang in der Schlucht merkwürdig aufgewühlt zurückkehrte, den Vater auf der Veranda vorfand, sich auf seinen Schoß setzte und sie gemeinsam die dicken Wälzer über Leben und Gewohnheiten der Tiere und Pflanzen aus aller Welt durchblätterten. Jetzt jedoch, da er ihn bei der Arbeit erlebte, war seine Bewunderung noch gestiegen, er fühlte unendlich große Achtung vor seiner Leistung. Selbst die seltsame Angewohnheit mit den Mänteln, die jeder Temperatur angemessen waren, respektierte er.

Die Bindung zwischen ihnen vertiefte sich. Herr Parigoris erzählte Marios aus seinem früheren Leben, von seinen beruflichen Kämpfen und von seiner Liebe zu Laura. Marios sprach von seinen Plänen und davon, dass er Maria schon als kleiner Junge geliebt hatte. »Vielleicht hat sie mich auch schon seit damals geliebt, es aber nicht gezeigt.« Und er erinnerte sich daran, wie sehr er unter ihrem Verhalten Nikos, Stefanos und den anderen jungen Männern gegenüber gelitten hatte. Er hatte gesehen, wie sie Stefanos küsste, und er wusste, dass sie mit ihm Waldspaziergänge unternahm. Das hielt sie für das Leben. Und das war, was sie wollte: leben.

Jetzt jedoch hatte sich ihr Verhalten sehr verändert. Ja, ihre übergroße Hingabe wurde ihm langsam zur Last. Es war, als hätte sie ihr Leben eingehegt und auf alles andere verzichtet und als wollte sie von diesem ihr verbleibenden, eingehegten Leben alles tyrannisch für sich selbst behalten: das von ihr geborene Kind und alle anderen Kinder, die sie noch zur Welt bringen würde. Der Blick, mit dem sie ihn morgens beim Ankleiden beobachtete, ärgerte ihn. Er dachte an die schlanke, blonde Krankenschwester, die mit hoher Stimme zu ihm gesagt hatte: »Herr Parigoris, eines Tages werden Sie sogar Ihren Vater übertreffen.« Maria sagte ihm nie etwas Derartiges, sie kümmerte sich bloß um sein Essen und um seine Kleidung, als wäre er ein Baby wie der kleine Giannis. In solchen Fragen wollte sie ihre Meinung durchsetzen. Immer noch fragte sie ihn beharrlich nach dem Krankenhaus aus. Was tat er dort? Wen traf er? Besonders bei den Frauen hakte sie nach. War eine besonders hübsche Patientin darunter? Er konnte ihr sein Leben im Krankenhaus nie ganz verständlich machen, es unterschied sich zu sehr von ihrem Leben in Kifissia, sie würde es nicht verstehen. Auch von der Frau mit der Blinddarmentzündung konnte er ihr nicht erzählen. Als sie Nierenschmerzen bekam, hatte sie ihn vor allen anderen Ärzten rufen lassen, seine Hand an ihre Brust zum Herzen geführt, sie gedrückt und gesagt: »Herr Doktor, ich habe solche Schmerzen!« Auch über die blonde Krankenschwester konnte er nicht mit ihr reden. Was auch? Es gab nichts zu sagen.

Die ersten Monate von Marias Schwangerschaft waren ermüdend für ihn, sie wirkte nervös, sogar ihre Stimme hatte sich verändert. Er musste an einen Ausflug denken, den sie im letzten Februar mit einer Gruppe von Ärzten und ihren Frauen auf den Parnitha unternommen hatten. Der Wagen hatte im Tal gehalten, da die Straße zugeschneit war und sie ein paar Schritte zu Fuß gehen wollten. Er lief mit einer der Damen voran, sie blieb zurück und kam nur langsam vorwärts, vor allem die Steigungen machten ihr – mit der Last, die sie mit sich trug – zu schaffen. Auf dem Rückweg blieb sie wieder zurück, und Marios wartete auf sie, um sie zu stützen, damit sie auf dem abschüssigen Weg nicht ausglitt. Als er ihren Arm ergriff, brach sie mitten im Schnee urplötzlich in Tränen aus. »Was hast du? Was ist los mit dir?«, fragte er. »Geht's dir nicht gut?« Da erzählte sie ihm, dass sie einmal einen Schneeball mit großem Schwung ins Auge bekommen hatte. Daran habe sie sich jetzt erinnert. Außerdem habe sie sich beim Aussteigen aus dem Wagen das Kreuz ein wenig verrenkt, nichts Schlimmes, sie fühle sich einfach schwerfällig. Wieso musste sie hinterherlaufen und konnte nicht wie die anderen den Anstieg bewältigen, wie er und die Dame, die sie von Weitem mit leichtem, beschwingtem Schritt den Weg hochlaufen sah? Sie konnte nicht sagen, was mit ihr los war. Nur dass der Schneeball sie damals wirklich hart getroffen und ihr sehr wehgetan hatte. Maria weinte weiter mitten im Schnee, und Marios war ratlos, wie er sich verhalten sollte.

Andere Male saß sie stundenlang wortlos und melancholisch da, und wenn er sie trösten wollte, antwortete sie nur: »Ich bin glücklich.«

Die Angst vor dem Glück, dachte Marios, und ihm fielen die Momente ein, da er eine tiefgehende, ans Herz rührende Freude empfunden hatte: als er sein Abschlussdiplom erhielt, als er heiratete und als er Vater wurde. »Warum machst du so ein Gesicht?«, meinte er brüsk. Er spürte das Bedürfnis, sein Mütchen an ihr zu kühlen. Warum, konnte er nicht sagen. »Wieso sitzt du so herum?« Maria warf ihm einen langen, nachdenklichen Blick zu. Seine Worte hatten sie vielleicht verletzt, aber das war ihm recht. »Verstehst du nicht, wie sehr mich deine Miene nervt?«, sagte er mit erhobener Stimme, und sie versuchte, mit zitternden Lippen zu lächeln.

Bevor er morgens zur Arbeit losging, war er immer sehr nervös. Immer fürchtete er, zu spät dran zu sein. Die Schuld daran gab er den anderen und war wütend auf Spyridoula, die seine Milch nicht rechtzeitig warm gemacht hatte. Maria fühlte sich angegriffen, erhob auch die Stimme und äußerte verletzende, ungerechtfertigte Worte. Marios antwortete dementsprechend, ein Wort gab das andere ... Solche Szenen hinterließen jedes Mal einen kleinen Wermutstropfen in ihr. Der eine Wermutstropfen kam zum nächsten, und wie beim Meerwasser kristallisierte sich langsam die Bitterkeit wie eine Salzschicht heraus.

Dann kam der Abend. Ach, abends war er ruhig und gut gelaunt, als reichte die Windstille, die jetzt im Garten herrschte, bis in sein Inneres. Der Tag war vorbei. Er warf einen Blick auf den schlafenden kleinen Giannis, erzählte lachend amüsante Geschichten und erfüllte Marias Leben wieder mit Glück. Und nachts, wenn er spürte, wie sie neben ihm im Bett lag, wurde seine Liebe für sie so groß, seine Seele wollte schier übergehen davon, er wollte sie aufwecken und ihr Gesicht, Körper und Beine streicheln – nicht vor brennender Leidenschaft wie früher, sondern vor Zärtlichkeit. Besonders wollte er ihren Bauch streicheln, den er nun zum zweiten Mal anschwellen sah, und wollte, sofern das möglich war, in seiner Hand den Herzschlag des zweiten Kindes gerade so spüren, wie sie es ihm beschrieben hatte.

2. SEPTEMBER. *Meine Schneiderin meinte, wenn ich von der Taille abwärts nur ein bisschen schlanker wäre, hätte ich den Körper einer Zwanzigjährigen. Ich habe strenge Diät gehalten, doch es liegt wohl am Knochenbau. Obwohl ich abgenommen habe, hat sich von der Taille abwärts nichts verändert. Mein Teint hingegen ist in der letzten Zeit sehr klar. Ein zweiter Frühling, meint Giannis mit seinem gewohnt liebevollen Spott. Es liegt wohl daran, dass ich salzarm esse und viel Obst und Tomaten. Der dezente Lippenstift steht mir. So lange hatte ich mich nicht geschminkt. Der Vorteil davon ist, dass man jetzt die Veränderung zum Besseren umso deutlicher bemerkt.*

Letzte Nacht konnte ich nicht schlafen und habe ein ganzes Buch ausgelesen. Bis zum Tagesanbruch konnte ich es nicht aus der Hand legen. Laut diesem Buch haben Frauen zwei gegensätzliche Sehnsüchte: Zum einen wollen sie sich befreien, zum anderen wollen sie sich in ihr Schicksal fügen. Bei Maria hat wohl die zweite Sehnsucht gesiegt. Bei mir ist es noch unklar. Es ist, als lägen beide Wünsche immer noch im Widerstreit, und keiner könnte die Oberhand gewinnen. Deshalb fühle ich mich niemals zufrieden.

Vielleicht bin ich jetzt, mit fünfundvierzig, zum letzten Mal verliebt. Wenn sich unsere Augen begegnen, spüre ich, wie sich mein Blick verdunkelt. »Was ist los, Laura? Träumst du wieder?«, sagte er beim Kirchweihfest, und sein Blick war so tief, dass ich meinte … Über seine Hände, was kann ich da sagen? An ihnen kann ich mich nicht sattsehen, ich liebe seine Hände.

Frau Parigori hatte einmal bemerkt: »Nichts kann nervtötender sein als eheliches Glück.«

V

Davids Antrag

Maria hat mittlerweile einen ruhigen Schlaf gefunden. Kaum liegt sie im Bett, schlummert sie ein, traumlos und sanft. Beinah wird sie ein wenig nostalgisch, wenn sie an die schlaflosen Nächte als junges Mädchen und in den ersten Monaten ihrer Ehe denkt.

»In der letzten Zeit tue ich kein Auge zu«, hatte ich ihr vor ein paar Tagen erzählt. Das sei in meinem Alter normal, lautete ihre trockene Antwort.

Maria hat natürlich keine Ahnung, was mich umtreibt. Vorgestern hatte ich eine Erscheinung: Ich habe Andreas in meinem Zimmer gesehen! Er ging in seiner Marineuniform durchs Zimmer, hielt an und betrachtete ein Glas Weinbeerengelee, das auf meinem Nachttischchen stand. Eigentlich sollte ich keine Geister mehr sehen, nur Kinder sind dazu imstande, weil ihre Seele, wie man sagt, noch nicht vollkommen mit ihrem Körper verbunden sei und sie so mit dem Übernatürlichen in Kontakt treten könnten. Nur Tote können einem als Geist erscheinen, und Andreas ist ja nicht tot. Dass er sich in seiner Marineuniform über das Einmachglas beugte, kann ich aber trotzdem beschwören.

Nachts höre ich Stimmen und sehe, wie Lichter an- und ausgehen, eines davon muss aus Davids Sternwarte stammen, wo er abends an seiner mehr als tausendseitigen Studie schreibt. Was die Stimmen betrifft, so muss in Mutter Kapatos' Haus lautstarker Streit herrschen, da Koula sich nach dem Unterricht in der Schneiderei mit einem jungen Mann trifft und erst spät nach Hause kommt. Jung und unerfahren, wie sie ist, können ihr hundert Dinge zustoßen, im schlimmsten Fall steht sie plötzlich aus heiterem Himmel mit einem Kind da.

All diese Dinge sind miteinander verknüpft, aber ich kenne das Bindeglied noch nicht. Der Wunsch, es zu finden, setzt mich unter große Anspannung. So gern würde ich beschreiben, wie die Welt aufglänzt, wenn das Licht knapp vor Sonnenuntergang auf das Gras der Wiese fällt, ihr intensives Grün und noch andere schöne Dinge, die bedauerlicherweise nicht länger existieren als der Augenblick, da ich sie erblicke.

»Man sollte die Natur der Dinge fühlen und zum Ausdruck bringen, ihre Form, ihre Farbe und ihren Klang.« So steht es in einem der Bücher des alten Mannes zu lesen. Der alte Man schreibt über menschliche Leben, die miteinander verknüpft sind, Hauptfigur ist sein Sohn Andreas. »Von klein auf erzählte er Lügengeschichten« – so beginnt ein Kapitel, das beschreibt, wie es Andreas durch eine List gelang, eine Gruppe Juden nach Palästina zu bringen. Obwohl die Briten keine Juden nach Palästina ließen, gab es Kapitäne, die den armen Leuten trotzdem eine Menge Geld für die Überfahrt abknöpften. Nachdem sie Tage und Wochen unterwegs gewesen waren, brachten sie sie schließlich anderswo an Land. Man hörte sogar, ein Kapitän habe unter dem Vorwand einer absichtlich herbeigeführten Havarie an die tausend ertrinken lassen. Da Andreas sehr wohl wusste, dass bis jetzt noch kein einziges Flüchtlingsschiff in Palästina hatte einlaufen dürfen, ließ er alle Rettungsboote und einen Lastkahn zu Wasser, hieß alle einsteigen, setzte einen SOS-Ruf ab und entfernte sich auf seinem Schiff mit voller Kraft voraus. So saßen die Briten in der Zwickmühle, da sie die Menschen in den Booten weder sich selbst überlassen, wegschicken noch ertrinken lassen konnten. So gelangten die Juden sicher an Land.

Der alte Mann hat eine besondere Art, über all das zu schreiben. Seine Stimme jagt einem beim Vorlesen ehrfürchtige Schauer über den Rücken, sie lässt den Glanz der Welt vor den Augen des Zuhörers erstehen. Die Helden werden vor seinen Augen lebendig, als ginge eine Tür auf und sie träten herein, jeder mit seinem eigenen Schritt und seinem eigenen Lächeln. Fast erschrickt der Zuhörer, es könnte ihm einer von ihnen zu nah kommen, die Hand berühren oder übers Haar streichen. Auch dem alten Mann selbst erscheinen sie in den Nächten, bevor ihn der Schlaf übermannt. Ob er will oder nicht, kommen sie, leisten ihm beharrlich Gesellschaft und lassen ihn nicht in Frieden. Jeder von ihnen hat eigene Vorstellungen und Ansprüche, der eine wirft ihm vor, er habe ihn nicht gut genug erschaffen, der andere, er habe ihm eine zu unbedeutende Rolle zugedacht. Das alles hinterlasse, meint der alte Mann, bei ihm Schuldgefühle. Am zufriedensten seien die Helden, die den Tod fänden. Das sei die äußerste Erfahrung, nach der ihre Seele dürste. Ein Toter erreiche in den Augen der Lebenden Weisheit und Vollkommenheit, wie ein perfekt geschliffener Edelstein, an dem keine Kante zu viel oder zu wenig sei.

»Auch ich dürste nach dem Tod, wenn ich diesen roten Rosenstock im Sonnenlicht sehe.« Als ich den alten Mann das sagen hörte, musste ich an Großpapa denken, der sich vor dem Tod fürchtet. Er erträgt es nicht, von todkranken Tieren oder absterbenden Bäumen zu hören. Seltsamerweise beginnt die ganze Vagheit, die Großpapas Züge und Gesten prägte, zu verschwinden, auch die Unsicherheit seines Schrittes und seine Willenlosigkeit. Seine Gesichtszüge verändern sich, finden ihre vollkommene Form. Sein Haar, das man weder grau noch dunkel nennen konnte, verfärbt sich silbern, die Falten auf der Stirn, den Wangen und um den Mund vertiefen sich und werden zu etwas Endgültigem. Früher, wenn sein Blick auf einem Teller oder einem Möbelstück ruhte, schien er sich zu fragen, woher diese Dinge kämen und was sie an dem Ort zu suchen hätten, wo sie standen. Tante Terezas Verhalten war ganz genauso. Jetzt hingegen ist sein Blick fest. Ja, Großpapas Gesicht hat begonnen, seine endgültige Form zu finden, und das jagt mir Angst ein. Denn wenn Großpapas Gesicht seine letzte Form gefunden hat, wird er sterben.

Maria bekommt von alledem nichts mit, vielleicht misst sie der Sache auch keine große Bedeutung bei. Es ist, als hätte sie uns alle irgendwie vergessen. Kaum sieht man sie nach Hause kommen, ist sie schon verschwunden. Lange schon haben wir nicht mehr zusammen in der Jasminlaube gesessen. Kürzlich versuchte ich trotzdem, Marias und Infantas Aufmerksamkeit zu erregen. Ich erzählte ihnen, ich hätte Mutter beobachtet, wie sie die Othonos-Straße hinaufging, dass ich ihr gefolgt sei und dass sie vor meinen Augen den Riegel einer unbekannten Haustür hochgeschoben hätte. Infanta stand auf und entfernte sich, bevor ich überhaupt zu Ende erzählen konnte. Nikitas hat sich anscheinend endgültig mit Nina eingelassen, überall tauchen sie zusammen auf. Maria hingegen hörte mir bis zum Schluss zu, dann lächelte sie. »Ich kann hier nichts Geheimnisvolles erkennen«, sagte sie. »Dieser Herr wird einer von Mutters Bekannten sei, den sie besuchen geht. So einfach ist das!«

Voller Wut rief ich Maria und Infanta, die in einiger Entfernung auf und ab lief, meine Meinung zu: »Ihr seid es alle beide gar nicht wert, solche Geheimnisse zu erfahren! Selbst jemand, der weitaus weniger intelligent ist als wir, merkt, dass hier irgendetwas nicht stimmt, dass es zwischen dem Zettel, den Mutter in der Hand zerknüllte, und dem alten Mann eine Verbindung gibt. Warum schließt sie sich stundenlang im Wohnzimmer ein? Warum hat sie den alten Mann nie erwähnt? Ihr verdient es gar nicht, mehr darüber zu erfahren! Euch gegenüber werde ich diese Sache mit keinem Wort mehr erwähnen.«

Komischerweise war ich es jetzt, die begann, vor Mutter Heimlichkeiten zu haben. Ich spazierte bis Kifissia, als hätte ich dort etwas zu erledigen. Danach schlich ich mit größter Vorsicht weiter. Immer wenn ich den Türriegel hochschob, blickte ich mich vorsichtig um. Ich besuchte den alten Mann oft und hörte ihm gern zu, wenn er erzählte oder vorlas. Ich mochte es, wie die Manuskripte über seinen Schreibtisch verstreut lagen und wie sorgfältig aufgereiht die gedruckten Bücher im Regal standen. Dass er das Bindeglied kannte, welches alle Hinweise verband, ließ meine angespannte Erwartung immer größer werden.

So schrieb er von einem achtzig Meter tiefen Brunnen, den Andreas als Kind immer wieder übersprungen hatte – nur zum Beweis, dass er es schaffen konnte. Nie lernte er für die Schule, sondern prügelte sich mit den anderen Kindern und flog mehrfach von der Schule. Selbst während der Kadettenausbildung verhielt er sich nicht anders und ging keiner Auseinandersetzung aus dem Weg. Nachdem man ihn auch dort hinausgeworfen hatte, stand seine Zukunft auf dem Spiel. Da kam ihm der Zufall zu Hilfe, und er rettete die Tochter des Kommandanten vor dem Ertrinken. Und das rettete ihm den Kopf. Dazu kamen später seine großartigen Leistungen, sein Heldenmut und sein – ja, irrwitziger – Einsatz als Kapitän. »Du hast Dich sehr mit mir geplagt, ich hab Dich oft verbittert«, schrieb er im Tagebuch an seinen Vater. »Jetzt kommt die Stunde, da sich alles gelohnt hat. Mit Gottes Hilfe stehe ich am Steuer eines Schiffs.«

Auch vor David, den ich auf der Wiese auf und ab spazieren sehe, muss ich mich verstecken. Wenn er mich nicht zu Hause antrifft, folgt das Verhör:

»Wo warst du gestern Nachmittag?«

»Spazieren.«

»Wo, spazieren?«

»Einfach so, spazieren.«

Dann wirkt er verunsichert, will sich eine Zigarette anzünden, kann aber das Feuerzeug in seiner Hosentasche nicht finden.

»Als Astrologe könntest du herausfinden, wo ich war«, hielt ich ihm eines Tages lachend entgegen und rannte davon. Er verfolgte mich so lange, bis wir uns Hand in Hand unter einer Kiefer wiederfanden.

Was für ein schöner Moment. Ich liebe David, ich liebe ihn sehr.

Andreas ist der freieste aller Menschen, weil er keine Bindung kennt. Er fühlt sich weder an seinen Vater gebunden – nur im Tagebuch zeigt sich seine Zuneigung – noch an sein Kind. »Gewissenlos« und »gefühllos« sagt Nina dazu.

Nachdem wir eine Weile dicht nebeneinander unter der Kiefer gesessen hatten, meinte David zu mir: »Katerina, ich werde wichtige Entscheidungen treffen.«

»Entscheidungen kann ich nicht leiden«, sagte ich schroff und stand auf.

Andreas ist der freieste aller Menschen, aber auch der närrischste. Er weiß nicht, was das Leben ist. Er selbst ist das Leben. Obwohl es ihm an Fantasie fehlt, übersteigt alles, was er tut, jede Vorstellungskraft. Vielleicht hat er nie darüber nachgedacht, wie groß die Welt ist. Er durchmisst sie einfach auf jeder seiner Fahrten, er durchmisst sie mit seinem Körper und seiner Seele. Die Wellen schwappen übers Deck, die Schaumkronen brechen, und sein starrer Leib neigt sich parallel zu den Masten mal zur einen, mal zu anderen Seite. *Der Kapitän.* So nennt der alte Mann sein Buch. Nur bezweifelt er, dass Andreas es je lesen wird.

Wo ist das Bindeglied, das ich finden muss? Wie hängt alles zusammen? Dass Kapatos vor Begeisterung zweimal auf den Boden spuckt, dass ich laut lache und manchmal grundlos traurig werde, dass Frau Gekas Flanken beben, wenn sie die Leoforos Anixeos hinuntergeht, dass Großpapas Gesicht seine Form verändert, dass

Nikitas kaum noch blaue Hemden trägt und dass Herr Louzis Mutter hoffnungslos liebt?

Herr Louzis kommt an den Nachmittagen wieder zu Besuch. Die Kiesel des Gartenwegs knirschen unter seinem schweren Tritt, und Großpapa war gezwungen, die drei Pistazienbäume am Feldweg zu bescheiden, da sie durch Herrn Louzis' abrupte Bewegungen sehr gelitten haben, wenn er den Gehstock ohne Rücksicht darauf, ob er die Zweige beschädigte oder nicht, von der einen Hand in die andere wechselte.

Ich will mich eine Woche lang in mein Zimmer einschließen und über alles nachdenken. Die Dinge haben sich so zugespitzt, mein Leben ist an einem so heiklen Punkt angelangt, dass ich nur auf diese Weise Frieden finden und die erforderliche Entscheidung treffen kann. Am liebsten ginge ich in die Wüste wie ein Asket. Dort, sagt man, kann der Mensch sich sammeln und seine Seele finden wie der Taucher den Meeresgrund. Aber besser, ich erzähle alles der Reihe nach.

Während mir der alte Mann gestern Nachmittag ein Kapitel aus *Der Kapitän* vorlas, erblickte ich plötzlich durchs Fenster aus dem Augenwinkel Mutters grünes Kleid und ihre Schuhe. Es war, als raste ein Zug aus der Kinoleinwand heraus auf mich zu. Gerade noch rechtzeitig war ich mit einem Satz im Nebenzimmer, zugleich klopfte es bereits an der Tür.

Ich hörte, wie Mutter den alten Mann äußerst freundlich und zuvorkommend begrüßte: »Ich habe ein Glas mit süßem Weinbeerengelee mitgebracht.« Ich wartete. Endlich war die Stunde der Wahrheit gekommen.

Ich hörte, wie sie von den Aprikosenbäumen erzählte, die dieses Jahr voller Früchte hingen, und von den Tomaten, die von einer Krankheit heimgesucht wurden. Von den Kaninchenjungen, die ohne ersichtlichen Grund verendet waren: Hatte die Katze sie auf dem Gewissen? Oder der Rammler? Von Fellaha, die durch die gute Pflege wieder gesund geworden war. Vom kleinen Giannis, der schon stehen konnte und alles, was er fand, in den Mund steckte, selbst Kieselsteine. Und von Maria, die bald ihr zweites Kind zur Welt bringen würde.

»Wenn es ein Mädchen wird, bekommt es meinen Namen«, sagte sie. »Ist es ein Junge, dann werden sie ihn Miltos nennen. Nicht, dass ihr Vater darauf bestanden hätte, er würde sich niemals dazu äußern. Aber so sollte es sein.«

Und sie berichtete von Infanta, die in der letzten Zeit melancholisch sei, und von meinen Launen und meinem schwierigen Charakter. »Zum Glück erzählt sie keine Lügengeschichten mehr«, meinte Mutter. »Als sie klein war, hat sie uns lauter Märchen aufgetischt.«

Der alte Mann hüstelte und begann nun seinerseits zu sprechen. »Jetzt erfahre ich es«, sagte ich mir. »Gleich ist es so weit.« Ich wartete. Aber die Zeit verstrich ...

»Ich muss gehen«, hörte ich Mutter sagen. »Ich will zu Hause scin, bevor es dunkel ist. Vater hatte heute Morgen einen kleinen Schwindelanfall, und ich mache mir Sorgen.« Nach einer kurzen Pause fügte sie hinzu: »Sonst irgendwelche Neuigkeiten?«

»Nein«, entgegnete der Alte mit kaum hörbarer Stimme. Im Anschluss wisperten sie miteinander, und ich konnte kein Wort verstehen.

Die Tür ging auf und fiel ins Schloss. Meine Enttäuschung war groß, ich hatte eine einmalige, vielleicht die einzige Chance verpasst. Deshalb folgte ich der Fortsetzung aus *Der Kapitän* nicht sehr aufmerksam. Wütend und missgelaunt kam ich zu Hause an.

Ungewöhnlich war, wie mich alle willkommen hießen.

»Katerina ist da, Katerina ist da!«, riefen sie einander zu, und jeder umarmte und küsste mich einzeln. »Glückwunsch! Alles Gute!«

Mutter trat dann vor, fasste mich am Arm und sagte formell: »Gehen wir ins Wohnzimmer.« Ihre Stimme klang gerührt.

»Macht alle Lichter an«, meinte sie anschließend. »Auch die Klavierlampe.«

Sie hatte sich in einen Sessel gesetzt und hielt mich an den Händen, während ich vor ihr stand. Großpapa, Tante Tereza, Infanta und Maria warteten ab, Marios saß ein Stück entfernt, auch Rodia eilte herbei.

»Mein Kind«, sagte Mutter. »Ich wünsche dir alles Glück der Welt. Wir alle haben dich sehr lieb. David ist ein wunderbarer junger Mann.«

Ich starrte die anderen an.

»Ich begreife überhaupt nichts«, flüsterte ich.

»Er hat um deine Hand angehalten, Dummerchen, vor einer Stunde!«, warf Maria ein, und ihre Stimme klang wieder ganz mädchenhaft. »Jetzt tu nicht so, als wüsstest du von nichts!«

»Ich begreife überhaupt nichts«, wiederholte ich eigensinnig.

»Wie, du begreifst nichts?«, meinte Tante Tereza. »Schließlich wissen wir, dass du ihn ...«

»Magst«, fügte Mutter hinzu, um den Schein zu wahren.

»Und dass du mit ihm Spaziergänge machst«, fuhr Tante Tereza fort.

»Kleine Braut, süße kleine Braut«, fing Rodia an zu singen.

Ich fühlte, wie angespannt meine Nerven waren. Mir war das Blut in den Kopf geschossen.

»Seid ihr denn alle verrückt geworden?«, schrie ich.

Mutter änderte ihren Tonfall.

»Wie wagst du es, so zu sprechen?«, sagte sie eiskalt. »Was soll heißen, du begreifst nicht? David war hier und hat um deine Hand angehalten. Wir alle wissen doch, dass ihr euch liebt. Du liebst ihn, und er liebt dich.«

»Heißt das, du willst mich zur Ehe zwingen?«, schrie ich.

Tante Tereza hob beide Arme flehend zum Himmel, als erwartete sie Hilfe von dort oben. Rodia hatte nichts mitbekommen und sang immer noch »Kleine Braut, süße kleine Braut«, während sie das Schürzenende in ihrer Hand hin- und herdrehte.

»Heißt das, ihr wollt mich zur Ehe zwingen?«, wiederholte ich.

Jetzt wurde Mutter richtig zornig.

»Du bist vollkommen unmöglich!«, sagte sie. »Und irrsinnig noch dazu. Mit dir kann man sich nicht verständigen.«

Bei diesen Worten ließ sie meine Hände los, erhob sich aus dem Sessel und begann auf und ab zu laufen.

»Ihr Eltern seid alle gleich«, fuhr ich fort. »Nie wollt ihr das wahre Glück für eure Kinder!«

Alle waren wie vor den Kopf gestoßen. Tante Tereza wäre fast in Ohnmacht gefallen. Maria ließ den Kopf sinken. Vielleicht dachte sie daran, dass sie übermorgen womöglich dasselbe von ihren Kindern hörte. Mutters Augen röteten sich, eine Träne zitterte in ihrem Augenwinkel, ohne sich zu lösen und die Wange herabzulaufen, als hätten die Tränendrüsen sie wieder eingesogen.

Dann schluchzte ich los und konnte gar nicht mehr aufhören.

»Ich weiß nicht, was ich will. Ich weiß nicht, was mit mir los ist!«, rief ich. »Bestraf mich, Mutter. Mach mit mir, was du willst.«

»Beruhige dich, mein Kind«, sagte Mutter.

Nachdem sie das Zittern ihrer Hände unter Kontrolle gebracht und den Kopf erhoben hatte, sagte sie: »Die Entscheidung liegt bei dir.«

Da kam mir der Gedanke, mich eine Woche lang in meinem Zimmer einzuschließen, um zur Ruhe zu kommen und, sofern es mir gelang, auf dieselbe Weise Zugang zur Seele zu finden wie die Asketen in der Wüste. Denn es gab Momente, in denen mich mein eigenes Verhalten in Angst und Erstaunen versetzte.

VI

Mutters Geheimnis

(Fortsetzung)

Hier oben kann ich sehen, wie die Sonne jeden Morgen später hinter dem Penteli hochsteigt und jeden Abend früher wieder hinter dem Helikon verschwindet. Der Sommer ist fast vorbei. Er ähnelt dem fortgeschrittenen Tag, dem Nachmittag im Grunde, wenn man bereits den Abend erwartet. Die Schatten im Garten und selbst der Schatten des Hauses haben sich verändert und sind in dieser Jahreszeit schöner, länger und schmaler.

Ich ließ mich dazu hinreißen, ein Buch zu lesen, obwohl ich nur über David und seine Worte nachdenken sollte. Über die Sternenbahnen, die man so exakt berechnen kann, dass man jetzt schon den genauen Zeitpunkt kennt, wann in tausend Jahren ein Komet erscheinen wird. Über die Sternbilder, von denen wir so gut Bescheid wissen, selbst über die fernsten. Und über die Theorie von männlichen und weiblichen Sternbildern. Wie verrückt, mein Gott, dass es sogar dort den Unterschied zwischen männlich und weiblich gibt.

Vom einen Fenster aus erscheint der Himmel milchig weiß, vom anderen tiefblau. Ich sehe den Staub, den die Flugzeuge am Flughafen von Tatoi aufwirbeln. Dass ich in Klausur gegangen bin, habe ich schon bereut. Doch da ich es vor allen angekündigt habe, gibt es kein Zurück. Andererseits steigt auf diese Weise mein Ansehen in ihren Augen, und das gefällt mir. Besonders in Rodias

Augen, das wurde mir klar, als sie gestern Abend kam, um mir Geschichten von echten Heiligen zu erzählen, die jahrelang das Licht der Sonne nicht mehr gesehen hätten. Zwar habe Gott den Menschen auch das Licht geschenkt, aber es sei eine heilige Tat, allein und fern von der Welt zu bleiben.

Ich rief ihr den Vogel in Erinnerung, den die Nachbarskinder mit der Schleuder gejagt und am Flügel verletzt hatten. Ich hatte ihn, im letzten Frühling musste es gewesen sein, in mein Zimmer gebracht, um ihn gesund zu pflegen und damit die Katze ihn nicht erwischte. Aber er beging Selbstmord. Ja, er schlug seinen Kopf so lange heftig und entschlossen gegen die Wand, bis er tot umfiel.

»Ich erzähle dir von Heiligen, und du redest von Vögeln«, bemerkte Rodia pikiert. Und sie fügte hinzu, dieses Jahr würde sie ganz sicher nach Ikaria zurückkehren.

Seit zwanzig Jahren redete sie davon, heim nach Ikaria zu gehen. Es war eine an uns alle gerichtete, vage Drohung, auf die wir mit Bitten reagieren mussten: »Geh nicht fort, Rodia, Rodoula und Roditsa! Wie sollen wir bloß ohne dich zurechtkommen?« Nur einmal hatte Mutter genug davon und antwortete, sie würde ihr sogar beim Schnüren ihres Bündels zur Hand gehen. Da wurde Rodia so blass, dass wir alle Mitleid mit ihr bekamen und sie erneut lautstark zurückhielten. Nun, mittlerweile waren ihre Wangen wieder rosig, und sie hatte Oberwasser: »Ich gehe fort, ganz bestimmt geh ich nach Ikaria!«

Wie kann es sein, dass man die Weichheit des Schilfrohrs und der Weidenzweige, die ins Wasser des Bachs hängen, gar nicht bemerkt? Und sich stattdessen nur um eine tausendseitige Studie kümmert? »Er ist ein sogenannter Kopfmensch«, hatte Ruth festgestellt. Aber er kann küssen, und er ist ganz verwirrt, wenn er mir übers Haar streicht und mir in die Augen schaut. In diesen Augenblicken liebe ich ihn sehr. Würde ich ihn heiraten, hätten wir alle Zeit der Welt, einander so in die Augen zu schauen.

»David ist ein richtiger Mann«, sagt Tante Tereza, die unter dem Zwang zu stehen scheint, »richtige« Männer von einfach nur »Männern« zu unterscheiden. Auch Nikitas ist zum Mann geworden, doch der geheime Funke, der in ihm glühte, ist dahin, genauso wie sein Markenzeichen, die blauen Hemden. Seine Augen sind nicht mehr ausschließlich blau, sondern sie passen sich dem Farbton seiner Kleidung an, mal schillern sie grün, mal werden sie grau und hart wie Stahl. Nina hat Nikitas zum Mann gemacht, ihretwegen hat sich seine Augenfarbe geändert, ihretwegen trägt er sein Haar jetzt gescheitelt, und wenn der Wind geht, steht es nicht mehr in die Höhe wie die Stacheln eines Igels.

Ich kann nicht schlafen, obwohl es schon nach Mitternacht sein muss. Großpapa hat den Schwindelanfall überwunden, doch die Angst lässt ihn nicht mehr los. Er konzentriert sich jetzt vollkommen auf seine Gesundheit. Nichts sonst kümmert ihn, nicht einmal der kleine Giannis. »Wer will schon von den toten Kaninchenjungen hören?«, sagte er kürzlich so barsch zum Gärtner, dass Herr Giorgis der Mund offen stehen blieb.

Ich kann nicht schlafen. Meine Augen sind weit geöffnet und starren ins Leere, sie sind auf den Eukalyptusbaum geheftet, der bis zu meinem Fenster heraufreicht. Seine Krone ist dunkel, dunkler als die Nacht.

Schlagartig ist sie erleuchtet, jemand muss im Erdgeschoss das Licht angemacht haben. Ich springe aus dem Bett und beuge mich aus dem Fenster. Im Wohnzimmer brennt Licht. In Pantoffeln und Nachthemd und mit einem Tuch über den Schultern trete ich auf den Flur und steige wie eine Schlafwandlerin die Treppe hinunter. Am besten gehe ich durch die Küche in den Garten und blicke von dort aus durch die vermutlich offen stehende Verandatür ins Wohnzimmer, um zu sehen, was dort los ist. Vielleicht empfängt Mutter gerade Herrn Louzis? Ich sollte auf den letzten Treppenstufen aufpassen, die dem Wohnzimmer gegenüberliegen, da sie laut knarren. Wie ein Schatten, wie ein Geist muss ich vorübergleiten.

Kurz verheddern sich meine Füße in dem langen Nachthemd, beinah wäre ich die Treppe hinuntergestolpert und hingefallen. Im letzten Moment bewahre ich das Gleichgewicht und schlüpfe hinaus in den Garten. Es ist kühl, schwerer Flügelschlag flattert durch die Luft. Die Nachtvögel jagen mir keine Angst ein, in meinem gespenstischen Nachthemd könnte ich eher vor mir selbst erschrecken.

Mutter ist allein, sie sitzt an ihrem Schreibtisch, vor ihr liegt ein Stapel Briefe. Sie schreibt ein paar Worte, führt dann die linke Hand zu den Umschlägen und bringt den Stapel mit einer gedankenverlorenen, unbeholfenen Geste durcheinander, während sie den Kopf in die rechte Hand und den Ellenbogen auf den Schreibtisch stützt. Ihre Linke lastet reglos und schwer auf den Briefen, die Rechte streicht mit einer routinierten Geste über die Stirn. Schließlich kommen beide Hände wieder in Bewegung, Mutters ganze Haltung ändert sich, als wollte sie die Müdigkeit verjagen, die sie zwang, sich aufzustützen. Sie strafft sich, nimmt die Briefe, ordnet sie sorgfältig und bindet sie mit einer Schleife zusammen. Danach wählt sie ein paar weitere aus, die verstreut auf dem Schreibtisch liegen geblieben sind, und sortiert auch sie.

Offenbar weint sie. Mit beiden Händen reibt sie sich die Augen wie ein kleines Kind und sucht nach ihrem Taschentuch. Ja, sie weint tatsächlich, ein Schluchzen lässt ihre Schultern erbeben, so hemmungslos habe ich sie noch nie weinen sehen. Das Taschentuch ist nicht aufzufinden. Immer wieder tastet sie durch ihre Jackentaschen, in der Hoffnung, es übersehen zu haben. Immer dringender wird das Bedürfnis, sich zu schnäuzen, Tränen tröpfeln auf den Schreibtisch und auf die Briefe, gewiss ist die Tinte an manchen Stellen verlaufen. Wieder sucht sie in ihren Jackentaschen, doch ohne Erfolg. So steht sie schließlich auf und verlässt das Wohnzimmer. Zum ersten Mal habe ich ihr Gesicht so nackt und bloß vor Augen.

Keine Ahnung, wie es geschah: Plötzlich stehe ich am Schreibtisch, und meine zitternden Finger öffnen einen der Umschläge. Die Buchstaben verschwimmen vor meinen Augen: »Mein Kind, ich möchte Dich herzlich bitten, zusammen mit den Fotografien des kleinen Giannis, die Du mir schicken wolltest, auch noch eine Aufnahme vom Haus, von der Zisterne und von der Wiese beizufügen. Wenn ich mich recht erinnere, standen drei Kiefern bei der Gartenpforte, es waren die höchsten auf dem ganzen Gut. Je mehr Zeit vergeht, desto mehr erlischt meine Erinnerung an diese Gegend. Jeden Tag vergesse ich wieder etwas, und das macht mir Angst.«

Die polnische Großmama! Die polnische Großmama! ... Mir stockt der Atem, ich will schreien, doch kein Ton kommt heraus. Meine Brust, mein Herz, mein Hals sind wie zugeschnürt. Die polnische Großmama, gütiger Himmel! Das also war Mutters Geheimnis, die beiden korrespondierten seit Jahren, vielleicht schon seit Mutters Kindertagen. Was hat diese Frau doch für eine leidenschaftliche Seele, von der sie nichts zeigt und einfach so tut, als interessierte sie sich einzig und allein für das sorgfältige Decken des Tisches und das Einkochen von Orangen im Winter, Aprikosen im Frühjahr und Sauerkirschen im Sommer!

Mein Blick fällt auf die zuletzt verfassten Zeilen. Sie schrieb etwas von meinem Verhalten und wie sehr sie davon getroffen war. Ach, Mutter, wirst du mir je verzeihen? Warum versteckst du dich dein Leben lang? Genauso wie Infanta, wie ich, wie wir alle? Alle verbergen wir etwas voreinander, ich vor David, David vor Ruth und vor Frau Parigori und Frau Parigori vor Doktor Parigoris. Keiner von uns zeigt sein wahres Gesicht.

Ich öffne noch ein paar Umschläge und überfliege den Inhalt. Die ganze Leidenschaft, die sich nach dem Scheitern ihrer Ehe und durch ihr Schicksal, allein und ohne Mann zu leben, in ihr angesammelt, ja angestaut hat, jede Traurigkeit und jede Freude, die sie erlebt hat und noch zu erleben wünschte, sind in diese Briefe geflossen. Ich weiß nicht, was ich zuerst betrachten soll, die Zeilen der polnischen Großmama oder die von Mutter? Offenbar hat sie jeden ihrer eigenen Briefe in Abschrift aufbewahrt und in Umschläge gesteckt wie Schreiben, die noch abzuschicken wären. Um die Briefe der polnischen Großmama, die Mutter genauso sorgfältig bündelt, wie sie den Tisch deckt, schlingt sich zur Unterscheidung ein Band mit der Aufschrift »Ihre Briefe«.

Bevor ich einen weiteren Umschlag öffnen kann, höre ich ihren gleichmäßigen, ruhigen Schritt. Mit einem Satz bin ich durch die Verandatür im Garten. Ich friere, obwohl meine Wangen glühen.

Mutter nimmt wieder an ihrem kleinen Schreibpult Platz. Ihre Augen sind jetzt trocken. Sie hält eines ihrer weißen Taschentücher, die sie selbst näht, bestickt und umhäkelt, zerknüllt in der Hand. Sie wirft einen unruhigen Blick durch den Raum, als ahnte sie, dass sich etwas in der Atmosphäre verändert hat. Danach steckt sie das Taschentuch in ihre Jackentasche und setzt die begonnene Arbeit fort: Briefe auswählen, schichten und zusammenbinden.

Ach, Mutter, wenn du wüsstest! Ach, polnische Großmama, wenn du wüsstest! Wenn ihr beide wüsstet, wie lieb ich euch habe …

Dabei weiß ich von deinem Leben überhaupt nichts, polnische Großmama. Nur dass du um deine Erinnerung an diesen Ort hier ringst. Rodia erzählte immer, du hättest jedes Eckchen zu Fuß oder zu Pferd erforscht, und kaum sei die Sonne aufgegangen, seist du schon in deinem langen Morgenmantel, der vom Gesträuch und den Thymianbüschen Risse bekam, auf die Wiese gelaufen. Und Großpapa murrte, weil du jedes Jahr einen neuen Morgenmantel brauchtest. Ich bin nicht viel herumgekommen und kenne nur diesen einen Ort. Hier könnte ich dir jeden Stein zeigen, jeden Baum und jeden Farbton, den das Wasser je nach Wetterlage in der Zisterne annimmt. Wenn du dich an heißen Tagen auf den steinernen Rand der Zisterne setzen, die Augen schließen und dann wieder öffnen würdest, sähest du, polnische Großmama, wie Dutzende kleine Sonnen vor deinen Augen tanzen und sich das Wasser der Zisterne an den Stämmen der Kiefern ringsum in zitternden und goldenen Wellen spiegelt. Der dadurch entstehende Glanz würde dich aufheitern. Du solltest die in die Höhe gewachsenen Bäume meines Verstecks sehen, deren Zweige droben verschmelzen und dichten, kühlen Schatten spenden. Darin könntest du dir hundert verschiedene Dinge überlegen, über »Haarspaltereien«, wie Rodia es nennt, nachdenken, für die du sonst nie Zeit hättest. Auch solltest du die Erde auf dem neuen Acker sehen, jungfräulich und unverbraucht, auf dem alles doppelt und dreimal so schnell wächst, als hätte die verrückte Frau aus Ikaria ihre Hand im Spiel. Das alles solltest du sehen, polnische Großmama …

Ich war nie in Lissabon, Algier oder Madeira, noch irgendwo sonst. Nur an die Lage dieser Orte auf der Landkarte erinnere ich mich, und selbst das ungenau. Ihr beide, du und Andreas, habt die ganze Welt bereist, polnische Großmama. Jetzt erlöschen vor deinen Augen die Orte und sind nicht mehr auseinanderzuhalten. Ja, drei Kiefern stehen vor der hölzernen Pforte, und es sind die höchsten auf dem Gut. Die eine haben wir beschnitten, um ihren dichten Wuchs zu lichten und auch weil wir Brennholz für den Herd brauchten.

Ich werde nicht für immer hierbleiben, polnische Großmama, irgendwann gehe ich auf große Weltreise. Vielleicht aber heirate ich auch und schließe mich ein in Davids graues Haus mit den rot umrandeten Fenstern und der jährlichen Kartoffel- und Zwiebelproduktion von tausend Okka. Nicht, dass David den Anbau nötig hätte, sein Vater ist ja Reeder, aber hier ist es eine Frage der Ehre, welcher Acker den meisten Ertrag abwirft. Natürlich ist es

Herr Louzis, der den Sieg davonträgt, da er die weitaus größte Anbaufläche besitzt. Selbst Herrn Louzis' Gärtner, der hinkende Kostas, ist zu so viel Geld gekommen, dass ihn alle anderen Gärtner beneiden. Und seine Tochter zuckt nicht mit der Wimper, wenn Herr Louzis sich zu ihr hinunterbeugt und ihren Nacken küsst, während sie die Rosenbüsche beschneidet.

Ich werde auf Weltreise gehen und all den Menschen begegnen, die der alte Mann in seinen Büchern beschreibt, auch dir und Andreas. Und ich werde herausfinden, auf welche Weise die menschlichen Leben miteinander verwoben sind, das von Infanta und Nikitas, das von Nikitas und Nina, das von Nina und Andreas und das von Andreas und …

Ich werde David heiraten, ich liebe ihn und werde ihn heiraten. Ich werde ihn bitten, mein Haar zu zerzausen, den ganzen Tag lang. So werden wir unsere Zeit verbringen. Stundenlang werden wir uns in die Augen sehen. Und wenn ihn diese Verwirrung packt und er mich küssen will, werde ich es zulassen, da er mein Mann, mein angetrauter Ehemann sein wird. Danach werde ich ihn bitten, erneut mein Haar zu zerzausen. So werden wir unsere Tage verbringen.

Mein Gott, wie tief die Vögel fliegen, was für ein schwerer, dichter Flügelschlag. Es müssen Eulen sein. Obwohl einem ihr tragischer Ruf das Herz zerreißt, sehnt man sich in einer so finsteren Nacht genau danach und nicht nach dem süßen Lied der Nachtigall. Der Wind heult in den Kiefern, die Fledermäuse schlüpfen grüppchenweise aus ihrem Versteck, kreisen in solcher Harmonie durch die Luft, als hätte jede einzelne von ihnen die Bögen, die sie in die Luft zeichnet, vorab exakt geplant, ebenso wie den perfekt aufeinander abgestimmten Rückflug, der hintereinander in Reih und Glied erfolgt. Das Heulen des Windes in den Bäumen schwillt an, es klingt wie das aufgepeitschte, mit jeder Welle ansteigende Meer, das gegen die Felsen schlägt und in die ausgewaschenen

Hohlräume schwappt. Nirgendwo ist Licht zu sehen, es ist die Stunde, da alle Menschen schlafen. Auch Marias Haus ist dunkel und ruhig. Nur die Lampe auf Mutters Schreibtisch ist an, Mutter schläft genauso wenig wie ich, genauso wenig wie Großpapa, der zwar kein Licht anmacht, aber gewiss keinen Schlaf findet, und genauso wenig wie Infanta.

Dass Infanta nicht schläft, wird mir klar, als ich die Treppe auf Zehenspitzen hinaufschleiche und ihr leises Wimmern vernehme. Ein paar Minuten später höre ich von meinem Zimmer aus, wie die letzte Tür auf dem Flur – die von Tante Tereza – aufgeht. Die Dielen knarren unter ihrem unsicheren Schritt, jeden Moment rechne ich damit, dass sich ihre Füße im bodenlangen Plisseenachthemd verfangen, dass irgendetwas passiert, dass sie stolpert und hinfällt. Dennoch schafft sie es bis zu Infantas Tür, vor der sie kurz zögert, bevor sie die Klinke hinunterdrückt.

Jetzt spricht sie mit ihr. Während der letzten Tage war sie immer in ihrer Nähe, ließ sie kaum aus den Augen. Ich höre ihr Flüstern, kann jedoch nichts Sinnvolles verstehen. Ein Fensterflügel schlägt im Wind. Das Flüstern wird zunächst unterbrochen und dann wieder aufgenommen.

Dann trat ich selbst auf den Flur. Wie sollte man in so einer Nacht auch schlafen? Zwar wollte ich nicht heimlich lauschen, aber als ich vor Infantas Tür innehielt, drangen Tante Terezas besorgte Worte an mein Ohr.

»Was wollte er bei seinem Besuch heute Nachmittag von dir?«

»Er wollte mich sehen.«

Infantas Entgegnung, die mit schluchzender Stimme kam, war kaum zu verstehen.

»Hoffentlich hast du ihm die gebührende Antwort gegeben. Dein Stolz und deine Würde müssen dir über alles gehen. So, wie wir es besprochen haben.«

»Ich habe ihm gesagt, dass er nicht wiederkommen soll und dass ich ihn nicht sehen will, nie mehr …«

Tante Terezas Stimme klang ernst und offiziell.

»Jetzt bist du frei, Infanta. Frei, um zur Vollkommenheit zu gelangen.« Kurz darauf fügte sie hinzu: »Was meinst du, wollen wir morgen an der Pfauenstickerei weitermachen? Du hast sie in der letzten Zeit etwas vernachlässigt.«

In dieser Nacht wurde mir der Grund klar, warum Mutter den alten Mann besuchte. An ihn schickte die polnische Großmama offenbar ihre Briefe. Auch hatte ich die Adresse auf den Umschlägen gesehen.

Am nächsten Tag erfasste mich eine solche Ungeduld, ihn zu besuchen, dass ich unmöglich bis zum Nachmittag warten konnte. Schon beim Frühstück im Esszimmer hielt es mich kaum auf meinem Stuhl. Ich trank einen Schluck Milch, sprang auf, um etwas zu holen, setzte mich wieder, aß einen Bissen Brot, lief auf die Veranda. Mutter blickte mich grimmig an, mein Verhalten ärgerte sie.

»Das kommt davon, weil sie sich eine Woche lang in ihrem Zimmer eingeschlossen hat«, meinte Tante Tereza zu meiner Rechtfertigung. Ihre zuckersüße Stimme ging mir auf die Nerven. Ich muss Infanta demnächst beiseitenehmen und ihr klarmachen, dass sie Tante Terezas Worte nicht immer für bare Münze nehmen sollte.

Es stimmte, letzten Samstag hatte ich mich eingeschlossen, und heute war wieder Samstag. Alle warteten darauf, dass ich meine Entscheidung verkündete. Bei jedem meiner Worte spitzten sie die Ohren, warfen mir insgeheim Blicke zu, aber ihr Stolz verbot es ihnen, mich direkt zu fragen. Nur Rodia grinste listig, für sie bestand kein Zweifel, dass ich in David verliebt oder »verschossen« war, wie sie es ausdrückte, und ihn heiraten würde. Ihrer Meinung nach konnte ich es nur nicht gleich zugeben, da ich eine junge Frau war. Und junge Frauen sollten zurückhaltend reagieren, wenn es um Fragen der Ehe ging. Mutter, würdevoll wie immer, zeigte ihre Neugier nicht. Ich blickte in ihre müden Augen.

»Katerina, setz dich bitte endlich, du machst mich noch ganz verrückt.«

Mein Mitgefühl von letzter Nacht war wie weggeblasen, Trotz stieg in mir hoch, ausgelöst durch die verborgene Seite ihres Lebens. Schon lagen mir verletzende Worte auf den Lippen. Stattdessen setzte ich meine gleichgültigste Miene auf – das würde sie am meisten verstören, das wusste ich – und machte mit meinem Hin und Her, meinem Aufstehen und Hinsetzen weiter.

Erst Jahre später sollte ich begreifen, wie sehr die Tochterliebe zur Mutter – erfüllt von Sturheit, Hass und unendlicher Zärtlichkeit – der Liebe zwischen Mann und Frau ähnelt. Im Gegensatz dazu ähnelt die Tochterliebe zum Vater einer Liebe, die der ganzen Menschheit gilt.

»Du bist unausstehlich!«, rief Mutter. »Mir tut der Mann leid, der dich zur Frau nimmt.«

Am liebsten hätte ich laut aufgelacht. Der bedauernswerte David! Dabei glitt mir die Tasse, die ich in der Hand hielt, aus den Fingern, stürzte auf die Untertasse und kippte um. Ihr ganzer Inhalt ergoss sich aufs Tischtuch. Ich konnte mein Lachen nicht länger zurückhalten.

»Es sind nur die Nerven«, presste ich gerade noch hervor, bevor ich in den Garten stürzte.

Was für ein herrlicher Tag! Der verblühte Lavendel duftet immer noch, die Rosen bekommen frische Knospen, die Chrysanthemen blühen zum ersten Mal. All das lässt die Bienen glauben, es sei immer noch Sommer. Die Zikaden hingegen sind ganz verstummt, unter den Bäumen liegen nur noch ihre leeren Panzer verstreut.

Bei meinem Eintreffen arbeitete der alte Mann an *Der Kapitän*. Er saß an seinem Schreibtisch vor dem offenen Fenster. Von dort hatte er den roten Rosenbusch im Blick, der diese seltsame Todessehnsucht in ihm auslöste. Schon von Weitem rief ich ihm einen Gruß zu. Er hob den Kopf und lächelte. Unter seinen dicken und struppigen weißen Brauen lächelten auch seine Augen.

»Na, bist du hinter das Geheimnis gekommen?«

Auf meinen verwunderten Blick hin meinte er: »Man muss dich nur anschauen, diese triumphierende Miene ... Dein Hals ist bestimmt ein paar Zentimeter länger geworden, ganz zu schweigen vom Leuchten deiner Augen. Sie hat ihren Hals ganz genauso in die Höhe gestreckt, wenn sie stolz auf etwas war.«

Er begann, mir von der polnischen Großmama zu erzählen, anfangs langsam und mit leiser Stimme, dann immer lebhafter und mit blitzenden Augen.

Er hatte sie zur gleichen Zeit wie Großpapa kennengelernt. Großpapa und er waren Cousins, und alle beide hatten sich in sie verliebt. Sie war so hübsch, dass sich ihre Schönheit kaum in Worte fassen ließ.

»Ich habe sie als Erster kennengelernt, damals in Wien. Ich hatte dir ja von der Dame erzählt, die mir eine Operneinladung schickte und mich zwei Akte lang warten ließ, weißt du noch? Als sie nach Athen kam, waren alle Männer verrückt nach ihr, und alle Frauen hassten sie. Es lag nicht nur an ihrer Schönheit, sondern auch an ihrem herzlichen und spontanen Lachen, das nicht nur durch das ganze Zimmer, sondern über die ganze Wiese schallte. Dazu kam, dass aus unerfindlichen Gründen ein jeder dachte, sie würde einzig und allein nur ihn beachten. Nach Tanzveranstaltungen ging jeder Mann mit der Überzeugung fort, deine polnische Großmama hätte nur Augen für ihn gehabt. Ihre raumgreifenden Schritte zeigten ihre Unabhängigkeit. Sie hatte eine besondere Art, ihren Kopf hochzuhalten und die Stirn voller Verwunderung zu runzeln, wenn ihr jemand widersprach. Sie ging davon aus, dass alle immer ihrer Meinung seien und ihr jeden Wunsch von den Augen ablesen sollten. Wenn man ihr einen Rat erteilen wollte, wurde sie zornig.

Dann reckte sie ihren Hals, und ihre Augen sprühten Funken. Ich weiß noch, dass sie dann noch grüner aussahen und so böswillig dreinblickten wie die Augen einer Katze, die man aufgeweckt hat, weil man sie gegen den Strich streichelt. Sie liebte das Leben voller Leidenschaft und Eigensinn, als wollte sie es jeden Augenblick, jede Sekunde in sich aufsaugen. Nichts war ihr gut genug, sie kannte keine Schranken und fand niemals Frieden. Du hättest sehen sollen, wie sie die wildesten Pferde ritt, wie sie durch die Wälder preschte, wie sie – selbst im Winter – im Meer schwamm und ihr eigenwilliges Lachen über den Strand schallte. Selbst wenn sie vom Pferd gefallen wäre, hätte sie sich niemals wehgetan. Auch beim Schwimmen wurde sie niemals müde. Es war, als wäre sie auf mystische Weise mit der Natur verbunden. Deshalb konnte ihr auch nichts Angst einjagen. Dimitris und ich waren ihre ständigen Begleiter. Sie bestand darauf, dass wir immer beide mit dabei waren, da wir uns so ähnlich seien. Nun, das stimmt überhaupt nicht, wir sind uns absolut nicht ähnlich. Irgendwie schien sie mich vorzuziehen. *Du solltest die Medizin aufgeben und nur noch Bücher schreiben*, meinte sie, nachdem ich meinen ersten Roman veröffentlicht hatte. *Was Dimitris betrifft, so geht er in der Pflege seiner Pflanzen vollkommen auf.* Wir liebten sie beide, Dimitris und ich, und der Hass zwischen uns beiden wuchs. Mal neigte sich die Waagschale zur einen, mal zur anderen Seite. Kaum freute sich der eine über ihre Worte, die ihm Hoffnung machten, sagte sie dem anderen dasselbe; dann freute sich der Zweite, und der Erste war traurig. So ging es ständig hin und her, wir waren mit den Nerven am Ende. Das hat unsere Freundschaft für immer zerstört. Eines Tages erklärte sie mir aus heiterem Himmel, sie würde Dimitris heiraten, das hätte sie schon vor einiger Zeit so beschlossen. Schließlich heiratete auch ich, und Andreas wurde geboren. Jahrelang sah ich die beiden überhaupt nicht. Zufällig hörte ich, dass sie vom Gut immer wieder allein nach Athen zog und tage-, ja wochenlang fortblieb und den unglücklichen Dimitris allein zurückließ.«

Der Alte verstummte kurz, bevor er fortfuhr: »Die Arbeit an *Der Kapitän* kommt gut voran.« Sein Tonfall hörte sich kraftvoll und jugendlich an, dann sprach er mit gesenkter Stimme weiter. »Obwohl ich den beiden nie begegnete, fragte ich bei anderen nach, wie es ihnen erging. Die kleinsten Details ihres Lebens übten eine unerklärliche Anziehungskraft auf mich aus. Ich erfuhr von Terezas, dann von Annas Geburt ...«

Wieder hielt er inne. Seine Stimme war wie erloschen, auch sein Blick.

»Niemand konnte einschätzen, ob sie gut oder böse war. Einmal, das weiß ich noch genau, gingen wir im Wald spazieren, als ihr Hund, ein herrlicher Deutscher Schäferhund, der sehr an ihr hing, einem Huhn hinterherjagte. Da ließ sie mich und Dimitris einfach stehen und rannte, hochrot im Gesicht, auf ihn zu, und bevor wir wussten, wie uns geschah, peitschte sie ihn mit der Lederleine so heftig, dass das Tier an mehreren Stellen blutete. Es hatte die Schnauze reglos zwischen den Pfoten versteckt, winselte vor Schmerzen und machte keinerlei Versuch zu entkommen. Aber sie schlug immer weiter, auch auf die blutigen Stellen. Da riss ich ihr die Leine aus der Hand. Dimitris war kreidebleich geworden. *Wie kannst du es wagen ...!*, schrie sie außer sich vor Wut und redete auf dem Rückweg nur mit Dimitris. Danach pflegte sie den Hund tagelang, da sie ihn, wie sie sagte, übermäßig liebte. Diesen Ausdruck gebrauchte sie sehr oft: etwas übermäßig lieben. Das galt für Tiere, für Landschaften, für Dinge, auch für die kleinsten und unbedeutenden, so wie für eines ihrer Kleider. Vielleicht weil sie das Leben selbst übermäßig liebte. Diese unersättliche Hingabe an das Leben war in der Tat so außergewöhnlich, dass ihr die wirklichen Menschen und Ereignisse nicht ausreichten und sie Menschen und Ereignisse erfand und fiktive Geschichten erzählte, als wären sie ihr tatsächlich zugestoßen. Man musste sie schon gut kennen, um zu merken, dass es Lügen waren. Wenn sie diese Geschichten erzählte, war es, als glaubte sie an ihre Wahrheit, so vollkommen natürlich und nachvollziehbar klangen sie. Nur am Schluss, nach dem letzten Wort ihrer Erzählung, blickte sie ihren Zuhörer so befremdet an, als hätte er ihr die Geschichte erzählt und nicht umgekehrt.«

»Und jetzt?«, wisperte ich. »Wie geht es der polnischen Großmama jetzt?«

»Das wissen weder ich noch Anna. In ihren Briefen schreibt sie, es gehe ihr gut, und sie erzählt mal heitere, mal traurige Geschichten, von denen man nie wissen kann, ob sie wahr sind oder erfunden. Aber über ihr eigenes Leben lässt sie kein Wort verlauten. Da verweigert sie jede Auskunft.«

»Seltsam, dass sie Großpapa geheiratet hat. Er ist doch, wie soll ich sagen, kein starker Charakter …« Nach einer kurzen Pause fuhr ich fort: »Hm, Maria hat ja schließlich auch Marios geheiratet. Sie hat ihr Lachen geerbt, das nicht nur durchs ganze Zimmer, sondern über die ganze Ebene schallt.«

Stille.

»Der Unterschied ist, dass Maria, was auch immer passiert, den kleinen Giannis niemals im Stich lassen würde. Und auch Marios nicht oder den kleinen Miltos, der noch gar nicht auf der Welt ist. Der Geburtstermin steht kurz bevor. Maria ist sicher, dass es ein Junge wird.«

Stille.

»Auch Infanta zeichnet sich durch Mut und Schönheit aus. Nichts kann ihr Angst einjagen. Sie reitet das wildeste Pferd, beim Schwimmen wird sie nie müde, einmal hat sie vor unseren Augen eine Schlange getötet. Sie hat ihr mit einem Stock auf den Kopf geschlagen, nur der Schwanz bewegte sich noch. Vielleicht sollte ich hinzufügen, dass ihr doch etwas Angst einjagte, die anderen

Kinder in der Schule nämlich. Bei mir selbst gibt es nur zwei Dinge, in denen ich der polnischen Großmama ähnlich bin: die Linie des Halses und die Lügengeschichten.«

Ich redete wie hypnotisiert. Ihr Gesicht stand mir ganz deutlich vor Augen – ein Gesicht, das ich noch nie in Wirklichkeit gesehen hatte.

»Weißt du was?«, unterbrach der alte Mann mein unzusammenhängendes Gerede ein wenig ärgerlich. »Andreas hat mir einen Brief geschickt. Er kommt in den nächsten Tagen.«

Ich stutzte und starrte ihn lange an.

»Was ist denn los mit dir? Hast du nicht gehört? Mein Sohn Andreas kommt.«

Als ich den Nachhauseweg einschlug, hatte der Wind von Süd auf Nord gedreht. Der Nordwind streicht vom Parnitha herunter und über den Wald bis zu uns, dringt in unsere Lungen, reinigt und befreit sie. Beinah könnte man Angst bekommen, wie leicht und stark man sich bei Nordwind fühlt.

Der Wind wechselt auch in dic andere Richtung, von Nord nach Süd. Dann senkt sich ein warmer Nieselregen auf die Blumen und ihre Pollen, und die ganze Gegend ist von ihrem Duft erfüllt. Selten hält der Regen bis zum Nachmittag an, und die Wolken lösen sich rasch auf. Im Westen nimmt der Himmel die rot-grüne, fast bläuliche Farbe der Äpfel dieser Jahreszeit an. Wenn es dunkel wird und man sich sagt, erst morgen würde man wieder etwas Helles erblicken, geht plötzlich am späten Nachmittag der Mond auf. Die Wiese ist vor lauter vorüberziehenden braunen Büffeln kaum noch zu erkennen. Hundegebell und Hahnenschreie durchdringen die Luft, da die Tiere wohl meinen, dass der Morgen graut. In der Nacht rauscht der Regen stärker, und am nächsten Tag ist alles hell und durchscheinend, lichtblau, rot und gelb, bis die erste Wolke über dem Parnitha erscheint, die sich langsam vorantastet, während der Berg immerfort neue Wolken gebiert. Dieses Wechselspiel hält die ganze Zeit an: von Nord- zu Südwind, von Sonne zu Regen, stets neu und stets anders. Der Herbst ist da, dachte ich, als ich die Leoforos Anixeos hinunterging.

Obwohl ich einiges über die polnische Großmama erfahren hatte, wusste ich im Grunde nichts. Alles wirkte vage und mehrdeutig, ihr Leben schien von einem Geheimnis umgeben. Tante Tereza und Mutter reagierten kühl und zurückhaltend aus Angst, ihr ähnlich zu werden, aus Angst vor dem Leben selbst. Gern hätte ich gewusst, wie die Augen der polnischen Großmama heute aussahen, ob sie immer noch tiefgrün blitzten, wenn sie böse wurde. Aber vielleicht wurde sie gar nicht mehr böse.

Ich muss eine Entscheidung treffen, welche Antwort ich David gebe. Am liebsten würde ich Hand in Hand mit ihm über die Wiese laufen oder im Olivenhain mit ihm zusammen sein, auch wenn mir das ein wenig Angst macht. Das spielt keine Rolle. »Was ist los mit dir? Hast du nicht gehört?«, hatte der alte Mann gefragt. »Mein Sohn Andreas kommt.« Polnische Großmama, nur du könntest verstehen, was in mir vorgeht.

VII

Der Kapitän

Es war früh am Morgen, als Andreas auf unserem Gut eintraf. Zunächst sahen wir nur eine Kutsche, die in halsbrecherischer Fahrt heranpreschte, die Straße verließ und eine Abkürzung über die Wiese nahm. Die Räder versanken tief im Boden, die Kutsche schwankte und drohte jeden Augenblick umzustürzen. Das Verdeck neigte sich mal zur einen, mal zur anderen Seite, wie ein Segel, das man bei drehendem Wind mit der Schot von Backbord nach Steuerbord versetzt, bis es fast die Wellenkämme berührt.

Als die Kutsche vor unserem Haus anhielt, waren die Räder zentimeterdick von Schlamm überzogen, und dem Pferd – der Blick wild und die Flanken schweißbedeckt – stand Schaum vorm Mund. Auch Andreas' Stirn war ein wenig verschwitzt, während er lachend die Zügel in der Hand hielt. Der Kutscher selbst saß hinten auf dem Platz der Fahrgäste, ganz in eine Ecke gedrängt.

»Sie haben mich fast umgebracht, mein Herr«, schnaufte er. »Und meine Kutsche haben Sie auch ruiniert.«

»Wie viel kostet sie?«, fragte Andreas. Der Kutscher nannte einen Preis.

»Hier, nimm.« Er zog ein Bündel Geldscheine heraus und überreichte ihm die Summe.

Andreas' Eintreffen schien niemanden zu überraschen. Es war, als hätten wir ihn immer schon gekannt. Mutter und Tante Tereza hießen ihn herzlich willkommen. »Am besten erfährt Großpapa nichts von dem Besuch«, meinten sie. »Wegen der alten Feindschaft.« Die Gefahr, dass Großpapa etwas merkte, war gering. Seit Tagen las er, zurückgezogen in seinem Zimmer, von morgens bis abends medizinische Bücher. Immer wieder erfasst ihn Schwindel. Er hatte jegliches Interesse an Bäumen und Pflanzen verloren, als hätte er sich nie dafür begeistert.

»Guten Tag, Maria, guten Tag, Infanta, guten Tag, Katerina!« Mit diesen Worten trat Andreas vor unseren verdutzten Augen durch die hölzerne Gartenpforte, nahm den Pfad mit den Pistazienbäumen – wobei er, anders als Herr Louzis, keinen einzigen Zweig berührte –, hechtete mit großen, zackigen Sätzen die Verandastufen hoch und ließ sich in einen Sessel fallen. »Hier ist es in der Tat sehr gemütlich«, meinte er. »Das Ohr erholt sich vom ewigen Rauschen der Wellen.«

Er streckte die Beine aus und legte den Kopf in den Nacken. Er war groß gewachsen und von der Sonne gebräunt. Anstelle der Kapitänsuniform trug er eine weiße Hose und ein weißes Hemd mit offenem Kragen. Seine ebenso weißen Zähne blitzten, sein Lachen war genauso kraftvoll wie seine Hände, die dicht behaart und ganz anders waren als Davids und beim Sprechen nicht fortwährend ihr Gebärdenspiel änderten, sondern nur – mal lockerer, mal fester – die hölzerne Armlehne des Sessels umschlossen. Dabei störte ihn offenbar der Metallring, den er am Ringfinger der linken Hand trug, da er ihn beim Reden abzog, in der Rechten hin- und herdrehte, in die Luft warf und sich wieder an den Finger steckte.

»Ein Astrologe hat mir einmal gesagt, dass mir von allen Metallen Eisen am meisten Glück bringt und dass der Freitag mein Glückstag ist. Ein Astrologe, kein Astronom«, betonte er in meine Richtung. »Bei der Havarie vor Korsika hat mich dieser Ring gerettet. Wie, erzähle ich euch ein andermal. Und im Hafen von Constanța …«

In der Zwischenzeit hatte er seinen Blick auf Maria gerichtet.

»Ich bin mit dem kleinen Miltos schwanger«, sagte sie. »Darum ist mein Bauch so groß.«

Sie starrte ihn mit weit aufgerissenen Augen an – so lange, dass die anderen ihr schon Zeichen gaben, den Blick niederzuschlagen. Auch Andreas löste seinen Blick nicht von ihr, hatte seine Erzählung sogar mitten im Satz abgebrochen, ohne sich um den Eindruck zu scheren, den sein Verhalten hinterließ.

»Damals war ich Kapitän auf der *Zeus*«, sagte er dann.

»Ich bin mit dem kleinen Miltos schwanger«, wiederholte Maria.

Tante Tereza schlurfte hin und her und lächelte vor sich hin. Immer wieder stieß sie kleine Zwischenrufe aus. Alles, was Andreas tat, schien sie mit staunender Bewunderung zu registrieren, selbst die Art, wie er den Metallring in die Luft warf. Dann bat sie ihn ganz unerwartet und nachdrücklich, von seinen Abenteuern zu berichten, aber nicht von denen auf See, sondern mit den Frauen. Sie habe gehört, sagte sie mit einem schier unbeschreiblichen Lachen, als sein Schiff nach der Havarie in Nordafrika zur Reparatur auf Reede gelegen habe, sei er nach Südfrankreich geflogen, und zwar aus einem einzigen Grund.

»Feiern, Vergnügungen ...«, rief sie. »Man muss die Feste feiern, wie sie fallen!«

Sie wusste sogar von der Frau aus Oran, die den ganzen Tag in ihrem – schönen, breiten und weichen – Bett verbrachte, bloß nach Sonnenuntergang eine Viertelstunde außer Haus ging, mit einem Bund Kräuter oder Blumen zurückkehrte und sich wieder ins Bett legte. Sie hatte eine Schwäche für schöne Düfte.

»Ich mag schöne Düfte auch«, wisperte die Arme und wollte sich kokett die Frisur richten. Doch da ihr Haar sehr schütter war, trafen ihre Finger nur auf die trockene, schuppig-weißliche Kopfhaut.

»Hast du vielleicht meinen Verlobten auf einer deiner Reisen getroffen? Sein Name beginnt mit R, er hat glänzendes Haar und fleischige Lippen.«

Infanta konnte ein Auflachen nicht unterdrücken.

»Nikitas hat auch fleischige Lippen, und ich habe sie nie geküsst!«, rief sie. »Jetzt küsst Nina seine Lippen, deine Frau Nina.«

»Meine Frau?«, fragte Andras verwundert. »Ach ja!«, fuhr er kurz darauf fort. »Ich war irgendwann mit einer Frau namens Nina verheiratet. Der Brief war schuld, den ich ihr aus dem Flugzeug zugeworfen hatte.«

»Würdest du mich auch so schnell vergessen, Andreas?« Infanta stand auf und tänzelte vor seinem Sessel herum, als wollte sie ihn ihre Schönheit sehen lassen.

»Warum sollte er dich nicht vergessen?«, lag mir auf der Zunge.

Doch da war Andreas schon aufgestanden, hatte ihre Hand genommen und war mit ihr in den Garten gelaufen.

»Du bist schrecklich!«, rief ich ihr erbost hinterher. »Du tust so, als würde dich nur die Pfauenstickerei interessieren. Dabei hast du früher Marios, dann Nikitas und sogar David im Sinn gehabt. Ich erinnere mich noch an deinen Blick in der Nacht, als Maria in den Wehen lag und ich dir von David erzählt habe. Und jetzt Andreas!«

»Warte nur, bis sie einen kleinen Giannis oder Miltos auf die Welt gebracht hat.«

Bei Marias Worten wandte ich den Kopf. Nur wir beide waren noch auf der Veranda, ihr Gesicht so schön und reif wie eine erblühte Rose.

»Weißt du noch, Katerina, wie Marios sich mir gegenüber verhalten hat, bevor wir verheiratet waren?«, sagte sie leise. »Jetzt bleibt er am liebsten so lange wie möglich in Athen, und zu Hause vergisst er manchmal ganz, dass ich auch noch da bin. Dann pfeift er eine Melodie, als wäre er allein im Zimmer. Man pfeift anders, Katerina, vor allem bei den hohen Tönen, wenn man allein ist, als wenn noch andere dabei sind, nicht wahr? Aber hör zu, letzte Nacht hatte ich einen Traum, und zwar von dir. Ganz am Ende der Wiese lag vor unseren Augen das Meer, dessen grünblaues Wasser fast übergangslos sehr tief wurde. Als wir beide den Pfad bergab gingen, sahen wir Heidekraut und Thymianbüsche auf dem Sandstrand und ein vor Anker liegendes Schiff, seltsam viereckig und rot, eher so etwas wie ein Floß mit einem großen weißen Segel. *Schwesterherz*, hast du gesagt, *ich werde auf Reisen gehen.* Kaum hattest du das ausgesprochen, verlängerte sich der Pfad und schlängelte sich übers Meer bis zum Schiff. Du bist ihm gefolgt, ohne dich auch nur einmal nach mir umzusehen. Als ich dann auch beim Schiff angelangt war und den Kopf hob, um dich zu suchen, warst du zu einem weißen Vogel geworden, der über meinem Gesicht hin und her flatterte. Gar nicht überrascht von dieser Wendung rief ich: *Adieu, Schwesterherz!* Am liebsten wäre ich mit auf Reisen gegangen …«

»Maria, das hast du geträumt, weil ich tatsächlich verreisen werde!«, rief ich ihr zu. »Aber still, die anderen kommen.«

»Das Schwarze Meer war aufgewühlt, ein teuflischer Ostwind hatte mein Schiff mächtig gebeutelt …«

Infanta sog Andreas' Worte gierig in sich auf. Noch immer hielten sie sich an den Händen. »Sie wird den Mut nicht aufbringen«, sagte ich mir und fand meine Ruhe wieder. Er sprach jetzt lauter – vielleicht damit auch wir der Geschichte folgen konnten. Sein Blick sprang von Infanta zu Maria und von Maria zu mir. Es war, als blickte er uns alle drei gleichzeitig an. Seine Augen blitzten, mal verengten sich seine Pupillen, und das Weiße seiner Augen leuchtete in seinem sonnengebräunten Gesicht so intensiv, dass es einen – zusammen mit dem Weiß der Zähne – blendete, mal weiteten sich seine Pupillen und wurden tiefschwarz, sein Lachen erlosch, und sein Gesicht nahm die Farbe des Ozeans vor dem Sturm an.

»Ich ertrage es nicht«, flüsterte Maria.

»Woran denkst du, wenn du unterwegs bist?«, lautete Infantas Frage in der Zwischenzeit.

Was für eine dumme Frage, Infanta ist nicht besonders schlau. Ich bin doch die Klügste von uns dreien.

»An trockene und gut gebügelte Kleider«, lautete Andreas' Antwort.

»Der heutige Tag ist so wie ein ganzes Jahr«, flüsterte Maria wieder.

»Warten wir mal ab, welche von euch dreien als Korvette mit gesetzten Segeln den Hafen verlässt.«

Seine Stimme tönte jetzt sehr laut, wogte und kreiste durch die Luft. Ich stand auf, ließ Maria auf der Veranda zurück und drängte Infanta beiseite.

»Ich bin bereit!«, rief ich. »Die anderen wollen auch mit dir wegfahren, aber Maria kann nicht, und Infanta traut sich nicht.«

»Im Morgengrauen warte ich bei der Zisterne auf dich«, flüsterte er. »Aber kein Wort zu niemandem!«

Ganz früh am nächsten Morgen fand ich folgende Worte in den Zisternenrand geritzt: »War nicht ernst gemeint.«

»Andreas ist abgereist«, sagte Tante Tereza.

Mein eigenes Schluchzen musste mich geweckt haben. Obwohl ich wusste, dass Andreas' Abreise so unwirklich wie seine Ankunft war, konnte ich nicht aufhören zu weinen. Es tat mir gut, und ich dachte daran, wie groß die Welt war, und weinte noch mehr.

»Ich habe meine Entscheidung getroffen«, sagte ich zu Mutter, nachdem ich ins Esszimmer hinuntergegangen war. »Ich werde David nicht heiraten. Ich reise um die Welt.«

Bei meinen Worten glitt mir aus unerklärlichen Gründen die Tasse aus der Hand und stürzte auf die Untertasse. Das Tischtuch wurde ganz nass.

»Du bist unmöglich!«, rief Mutter.

Die Blicke der anderen zeigten mir, dass sie ihr voll und ganz zustimmten.

Am selben Tag erfuhr ich von dem alten Mann, dass Andreas die Nacht in Kifissia verbracht hatte und frühmorgens zu einer langen Reise aufgebrochen war.

VIII

Die Strohhüte

So oder ähnlich müssen sich die Dinge zugetragen haben. Ich habe versucht, sie der Reihe nach zu erzählen, ohne etwas dazuzuerfinden. Aber wie kann eine Person das, was in Wirklichkeit passiert, von dem unterscheiden, was nur in ihrer Wahrnehmung passiert? War Tante Terezas Schritt tatsächlich so zögerlich? Und Davids Hände so ausdrucksvoll und feminin? Und Andreas' Augen so lebhaft? Ach, ich habe ganz vergessen zu erwähnen, dass ich Andreas nie in Wirklichkeit getroffen habe, sondern nur im Traum. Und ob Frau Parigori in der Tat in David verliebt war?

Maria, vermute ich, wird noch mehr Kinder bekommen. Wie ihr Schicksal verlaufen wird, kann ich nicht voraussehen, genauso wenig kann ich sagen, was aus Infanta und aus mir wird. Diese drei Sommer haben uns geprägt, und der allererste Tag des ersten Sommers, als wir uns die breitkrempigen Strohhüte kauften, wird mir für immer in Erinnerung bleiben.